有爱的青春陪伴者

『传说中，丘比特在射出爱神之箭时被蒙住了双眼，因此诞生了千千万万盲目的爱情。』

图书在版编目（CIP）数据

丘比特今夜失明 / 识了著. -- 南京 : 江苏凤凰文艺出版社, 2025. 6. -- ISBN 978-7-5594-9577-8
Ⅰ. I247.5
中国国家版本馆CIP数据核字第2025BW7470号

丘比特今夜失明

识了 著

责任编辑	王昕宁
特约编辑	廖 妍
出版发行	江苏凤凰文艺出版社
	南京市中央路165号，邮编：210009
网　　址	http://www.jswenyi.com
印　　刷	长沙鸿发印务实业有限公司
开　　本	880mm×1230mm 1/32
印　　张	10
字　　数	302千字
版　　次	2025年6月第1版
印　　次	2025年6月第1次印刷
书　　号	ISBN 978-7-5594-9577-8
定　　价	45.80元

江苏凤凰文艺版图书凡印刷、装订错误，可向出版社调换，联系电话025-83280257

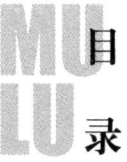

MU
LU
目录

第一章 ·阴天 / 001
"第一次遇见阴天，遮住你侧脸。"

第二章 ·心墙 / 033
"你的心有一道墙，但我发现一扇窗。"

第三章 ·茉莉 / 057
"但愿有天，茉莉开满原野。"

第四章 ·沉疴 / 081
"并非所有过去都会过去，忘不掉的便成了沉疴。"

第五章 ·乐园 / 111
"很开心与你到此一游，希望下次也有幸与你畅游。"

第六章 ·梦醒 /134
"多想岁月不翩跹，多想好梦不醒来，多想你留在我身边。"

# 目录

第七章 ·末日 /153
"当那一天来临,你是否会在我身边?"

第八章 ·遇见 /186
"而幸好,缘分,有时是天赐,有时也可以是人为。"

第九章 ·太阳 /217
"太阳的温暖,是拥抱的温度。"

第十章 ·秘密 /229
"喜欢你,这是我的秘密。"

第十一章 ·烟花 /245
"他在末日尽头,给我放了一簇烟花。"

网络番外 /283

出版番外 /308

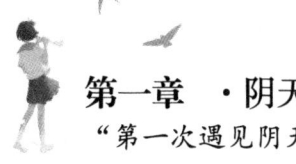

第一章 · 阴天

"第一次遇见阴天，遮住你侧脸。"

缴完费，黎嘉茉先在记账软件上记录了药费，才去取药窗口拿了药。

医生双休日不坐诊，而工作日黎嘉茉的课表满满当当，只有每周五下午有空，所以每次她从医院出来的时候，都毫无例外是傍晚。

刚下过一场大雨，路面湿漉漉的，雨水却把空气洗干净了。在欲熄未灭的天色里，交通信号灯的色调显得格外鲜艳，亮得有些灼目，刺得人心慌。

明明从医院门口看过来还是绿灯，等她走到的时候，怎么就成了红灯。

每到雨天，心情就会格外差，会烦恼于这些看似鸡毛蒜皮的小事。可生活本就是由这些日常琐事组成的，对于黎嘉茉而言，每一天都是一个到处碰壁的过程。

生活是未知的丛林，四面都是荆棘，无论往哪个方向前进，无论道路正确与否，她总是会受伤流血。

站在路口，视线直直对着漫长的红灯，心绪漫无目的地游离，心理医生的话在黎嘉茉脑子里不断回响。

"药物只是辅助性的，治病的关键不在于药物，而在于服用药物的过程中主动去治疗抑郁。按理说，几个疗程的药吃下去总应该会有点成效，但是你治疗也半年了，按你自己说的，都有在遵医嘱吃药，可还是没有明显的好转，说明这个症结还没有找到。

"当然，也可能是这个药不太适合你。我今天再给你换一次药，你拿回去吃两周试一下，看看这次能不能有点效果。但是千万要记得自己也要主动去和这种情绪抗争，远离那些让你不快乐的，去寻找一些自己喜欢的事情。"

说了一堆，医生又像例行公事一样检查了她的手腕，确保她没有自残自杀的倾向后，才敢在她的药物清单里加进含有安眠成分的药物。

黎嘉茉总觉得医生多虑了，毕竟往自己皮肤上划刀子多疼啊。

她最怕疼。

车水马龙。

红灯开始闪烁,进入倒计时阶段。

看着面前飞驰而过的一辆辆汽车,黎嘉茉有些出神,一个荒唐的念头出现在脑海中。

片刻,绿灯亮起,那些车辆都刹车等在斑马线之后了。

黎嘉茉混入通行的人群中,规规矩矩地往马路对面走去。

她也只是想想而已。

地铁上的时间都是闭着眼度过的,靠着耳机里的歌声消磨时光。正值下班高峰期,挤在地铁里,仿佛没有空间的鱼,连呼吸范围都只有方寸。

每到这个时候,黎嘉茉的脑子里就会冒出不切实际的幻想——

如果她可以瞬间移动就好了。

刷乘车码出站后,她用记账软件记下这笔交通支出,发现妈妈在几分钟前发了一条微信消息:嘉茉,吃饭了吗?

看时间,应该是刚从超市下班。

其实还没来得及吃,但黎嘉茉还是回复:吃了,吃的大排和菠菜。

后面跟了两个小黄豆表情。

妈妈:嗯嗯,要记得吃饭,吃好一点,饭钱不要省,没钱和妈说。

jasmine:有钱的。我每天都吃得可多了!老妈你吃了吗?

妈妈:老妈刚下班,马上就去吃,今晚烧鱼吃!

说着,妈妈又发过来一张图片,是妹妹黎嘉念的满分试卷:念念这次是班里第一,语数都是一百分。

黎嘉茉将图片放大,看见试卷的姓名栏端端正正地写着"黎嘉念"三个字,放在小学生字体里横向对比是很漂亮的。

又和妈妈聊了几句,出了地铁站,黎嘉茉直奔附近的一家面馆,点了碗牛肉面——这是她半年来形成的习惯,每次从医院看病回来,都要来一份平时朝思暮想但又舍不得吃的晚餐,算作对自己的犒劳。

滚烫的牛肉片卷着面条刺激着味蕾,热气腾腾的面汤入胃,似一股暖流涌遍全身,稍稍疏解了因为阴雨天低气压导致的郁闷心情。

对黎嘉茉而言,一天中难能可贵的快乐,就来自食物。

食物入腹的瞬间,会让她得到一种难以名状的满足感与幸福感,慰藉自己空虚而疲惫的心灵。

平日里,每一分钱都得精打细算,也只有在吃的方面不那么吝啬。

可这种快乐对她而言也是短暂的。

最后一口面入肚,她踏出面馆,脚步落在湿滑的水泥道路上,目之所及是坑坑洼洼的小水坑,鼻间残留的牛肉汤的香味被雨水的气味席卷替代,那种低落、沉闷的情绪又不可控地涌了上来。

黎嘉茉撑着雨伞，沿着人行道向学校走去，边走边随意地看看四周。终于以蜗牛般的速度进了学校大门，她凭着记忆走到了停车的位置，却发现自己的自行车倒在了路边。

走近一看，脚撑和挡泥板都已从自行车车体脱落，散在旁边。

散落的零部件就这样躺在被雨淋湿的地面上，像是死掉了一样。

黎嘉茉垂着头，无声地凝视了地面几秒，大脑空白一片。其实这个时候，脑子里并没有什么具象的想法，但喉咙已经先思想一步开始发堵。

她试着扶起自行车，车身却因为没了脚撑无法立起。

想了想，她有些艰难地弯下腰，一手扶着车身，一手去够落在一旁的脚撑和挡泥板。

零部件带着水渍和泥土，沾到了她的手上。细碎的沙石和潮湿的触感，让黎嘉茉觉得肮脏且恶心。

瞬间，酸涩的泪水濡湿眼眶。

她为什么这么倒霉？

为什么倒霉的总是她？

为什么她一走到医院的路口，绿灯就变成了红灯；这里停着这么多车，为什么偏偏是她的车被撞了，偏偏地面还是湿的，而且她才付了医药费，又要修车，钱够不够都不知道……

喧杂的怨气争先恐后地闯入她的脑海中、侵占她的大脑，累积的负面情绪坍塌崩落，用以证明自己不幸的每个细节在脑子里不断放大，这些情感因子来势汹汹，每次都将她吞噬。

泪水就要顺着重力的方向落下，黎嘉茉赶紧直起身，吸吸鼻子，不让眼泪落下。

她打开自己安装在车前的车筐，打算把破碎的脚撑和挡泥板放进去，把车推去维修，却在打开车筐时，看见搁置在其中的一张字条。

上面写着几行字，字体遒劲有力，只是连笔潦草随意，加上纸的边缘撕得很不齐整，可以推测写得着急。

> 抱歉，不小心撞倒了你的车。
> 如需赔偿，可联系电话××××××××××，微信同号。

很奇妙的是，这张皱巴巴的字条，居然瞬间抚平了她皱巴巴的心。

那些委屈、那些抱怨、那些愤世嫉俗，在这一刻，都稍得以收住。

嗯，情绪不稳定也是抑郁症的症状之一。

黎嘉茉此时居然意外地有些感动。

和宿管阿姨沟通过后，把自行车横搁在车库地上，回了宿舍，黎嘉茉做的第一件事就是在微信验证框输入了那张字条上的电话号码。

蹦出来一个微信名是数字"7"的主页。

黎嘉茉点了添加好友：你好，我是今天被你撞倒的自行车的车主，来联系你确认赔偿事宜的。

发送申请后，黎嘉茉点开校园论坛，打算在上面找一份家教兼职。

虽然亓家在她上大学之后一直资助她生活费，但黎嘉茉始终没用那笔钱。受人之恩这件事于她而言太过沉重，她觉得自己不应该再以任何理由接受这笔资助。

她消受不起任何好意，只希望能不亏不欠。

而她已经欠亓家很多了。

所以亓家打的生活费，黎嘉茉一分不动地都留在银行卡里，上大学后，她都是自己赚取生活费。

去年做家教带的小孩已经高中毕业，黎嘉茉需要找一份新的家教工作。

轻车熟路地点开论坛的"校园兼职"版块，黎嘉茉目光搜寻着家教信息，耳边是室友们兴奋的交谈声。

"你知不知道原起这个暑假又拿了世锦赛冠军！一枚个人金牌、一枚团体金牌……我把他的比赛视频转到宿舍群了，真的爆帅！"

"他那场比赛我特意看的直播！天哪！我居然和世界冠军是同班同学，同班了一年我还是觉得很不真实。主要是他还这么帅，感觉更魔幻了。"

"毕竟人家天天训练，不怎么来上课。哎，说起来，你知道他专业分流去了什么专业吗？说不定又和他一个专业，还能继续当三年同学呢。"

"我之前看论坛上有人说过，好像是金融？"

"金融？"闻言，程诺迅速扭头，视线落在正低头看手机的黎嘉茉身上，"嘉茉，那你有二分之一的概率和世界冠军做同学了！"

黎嘉茉正在浏览兼职版块，刚才周瑾桉和程诺的对话于她而言是左耳进右耳出，对她们话里的那个人，她也没什么关注的兴趣。

那人于黎嘉茉而言，只不过是个和陌生人差不了多少的同学罢了。

说是同学，实际上根本不是一个世界的人。

而她连自己的世界都无力面对了，又怎么有精力去关注另一个世界。

冷不丁听到程诺叫自己，黎嘉茉下意识地敷衍了三个字："这样吗？"

说完，没立即听到程诺的回应，她才恍然觉得自己的反应可能过于冷淡了，强迫着自己打起精神，提高了音量，听起来颇有兴趣地补了句："他也不怎么来上课，同不同班都没什么差别吧。"

同时，一个标题为"招经管大一课程辅导，260/h"的帖子吸引了她的注意力。

澄安大学不缺有钱人，但哪怕是相较于校内的收费基准，这个辅导时薪也算是罕见的高了。

毕竟260元一小时，那按一般的家教频率，一周就有520块了。

点进帖子一看，发帖人的诉求居然是一周至少两次。

帖子下方已经出现了"富哥，饿饿，饭饭""此时只恨自己不是经管生"之类的回帖。

黎嘉茉扫了眼发帖时间，这个帖子刚发没多久，暂时应该没那么多人竞争。于是她当机立断，迅速复制了帖子里提供的微信号，退出论坛，切换到好友搜索界面。

同时，耳边响起周瑾桉的声音："话是这么说没错，但是大二要开始上专业课了，哪怕是特招的运动员也要出勤上下课吧？"

所幸程诺立刻接了周瑾桉的话，黎嘉茉便心安理得地退出她们的聊天频道，争分夺秒地在微信搜索框粘贴自己刚刚复制的富哥微信号。

谁想下一秒，屏幕上弹出一个很眼熟的主页。

黎嘉茉怔住，心里冒出来的第一个想法是自己的手机卡了，或者复制错了。

她又返回那个帖子，重新复制粘贴了一遍，再一次点击搜索。

结果，手机屏幕上显示的，还是那个微信名叫"7"的微信主页。

而此时，她的上一条验证消息还没被通过。

看着那个过分安静的主页，时间像是凝结了。

几秒后，黎嘉茉从僵化状态中抽离出来，点击了那条验证消息后的回复键，又添了一句话。

——你好，我是今天被你撞倒的自行车的车主，来联系你确认赔偿事宜的。

——顺便想应聘一下您的家教qwq。

黎嘉茉坐在书桌前等了会儿，那条好友申请还是毫无动静，于是便把手机放在了一边，去做微积分老师刚布置的作业。

待写完作业后，她才重新拿起搁置在一边的手机。除了几条群发的消息，微信仍是静悄悄的。

那人是不是要赖账了？

这个想法一闪而过，又被黎嘉茉甩甩脑袋否决了。

都是付得起一小时260块辅导费的富哥了，还会逃她这笔维修费？

于是黎嘉茉不再多想。她偷偷拉开书包拉链，露出一个小口，伸手进去摸索，终于在里面摸到药盒。

她不敢把药盒拿出来，怕被室友看见，只借着些许从书包口透进的光线分清了每种药物，按用药标准将大小各异的药丸挤到手上，才把手从书包里拿出来，就着水把这些药一粒一粒吞了下去。

这之后，黎嘉茉又像检查作业一样再度点开微信。

而这次，她心心念念的那行字呈现在了她聊天列表的顶端。

——我通过了你的好友验证请求，现在我们可以开始聊天了。

时间是两分钟前。

就像是摁下了电灯的开关，原先暗着的钨丝瞬间发亮，黎嘉茉赶紧打起精神。

盯着聊天界面，除了那句好友验证通过的通知，就是她发送的那两条好友申请。

黎嘉茉琢磨了一下到底该用"您好"还是"你好"。

毕竟自己对于屏幕那端的富哥而言可是具备着双重身份：某种意义上，她可以算是他的债主；但另一方面，她还需要想方设法抓住让这位富哥成为她老板的机会。

纠结一番后，黎嘉茉放弃挣扎，试探性地发了个"嗨"。

对面很快就回复了。

7：你好。

这句话奠定了他们聊天的基调，黎嘉茉立刻抛弃"您好"的想法，也回了个"你好"。

jasmine：你好，我是经管专业16级的学生，今年大二。

然后发过去一张截图，直入主题。

jasmine：这是我上学期的绩点，经管专业的相关课程都学得还不错。

也不知道是不是前来应聘的人太多，富哥并没有立刻回复，但是也没让她等多久，三分钟后，那个头像再度出现在聊天框。

7：好。

一个字，简简单单，别无他言。

看着那个字，黎嘉茉眉头微微蹙起，心里开始左右摇摆，不知道这个"好"的意思是"好，我了解了"，还是"好，就你了"。

不过，还没等她纠结出一个结果，紧接着出现的聊天气泡打断了她的思路。

7：你现在有空吗？

这句话让黎嘉茉无意识间陷入了严阵以待的状态。

她直起背，坐正身子，心想：什么意思？是要现在就试课吗？

如果是的话，有点突然，她还什么都没来得及准备。不过还好她对大一的知识还有些印象，应该可以应付过去。

盘算着，她看了眼手机屏幕顶端的时间：21:02。

如果要上课的话，要上到十一点多了。

有点迟了。

但转念一想，试课也有试课费，早拿早享受。

于是黎嘉茉回复：有的。

发消息的同时还在想富哥就是不一样，争分夺秒，真的是把别人喝咖啡的时间都用来学习了。

大半夜的搞学习。

她正在心里钦佩着，却没想到，下一秒，眼前出现一条新消息。

7：那先修车吧。

面对这急速转弯的故事发展，黎嘉茉错愕，手指凝在手机屏幕上，一时忘了打字。

大概是见之前回复都那么积极那么迅速的她突然没了动静，对面又发过来三个字。

7：方便吗？

虽然大晚上的不太想出门，但是要是今晚修好了车，明天就可以骑了。

再说了，她还没有顺利成为富哥的课程辅导老师呢，哪有入职前就忤逆老板的道理。

于是黎嘉茉忙不迭地回复"方便"，又和对面的富哥约碰面的时间和地点。

因为两人都是经管大类的，宿舍都在同一个园区，所以黎嘉茉提议在园区门口碰面。

结果富哥却说他来她宿舍楼下找她。

jasmine：这会不会太麻烦你了？

7：没关系，离得很近。

又一条消息。

7：我来推车。

他解释了为什么执意要在黎嘉茉宿舍楼下碰面的原因。

黎嘉茉几乎感动得泪流满面了。

这么有钱又这么善良懂礼貌的富哥真是不多了。

虽然她的车是他撞倒的，但是能做到这个份儿上，让人根本不好意思再对他生气。

下了楼，黎嘉茉先去车库把车推出来，然后和那辆弱不禁风的老旧自行车一起在宿舍楼下等富哥现身。

7：我刚到园区，停个车，稍等。

jasmine：没事没事，慢慢来。

回完消息，她的目光逐渐偏移到他的微信头像上。

富哥的微信头像是个简笔画小人，一个五官简单的豆豆眼男生，戴着一顶类似遮阳帽的东西，和遮阳帽的区别就在于那帽子上还加了一片有点荧光绿的镜片，挡在左眼前。

黎嘉茉曾经有画画的爱好，最开始学习画画时，模仿的画风和这个头像的画风很像。因此，她天然地对这个头像生出了亲近感，又从这个头像出发，结合聊天风格，猜测富哥应该是个长相斯文、阳光又腼腆的男生。

头像是可爱又稚嫩的简笔画，朋友圈一个月可见的唯一一条是几张登山风景照，个性签名直接没有——想来应该是个低调、稳重的人。

正想着，又一条消息进来，打断了她的猜想。

7：我到了。

黎嘉茉边回复"我也在楼下了"，边抬头向四周张望，寻找富哥的踪迹。

成双成对的情侣堆里，独身一人就格外显眼。

黎嘉茉远远看见一道颀长挺拔的身影，身形轮廓暴露在夜间昏黄的光线之中，哪怕未看清脸，也不妨碍她在心中点评这人极具帅哥气质。

隔得远，隐隐约约可以看出大概的穿搭风格，是黎嘉茉在路上碰见会默默绕开的那种潮男穿搭。

和她想象的斯文风格极度不符合。

如此想着，黎嘉茉在心里默默将这人从富哥人选中排除，伸长脑袋往他的身后看了看，却发现除他之外再无别人。

黎嘉茉沉默。

好吧，看来富哥不仅是富哥，还是个酷哥。

黎嘉茉试着往前走几步去迎接一下，但一迈步，那自行车就没了倚靠，仿佛下一秒便要倒下。

于是她只得止住步子，重新调整自行车的角度。

自行车的动静吸引了站在不远处的男生。

他抬眸望过来。

大半夜的，一个人站在宿舍楼下，身边还立着一辆自行车。

几乎不用多想，目标已经很明确了。

黎嘉茉扶好自行车，重新抬头的瞬间，就看见那位酷哥已经迈步朝她这个方向走来了。

随着距离的缩短，映在路灯下的脸逐渐清晰。

当来人在她面前站定的时候，黎嘉茉的大脑几乎濒临宕机。

哪怕和他从没有过交流，在生活中也没有任何交往，哪怕她根本不关注校内八卦和体育界动向，可黎嘉茉还是一眼就认出了——

她的未来老板，心善沉稳的大富哥，同班一年没说过一句话的世界冠军级酷哥同学：原起。

澄安大学作为全国最高学府，每年都有许多高水平运动员入学。而黎嘉茉所在的经管系接收了大部分体育生，其中又有一大部分被分到了黎嘉茉所在的班级。

之前，黎嘉茉班上的一位同学闲着无聊，就一个个百度搜索班级群里学生的姓名，果然发现班上很多同学都是拥有百度百科词条和耀眼成绩的运动员。

尤其是原起，在刚入校时，就获得了班上大半女生的关注。

原因很简单：个高、脸帅、身材好。

最后一条是在军训期间的"神枪手"比赛后加上的。

那是军训进展到一半的时候，各连队之间组织了"神枪手"比赛，要到室内体育馆打靶。

夏天，室内体育馆像是巨大的蒸笼，闷热无比，排在打枪场所之外的同学们燥热难耐，个个汗流浃背，教官终于允许大家脱掉迷彩外套。

原起是他们那组的二号位。

本来就有许多女生明里暗里地关注他，那天更是借着难得的机会明目张胆地打量他。乌泱泱的人群堵住了场馆入口，几十道视线齐刷刷瞄准了同一块场地。

黎嘉茉热得头晕，没精神参与同学们的视线狂欢，但最后还是避无可避地被吸引了注意力——毕竟在一片"脱靶"的智能读靶电子音中，那接连不断的"十环"过分突出了。

"十环。"

"十环。"

…………

"十环。"

黎嘉茉朝着那个靶位望去。

打靶训练场是临时改造的室内场馆，站人的那侧只有简陋的数字地标提醒站位，除此之外，只提供了体育课常用的绿色海绵垫。

在场的男生大多是刚从无涯学海中短暂抽离出来的细胳膊细腿，颤颤巍巍地趴在海绵垫上，夸张的汗水顺着脖颈"啪嗒啪嗒"往下坠，浸湿了垫子，握着枪把的手止不住地抖动，然后打出一个又一个的"脱靶"战绩。

除了二号。

他以标准的姿势伏在垫子上,右肩架住枪支,胳膊肘抵着身下的垫子,却稳当地支撑住了全身的重量,没有一丝颤抖。

炎热的天气里,他额头上也冒出了汗珠,顺着刀削斧凿般的面部轮廓和脖颈线条滑落至衣领里。

军训服的袖口松垮,但由于此时上身微微前倾,紧绷的肌肉被军绿色的短袖勾勒着,从观众的角度,恰好能看清线条漂亮的手臂肌肉。

手臂主人的神情,认真、专注且美观。

原起左眼微闭,右眼瞄准准星,干脆利落地打完十枪,然后收枪,起身,率先下场。

"曾获国际射联世界杯男子10米气步枪冠军,全运会男子10米气步枪亚军……天哪,我居然和这么厉害的人是同学!"

当晚,宿舍里,播报完百度百科上原起的运动生涯数据,室友程诺情不自禁地发出感慨。

周瑾桉的小道消息向来灵通:"我今天听隔壁连的人说,下次奥运会他还要代表国家队出征,说不定再过几年我们就可以说自己和奥运冠军是同学了。"

那天宿舍里的话题一直围绕着原起展开,聊天内容从他的长相、体育成绩,慢慢扩展到他的家境、情感状况。

周瑾桉:"军训七天,他换了八双鞋,就那几双鞋,加起来都要六万了。"

那时还会参与宿舍聊天环节的黎嘉茉在心里默默计算,平均七千五百块一双鞋。

一双鞋抵她五个月的生活费。

程诺问:"话说他是不是有女朋友啊?我听说隔壁连已经有人向他要微信了,都被拒绝了。"

这回,饶是周瑾桉都不确定了,耸耸肩:"不知道哎,不过他长成这样,应该有吧?"

她想了想,又一副意味深长的模样补充道:"不过,他就算有女朋友,看起来也不像会是妻管严的样子,说不定还不止一个女朋友呢。"

"啊!"听到这话,程诺微愕,顿了几秒,支吾着开口,"原起看起来没那么花啊,就是高冷了点……我感觉他人还挺好的。之前有一次军训休息,放水杯的地方人太多了,我挤不进去,就随便抱怨了句,结果他刚好听到了,就把我的水杯递给我了。"

"而且、而且……"说到这儿,程诺的声音越来越大,"我和他说了谢谢后，他居然还回了我一句'没事'！"

她语气慷慨，着重强调："他居然会说没事哎！"

黎嘉茉、周瑾桉双双无语。

看着一脸义愤填膺的程诺，周瑾桉扯扯嘴角："你也太夸张了吧，这算啥，这才大学刚开学呢，傻子都知道装一下好吧。

"而且运动员又怎么了，说到底不还是体育生？要我说，别把男的想得太单纯好吧。他没给那些女生微信号，说不定是看不上呢？人家这个level（级别）、这个身份，要谈也是谈女神级别的吧，然后一天一个女朋友。"

回忆起那晚的宿舍夜聊，黎嘉茉觉得自己现在可以回答入学初她们宿舍争论过的一个问题了。

原起懂礼貌并不是刚开学的伪装。

因为他走过来后的第一个动作就是伸手扶稳即将倾倒的自行车，双手置于车把上，无声又自然地接过了她手里的车，确实如他所言，他是来推车的。

原起的个子很高，站在那儿，立即挡住大片昏暗的路灯光，阴影伴随着天然的压迫感一起摇落。

"那个，你好，请问你是……"黎嘉茉顿了顿，大脑飞速运转，思考管她赔偿她的人叫什么。

债务人？

但这样叫会不会太奇怪了？

于是，最后她磕磕绊绊地吐出几个字："撞坏我车的人吗？"

语毕，黎嘉茉在心里叹了口气。

好吧，这个说法也很奇怪，有种兴师问罪的意味。

在心中责怪着自己嘴笨，黎嘉茉甚至不敢抬头去看原起，还好原起好像不太在意她的说法。

他平静地"嗯"了声。

他的声音和他的长相很像，给人一种又酷又冷的感觉，低沉，但不会过分磁性，更多的是清冷。

黎嘉茉觉得自己有很严重的帅哥恐惧症：站在原起身边，她很局促，感觉神经都粗了一圈，懵里懵懂，都不知该如何反应。

此时，得到了正主盖章，她点点头，"哦"了声，然后又不知道该说什么了。

所幸，原起先开了口："你知道哪里可以修车吗？"

黎嘉茉："从北街出去右转有家车行。"

"我对学校周围不太熟悉，需要你带下路。"

黎嘉茉比了个OK（好的）的手势："没问题。"

闻言，原起淡淡地点了下头，只简单说了两个字："走吧。"

黎嘉茉："好。"

然后她牢记着带路的使命，率先往前走。

身旁的人也跟着她的动作，迈开步子，同时响起的是自行车链条转动的声音。

黎嘉茉原本还想和原起客气一下，说车她可以自己推，但最后还是算了。

晚上九点多，大学生的夜生活刚刚开始，从学生公寓向校外走的路上，有来往的人群，多在嬉笑打闹，人声起伏。

在这样的环境下，明明和原起之间只隔了一辆自行车的距离，可黎嘉茉却觉得，沉默的他们之间仿佛横阻了一道银河那般宽广。

自行车链条带动车轮转动的"咔咔"声被两个人的不言语衬托得格外清脆，像是在敲木鱼，敲得黎嘉茉神经紧绷。

就这样无声地走了一段路，黎嘉茉终于犹豫着试探性地开口。她明知故问道："同学，我想问一下，你是不是姓原？"

闻言，原起侧目，视线落在她身上，"嗯"了声。

在黎嘉茉以为他的回答就到这里的时候，又听见他报了自己的名字："原起。"

"啊！"黎嘉茉一拍手，佯装恍然大悟，"我叫黎嘉茉，不知道你有没有印象，我们大一是一个行政班的。"

澄安大学是大类招生，大一所在的班级叫行政班，大二专业分流后会把原先的行政班打散，分成专业班。

黎嘉茉没指望原起会记得她。毕竟在她的印象里，除了军训时期，他俩只在开学的第一节班会课上见过一次。

那次班会唯一的议程就是上台做自我介绍。

当时初入大学还有些羞涩的黎嘉茉只简单地介绍了自己的姓名、爱好等，也没竞选班干部，一分钟不到就完成了自我介绍。

而大一的大部分课程都是和其他班的同学混着上的，平时上课期间，黎嘉茉几乎没在课堂上见过任何一个运动员同学。

所以她和原起在现实世界里的交往几乎为零。

她倒是凭借一次班会课就记住了原起这个人，因为她觉得原起长得有些眼熟。不过，黎嘉茉觉得这大概是帅哥都有相似之处。

而原起这个看起来就人狠话不多的酷哥，想必根本不会劳神去给她这张脸对上名字。

所以她其实只是在用这个问句做自我介绍罢了。

说完，黎嘉茉看向原起，就见他平静地开口道："我知道。"

黎嘉茉只当这是客套话。

所以她也立即客套地笑了下,故作熟稔道:"好神奇,我们同班一年没怎么碰过面,现在不同班了反而碰上了!"

说完,她又把浮出假笑的嘴角向上提了提,让这个表情固定在脸上后,脑子里开始构思下一个话题,思考怎么没有表演痕迹地将课程辅导这件事加入他们的对话内容。

正想着,却发觉原本站在自己左侧的人忽地停下脚步,自行车链条扰人的声响也同步收住。

黎嘉茉略迟疑地偏过脑袋,就看见原起冷冰冰的视线不带情绪地落在她的脸上。

黎嘉茉这才看清,原起的眼睛形状有些偏菱形,眼角颇尖,双眼皮前窄后宽,眼睑之下是明显的卧蚕。

很漂亮的一双眼睛,偏偏情绪极淡,显得冷峻。

原起:"你应该记错了。"

黎嘉茉"啊"了声,有些不明所以。

她正困惑着,下一刻,就听见原起吐字清晰地道:"我们现在也是同班。"

说完,他的目光蜻蜓点水般地从黎嘉茉的脸上移开。

仿佛他说这话,只是在告知一个事实,别无他意。

留黎嘉茉一个人有些混乱。

她心里轰鸣,只有一个反应——

还有这回事?

因为第一个话题就出了糗,接下来的一路上,黎嘉茉都没再轻易开口,眼睛平视前方,和原起各走各的路。

最开始她还觉得这死寂的二人行氛围有些别扭,到后来就对这份沉默坦然了。

走到了车行,见到有人来,正在追剧的老板放下手中的瓜子:"是来买车吗?"

黎嘉茉刚想回答,就听身侧的人先说道:"修车。"

老板问:"哪儿坏了?"

原起说不上来,偏头看黎嘉茉一眼。

站在一旁的黎嘉茉伺机登场,从车筐里拿出脱落的脚撑和挡泥板,递给老板:"请问这个能重新装上去吗?"

"我看看……"接过零部件,一眼就看见了上面的锈斑,老板点评,"你这车部件有点旧了啊!"

"帅哥，"老板拿着两个零部件瞅了几眼，突然将视线转向原起，"你把车放地上，我看下能不能修。"

闻言，黎嘉茉也朝原起看去。

老旧的车行，头顶的灯泡似是昏昏欲睡，投下黯淡的光晕。店的面积不大，原起人高马大地杵在那儿，仿佛再高一些，他的头就要触到天花板了。

他顶着张拽酷冷肃的脸，偏偏身板挺得笔直，站在那儿，手还老实规矩地握着那破旧自行车的车把手，在这样逼仄凌乱的环境里，就显得有些好笑。

但他自己似乎恍若不觉这违和感，哪怕是听到老板的话，也是那副不疾不徐的模样，把车放倒在地上。

老板就没原起那么讲究了，蹲下身子直接拽过自行车，举着手里的零部件和车身比对。半分钟后，他"啧啧"两声，抬头，对黎嘉茉说："美女，你这车太老了，里面的链条都生锈了，即便我今天给你把脚撑和挡泥板修好了，也骑不了多久了。"

闻言，黎嘉茉刚想说没事，让老板直接给她修好就行，却没想到这老板根本不等她回答，便已看向原起："帅哥，你女朋友这车最好是所有的部件都换了，倒不如直接给你女朋友换辆车吧。"老板开口声如洪钟，在整个车行回响震荡。

"女朋友"和"换车"也不知道先否决哪个，黎嘉茉登时瞪圆了眼，赶紧摆摆手："不……"

老板却根本没给她说话的机会。

做了十几年的生意了，哪类人计较、哪类人大方，他一眼就看得出来。他的目标本来就不是这个女生，而是那个看起来就很有钱的冤大头帅哥。

老板直接打断黎嘉茉的话，继续对原起说："你们大学生骑车的多，校园里车来车往的多危险，她这车链条都锈成这个样子了，很危险的。这不怕一万就怕万一啊！哪天摔了可就不好了，是吧？"

黎嘉茉：……谢谢你这么关心我。

接着，又听见那道今天才稍稍熟悉的声音再度响起，一如既往的淡漠语调："那就换辆车吧。"

"哈？"

当事人黎嘉茉表示震惊。

没想到事情发展成这样，黎嘉茉侧目去看原起，就见他刚好也偏过脸来看她。

对比黎嘉茉那双写满了疑惑不解的眼眸，原起的神情则显得平静许多："你选辆喜欢的吧。"

黎嘉茉动了动唇瓣，话说出口前，看了眼站在一旁笑眯眯的老板，蓦地，在心中叹了口气，上前直接拽过原起的手腕："你先和我出来。"

手肘处传来猝不及防的触感，就像是有微弱的电流流经一般，原起有片刻的失神。

明明是夏天，夜风吹不走炎暑，就连小车行里那台老旧电风扇吹出的风都是热的。

她的指尖却是冰凉的，就这样不痒不痛地贴上的肌肤。

女生却没意识到自己这个下意识的举动，直至走到车行外，都没有反应过来，无意识中又把握住他手肘的手松开。

黎嘉茉的个子不算矮，但原起的身高过分优越，因此两人身高差了一个头多。似是为了对视，女生高高仰起脖子，抬头看向原起。

考虑到就在车行门口，黎嘉茉刻意压低了声音："那个老板就是想忽悠你买车，我那链条是两年前刚换的，虽然不太新，但也还可以用。"

由于距离有点远，原起只能听到她在说话，却听不清说话的内容。

原起下意识地俯身："什么？"

黎嘉茉微顿，而后又往前凑近了半步，踮起脚，把刚才的话重复了一遍。在她靠近的半步里，有一缕清香同时逼近，牵引着原起的注意力。

他有片刻的出神，又在黎嘉茉再度开口时扯回注意力，然后立即不自在地别开眼。

他们靠得……有些近。

听完了黎嘉茉的话，原起收起身子前倾的弧度，沉默半响，才垂眸看她，问："你只读了一年大学，车的链条却是两年前换的？"

闻言，黎嘉茉一面觉得原起的关注点奇怪，一面回答这是她买的二手车，是之前的学姐换的链条。

而听完她的话，关注点有点奇怪的原起不紧不慢地得出结论："那这辆车已经很旧了。"

"是的。"黎嘉茉没否认，"但是从我的使用体验感出发，觉得还没有到要换辆车的地步。

"而且我的车只有脚撑和挡泥板是你撞坏的，其他的都不用你负责。"

说完，她看向原起。

而原起也正看向她。

两道视线就这么在夜风中碰撞。

半响，原起冷不丁地开口问："你是不是觉得用我的钱换车愧疚？"

没想到他会这么说，黎嘉茉下意识地愣住。但既然原起都问得这么直接了，她便也点点头，承认了。

高温让水汽蒸发得很快，晚饭前后落过雨，此时，留在地面上的雨后水渍已寥寥无几。

原起投向黎嘉茉的目光和这条拥挤泥泞的道路不同，是平静而澄澈的。

"这笔钱是我向你道歉用的。"

黎嘉茉听见他开口。

"我给你换辆车并不是因为我觉得你要换辆车，而是我想让你换辆车。"

说到此，他一顿，看向黎嘉茉的目光淡了些，继续道："我是在为自己的愧疚和那天的鲁莽买单，所以你不用有心理负担。你不收下，我反而更愧疚。"

他的声音就像是雪里长出的松柏，清冷、有力。

听完原起的话，黎嘉茉的眸光微微松动。眼里映着月光和原起的身影，她心里生出的第一个念头是——

他居然一次性说了这么多话。

手里推着新买的自行车，两人踩着月光小径，往宿舍走。

虽然原起试图用一番话消除黎嘉茉的不好意思，但黎嘉茉知道话虽如此，他还是负了超出自己义务范围的责任。

心里对原起的好感度加了点，又因为这辆新车和原起的态度，黎嘉茉决定对他再友好一点。

于是回去的路上，她主动和原起攀谈："你是怎么撞到我的车的？"

现在，他们是并排走的。

为了迁就黎嘉茉的步伐，原起刻意走慢了些。闻言，他回忆了下，说："你的车停在路中间，我没注意到，就撞上了。"

路中间？

"我明明是停在路边的呀——"黎嘉茉下意识地反驳，又立即补充说明，"没有质疑你的意思，我就是疑惑。"

原起："不知道。"

那看来车子是被哪位没素质的同学挪到路中间了。

这么说，原起的罪过更加减轻了。

黎嘉茉的语气也更加友善，继续找话题："你是骑自行车还是摩托车撞上的呀？"

下一秒，她就听见原起语气淡淡地道："轿车。"

黎嘉茉无语。

怪她给出的选项太少了。

两人又东拉西扯地尴聊了一会儿，多是黎嘉茉问，原起回答。

黎嘉茉发现，原起并不是话少，也算不上话多，不高冷也不活泼，一般是根据要说的内容决定字数，但他有问必答。

黎嘉茉在心里默默地想，他和网上流传的那些低素质的体育生渣男还是有很大区别的。

不过她心里一直悬着一个问题。

只是黎嘉茉犹犹豫豫不好意思说出口。

终于,等走到宿舍楼下,就要道别的时候,黎嘉茉才壮壮胆,终于问:"那个,你现在找到课程辅导老师了吗?"

话说出口时,她心中还隐隐有些尴尬。

刚收了人家的自行车,就问人家这事,显得有点不厚道。

但原起的反应立即让黎嘉茉心中的顾虑消散。

他反问:"你不想当了吗?"

黎嘉茉瞬间听懂了原起话里的含义,赶忙出声:"没!我就是问问!因为我感觉应该有挺多人来应聘的,所以不太确定是不是我。"

"是有很多人加我,"原起回答,"但是我不想微信里有太多人,所以就只留了你。"

这句话直接把其中的因果解释清楚了。

是因为黎嘉茉特殊的车主身份,让原起必须同意她的好友申请。

又因为好友列表里已经避无可避地多了一个黎嘉茉,所以就想图个方便,免了试课和竞争,直接让她当家教了。

所谓塞翁失马,焉知非福。

两人约定每周末的晚上七点到九点在图书馆三楼的自习空间上课,那里可以说话。

简单道别后,黎嘉茉把新车推进了车库。

鹅黄色的车身崭新锃亮,连前面的车篓都是漂亮的款式,看得人心情愉悦。

空荡荡的车库里,黎嘉茉长久地盯着自己的新车,内心突然涌上温热恬静的幸福。不是那种突然炸开的情感,而是像细流一样浸润着她的心田。

今晚的一切都像是巨大的梦境,而此时的她,是刚从兔子洞里梦醒的爱丽丝。

终于,她开口,在空无一人的车库里与她的新车柔声道别:"晚安,叮叮车。"

原起回到宿舍的时候,屋里只有一个徐昊屿在。

听见关门声,刚好结束一盘游戏的徐昊屿转过身来看着原起:"车修好了?"

晚上训练结束后,他原本是想和原起一起回来的,结果原起说要陪人

017

去修车。徐昊屿听到这理由只觉得莫名其妙。

原起"嗯"了声，走到衣柜前，拿上换洗衣物，准备去洗澡。

"哎，你那个课程辅导老师找到了吗？"

他突然听见徐昊屿问。

徐昊屿："要是没找到的话，你可以去问下黎嘉茉——呃，不知道你有没有印象，就是我们班的一个同学，你可以在班级群里搜一下。我从辅导员那里问来的，上个学年她是我们专业学业成绩第一名。"

运动员特招进校的学生里，十个有九个是不打算认真学习的。

毕竟和通过高考进来的普通学生不同，从初中开始，他们每一日都是在体校和训练中度过的，本来文化课基础就差，也没时间补，大脑就渐渐生锈，懒得运转了。

上大学后，课程便能混则混，一些混不过去的课，和老师提前说明一下自己运动员的身份，大部分老师都能通情达理地给他们打个及格分。

真遇上软硬不吃的老师，那就头悬梁、锥刺股几天，多补考几次也就过了。其中还不乏有人暗戳戳地搞作弊、找人代考等小动作。

徐昊屿瞧不起那些搞小动作的同学，但他也是懒得学习的大多数。尤其是大一学年还有校队选拔、备战世锦赛等乱七八糟的事情，又向学长学姐打听到经管大类大一不开设专业课，所以大部分特招生的大一学习时长几乎为零。

而暑假比完了世锦赛，大二开始，连教练都旁敲侧击地提醒他们学业成绩还是要兼顾一下的，毕竟享受着澄安大学这么好的平台，总得体验一下正常的大学生活。

不过绝大多数人对这类话是左耳进，右耳出。反正在徐昊屿认识的一圈运动员里，也就只有原起一个人真的开始着手准备学习了。

听见徐昊屿提及的那个名字，"找到了"的回答卡在他喉咙里。

顿了几秒，原起淡淡地应了声："好。"

随手合上衣柜门，他心中回忆了一下黎嘉茉发给他的学业成绩。

她没有和他说，她是专业第一。

黎嘉茉的日常生活很单调，除了看书和发呆，她几乎没什么娱乐活动。

气压总是能影响到她的生活，最近一直断断续续地下雨，空气中充满了潮湿的水汽，让她的心情不痛快。

常常没来由地情绪低落，这样的情绪韵律似乎构成了她的生活主题曲。

傍晚六点半，黎嘉茉走出食堂，从一排自行车中小心谨慎地移出那辆新车，将它推到干净一点的路段，她才仿佛朝贡一般，特别庄重地骑上了这辆车。

不得不说，新车和旧车的区别真的很大，骑起来没有生锈到"嗞嗞"响的链条，刹车和脚踏都格外灵敏。

迎面而来的是微凉的风，黎嘉苿便在这温柔的凉意中到达了图书馆，用时两首歌的时间。

她到达图书馆的时候，离七点还差几分钟，虽然没见到原起，但黎嘉苿还是提前在小程序上约了个自习空间，然后把座位号截图发给了他。

手机屏幕顶端显示时间来到了 18:59，和原起的聊天界面依旧没有等到回复。

正当黎嘉苿思考着原起是不是忘记了补习这件事的时候，身边突然传来一阵淡淡的清香，紧接着，男生的声音随着风一同降下："不好意思，来迟了。"

他说话时，有轻微的喘气声。

话音落下，墙上的时钟走到了 19:00。

原起坐下来后，黎嘉苿恍惚了一瞬，才说："我也刚到。"

或许是因为太久没和异性挨着坐过，她觉得原起的体温炙热得有些过分，灼得她脸不自觉地发热，余光下意识地乱瞟，恰好看见他露在短袖外的极具线条感的小臂。

那体温仿佛刚从火炉里滚过一回，可偏偏他身上又传来很明显的沐浴露香味。

"你刚洗过澡吗？"想着原起话不多的性格，黎嘉苿装出自来熟的模样，找到了一个不那么生硬的切入点。

"嗯。"原起平静地应了声。

半响，他又补了句："刚刚训练时出了些汗。"

闻言，黎嘉苿豁然，怪不得洗过澡后的体温还是那么灼热。

同时也解释了他踩点到的原因。

两人都不是多话的性格，黎嘉苿也害怕自己会耽误原起这位运动员珍贵的休息时间，所以简单沟通了几句后便直入主题，开始授课。

当晚回到宿舍，洗澡的时候、吹头发的时候，黎嘉苿脑子里想的都是原起。

经过晚上两小时的"学术交流"，黎嘉苿不得不承认，原起的学业基础确实是……有点差。

就连最基础的求导、求极限，都要从头到尾重新梳理一遍。

但所幸他态度端正，既不会不懂装懂，也不会走神发呆，而且平心而论，原起对于新知识的吸收速度还挺快。

只是之前落下了太多，补习就类似于盘古开天地。一张空白纸递到黎嘉苿面前，她有些不知从何处下手。

019

黎嘉茉边思考，边吹头发，直至发梢也达到七八分干的状态，才关了吹风机，端上换下来的衣服去洗衣房。

将衣服一件一件地往洗衣机里塞，还没摁下"开机"，黎嘉茉的注意力便被身边两个女生的交谈声吸引了。

"你刚刚进来的时候看到了吗？"

"看到什么？"

"亓宸啊！计算机学院的那个院草！"

闻言，黎嘉茉心中登时生出不好的预感。

摁下洗衣机的启动键，也不顾脚上穿的是拖鞋，她一路小跑回了宿舍。进门后，直接冲向书桌，她拿起放在上面充电的手机，心中那不好的预感立即得到了验证。

手机锁屏界面显示，有来自亓宸的四个未接电话。

点进微信，把聊天界面往下拉，发现亓宸分别在下午和晚上给她发了三条消息。

只不过她下午在自习，晚上在做家教，期间虽然瞅过几眼手机，可亓宸的聊天框被一些班级群、工作群挤到了下面，导致她没有看见。

7ch：明天下午去我家吃饭，一起回去。

——15:02，来自亓宸。

7ch：人呢？

——20:11，来自亓宸。

7ch：？

——21:42，来自亓宸。

黎嘉茉能轻易想象到亓宸隐匿在手机屏幕之后的臭脸。

她默默地给自己做了心理建设，鼓起勇气打字：我下午和晚上一直在图书馆学习，手机放在宿舍里充电了，现在才看到消息。

点击发送的时候，黎嘉茉的脑海里同时闪过弹幕"黎嘉茉的处事原则之人要学会撒点无伤大雅的小谎"。

接着她再引用了亓宸发的第一条消息，回复：好的，那我们明天几点碰面？

仔细算来，她确实很久没去拜访亓父亓母了。

当聊天界面顶部从亓宸的备注跳跃至"对方正在输入"时，黎嘉茉生出了一种在等待审判的感觉。

但顶部的"对方正在输入"断断续续显示了几次，都不见亓宸的消息。

对面的打字状态每改变一次，黎嘉茉的心跳就骤停一下。

终于，审判的刀落了下来。

亓宸先是回复了她那段解释。

嗯，回了一个句号。

7ch：。

页面又静止了半分钟。

7ch：三点。

黎嘉茉忙不迭地回复：好的。

发完这句话后，黎嘉茉又等了一会儿，但聊天界面就此凝结。

亓宸并没有提他在她宿舍楼下的事情。

原来不是来逮她的？

思及此，黎嘉茉松了口气，这才安心地退出聊天界面。

目光刚从置顶的亓宸的聊天框撤回，黎嘉茉又被紧紧挨在下面的一条转账消息惊了一下——原起向你转账520元。

黎嘉茉对着那个数字怔了几秒，有种手足无措的感觉，甚至都不敢点开对话框。

不知过了多久，今晚有些不在状态的大脑才恢复了运转，黎嘉茉后知后觉地反应过来，一小时课时费260元，两个小时就是520元。

另一边，转过账后，原起在书桌前坐下。他从书包里拿出课本和笔记本，翻开，第一本上面都写着"黎嘉茉"三个字。

黎嘉茉的字体偏圆，落笔清晰，因为名字中的每个字的笔画都偏多，颇像一个个圆滚滚的汤圆，让人看得很舒服。

只不过不知道为什么，字体都有些向右倾。

再往后翻，却骤然变了一种字体。

是原起今天听黎嘉茉辅导时记的笔记，不多，但和第一页的字体以及这花花绿绿的笔记本封面形成了两种截然不同的风格对比。

这是黎嘉茉的本子，她给原起做笔记用的。

看到这个名字，原起又点开手机，看见黎嘉茉已经收下了那笔课时费，并发过来一个"谢谢老板"的表情包。

打出"不用谢"三个字，又删除。

原起想，他和黎嘉茉，应该是平等的脑力和财力交换关系。

他算不上黎嘉茉的老板。

凝眸，思忖一番，原起觉得似乎回什么都有些奇怪。

刚好，徐昊屿在他们的聊天群里发了一个还算可爱的动漫兔子的表情包，原起便随手转发给黎嘉茉了。

转发完，退出聊天界面，他的动作顿住——

退出聊天界面后，横列的微信聊天框居然显示了他刚刚发的那个表情包的名字。

他没有想到,表情包还会有名字。

看着聊天框中显示的"娇羞"两个字,原起的额角抽了抽,一时之间,隐隐有难言的赧意涌上心头。

于是他再度进入聊天框,想把刚刚发出去的兔子表情包撤回。

可刚预备长摁,对面就回复了一个同系列的表情包。

还是那只兔子,抱着一个粉色的爱心。

紧触屏幕的手顿住。

最后,原起还是没有撤回那个表情包。

算了。

发都发了。

他又返回了消息列表。

两人最后的聊天记录已被黎嘉茉刚发过来的表情包取代了,横列的聊天框中显示的文字也变成了那个表情包的名字——

"小心心"。

不知为何,对着这三个字,那只抱着粉色爱心的兔子轻易地浮现在原起眼前。

甚至,从静态的兔子自动变成了动态的抱着爱心跳舞的兔子。

他脑海里还在播放兔子跳舞的画面,目光在那三个字上凝了两秒。

半响,偌大的宿舍里,原起的嘴角缓缓扬起一个极小的弧度。

翌日,黎嘉茉特意从衣柜中找出高考出分后亓母带她去商场买的裙子。

亓母给她买的衣服,黎嘉茉几乎只在去亓家探访时穿,其他时间都是用防尘袋套好,整齐地叠放在衣柜的角落里。

毕竟,如果平时也穿着远高于自己消费水平的衣服,出去吃饭还要担心把它弄脏了,下雨还要担心把它淋坏了。

她还穿着亓母给她买的小皮鞋,前往和亓宸约定的见面地点。因许久未穿,鞋子似乎有些磨脚,走到半路时黎嘉茉觉得脚后跟隐隐作疼。

"嘟嘟"两声车喇叭声突然响起,黎嘉茉有预感地抬头,看见离她最近的路边停了一辆黑色跑车,车窗徐徐降下,露出亓宸的面孔。

两人视线交汇的那一刻,亓宸又按了下喇叭。

黎嘉茉觉得这一道喇叭声里有不耐烦的成分,便赶紧按灭手机屏幕,跑到车前。犹豫了一下,她还是打开了后座车门。

哪想到车的后排居然没有座位。

空空如也的一大片空间,是黎嘉茉没见过的车内设计。

她顿时觉得有些尴尬,喃喃一句:"这后面怎么没有位置呀?"而后合上车门,走到前面,坐上副驾驶位。

系好安全带后,她便直视前方,全程都不敢往亓宸脸上乱瞄。

亓宸也没有回应她那句自言自语般的问话,待黎嘉茉坐好,车子便直接开动了。

车里放着亓宸喜欢的歌,偏摇滚的旋律,衬得两人间的沉默仿佛地狱。

和亓宸待在一起的时候,黎嘉茉连呼吸都是小心翼翼的。

直至车子在一个红灯前停下,脑海里两个声音经过一番厮打后,黎嘉茉终于试探性地开口找话题:"你买车了吗?"

她记得亓宸一直很想有辆自己的车,但一直被亓父以各种理由拒绝。

而亓宸现在开的这辆车,俨然是他爸给他买的新车。

亓宸的左手搭在方向盘上,整个人有些百无聊赖的姿态,只懒懒地发出了一个音节:"嗯。"

黎嘉茉点点头:"那你以后回家都可以自己开车了。"

听到她的话,亓宸侧目,懒洋洋地扫了她一眼,而后勾了下唇:"怎么,想我给你当司机?"

"……没有。"

不管自己说什么,在亓宸那儿都会变个味。心脏忽地像被一只手紧紧揪住,有点泛酸,可黎嘉茉不想解释了。

她不再说话了,低头,佯装看手机,也因此没有注意到身侧的人落在她身上的视线。

街口的绿灯亮起。

车厢内随车流一同流动的只有歌声,仿佛刚才的对话只是转瞬即逝的错觉。

车在车库里停稳,黎嘉茉解开安全带,刚想下车,却猛地被亓宸叫住。

"包打开。"

花了几秒反应过来亓宸的话后,黎嘉茉乖乖照做。

亓宸长臂一伸,从车座后面捞过一个盒子,递给黎嘉茉:"放着。"

黎嘉茉接过盒子,看清上面标注的商品名,是个充电宝。

同时,耳边响起亓宸的声音:"手机没电就用这个充。没见过哪个现代人出门一天不带手机的。"

亓母已经坐在客厅里等他们了。亓宸看妈妈一眼,也没喊人,直接上楼了。

看见自己儿子这副臭屁样,亓母放下手中的电视机遥控器,喊了一声:"臭小子,你给我站住!"然后跟了上去。

路过黎嘉茉的时候,亓母笑了一下:"嘉茉,你先坐。桌上有坚果,你先吃一些垫垫肚子。"

黎嘉茉便坐到客厅的沙发上，静静地等了会儿。

过了一会儿，亓母下楼，坐回她原先的位置，先是寒暄，问了问黎嘉茉最近的学习情况。黎嘉茉回答都挺好的，便听见亓母说："嘉茉啊，你平时能不能和小宸说说，让他多回家。开车也就四十几分钟，弄得像在外地读书一样。"

黎嘉茉顿了顿，组织了一下语言，说："我平时在学校也很少碰到亓宸，碰到的话我会和他说的。"

亓母又问："他最近在学校是不是有什么情况？我看他连家都不怎么回了。"

亓宸最近在忙学科竞赛的事情。

黎嘉茉是从他朋友圈知道的。

如果亓母不知道的话，应该只有一个原因……

黎嘉茉选择了隐瞒："我不太清楚，我和亓宸平时也不怎么交流。"

听到黎嘉茉的话，亓母并不意外，毕竟这么多年来，自己儿子和黎嘉茉似乎都是不冷不热的，更何况……想到当年那件事，亓母噤了声，不再问。

晚饭还是只有他们三个人。亓宸吃了饭就回房间了，黎嘉茉陪亓母逛了一圈花园，然后单独离开了，因为今晚还有原起的家教课。

令黎嘉茉有些意外的是，原起居然在六点五十的时候给她发了他预约的自习空间的记录截图。

先看了下地图，确认自己能按时赶到后，她回复：我马上到！

7：喝什么？

后面跟着一张图，是图书馆咖啡吧的饮品单。

黎嘉茉虽然没有特别想喝饮料，但还是象征性地点了杯热牛奶。

车在图书馆前停了下来，黎嘉茉下车，刷卡进图书馆。走路的过程中，脚后跟的痛感无限扩大，让她只能把重心稍放到另一只脚上。

到了原起约的位置，桌上已经摆好了文具，却空无一人。黎嘉茉坐下来，刚想给原起发微信说她到了，便看见原起拿着一个袋子迈步过来。

他穿着烟灰色的套头卫衣、篮球裤、一双灰白色调的板鞋，鞋子上面的商标，饶是黎嘉茉这样对品牌了解不多的人也认识，她看见过亓母背过这个牌子的包。

原起从袋子中拿出一杯牛奶，递给黎嘉茉，而后才坐下。

牛奶的温度透过杯壁，蔓延至黎嘉茉的指尖，暖洋洋的。她道了声谢，把牛奶放在一旁，看了眼时间，刚好七点整，便翻开书本。

翻至第二单元前，带过第一单元的书页，黎嘉茉便商量着问："要不先把昨天的内容复习一遍？巩固一下。"

却听到原起说："我早上复习过了。"

黎嘉茉没想到原起居然回去后还会学习，心里登时生出冤枉了好人的负罪感，当机立断，跳过学过的部分，翻到练习题，递到原起面前："那你写一下这个第二大题？"

说完，她的视线往原起那儿瞟了瞟，偷偷观察他的表情。

而原起的神态没有丝毫变化。他此时微低着头，立体且疏朗的眉骨如剑一般矗立着，再往下，是随着睁眼的频率轻轻扇动的睫毛。

黎嘉茉看得有些出神。

他的睫毛还挺长的……

可下一秒，被她紧紧盯着的那张脸忽地侧了过来，长睫抬起，那双干净又平静的眼睛注视着她，带着点疑惑。

黎嘉茉吓了一跳，却又因为发现原起的眉头似乎微微蹙起而分了心，没能及时别开眼。

原起："？"

偷看别人被抓包，心跳有些做贼心虚地慌乱，黎嘉茉移开视线，强装镇定地摆摆手："没事没事，你写你的好了，我就是看你睫毛太长了，有点震惊……啊。"

意识到自己又把心里想的话说出来了，黎嘉茉惊呼一声，双手本能地将犯罪工具给捂住。又在下一秒反应过来这个极其愚蠢的条件反射后，迅速放下了手，心中为自己的冒失默哀，同时，脸上传来火辣辣的灼热感。

不用照镜子都知道，她现在脸肯定红透了。

各种各样的思绪在大脑中纠缠成了毛线团，紧紧缠着黎嘉茉的心脏。她觉得自己的心跳越来越快，仿佛就要跃出胸腔了。

终于，黎嘉茉偏过脸，重新对上原起的视线，只是眼神闪躲，说话的声音变小了："对不起，我从小就喜欢自言自语，我妈说过我很多次了，但是我有点改不掉。我刚刚也没有偷偷观察你，就是不小心走神了……"

最后一个字说完，黎嘉茉死死抿住唇，不敢再轻易张口。

她甚至不敢去看原起的表情，直到坐在身边的人缓缓开了口，她才像得到赦免一般，重新把头转过去。

"哦，没事。"

原起神情平静，说话时，情绪没有丝毫起伏："我以为有什么问题。"

"没问题，没问题！"黎嘉茉赶紧摆摆手，指了指原起手里的课本，顺着原起的话岔开话题，"你继续做题吧！"

原起"嗯"了声，重新把视线落回到课本上。

他的头随着视线的转移低伏了下去，左耳清晰地暴露在黎嘉茉眼前。

东窗事发在前,这一次,黎嘉茉不敢再盯着原起乱看,因此错过了他耳根处隐隐的红色。

九点的时候,黎嘉茉批改完原起今天做的习题,宣布下课。她埋头收拾自己的书包,终于拉上拉链,却发现原起仍坐在位置上——

看起来像是在等她。

这个念头一冒出来,黎嘉茉就开始纠结了:也有可能是她自作多情了,原起可能只是刚好想在这儿坐一下,因为他完全没有等人的样子。

于是黎嘉茉又攥着书包带子等了一会儿,见原起仍没有要走的意思,才试探性地问了句:"走吧?"

话音落下,就见原起收起手机,轻"嗯"一声,起身时,单肩挂着的书包随之升起。

黎嘉茉又看到了他宽阔平直的肩膀,有些出神地想起原起的训练项目,好像要把枪架在肩膀上,那如果是溜肩的话,枪岂不就滑下来了?

正想着,头顶落下一道声音。

"怎么了?"

"啊。"黎嘉茉抬头,下意识地张了张嘴,视线相撞的那一刻,她问,"我又走神了吗?"

原起顿了顿:"应该吧。"

他也不知道黎嘉茉是不是在走神,只注意到她的目光似乎一直落在他的书包上,但又想到黎嘉茉之前的话,觉得她可能是神游,也可能是又关注到什么特别的地方了。

不知道为什么,心像被狗尾巴草拂过一样,原起有点想知道黎嘉茉在想什么。

他有点想问,却又觉得不适合问出口。

不过下一刻,心中的摇摆停止,因为他听见黎嘉茉问:"射击运动员的肩膀是不是都要像你这样啊?"

原起有些疑惑:"我?"

"就是……"黎嘉茉伸出两根食指,对着原起的肩膀比画了一下,飞快地在脑海中搜寻出一个贴切的词汇,"太平洋宽肩。"

说罢,黎嘉茉眨着星星眼看原起。

她是故意这么问的,目的是为了光明正大地拍原起的马屁。

她觉得,被夸身材好,是个男的都会心花怒放吧?

思及此,黎嘉茉看向原起的神情又飞扬了两分。

在她期盼的目光里,原起的神情终于有了些许松动。随后,他启唇:"为什么是太平洋?"

这个问题把黎嘉茉问住了。

她呆了一瞬,但还是回答:"可能是因为太平洋是最宽广的大洋吧?"

原起沉默,似是思索了一番她的话,又缓缓开口:"但是如果是从横向来看,北冰洋和南大洋才是经度跨度最广的。"

他讲话的速度不疾不徐,黎嘉茉认真听着,也认真思索一番,最后得出结论——

"我觉得你说得很有道理。"

最后一个音节消散在空气中,黎嘉茉短暂地沉默了一瞬,突然觉得有些好笑。

他们怎么在讨论这个?

不知为何,黎嘉茉觉得自己压抑了一下午的情绪意外放开,她此时竟感到些许松弛与愉悦,顿时便有了说话的欲望,把自己刚刚没问完的话问出口:"如果没有北冰洋宽肩,你比赛的枪会不会从肩膀上滑下来?"

念到"北冰洋宽肩"几个字时,黎嘉茉稍稍咬重了些。

虽然不至于喜形于色,但在那张淡漠的脸上,外露的情绪易于捕捉,黎嘉茉看见原起漆黑的眉听到她说这个词时微微扬起,嘴角的弧度亦不再是冰冷平直。

之前没思考过这个问题,原起想了下才回答她:"应该不会有影响,训练服的肩膀处是有厚度的。"

黎嘉茉点点头,表示了然。

两人这才迈步朝电梯口走去。

而一迈步,脚后跟处皮肉摩擦的痛感又延伸至脑神经,逼得黎嘉茉放慢脚步。

注意到身边的人没有跟上,原起顿住脚步,转身,便看见跟在他身后的黎嘉茉有些一瘸一拐。

眉心微微蹙起,原起停下脚步,站在原地等黎嘉茉重新跟上。

待两人重新位于同一水平线时,原起无声地滞了一步。

完全沉浸在痛感中的黎嘉茉对周围的情况无所察觉,只是不断地在心里念叨下次再也不穿这双小皮鞋了。

忽地,她的思绪被原起的声音打断。

"黎嘉茉。"

是从她身后的位置传来的。

距离近,所以她听得很清楚。

黎嘉茉的名字最后一个字是第四声。而往往,当名字以第四声收尾时,人们会不自觉地加重读音。

可原起念她的名字时,没有重音,但似乎拖长了尾音,使得黎嘉茉产生了她回头时原起还在叫她名字的错觉。

"怎么了?"黎嘉苿问。

原起看着她,一字一顿:"你流血了。"

看到原起的车时,黎嘉苿不禁想到今天坐亓宸的车的经历,心中正分神想着他们这些少爷是不是都喜欢买辆车来装点自己的大学生活,就瞧见副驾驶位的车窗缓缓摇下,隔着一个座位的距离,露出原起的面容。

黎嘉苿上前一步,还是先拉开了后座的车门。

当看到那和亓宸的车后座一模一样的内部设计时,黎嘉苿一言不发,一回生二回熟地关上后座车门,历史重演般地坐上了副驾驶位。

车子伫立于路口,余光确认黎嘉苿系好了安全带,原起转着方向盘,驶进单行道,往校医院的方向开去。

黎嘉苿怕自己后脚跟上的血迹会弄脏皮质的车座,只得以僵直的坐姿坐着,背挺得很直,没直接倚靠在后座上,两只脚亦老老实实地并排放在一起。

在一个等行人先行通过的校内路口,紧绷着的黎嘉苿敏锐地察觉到原起望过来的视线。

原起用目光示意她的座位一侧:"旁边可以调座位角度。"

黎嘉苿反应过来原起误会她不靠着座椅是因为座椅角度不合适,想解释,又觉得有些不好意思说出口,便瓮声瓮气地说了声"好"。

校医院的规模不大,停车位便设在医院门口。

等原起停好车,黎嘉苿刚要打开车门,就听见身侧的人说:"你在车上等我就行。"

黎嘉苿侧目。

车门已经被原起推开,光影顺着车门打开的缝隙涌了进来。

他的声音和这夜晚一样静:"我去买药。"

黎嘉苿:"那谢谢你了。"

原起一走,车内瞬间变得沉寂了。虽然原起在时,两人的交流也不多,但和现在毫无生气的安静是有差异的。

他一离开,周边的空气好似都被抽离一般,穿了一天裙子的黎嘉苿此时才迟钝地感受到北方夜晚的冷意。

她缩了缩身子,目光在车内瞄过,最显眼的是方向盘上两个 M 交叠的标志。除此之外,车内干净整洁,没有多余的摆件。

收回目光,黎嘉苿有些百无聊赖地把玩手机——也不知道是出于什么心理,原起在开车时,她的视线只是随着车窗外的光影流转,没把手机拿出来瞧一眼。

打开微信，看到亓宸给她发的消息。

7ch: 到学校说一下。

jasmine: 到了。

没想到亓宸居然刚好在线。

7ch: 才到？

jasmine: 没有没有，到了有些时间了，只是刚才在图书馆，才看见。

对面又不回复了。

黎嘉茉早已习惯，每次和亓宸聊天，都由她来收尾。

除了亓宸，没有其他的私聊窗口。

她的未读消息主要来自一些重要群聊。

除了室友，黎嘉茉几乎没什么朋友。

这并不是因为她处于社交边缘，相反，饶是在学业成绩排名还没有公布前，每次小组组队，都会有很多认识但不熟的同学来找她，因为她好说话，又做实事。金融专业来来回回就那么些人，一个人对待小组作业的态度如何，会直接影响他的下一次合作。

如果说小组合作是等价交换，那黎嘉茉就是里面最万能的流通货币。

但是，仅限于此了。

她不擅长与人攀谈，不懂娱乐八卦、化妆穿搭。抛开这些不说，社交最需要的时间成本和经济成本，她都提供不起。

黎嘉茉曾经试过屏蔽各种群聊，可她发现，一旦这么做了，她的聊天界面会是雪茫茫的空白，仿佛被抛弃了一般。黎嘉茉想，或许有一天自己消失不见了，也不会有人立刻发现。

正浏览着辅导员发到班级群里的奖学金申请通知，一束光穿透无声的黑暗抵达她的身边，温柔地落在她的眼底。

原起坐下的那瞬，黎嘉茉觉得自己的座位都被带得微微下陷了一下。霎时，温热的体温裹挟了鼻息，驱散了趁着孤寂而肆意蔓延的负面情绪。

那具身子略靠近，一个袋子被递到她眼前。伸过来的那只手，骨节分明，青筋隐隐凸起，指甲修得干净平整。

"会消毒吗？"他问。

黎嘉茉点点头，"嗯"了声，然后把那个袋子放在腿上，没有要打开的迹象。

原起又问："你不用吗？"

黎嘉茉张张嘴，把到嘴边的话咽了下去。但是，面对原起那双直接又诚恳的眼睛，她还是把心中的想法说出口。

"我回宿舍再涂吧，不然我怕不小心把你的车垫子弄脏了。"

说出这个想法时，黎嘉茉其实有些局促。

她不知道，这样会不会显得她很小家子气。

上大学这一年里，她已经花了很多时间与精力去学习怎么显得从容，但骨子里的自卑是渗透进血液里的。

每一个细枝末节都可能会引起她的自我怀疑。

话音落下，她听见原起不甚在意的语气："垫子不就是用来弄脏的吗？"

等黎嘉茉处理好伤口，原起才启动引擎，往宿舍区开。

车厢内没放车载音乐，黎嘉茉在收拾贴完创可贴后的垃圾。塑料袋在她手掌间鼓来鼓去，仿佛石子沉入深湖，荡起微波，又静谧无声。

从校医院到住宿区有一段距离，黎嘉茉想了想，开口问："这类车子的设计都是后排没有座位吗？"

听见她的话，正在开车的原起微微斜过目光："什么？"

他应该是没有听清。

于是，黎嘉茉又把问题重复了一遍。

说话时，她思绪有些飘忽地想：加上被亓宸无视的那次，这个问题已经第三次从她嘴里说出来了。

却没想到，在她话音落下的那一刻，行驶的汽车缓缓降速，最后在路边停了下来。

疑惑浮上心头，黎嘉茉看原起一眼，却听见他说："下来看看。"

看什么？

虽然心中充满问号，但黎嘉茉还是跟着下了车。

由于不知道下车的目的，下了车后，黎嘉茉便站在路边干等着。她看见原起绕过半个车身，走到她这一侧，先是拉开后车门，而后偏头，说了三个字："过来些。"

得到原起的指令，黎嘉茉像是机器人一样，往原起那边移了两步。

将黎嘉茉迈着小碎步过来的动作尽收眼底，原起神色未变，淡淡地收回视线，探身，向车内倾了倾，示意黎嘉茉看他的动作："看见这个把手了吗？"

"什么？"闻言，黎嘉茉向前伸了伸脖子。

原起："我手上这个。"

黎嘉茉又把身子朝前倾，但她整个人站的地方偏斜，视线范围内，连原起的手都没看见。

于是，她又往原起那边挪了半步，再次往前倾斜了些，终于看见原起的手中握着一个把式挂钩。

黎嘉茉："看见了。"

晚上九点，夜幕低垂，路灯打下阴影。下一秒，午夜魔法登场，她看见原起将把手往外拉，慢慢地，一个车座渐渐在原先空阔的空间展开。

黎嘉茉："啊！"

将车座拉到一半，原起稍敛眸，入目的便是黎嘉茉那张写满了惊讶的脸。

夜色浓稠，路灯的光晕像是朦胧的镜头，模糊不清。而在这一闪而过的电影片段里，黎嘉茉的眉目轮廓是那处特写，清晰、生动、坦诚。

他手中的动作忽地滞住。

看到那即将完全展开的车座突然卡顿，仿佛一场好戏被打断，黎嘉茉不由地看向原起。

那双眼睛缀了星星点点的光影，明亮又动人，此时带了殷切的期待，直直撞进原起的眼眸深处。

心中的念头松动，原起注视着黎嘉茉的眼睛，开口："想玩吗？"

几秒后，他看见女生幅度极小地点了点头。

原起示意黎嘉茉过来，然后松开手，把能够到把手的位置让给了黎嘉茉。

黎嘉茉学着他刚才的动作，把手覆了上去。把手上，还有原起残留的手心温度，直达她的掌心。

"往外拉。"

黎嘉茉照做。

但那座位纹丝不动。

她回头，向原起求助。

原起微抬下巴："用点力气。"

……好吧。

黎嘉茉又慢吞吞地转过身。

她刚刚确实没怎么用力，因为怕不小心把哪儿扯坏了。

听见原起这么说，就像是得到了许可。或许是因为原起淡然的神情，又或许是相处下来发现他的好脾气，鬼使神差地，她心里的包袱卸了一些，握住把手的力气加大，往外拉。

一个完整的车后座展开在她面前。

像是一卷徐徐展开的画卷，又像是午夜灰姑娘的魔法，南瓜马车等待已久，钟声响起，迎接梦幻的园灯渐次亮起。

"有了哎！"

而初遇这份美丽的辛德瑞拉全然未意识到自己眉眼间都是明媚又生动的笑，她下意识地回头，去看魔法的缔造者。

对上那双亮晶晶的笑眼，原起微不可察地勾了下唇，声音里是隐匿的笑意。

　　他重复了一遍黎嘉茉的话："嗯，有了。"

第二章 ·心墙

"你的心有一道墙,但我发现一扇窗。"

周一,黎嘉茉课表中的第一节课是跨专业的管理学,上午十点开始。但她觉浅,且养成了规律的作息,甚至不用闹钟,早上七点半便准时睁眼。就着从没合好的窗帘缝中照射进来的晨光安静地洗漱完,黎嘉茉拎上前一晚提前收拾好的书包出门。

去食堂吃过早饭后,黎嘉茉去学校的湖边读了一会儿英语,然后去图书馆看了一个半小时的书。

九点四十七的时候,黎嘉茉到了教室,在教室前排帮两个室友占了位置。

离上课铃响还有一分钟,越来越多的同学踩点拥进教室。突然,原本不时传来窸窣声响的教室静了一瞬。

以为是老师来了,黎嘉茉也抬头,看见教室门口站着的却并不是老师,而是几张陌生又熟悉的面孔……嗯,其中有一张脸已经算不上陌生了。

金融专业的几位运动员特招生普遍个高,此时站在一起,很轻易地攫取了教室里大半人的目光。而他们像是早就习惯了这种注视,自动屏蔽了周围的环境,仍旧自如,来时是怎么说话打闹,进教室后也不收敛分毫。

人群之首,是原起。

他一直沉默着,直到旁边的徐昊屿捣了捣他的胳膊,对他说了些什么,他才张唇回了几个字,然后目不斜视地和其他人一起往教室后排的位置走。

在他们即将经过自己这排的时候,黎嘉茉别开眼。

上课铃响,原本趴着睡觉的程诺一百八十度地伸了个懒腰,伸展的动作在看到坐在中后排的那几个人时僵住。

"天哪!"她有些激动地拍了拍坐在身旁的周瑾桉,"你快看快看!"

周瑾桉头也没回便知道程诺在激动什么:"人家在你睡觉的时候就进来了。"

程诺:"不是,这也来得太齐了吧!上个学年一个人影都看不见,今天怎么都一起来了?他们教练是给他们制定了什么上课 KPI(关键绩效指标)吗?"

黎嘉茉和程诺之间隔着个周瑾桉。

于是她不需要回应程诺的话,便没有开口。

在第一天给原起上课的时候,为了套近乎,她也问了原起类似的问题,因此便知道,是一位运动员学长因为学业原因延毕,被教练当作负面例子警醒他们,并耳提面命地告诉他们低分飘过也得飘过。

此时,程诺和周瑾桉还在就"教练到底有没有给运动员制定上课KPI"这个问题小声争论,因为她们并不知晓这个问题的答案,故而各执一词,没有定论。

殊不知,沉默无声地坐在她们身边的人,心中有关于这个问题真正的答案。

耳边是两人"嗡嗡"的议论声,黎嘉茉置身事外地翻开课本。

藏着心中的秘密,像是藏着一个宝藏。

只有她知道的宝藏。

第一堂课,老师简单地介绍了一下这门课的给分标准,简而言之,就是以小组作业为主。

一下课,周瑾桉就问黎嘉茉要不要一起组队。

黎嘉茉说了好。

旁边的程诺也插入两人的对话,嚷嚷着她也要一起。

说着说着,程诺话锋一转:"那些体育生会不会没有人和他们组队啊?他们七个人能凑出一个脑子吗?"

周瑾桉:"你操心得可真多,要不你去加入他们?"

"那还是算了。"程诺立即唯恐避之不及地摇摇头,"带一个倒还没问题,带一群我是够呛……嘉茉,走了!发什么呆呢?"

"……哦。"黎嘉茉慢悠悠地回神,"刚刚走了下神。"

听见她的话,程诺"扑哧"笑了:"你能别这么认真地说自己走了下神吗?怪可爱的。"

黎嘉茉张了张唇瓣,不知回什么,最后便只笑了一下。

10米气步枪是国际射联的比赛项目之一,比赛规则是资格赛男子60发在105分钟内完成,女子40发在75分钟内完成。

阒寂的训练场内,唯有打靶声。

手举枪支,调动核心力量稳住枪身,同时还要分出注意力瞄准靶心。训练场内闷热难耐,但每位射击选手都必须穿着厚重的专业射击服。

训练开始半小时后,汗水已经浸湿了原起的后颈。

十几公斤的枪支悬于枪架,支撑点完全在手上,小臂已酸到胀痛。偶尔有想放下枪休息的时刻,教练熊虎跃针对个别运动员的训话却又像是对每一位选手的告诫,响彻训练场:"说了多少次了,核心要稳!怎么稳?

就一个字，练！"

每个人都专注于自己的枪靶。

这是一项不容许分心与失误的运动。

涔涔的汗珠从太阳穴往下掉，原起却好似觉察不到。他的目光紧紧扣着步枪的觇孔和准星，视线里，只有枪靶上10.9环的靶心。

除了调整核心及读靶，近两个小时的训练里，原起没有改变过自己的位置。直到打完最后一发激光子弹，放下枪的那一刻，小臂发麻的钝痛感才像触电一般蔓延开来。

去往读靶机的路上，原起试着抬胳膊，霎时，撕心裂肺的胀痛感像是藤蔓一般缠绕住整只右手臂。

可乍一看，甚至无法看清他神色的变化。只有走近，才能看见他微微拧起的眉头，听见他越发沉重的呼吸。

在熊虎跃来之前，原起先看了自己的成绩，比他个人的最佳数据差了1.7环。

原起的眸色沉了几分。

60发子弹，1.7环的差距，看起来是极小的误差，但对于射击项目来说，差之毫厘，谬以千里，这是不会被教练宽容、更不会被自己原谅的数据。

还未走近，看见原起低垂的目光与思索的神色，熊虎跃便知道，今天的训练结果他不会太满意。

但这不代表他会对自己的学员心软。

看了眼读靶器，熊虎跃指出原起一处9.7环的失误，张口就骂，中途还不忘停下来，告知大家可以去休息了，然后又继续骂。

离场时，众人都向原起投去怜悯的目光。

大家都知道原起被训的原因不是他技术不好，而是因为世锦赛的那枚金牌是他拿下的，也就是说，两年后的奥运会，多出来的中国参赛席位是原起锁定的。

也因此，暑假回来之后，原起被骂的频率直线上升。

徐昊屿经过原起时，朝他做了个默哀的动作，被熊虎跃一眼瞪了回去，徐昊屿当即像屁股着火般地跑开了。

而当事人原起却似毫无怨言，一米八八的高个，此时沉默地站在教练面前。他挺直背脊，除了涉及细节的部分会开口和教练争论几句，此外一言不发。

连续不断地骂了近二十分钟，熊虎跃大喘气，然后朝原起摆摆手："今晚回去做三十组平板支撑。走吧。"

他知道原起是会把他的话听进去的学生。

到了休息室，脱下厚重的射击服，原起从装备包中拿出一条干毛巾，坐在沙发上擦汗，空出的那只手点开手机，先在备忘录的专门分类里记下了今天的训话要点。

比原起提前二十分钟回到休息室的徐昊屿此时已经洗完澡，衣着清爽地晃悠到原起面前："骂完了？"

原起没理他。

他们的室友兼队友成泽，此时也刚好在旁边，听见两人的对话，插嘴道："你们那个管理学课组好队了吗？"

徐昊屿惊道："老师不是说下次课前组好就行吗？"

"说是这么说，但那群学霸好像课上就组好了。"成泽的话里有些阴阳怪气的成分，他把所有文化生都称作"学霸"，带着贬义色彩。

闻言，徐昊屿心觉凄凉，有些惨淡地"啊"了声。

完了。

他们一群没上过课的运动员组队，直接点播一首《凉凉》得了。

语毕，成泽将目光投向原起，见原起像是在看微信消息，便喊了他的名字。

视线从微信聊天界面上收回，原起抬眸，目光平静。

成泽问："要一起组队吗？"

徐昊屿在心中替原起回答了。

不然呢？他们这群孤苦伶仃的运动员，除了抱团取暖，根本没有其他出路。

要是时间能重来，如果知道会有这么一天，他徐昊屿一定要重回大一，和同学们打好关系。

他正追悔莫及，便听见原起澄澈的嗓音响起。

"不了。"

听见这和预期截然不同的回答，徐昊屿睁大眼睛，看向原起。

室内灯光透过眼睫，在原起的眼睑下覆上一层极淡的阴影。他神色漠然，平静道："我组好队了。"

他的手中，是因为长时间未触碰而欲熄屏的手机。

微信聊天界面中，对面的头像是白底的茉莉花简笔画。

jasmine：你管理学要和我一组吗？

收到原起回复的时候，坐在自习室的黎嘉茉还收到了一个来自他的520元的红包。

纵使已经有心理准备，但再看到这个微妙的数字时，她心里还是会生出一种别扭的异样感。于是她打字：课时费一周结一次就可以啦。

7：好。

正当黎嘉茉准备找一个表情包来终结这次对话时,却看见对面的聊天气泡突然位移,是一条新消息。

7:脚还疼吗?

她找表情包的手顿住。

jasmine:不疼了,昨天那双鞋太磨脚了,换双鞋就好了。

7:好。

想了想,黎嘉茉又发了一个可爱联盟的小猪表情包。

又在图书馆待了会儿,去操场运动打卡完后,黎嘉茉回到宿舍。一进门,听到声响的程诺就立刻扑了上来:"怎么样,怎么样?他同意了吗?"

黎嘉茉被程诺的热情吓了一跳,随后点点头:"同意了。"

"能不同意吗?"正坐在座位上看TED演讲视频的周瑾桉幽幽地道,"不和我们一队的话,他就得和其他体育生一起抱团了吧。"

听到"抱团"两个字的时候,黎嘉茉微微抿了下唇。

不知为何,周瑾桉将这个有点贬义的行为和原起联系上,让她有些不舒服。

黎嘉茉走到自己的座位前,准备收拾东西去洗澡。

看见自己座位旁一直空空如也的那个位置,此刻反常地堆了一些杂物和护肤品,黎嘉茉感到意外,问:"隋妙语回来了吗?"

隋妙语是她们宿舍的第四个人,是黎嘉茉在现实生活中接触到的第一个将电视剧里的大小姐生活演绎出来的人。

比如因为嫌宿舍床小,整个大一都是自己在校外租房住,所以她的座位之前一直是空着的。

"哦,她今天晚上回来了一趟,那时候你在图书馆。"程诺说,"她这个学期要搬回来住,过几天就回来。"

随着一周课程的推进,金融专业的同学们慢慢发现那些运动员并不是所有课都会来上,比如常常有下午的课程和他们的训练时间冲突,那些课他们自然是不上的。

而且从周一到周五,原先整整齐齐来上课的运动员大队,人数也日益稀少了。

不过黎嘉茉每节课都能看见原起。

或许是受对原起的初印象影响,每每看见原起,黎嘉茉都会下意识地观察他今日的穿搭。她发现原起一周的穿搭,从上衣到鞋子,的确如大家之前议论的那般不带重样的。

而有几次,原起似是觉察到了她的视线,抬头看了过来。

毫无例外,每一次黎嘉茉都会在原起抓到她这个"偷窥贼"之前做贼心虚地转回脑袋,而后长吁一口气。

好险。

她在自己都没意识到的情况下,下意识地躲着原起。

有几次,黎嘉茉想出教室上厕所,可当她在走廊上远远瞥见原起的身影时,她居然条件反射地掉头跑回教室。

也因此,哪怕她和原起几乎每一堂专业课都在一个教室上,仍没有私下与他说过一句话,就连微信聊天,也停留在她的那个表情包上。

甚至有一次,黎嘉茉和原起在楼道里正面撞上,两人一上一下。

他依旧是众星捧月般地走在人群中心,而黎嘉茉则背着沉重的小书包,孤零零地往下走。四目相对的那一刻,原起的目光沉静地望向她。黎嘉茉在心中纠结了一下,都欲鼓起勇气和原起招手了——

可走在原起身边的人高马大的运动员们注意到他的注意力有些分散,纷纷循着他的目光看过来。

刚刚鼓起的勇气就像是气球被他人用视线的小针一扎就漏气了,黎嘉茉又匆匆地错开眼,攥紧书包带子,顺着墙壁,强装镇定地跑下了楼。

而也是这次经历,让黎嘉茉明白了自己为什么会有意无意地避开原起。

她不想成为被关注的对象,偏偏原起永远是视觉中心。

她的潜意识帮她做出了预判,如果她在平时和原起打了招呼,那落在她身上的目光肯定会呈指数型增长,甚至会引来很多类似于程诺那样没有恶意,但会令她感到压力的询问。

于是,身体开启了保护机制。

看见原起,黎嘉茉的第一反应就是逃跑。

周五上午。

因为要坐一个多小时的公交车去郊区的福利院当志愿者,黎嘉茉六点便起床了,在六点半,成为刚开门的食堂的第一批用餐者。

由于来得过早,卖馄饨的窗口还要等待馄饨出锅。黎嘉茉站在队伍的头部,利用等待的空隙看财经网公众号。忽然,氤氲的热气中,从隔壁窗口传来一个中气十足的声音——

"阿姨,买二十个水煮蛋!"

这一嗓门成功地吸引了黎嘉茉的注意力,她心中诧异真的有人可以一顿吃二十个鸡蛋吗?她没忍住,往身旁的队伍瞄了眼,便看见为首的、正在与食堂阿姨沟通把鸡蛋装起来的人,是她大一的同班同学,穿着橘色训练服的徐昊屿。

而不知为何,这些运动员身上的细胞仿佛都格外敏锐一般,黎嘉茉才刚刚看清徐昊屿的脸,就见他那双圆溜溜的眼珠子已经飞快地转了过来。

对视一秒。

在黎嘉茉心想徐昊屿应该不认识自己,打算佯装无事发生地撤回目光之际,对面的徐昊屿高高地举起了手,露出一口白牙:"嗨,黎嘉茉!"

此时,食堂里人很少,十分安静,徐昊屿这一声,声如洪钟,荡气回肠。

黎嘉茉的脸颊微微发热,但她面上不显山不露水,也冲徐昊屿招了招手:"嗨。"

射击队近期都有晨训安排。

今天他们要去校外和友校进行训练交流,教练要求大家六点五十到操场集合跑圈,再统一坐车到隔壁市。

两张靠近餐厅入口处紧紧挨着的餐桌,已被穿着统一的橘色训练服的男生们包围了。

"起起!"

徐昊屿拎着二十个水煮蛋,兴冲冲地跑回来,屁股刚刚碰到座位,手中的鸡蛋就被瓜分到各个碗中了。

徐昊屿早有预料地从口袋里掏出四个鸡蛋,往自己碗里搁了两个,又放了两个到原起的餐盘里:"我刚刚碰见黎嘉茉了!她还和我打招呼了!"

说完,徐昊屿盯着原起,想看看他是什么反应。

但是,还没捕捉到原起的神情变化,旁边就有人嚷嚷着问:"黎嘉茉?谁啊?起哥的迷妹?"

徐昊屿刚想抢答,坐在一旁剥鸡蛋的原起却忽地出声,语速如常:"我同学。"

"就是那个 his teacher(他的老师)!"在原起说完后,徐昊屿又挤眉弄眼地补充道。

自打知道原起真的找了黎嘉茉当课程辅导老师之后——不过他并不知道其中的弯弯绕绕,只当原起是听了他的建议才主动联系的黎嘉茉——徐昊屿就常常这样称呼黎嘉茉,并且把这件事情大肆宣扬了出去。

于是,他一提到"teacher"这个词,坐在一旁的大家就都露出恍然的神情,八卦的心立刻退去大半。

但还是有人好奇地伸长脖子张望:"在哪儿呢?让我看看 Teacher 长啥样?"

"在——"

"吃饭。"

徐昊屿刚想给大家指黎嘉茉的方位,就被原起出声打断了。

原起目光微垂,专心地剥着手上的鸡蛋,缓慢道:"等下迟到了。"

徐昊屿睨原起一眼。

原起手里的鸡蛋已经剥了一半,此时他慢条斯理地咬了口,脸上看不

039

出什么特别的情绪。

目睹原起吃完手上那个鸡蛋,徐昊屿没忍住,又问:"不过我怎么感觉平时没见你和 your teacher(你的老师)说过话?"

过了片刻,原起淡声回答:"没什么要说话的地方。"

徐昊屿沉默片刻,但转念一想,又确实如此,毕竟两人看起来的确没啥共同话题。

原起今早没来得及灌水,吃完早餐后就先离开了。

出了食堂往右拐,是一个摆了饮水机的角落。

原起到的时候,恰好看见一道熟悉的身影。早上七点,天色刚刚亮透,空气中还浸着昨夜的凉意。女生先伸手摸了摸瓶身,试好温度后,低头旋转瓶盖,而后抱着刚刚接满水的水杯往外走。

他脚步顿住,凝眸望着那道即将远去的背影,看了几秒,才启唇:"黎嘉茉。"

但黎嘉茉没有停下脚步,下一秒,拐过来时经过的拐角,消失在他的视野里。

举目远眺,只剩满是云层的霭霭阴天。

站在原地半晌,原起的睫毛轻颤了一下。

坐了近一个小时的地铁,又换乘二十分钟的公交车,再徒步十五分钟,耳机不知疲倦地播完一整个播放列表,黎嘉茉终于抵达了目的地。

这是被城市遗忘的角落,隐匿在茂密树林间的,是一座历史悠久,但也随着年月增长而越发无力的福利院。

听到门打开的声响,原先安静地坐在大厅角落看课外书的张开怀像是有预兆一般地抬起小脑袋,在看清来人后,他以迅雷不及掩耳之势放下手中的书,扑到黎嘉茉怀里,咧着嘴兴奋地大喊:"嘉茉姐姐!"

黎嘉茉感受到怀里小人温热的体温,早起的烦躁一扫而空,嘴角不自觉地翘起,她揉揉那颗毛茸茸的脑袋,柔声道:"笑笑,要剪头发了。"

"理发叔叔下周就来了!"张开怀乖巧地答复。

福利院里的员工与小孩的发型,都依靠社会上的理发师们定期来这里进行公益理发。

黎嘉茉陪着张开怀读了一会儿课外书,然后在院长的许可下,带他去了附近最近的小市场玩。

许久未出门的张开怀似出笼的鸟,叽叽喳喳地四处飞,在琳琅满目的商品中徘徊流连,但是极有原则,需要花钱的一概不要。

直到他的目光在某处停留。

黎嘉茉看过去,发现他的眼睛紧紧地盯着一个电子枪摊位,摊位旁边立了一块小白板，上面用记号笔歪歪扭扭地写着"十元五发"。

她心中了然，拍一拍张开怀的肩膀，将他的注意力吸引过来后，开口询问："笑笑，我想打这个电子枪，你要和我一起玩吗？"

果不其然，下一秒，就看见张开怀的眼睛"噌"地亮了，他嗓音清脆地大声答："要！"

一分钟后，两人大眼瞪小眼，面面相觑，最后不约而同地"扑哧"笑出声。

电子靶上，只有黎嘉茉打的两发子弹里，有一发将将打中七环，其余的子弹都了无踪迹。

十元的付出，最后收获几颗外包装是七彩闪纸的劣质糖果。

离开打枪的摊位后，张开怀还一直在复盘自己刚才的表现，时不时冒出"准心""靶心"等专业词汇，听得黎嘉茉忍俊不禁："张开怀，没想到你还是个专业人士。"

"那当然。"闻言，张开怀自豪地挺起胸脯，一脸炫耀的模样道，"学校的体育老师给我们看了很多比赛视频。"

黎嘉茉有些意外："射击吗？"

"是的，老师说他可是射击运动的铁杆粉丝！"说到最后四个字时，他特意拖长了音调，像说相声一般。

听到"射击"二字时，一个名字拨云见日般地浮现在黎嘉茉的脑海里。她微微有些失神，又被衣袖传来的扯动感拉回了注意力。

她垂眸，便看见张开怀正眨巴着他那双黑葡萄般的眼睛，满怀期待地注视着她。

黎嘉茉俯下身，柔声问："怎么啦？"

"嘉茉姐姐，"张开怀的声音脆生生的，好似蹿着兴奋的小火苗，"你知道原起吗？"

周六。

在辅导员发的奖学金答辩通知后回复了"收到"，黎嘉茉收起手机。

一道身影遮住图书馆的白炽灯光，化成阴影，落在她的身上，又像日光下的湖心旋涡，转瞬即逝。

明明在周五之前，每天都见面，可再次和原起这样相遇在图书馆自习空间，黎嘉茉蓦地生出一种恍如隔世的感觉。

而两人之间的氛围，像是平静无声的河流直面冬日的严寒，河面结起薄冰，在冰封的边缘徘徊。

这微妙的气氛让黎嘉茉心脏隐隐发紧。她不动声色地往原起那边瞄了眼，看见他正低着头在打开书包，只露出漂亮的额头和微垂的眼，看不清神色，却让人莫名不敢说话。

041

见时间也到了，黎嘉茉便打算直入正题。未承想，在她说话前，原起先开了口："直接上新课吧，之前学的我复习过了。"

这句话叫人听不出他的情绪。

黎嘉茉从书包里拿出一份打印好的材料，放到桌面，双手将其推至原起面前："我在教务网上查了一下《微积分（甲）》的补考时间，然后结合我们的上课时间和考试时间做了一个进度表。"

她顿一顿，视线上移，落在原起眸间，轻声问："你看一下可以吗？"

而原起像是在走神，静了几秒，才伸手去拿那份计划表。

半分钟后，似是浏览了一遍，他把计划表放回桌面，说："听你的。"

说话的神情很漠然，但那三个字令黎嘉茉很受用。

于是，她说了声"OK"："这个计划表你收起来吧，我这里有电子版的。"

说着，黎嘉茉翻开课本，接着上次的进度继续讲课。

黎嘉茉对别人的情绪很敏感。

譬如今天，她能察觉到原起的心情一般。

不说差，但肯定是提不起兴趣扯其他事情的状态，于是，直到辅导完今天的功课，她都没敢提让原起给张开怀签名的事情。

讲完最后一道题，黎嘉茉又把今天讲的知识点复盘总结了一遍，而后看了眼时间："那今天就上到这儿了。你还有什么问题吗？"

说话时，黎嘉茉的手已经伸到桌面下，偷偷合上了红笔的笔盖。

毕竟之前每节课结束前她都会这样说，而原起的问题基本已经在课上问完了——出乎黎嘉茉意料的，他并不是那种有问题憋着不问而导致错过最佳提问时机的学生——所以，每次问出这个问题的下一秒，黎嘉茉就可以起身离开了。

可这次，在黎嘉茉的思绪已经飘到也不知道明天原起的心情如何时，耳边却传来一声"有"。

黎嘉茉愣了愣，反应过来后便条件反射地挺直了背，准备重新开始讲课："你说。"

可原起只是看着她，嘴角微微扯动，但最终回归平静，一言不发。

见他迟迟不说话，黎嘉茉便也不出声，一直等着。

终于，原起的视线从和她对视的角度错开，又移回来，看向她，问："平时上课，你为什么避开我？"

原先，原起的眼睛虽是对着黎嘉茉，却有隐约回避的意味，但这句话说出口之后，垂睫挡住眼神的掩饰不见了，他的目光不带遮掩地看向黎嘉茉，如炙热光线一般明晃晃地打在黎嘉茉的脸上，不容她回避，要一个明确的答案。

黎嘉茉怔住,下意识地反驳:"我没有避开你……"
说到最后,她已经没了底气。
她没想到,原起不仅看出了她在刻意避着他,甚至直接把这件事说了出来。
原起的视线像是空气,轻飘飘的,但是压得重了,羽毛也似千钧沉,让黎嘉茉觉得自己拙劣的谎言早被他看穿。
所幸,原起并不打算和她玩心理战,他沉默几秒后,启唇,平静道:"那天在楼道里。"
点到为止。
他的声音散在空气里,那片羽毛又拂过黎嘉茉的心。
她稍稍镇定,最后,诚实地道:"那天,我原本是想和你打招呼的,但是人太多了。"
原起凝视着她,目光不再像紧绷的弦,但还是执着。
"人太多了。"他重复了一遍黎嘉茉说的最后几个字,咬字缓慢。
两人无声相望,他的脸上明晃晃地写着"所以呢?"三个大字。
"人太多了……"这几个字又绕回黎嘉茉的唇间,她一边组织语言一边回答,苦思冥想的心境就像是蜗牛在题海中慢慢爬,"我就不好意思和你打招呼了。"
看着原起那显然还带着疑惑的神情,黎嘉茉幡然醒悟。
他应该不懂什么叫作视线恐惧症。
突然觉得自己害怕他人注意这个理由有些难以启齿,但话已至此,显然不能半途而废,于是黎嘉茉思忖一番,说:"……我是一个容易害羞的人。"
说罢,她佯装镇定,撞上原起的视线更深一分,以此来增强自己话语的说服力。
原起缄默,不知是信了,还是没信。
终于,他的神情有了松动,又道:"我昨天早上在食堂接水的地方看见你,还叫了你的名字。"
"但你没理我。"
黎嘉茉的嘴巴张了张,等原起说完,为自己辩解:"我没有听见,我那时候应该戴了耳机。"
这次是不掺谎言的回答,说话的底气登时增加。
不知过了多久,清风吹过,那片拂着她脸庞的羽毛落至地面。
原起应该是接受了她的解释,撤回视线,在黎嘉茉松了口气的时候,他又道:"那我和你打招呼的话,你会理我吗?"
"当然!"黎嘉茉忙不迭应下。

043

她有些分神地想,这是个需要问的问题吗?

黎嘉茉认为自己还是很有亲和力的长相。

该被问这个问题的人应该是……

黎嘉茉看着面前那张英俊却过分冷淡的脸,在心中下了结论。

而在她的心声之外,听到回答,原起"嗯"了声。

这个话题终于有了结束的迹象。

脑袋中,一根弦突然续上,黎嘉茉叫了声原起的名字。

她从书包里掏出那张空白的明信片,试探性地递到原起眼前,小心翼翼地开口:"你能帮我写张明信片吗?"

周日上午经管大类举行奖学金答辩,黎嘉茉为此特意买了一套西装。

到了答辩场地,黎嘉茉找了一个空着的座位坐下,从口袋里翻出已经翻看得皱起的演讲稿。

"黎嘉茉。"

头顶落下一道女声,黎嘉茉抬头,看见是陶煦,对方也是金融专业的,不过不和她同班。陶煦烫着漂亮的大波浪,耳边别着一枚闪亮的镶钻发卡。

两人是因为小组作业被分到一起而认识的。黎嘉茉回忆不起,她和陶煦是从哪个时间点开始熟悉起来的,或许是大一上学期之后,老师把学业成绩发到群里,加了微信但没有私下聊过天的陶煦私聊她:*专业第一是你啊。*

而大一整个学年过去了,黎嘉茉的学业成绩仍是第一,不过算上科研、竞赛等综合成绩,便成了综合排名第三。

陶煦也穿了西装。

不过不同于黎嘉茉那板正的黑西装,陶煦穿的是一件米色的小西装,袖口处镶着精美袖珍的纽扣,从西装的面料可以判断出其不菲的价格;搭配的是一条白色A字裙,甚至穿了一双尖头高跟鞋,身上的学生气被很好地掩盖。

院领导上台,简单讲了几句,答辩便开始了。

第一个上台的是一个大三的学长。黎嘉茉看了眼他PPT上的履历,他之前已经拿过奖学金,而此时站在台上,整个人亦从容镇定。

由于是普通的院级答辩,答辩的节奏很快,不知不觉,前面的人都完成了答辩。看着他们的PPT,黎嘉茉心中的焦虑意外地被抚平。

看着大家列出来的清晰履历、学业、学生工作、科研经历,充实又耀眼。

如果是在其他场合看见这些履历,黎嘉茉可能会感到焦虑,而今天,她和这些人处于同一个平台,被冠以奖学金候选人这样同样的身份。

当身处这样的人群中,看见了他们的荣誉,一个念头在黎嘉茉心中越演越烈——

  她渴望成长为这样优秀的人。

  等真正开始讲的时候,黎嘉茉发现根本没有自己预想的那么困难。

  她站在台上,将已经完整诵读过不止十次的演讲稿流利地念出,PPT上她的履历,组成了她全部信心的来源。

  "谢谢各位老师,以上就是我的答辩。"

  说完,黎嘉茉朝台下鞠躬示意,回到自己的座位。她刚坐下,就听见身侧的陶煦说:"讲得很好。"

  "谢谢。"

  陶煦的答辩序号就在黎嘉茉后几位,她的第二张PPT上赫然写着"学业成绩排名:2/214,综合成绩排名:1/214"。

  看见她的综合成绩排名时,黎嘉茉心里生出一种很微妙的感受。

  陶煦之后是一位大三的学长答辩。

  由于已经完成了任务,黎嘉茉观看别人答辩的心情变得轻松许多。正研究着学长的履历,她突然听见陶煦问:"你看到那个泽平奖学金了吗?"

  此时,幻灯片恰好播放到学长的奖学金履历页,上面写着曾两次获得泽平奖学金。

  入学的时候,黎嘉茉听其他人议论过,那人似乎是很久之前的一位老学长,后来从商,赶上了风口,如今身家已过百亿。据说他曾给学校捐了八栋教学楼,并且设立了以自己名字命名的奖学金。

  于是黎嘉茉"嗯"了声。

  "你知道这个泽平是谁吗?"

  黎嘉茉没回答,因为她不知道。几秒后,陶煦的声音再度响起:"你和原起是一个班的吧?"

  有些没反应过来陶煦的问题怎么跳到了这儿,但黎嘉茉还是下意识地回答了一个"是"。

  下一秒,就听见陶煦淡淡地道——

  "原泽平,原起的爷爷。"

  等待他人答辩的时间过久,导致黎嘉茉中饭吃得较平日迟了许多,顺带着晚饭也推迟了些。等她吃过晚饭赶到图书馆时,距离七点只差五分钟了。

  由于害怕被人等以及避免迟到的尴尬,黎嘉茉素来是一个时间意识很强的人。把自行车停到车库,她撒腿便往图书馆的自习空间狂奔。

  不过,刚刚跑到图书馆大门,她奔跑的脚步就停了下来。

  因为她看见原起也才从大门外进来。

  原起显然也看见了她。

他很自然地停下步子,站在原地等她。

黎嘉茉几步挪了过去,冲原起招招手,没话找话地说:"好巧。"

站在原起面前时,黎嘉茉察觉到他的目光浅浅地在她身上停留了一下,是那种隐约有些新奇而忍不住多看一眼般的视线,没有多停留,又很有分寸地及时收回。

可仅仅是这样的视线,也让黎嘉茉的脸微微热了一下。她当即解释:"我今天去答辩了,所以才穿的西装……有点奇怪。"

下一秒,她听见原起一字一顿地回答:"不奇怪。"

他回答的语气和神情过分认真,让黎嘉茉觉得脸莫名更热了些,欲盖弥彰地别开眼。

而原起那双清冽又漂亮的眼睛仍看着她。

当黎嘉茉在心中盘算他这次怎么看了这么久时,身侧人的声音再次响起:"很漂亮。"

轻描淡写的语气,却让那绯红从黎嘉茉的脸颊蔓延至耳后。

她不是没被人夸过漂亮,但是被如此认真地夸,还是头一回。

黎嘉茉强装镇定地稳住语气,一副宠辱不惊的模样回了个"谢谢"。

往电梯口走的路上,黎嘉茉跟在原起身后。看着身前那高大的背影和宽阔的肩,原起的手上还拿着没收起来的车钥匙,黎嘉茉的脑子里突然飘过下午陶煦和她说的事情。

"你平时见过原起上学吗?他周一都是自己开车来学校的,开的那车,你猜猜多少钱?"

陶煦冲她竖起四个手指头的画面清晰地烙在黎嘉茉的脑海中,以至于此刻看到原起手上的车钥匙,她心中油然生出一种畏惧感——

那天晚上,她居然玩了一辆四百万豪车的车座。

要是黎嘉茉提前知道那辆车居然这么贵,饶是心中再好奇,她应该也不敢轻易上手玩,要是不小心弄坏了,就遭殃了。

正想着,她的额头扎实地撞上一个坚硬的东西。

黎嘉茉小声"哎哟"一声,扶着额头抬起头,才发现原起正垂眸看着自己。她这才反应过来,自己刚刚撞到的是原起的后背。

黎嘉茉登时有些尴尬,语气弱弱地说了句"不好意思"。

原起语气平静:"没事。"

只是在黎嘉茉看不见的视角里,他的唇瓣微微勾起。

两个小时倏忽而过,讲解完今天的错题,并确认他没有其他的问题后,黎嘉茉宣布下课。

原起冷不丁地喊了她的名字:"黎嘉茉。"

他递过来一张明信片。

是她让原起帮忙写给张开怀的那张明信片。

黎嘉茉没想到原起这么快就写好了,有些意外地说了"谢谢"。她拿起明信片,翻到背面一看,心中的惊讶骤然递增——

她让原起随便写一点就可以,但他居然写满了一整张明信片。

在看了上面的内容后,黎嘉茉发现,原起不仅写得多,而且写得很用心,没一句话是从网上摘抄下来的套话,也没什么华丽的辞藻,更像是他一笔一画的真情流露。

登时,原起在黎嘉茉心中普通好人的地位,乘飞船上升至了超级大好人。

她把明信片夹在书页间,又将书小心翼翼地放回书包里,然后对原起说:"那个小朋友看到这张明信片一定会很开心。非常感谢你!"

原起淡声道:"他能开心就好。"

黎嘉茉环顾周边环境,指了指不远处的饮品柜,道:"我请你喝饮料吧。"

"不用,举手之劳。"原起缓声回道。

说话时,原起已经收拾干净桌面,看黎嘉茉也拉上了书包拉链,便落下一句"走吧"。

黎嘉茉跟着原起往外走。她边走边翻开书包的隔层检查有没有遗漏东西,忽地,指尖触碰到几颗质感有些尖锐的东西,拿出来一看,发现是那日她和张开怀打玩具枪赢来的闪纸糖果。

心头一动,黎嘉茉将几颗糖抓在手上:"原起!"

她这一声,语调是自己都未意识到的欢快。

听见自己的名字被以这样的语气喊出,原起的眉心下意识地一跳。他顿步,回过身,低眸的瞬间,首先看清的是黎嘉茉那双亮晶晶的眼睛。

灯光映在其中,彩色的糖纸明明在她手心发光,却像是在她的眼里汇成一道波光粼粼璀璨的银河。

白净的掌心摊开在他面前,上面躺着几颗色彩缤纷的糖果,耳边是黎嘉茉不知为何有些兴奋的声音:"你吃糖吗?"

心绪有瞬间的恍惚,像是年久失修的灯泡被轻易地晃了一下,意外地闪了闪。

他似乎还没回过神,耳边却已响起了自己的回答,极淡的一声"好",和他自觉摊开的手心。

回到宿舍,黎嘉茉收拾了一下书桌,才在桌前坐下。她拿出手机,发现原起又转了520元的课时费过来。

如今,黎嘉茉看到这个数字已经可以脸不红心不跳了,波澜不惊地接收了转账,只是仍旧觉得这个数字确实微妙了些。

但可以肯定,这不是原起故意设计的。一时,黎嘉茉对原起是如何设置课时费有了些好奇。

　　宿舍里除了她，还有正在和男朋友通话的隋妙语："宝宝，今天怎么这么迟才打电话？"

　　隋妙语的新男友，据说是一个地下乐队的主唱，似乎不受隋妙语父母的待见。

　　而大小姐隋妙语没吃过生活的苦，不惜和父母大吵一架也不愿和这个男的分手，以至于被断了生活费，只得退了校外租的房，搬回宿舍住。

　　黎嘉茉趁着宿舍里的其他两个人还没回来，把今天的药吃了，随后便打算爬上床休息——

　　她忽地想到什么，动作一顿，又折回，从书包里抽出《微积分》课本，带着课本一起上了床。

　　床帘隔绝了床和床外的世界。狭小却温暖的床上，黎嘉茉点亮小灯，在淡白的灯光下，小心翼翼地翻开书本，拿出夹在其中的明信片。

　　原起小时候学过行楷，所以字虽然龙飞凤舞了些，但端正，此时写在明信片上，那段话甚至具有观赏性。

　　小夜灯照亮了每一折、每一捺，深深的黑色印迹嵌入纸面，其中的沟壑铺满光亮。

　　给张开怀小朋友：

看到最后三个字，黎嘉茉忍俊不禁。
她在脑海里模拟了下原起说这三个字的画面，觉得有种异样的萌感。

　　我的语文不是特别好，所以对着这张明信片思考了很久，还是不知道落笔第一个字该怎么写。直到我想起很久之前看的一部电影《阿甘正传》。它讲述了一个先天有智力缺陷的小男孩阿甘一生的故事。

　　里面有这样一段对话：

　　阿甘的朋友（这里应该是女朋友，黎嘉茉合理怀疑原起是为小朋友而欲盖弥彰）珍妮问他："你以后想成为什么样的人？"你猜猜阿甘怎么说？他说，什么意思，难道我以后就不能成为我自己了吗？

　　而这也是我想对你说的——生活是由自己定义的。有很多事情我们无法抉择，无法改变，但这些事情也正是"我"的一部分。接纳不能改变的，改变能改变的，就是这些或好或坏的林林总总构成了你。

祝张开怀小朋友身体健康、学习进步，成为你自己。

原起这番话写得不深刻，亦不直白，但黎嘉茉能读懂其中每一分收敛的语意。

她和原起说了张开怀的身世背景。

母亲因难产而死，两岁时父亲因车祸去世，由于找不到其他家人，便被接到了福利院，从此一住就是四年。

小小的他，连父母的模样都不记得分毫，便已经习惯了孤儿的生活。

而原起那几段话，是在不戳破张开怀噩梦的同时，温柔地献上抵御生活困苦的矛与盾。

黎嘉茉把那张明信片翻来覆去看了不知多少遍，最后又谨小慎微地夹回书页中。她刚准备下床把书放到书桌上，又立刻躺下，把那本书平整地垫在了枕头底下。

几乎是下意识地，黎嘉茉拿出手机，点开了原起的聊天框，在输入栏中打了"谢谢"两个字，又在指尖悬于发送键上的那一秒将这两个字删除。

可对着空空如也的输入栏，她总觉得心底痒痒的，想发点什么。

现在莫名其妙地发一句话过去会不会有点奇怪？

黎嘉茉这样想着，捧着手机在床上滚了一圈，膝盖立即抵到了墙壁，又翻身转了回来。

不过她刚刚收了课时费，因被隋妙语一打岔，也没回话。光收钱不回复，似乎更不好。

如此想着，黎嘉茉有了说服自己发消息的借口，输入了一句"你当初为什么要把课时费定成 260 元一小时呀"发过去。

几分钟后，原起回了消息。

他似乎并不觉得黎嘉茉这样没头没脑的问话很奇怪。

这样的认识让黎嘉茉心中松了口气。

7：徐昊屿说校内辅导最低收费是 200 元一小时。

7：他让我定高 50 元，不然可能没人愿意教。

看到这句话，黎嘉茉心中便了然这是怎么一回事了。

果然，下一秒，新消息弹了出来——

7：我当时觉得 250 元不太好。

看着原起这句一本正经的解释，黎嘉茉忍住想笑的冲动，回复：确实是不太好。

聊天框的顶端又变成了"对方正在输入"，却迟迟不见原起的新消息。

直到半分钟后，他才发过来一个表情包。

暖暖熊的 [尴尬 .jpg]。

在看见黎嘉茉回过来同一只熊的"晚安"表情包时,原起打了个"晚安"回过去。

那句"那你觉得260元这个价格会奇怪吗"就这样被咽回肚子里。

其实,每次发520元过去,原起都会觉得怪异。

但是,既然黎嘉茉没说什么,他就不要多提这一句了。

见黎嘉茉确实没再回复之后,原起放下手机,将目光重新落回翻开在桌面的微积分笔记上。

黎嘉茉的《微积分》课本是买的二手书,且书上不方便记笔记,所以她另外整理了一本笔记本。

看黎嘉茉的笔记很有意思。

譬如——

这页笔记的页脚,被黎嘉茉用蚂蚁一样的小字写了句"加油,小茉莉!",后面跟着一个黑笔画的奋斗的颜文字表情。

视线在这一行和整页笔记内容格格不入的小注脚停留许久,原起平直的嘴角松动些许,慢慢扬起一个弧度。

周一,黎嘉茉去上课前,先去菜鸟驿站取了快递。

她买了一个车子摆件,把它安装在了自行车的把手上。

那是一个拿着风车的小猪。骑车时,有风吹来,小猪手上的风车还会"呼啦呼啦"地转动。

看着模样呆萌的小猪和迷你的风车,黎嘉茉的嘴角不自觉地漾开一抹笑,熨帖的满足感像温水一样缓慢地灌入心脏。

她不自觉地拿出手机,给小猪拍了张照片,发了条无配文的朋友圈。

可一分钟后,面对还没有人点赞的朋友圈,黎嘉茉又默默将那条朋友圈删除。

浸泡在蜜罐中的情绪瞬间风干。

算了吧,有些快乐自己知道就好。

黎嘉茉在心中这样宽慰自己,可挡不住失落像澎湃的浪潮一样拍打她的心堤。

她希望能有个人很迅速地给她点赞,或者评论"好可爱的小猪"。

但是没有。

按理说,微风柔和的清晨,面对令人欣喜的小挂件,她不应该生出任何负面情绪。可在摁下朋友圈删除键的瞬间,她的好心情似乎也一起被删除了。

她默默收起手机,踏上脚踏,独自一人骑行在校园小路间。

最初,孤独感只像一片偶然飘落的雪花,随着时间推移却逐渐不讲道理地滚成了一个雪球。

到了教室,黎嘉茉找了前排的空位置坐下。

程诺要逃课,周瑾桉没让她帮忙占座,黎嘉茉也就不会想到要和其他人坐一块。

别人要和她一起走路、一起坐,她不会拒绝;但如果别人没有主动提起,她也绝不会开口去寻找陪伴。

她习惯了独来独往,也习惯了将对陪伴的需求咽下。

放下书包,黎嘉茉戴上耳机,出门接水。

拐过教学楼的拐角,饮水机设立在走廊尽头。耳边放着音乐,手中持着水杯,一步一步靠近饮水机的时候,黎嘉茉远远看见了一道熟悉的身影。

日历一页页翻过,到了真正的秋天,可原起像是不怕冷一般,穿了件烟灰色的短袖。此时,他手里也拿着一个水杯,安静地站在排队等接水的人群中。他手长腿长,单是站在那儿,就出众到让人无法忽视。

看见原起,黎嘉茉的脚步当即顿住,下意识地想要折返,但这个念头又立即被她压下。

没什么好尴尬的。

虽然对方是超级酷哥,是风云人物,是世界冠军,但只是打个招呼而已,没什么奇怪的。

像是催眠一样在心中默念最后一句话,黎嘉茉稳住呼吸与脚步,走了过去。

在黎嘉茉的预设里,在她靠近的过程中,原起会不经意间抬眸,然后在对视的瞬间,她可以自然地举起手,说一声"嗨"。

可原起站在那儿,明明也没玩手机,目光却不乱瞄,整个人被一种不容他人靠近的冷酷感包围。

等到黎嘉茉都走到接水队伍的旁边了,脑海中预演的第一幕——原起抬眸——还没有上演。

若是在平时,就算对象不是原起,对方没有看见自己,黎嘉茉也断然不会出声打招呼。可偏偏,在黎嘉茉想就这样默默地排到队伍末端时,原起那句"那我和你打招呼的话,你会理我吗?"像是超级玛丽的金币一样蹦出来。

思及此,黎嘉茉镇定心神,在心中无声地鼓舞自己一句"勇敢点,黎嘉茉",她趁着这份决心,开了口:"原起。"

说话的瞬间,心跳骤然加快,像是乘上了疾驰的汽车,载着胡乱的思绪狂奔。

旁边有人听见了这声招呼,侧目扫了黎嘉茉一眼,让她脸红难耐。正想着自己是不是喊得太大声了,心跳的车速逐渐加快,终于,在某个瞬间被判以超速——

站在人群中的原起听到了她的呼唤。

最开始,只是那平直而挺阔的肩颈松动了一下,随后,他侧目,一贯淡漠的目光看不出和以往有什么区别。

可黎嘉茉总觉得,隐隐有什么不一样。

在她试图找到不一样的痕迹时,便听见原起回应了她的话。

"黎嘉茉。"

他只说了这三个字。

和她只喊了他的名字一样。

这不是原起第一次叫她的名字。

可或许是因为不习惯自己的名字在公众场合、在人潮中被念出,黎嘉茉总觉得,原起每念出一个字,她心中那辆小车的轮胎就爆一个。

"砰砰砰"三声,四轮车变成了独轮车。那仅剩的一个车轮,载着破破烂烂的车体,继续向前,最后从心底驶到她的嘴边。

黎嘉茉有些不自在地动了动唇,笨拙地蹦出几个字:"好巧啊,你也在接水。"

茶水间里人来人往,空气里裹挟着嘈杂与热闹。

阳光透过走廊的窗户,纷纷扬扬地洒下来,像是胶卷过度曝光,明亮得让黎嘉茉有些看不清周围。

在这涌动的光影里,那唯一清晰的人像在十几厘米的地方。他可能勾了嘴角,也可能没有,但是说话时,是偏松弛的语调:"是啊,我也在接水。"

黎嘉茉接完水,往回走,才走出两步,目光便定住——

早于她接完水的原起并没有离开,而是站在走廊的拐角处。

路过的人群里,总有几束目光是偷偷望向他的。

黎嘉茉脚步一顿,心中隐隐有个预感。

而这个预感,在下一刻得到了验证。

原起看见了她。

因为站久了而有些放松的站姿慢慢摆正,目光也稳稳当当地落在了她身上。

或许是因为打招呼时已经紧张过了,此时,黎嘉茉的心跳仍有些快,但没有那种紧张到想要溜走的感觉了;步子也仅仅是一顿,便走上前。

并不宽阔的走廊过道里,当两人站在同一水平线上时,就像是无声中达成了某种协议。

一人的肩膀偏了方向,和另外一副身躯慢慢靠近。

两个人就这样走到了一起。

是很单纯地"走"在一起。

甚至在最开始的时候，没有人说话。

在黎嘉茉思考着要说些什么，才能完美度过从饮水机到教室这段不远不近的距离时，头顶落下一道不紧不慢的声音："这一层楼只有一个地方可以接水吗？"

这句话问到黎嘉茉的知识范围了，熟知每一栋教学楼构造的黎嘉茉当即回复："从我们管理学教室出门往左拐也有一个，不过那个只能接冷水。"

语毕，黎嘉茉抬头看原起，就见他淡淡地点了点头，表示了解。

黎嘉茉问："你之前没来这里接过水吗？"

"我之前，"说完三个字后，原起的声音顿了顿才继续，"不怎么来教学楼。"

黎嘉茉立即会意。

想了想，她又问："那你上个星期没接过水吗？"

原起："喝的矿泉水。"

黎嘉茉点点头，慢悠悠地"哦"了声。而"矿泉水"三个字仿佛触发了她脑海中的某个机关，嘴角突然扬了一下，黎嘉茉看向原起。

注意到黎嘉茉的情绪似乎在瞬间由平静切换到有些高昂，原起的目光垂下，对上那双眼，发现里面还有隐隐的笑意。

没有理由的，虽然不知道黎嘉茉在笑什么，只看到她那笑容，原起心中也生出想笑的冲动。

但他把心中这份情绪压下，面上不显，只流露出疑惑的神情，去配合黎嘉茉的表达欲。

黎嘉茉："你知道矿泉水的保质期其实是瓶子的保质期，而不是水的保质期吗？"

说完，黎嘉茉嘴边的弧度加深几分。

她注意着原起的表情，发现他在听完她的话后那漠然的神态似乎有些松动，她心中蓦地生出一种得意。

果然，几秒后，她就听见原起问："真的吗？"

不是"知道"或者"不知道"，而是进一步地询问。

以往，每次和别人说这个冷知识，都结束在上一句话。可原起的这个回应，让黎嘉茉有了更上一层楼的表现空间。

她点点头，语气里是她自己都没意识到的轻快："是的。因为干净的水是不会过期的，那个保质期实际上是瓶子的，因为瓶子是塑料的。"

说完，又有一个冷知识像弹窗一样浮现于黎嘉茉的脑海中。

她继续问："那你知道世界上所有云的重量加起来接近于多少头大

象吗？"

正当她准备等原起说一句"不知道"后，扬扬得意地揭晓答案时，却听见原起风轻云淡地回答："一百头。"

黎嘉茉："嗯？"

听到这个数字，她脸上有些嘚瑟的笑容瞬间凝固。

黎嘉茉意外地看向原起，眼里的神采被不可置信替代。她动了动唇瓣，颇为惊讶地问道："你怎么知道？"

黎嘉茉还以为，只有她一个人会对这些奇奇怪怪的冷知识感兴趣。

可不知为何，原起却没有立刻回答。

他只是敛眸，静静地看着她。

直到离教室仅有几步之遥，他才缓慢地撤回目光，淡声道："我上初中的时候，一个人告诉我的。"

黎嘉茉的位置在教室前排，但是她不习惯从前门进去，通常都是从后门进教室。

走到后门，一道爽朗的男声忽地闯入两人之间，打断了黎嘉茉还未说出口的话。

"起起！"

冷不丁听到这个称呼，黎嘉茉心中微愣，旋即，觉得有些怪异的搞笑。

她原本还以为，男生间，尤其是那群浑不吝的体育生，称呼原起会是什么狂拽酷炫的昵称，比如什么"起哥""起少"之类的，却没想到是这样亲昵的叠词。

而且，徐昊屿念"起起"的时候，第一个"起"是第三声，第二个"起"是第一声，有点台湾腔的感觉。

先听到这个称呼，再偷偷瞥一眼身边满脸疏离的原起，总觉得有种违和的搞笑。

"倒水倒了这么久——"徐昊屿话还未说完便卡住。

注意到徐昊屿发现了站在原起身边的自己，黎嘉茉的睫毛下意识地扇了扇，正想着是不是应该和徐昊屿打个招呼。

可就在她思索时，原本脸上挂着夸张笑容的徐昊屿突然站定，以站军姿的姿势调整了自己的站姿。

下一秒，他收腹提臀，"唰"地举起手，冲她敬了个礼："老师好！"

黎嘉茉："呃……"

被这么称呼，黎嘉茉的脸颊又先她的思绪一步发热了。

隐约察觉到身边的原起似乎也将视线投向了她，黎嘉茉窘迫得不行，不敢回头确认。大脑像是发高烧一般"嗡嗡"作响，她动了动唇，最后干巴巴地开口："你……你好……"

视线中，得到回复的徐昊屿放下了手，往她这边凑近了一步。看他那架势，好像是还想说些什么。

黎嘉茉正想着徐昊屿会不会又蹦出什么石破天惊的话来时，眼前突然横出一条手臂，敏捷地握住了徐昊屿的胳膊。

站在一旁的原起往前，恰好挡在她和徐昊屿中间。他要比徐昊屿高一些，轻易就挡住了徐昊屿的身影。黎嘉茉的视线里，只有原起的身影了。

原起似乎没怎么用力，就让徐昊屿转了个身，动作像是港剧警匪片里的警察扣押犯罪嫌疑人，干脆利落。

而后，原起偏过脸，看着黎嘉茉，吐字平静到仿佛手上没抓着一个人："上课了。"

黎嘉茉："……好。我也上课了。"

原起颔首，而后收回目光，握住徐昊屿胳膊的手松开，换成了一种更为友善的姿势——搭在徐昊屿的肩膀上，揽着他往教室里走去。

黎嘉茉慢慢踱步，跟在他们后面。

等原起和徐昊屿坐回他们的位置上，黎嘉茉才超过了他们。

路过他们那排时，身后传来徐昊屿有些收敛的咆哮："我刚刚是要去厕所来着！"

她脚步不停，直到回到自己的座位，打开电脑。

面对着电脑屏幕，黎嘉茉忽地有些分心，随后，"扑哧"一声，轻笑出来。

晚上十点半，教学楼的清楼铃声响起，黎嘉茉又在位置上坐了几分钟，把今天的外刊阅读复习了一遍后才收拾书包，成为整个楼层最后一个离开的人。

下楼的时候，她和上来关灯的保安打了个照面。

看见黎嘉茉，保安还和她打了声招呼："小姑娘，又是你啊。"

黎嘉茉笑了一下，点点头。

为了避免分心，黎嘉茉有时自习会刻意不带手机。回到宿舍，她拿起在书桌上充电的手机，蓦地想到亓宸给她买的那个充电宝。

收到充电宝的那天，她就在购物软件上搜索了一下它的价格，打算找个什么时机给亓宸回一个同等价位的礼物。

同时，微信界面显示妈妈两小时前发来了消息，问她国庆回不回家。

妈妈：嘉念一直问我姐姐什么时候回来。[捂嘴笑][捂嘴笑]

那句"应该不回了"输入了一半，最终还是被逐字删除。

jasmine：回的。^^

黎嘉茉知道，妈妈每天得早起去酒店搞清洁，这个时间点应该已经入睡了。于是，她没打算等回复，而是退出了聊天框。

在黎嘉茉打算关闭微信界面时，却意外地发现，她的消息列表里有一个除了妈妈那条消息的未读小红点——

7：你知道一直盯着手心看，手心会发热吗？

第三章 ·茉莉
"但愿有天，茉莉开满原野。"

因为第二天有晨训，所以当晚，原起没有回家，而是留在了学校。

因为教练较严格，平时常常在外面混到半夜三更的成泽也比往日更早地回了宿舍。

他回来时，墙上的时钟指向了十一点。

原起放下复习了一半的微积分笔记，顺便查看了记录这页笔记那天黎嘉茉的心情日记："下了一点点雨，有点不开心。"后面跟了一个哭哭的表情。

不知是不是他的错觉，原起总觉得，这样的心情日记在黎嘉茉的笔记里出现许多次了。

看见室友成泽回来，坐在电脑桌前打游戏的徐昊屿猛地抬头，哭天喊地地叫了声"泽宝！"，然后开始向成泽控诉今天早上管理课前发生的事情。

他抬手指着原起："我就和 his teacher 打了个招呼，原起就直接把我撵走了！"

说到最后，徐昊屿的声音渐渐变小。

因为原起淡淡地扫了他一眼。

"她有名字，"原起缓慢地道，一字一顿，"她叫黎嘉茉。"

说罢，原起平静地收回视线。

徐昊屿被噎了一下，又立即开辟了新思路给自己找补："我是因为崇拜大学霸才叫她老师的！"

一旁的成泽听完了两人的对话，耳朵捕捉到关键词，问："黎嘉茉？是前几天去参加奖学金答辩那个吗？"

徐昊屿："什么奖学金答辩？不过应该是吧，她成绩很好的，专业第一。"

原起没有抬头，但手里握着的手机迟迟没有摁亮，注意力早已偏向了一方。

年级倒数前 1% 的成泽当即从辅导员的朋友圈里找到一个视频，转发到宿舍群："我在我辅导员的朋友圈看见的，是这个吗？我看那个 PPT 上写着学业成绩是第一。"

"我看看……"说着,徐昊屿点开宿舍群,外放了视频。

他才点进去一秒,几乎就确认了。徐昊屿转过身,从他的视角看去,原起正低着头,似乎戴了耳机。

徐昊屿当即站起来,趿拉着拖鞋走了过去,拍了下原起的背:"起起,快看你老师黎嘉茉的风采。"

说话时,他目光往下,发现原起正低头看着几道微积分题,当即咂舌:"不是吧起神,要不要这么卷啊?"

原起淡声道:"国庆回来要补考了。"

这下轮到徐昊屿不说话了。

马上要补考了,他却连《微积分》课本长啥样都还不知道。

等徐昊屿灰溜溜地离开后,原起用余光观察了一下身后,确认没人后,动作极轻地推出压在课本下的手机。

点开手机,屏幕上赫然是成泽转发到群里的那个视频。视频已经播放了几秒,又因为徐昊屿的突然袭击被原起眼明手快地暂停。

视频里的人就是黎嘉茉,穿着他见过的那件西装。

和平时素面朝天的模样不同,那天的黎嘉茉化了妆,妆不浓,但在雪白细腻的肌肤上随意涂抹几笔色彩,亦能衬得她焕然。

黑色的长发被梳成一丝不苟的马尾,板正的西装穿在她身上,明明是有些呆板的颜色,可原起觉得很适合黎嘉茉。

认真又不张扬的色彩,和她整个人一样。

拍视频的老师距离演讲台有一定的距离,镜头不知拉近了多少倍,屏幕里,黎嘉茉的面孔有些模糊不清。

可不知道为什么,原起能在脑子里很轻易地想象出黎嘉茉说话时的神态。

视频里杂音很多,"嗞嗞"的电流声、人的交谈声……在这些混乱无章的背景音中,黎嘉茉的声音不大,但一字一顿、字句清晰。

"各位院领导、老师,大家好,我是来自金融1602班的黎嘉茉。"

视频里的PPT每切换一页,原起都要暂停播放,把黎嘉茉列出的每一份履历都看一遍;看完后,让视频继续播放,听黎嘉茉亲自分享她的经历。

最开始,还能听出黎嘉茉的声音有点紧张,可越到后面,能看出她越放松。

"和其他参加答辩的同学丰富的科研成果、竞赛奖项不同,除了学业成绩,我还能拿得出手的,似乎只有一项校级五星级志愿者了。"

说到这里,视频里的黎嘉茉抬头看了眼台下,视线不经意间扫过镜头。

原起的呼吸微滞。

隔着屏幕,仿佛两人在对视。

直到镜头里的黎嘉茉重新低下头,原起下意识绷紧的肩膀才放松。

耳机像是将原起和周围的环境分隔为两个世界。在仅有他的世界里,黎嘉茉的声音顺着有些卡顿的电流声传进他的耳朵,跃成音符,拨动他的心弦。

"其实在最开始准备答辩PPT的时候,我就预料到了这个场面。于是,我对着空白的PPT,焦虑了两天,毫无进展,我不知道该怎么将自己乏善可陈的课外生活吹得天花乱坠,我好像在亲身演绎着'只学习不玩耍'的聪明杰克——嗯,也没有那么聪明。"

说到这儿时,视频里传来几阵窃笑。

视频外的原起也跟着笑了一下。

站在讲台上的黎嘉茉也很淡地笑了一下,但是那笑容转瞬即逝。随后,她很耐心地等观众的笑声退去,才扶着话筒继续道:"其实那两天里,我憋出了另外一个版本的PPT。但还没来得及保存,我就把它删除了。为什么呢?因为我不想呈上一份连自己都骗不过的幻灯片。

"话说到这儿,我的答辩时间已经过去一分钟了。可能直到这一秒之前,在场百分之八十的人都觉得我在说无关紧要的废话。但我想告诉大家,在刚刚的一分钟里,我向大家吐露了我的心声,是我对自己的坦诚。"

至此,又是一个停顿。

先前视频背景音里还有窸窸窣窣的交谈声,但在黎嘉茉这句话落下之后,都像是水遇热,蒸发干净。

可那水偏偏没有除尽,浸湿了原起的心脏。

偌大的礼堂,瞬间鸦雀无声。透过视频,原起的目光嵌在讲台上的女生身上。看她站在礼堂耀眼的灯光下,和下面的评审席隔着一段距离,他的心中突然生出难言的情绪。

他有一种冲动——

想穿过屏幕,站在灯光下,陪着她;或者,坐在台下,以最近的距离,看着她。

适当地停顿后,一阵清浅的笑声透过话筒,传递至每个人的耳边,然后是黎嘉茉继续说话的声音:"而这是我在上一个学年里收获的最珍贵的品质。

"曾经的我是一个不敢表达自己真实想法的人,但上了大学后,我花了很长一段时间弄明白,人至少要对自己诚实,于是我对自己真诚。我的心告诉我,它想拥有在学习中不断成长的大学生活,想见证生活的各种可能性,想变成一个心灵强大、情绪稳定的人。除此之外,它暂时什么都不想了,因为人的精力是有限的,对于不那么聪慧的我而言,能循序渐进地达成以上三个目标就可以了。

"于是我像高中时一样努力学习，大一学年连续两个学期学业成绩专业第一；于是我参加志愿活动，因为这是我可以接触社会的最方便的窗口。通过各种各样的志愿活动，我认识了形形色色的人，越来越觉得我不过是人海中渺小的一员，也明白了沧海一粟也自有其意义。

"比如我自大一上学期起至今，一直担任澄安福利院一对一的志愿者，我想，至少在这段时间里，我的存在对和我对接的小朋友来说是有意义的。而至于第三点……"

说到这里，黎嘉茉微微抬头，思忖一番，缓声道："我现在还没实现，甚至可以说差得很远。但在我看来，人生就是一个循序渐进的过程。至少我自己回头看，如今的我已经比当初预设的要进步许多了。比如，今天有机会站在这个讲台上，并有勇气在大家面前剖白，都是我之前不敢想象的。

"以上就是我的答辩，感谢各位倾听。"

视频播完后，屏幕自动陷入黑暗。漆黑的屏幕中映出那张英俊的面孔，他的视线不知落向何处，不知道在想什么。

半晌，原起收回神思，摁下视频的下载键，才切出了聊天界面。

一个小红点赫然出现在消息列表的顶端。

在他看视频的时间里，黎嘉茉给了他回复。

看着那个茉莉花简笔画头像，原起的心毫无征兆地猛跳了一下。

jasmine：你知道这个的科学依据是什么吗？

不知道。

他在心里默默回答，却没有发出去，而是点开浏览器搜索问题，在仔细浏览查询后，复制了一个他觉得最正确的答案。

7：因为盯着手心，血液就集中在那儿了。

几秒后。

jasmine：回答错误。

原起打字：那是因为什么？

jasmine：因为手心害羞了。^^

原起顿住。

他握着手机，在这行字上来回扫视数遍，像是要将其牢牢烙印在脑海中那般细致与反复。

良久，他的睫毛轻轻动了一下，从喉间发出极轻的一声笑。

同时，似乎是一直没等到他的回复，对面又发过来一条。

jasmine：是不是很冷？

7：没有。

原起几乎是下意识地输入了这两个字，点击发送。

他又不自觉地在聊天框里输入了三个字，可手指悬在了发送键上。

原起下意识地抿了抿唇。

但也不过几秒，他还是选择了"对自己诚实"。

指腹轻触屏幕，一个绿色气泡承载着他此时最想说的一句话，传送到了聊天界面的那一端。

7：很可爱。

经管学院的奖学金评选效率极高。

周末结束的答辩，周二下午便出了结果。

点开辅导员发到年级群里的奖学金公示链接，看到自己的名字出现在二等奖那栏，而陶煦的名字出现在特等奖那栏时，黎嘉茉的情绪并没有特别大的起伏。

哪怕她的学业成绩比陶煦要好，但黎嘉茉也知道，和前十二年的教育机制不一样，大学已经渐渐和社会接轨，不再单纯是一个唯学业论的环境。

可是，说一点难过都没有，那是假的。

她预想的是，没有特等奖，也应该是一等奖，毕竟她的学业成绩摆在那里。

可在竞争如此激烈的金融专业，加权之后的学业成绩只能成为奖学金评选的一小部分因素。

虽然不断在心中宽慰自己获得二等奖已经很好了，告诉自己这也说明很多同学的综合能力比她强，她应该向他们看齐，而不是在这儿自怨自艾；但总会有几个特别安静的瞬间，酸楚感像是曾经困扰她每一个夜晚的心魔一般，萦绕在她的心头——

如果她刚进大学时可以积极一点就好了。

如果她可以像陶煦他们一样勇敢且充满活力就好了。

此时，眼眸中映着屏幕上显示的几个名字，在自习教室静谧又空旷的环境中，那份情绪就像是病菌，在静静流淌的空气中肆意生长，不讲道理地全部堆积在她单薄的肩上。

胸腔里跳动的心骤然加速又收紧，那孱弱的心脏像是被一座大山压着，一时间，突然有种窒息的感觉堵在黎嘉茉喉间。

她觉得有点呼吸不上来了。

躯体化反应刺激了黎嘉茉的注意力，就像是海水漫灌气管，濒死的人也能做出潜意识的求救反应。

黎嘉茉这才稍稍回过神，反应过来自己又被这样的负面情绪控制。她深呼吸，强迫自己移开目光，将网页关闭，登上评价系统确认了奖学金评选结果，而后试图将注意力集中在笔记上。

可注意力怎么也集中不了。

视线范围内的汉字都像是被镀上了重影,黎嘉茉逐字逐句读过去,明明每一个字都没落下,可它们像是单独的个体,拼凑不出完整的语意。

越是这样,本就摇摇欲坠的心神越动摇。但心底像是系着一根绳,哪怕被这些沉重的情绪堆积得快要断裂,仍旧坚守着提醒她不要沉溺于这样的情绪中。

手中握着的笔不自觉地触到了纸面,几乎是依靠本能地在笔记的页脚写下一行小字:"Jasmine,千万不要被情绪控制。"

只有手头有事可做的时候,她才不会陷入情绪的深渊,哪怕只是很简单的写写画画。

这一行字就像是绳索,很神奇地把悬崖边上的她拉了上来。写完这行黑字,黎嘉茉的心情才像是得到了一个出口,她终于在汹涌的潮水中找到了一个得以喘息的空隙。

她收拾好自己的东西,背上书包,离开了自习教室。

九月,便利店冰柜里的雪糕却还没有撤掉。黎嘉茉平时不喜欢吃糖,但是她对甜度的阈值很高。心情不好的时候,她常常会买一根很甜的雪糕或者一杯很甜的奶茶。

付了钱,黎嘉茉在便利店靠窗的桌边坐下。

阳光透过便利店的玻璃墙照射进来,落在阴影间,落在了她的手边。

是明亮的、温热的阳光。

今天的天很蓝,蔚蓝天空偶尔夹有云朵。秋高气爽,吹来的风是舒适的,洒下的阳光是柔和的,她刚拿了奖学金。

本来应该是很美好的一天……

思绪就此顿住,黎嘉茉在心中对自己说:算了,不想了。

骑车来便利店的路上,她已经平复了许多。此时,阳光触手可及,她又能稍微冷静地掌控自己的情绪了。

黎嘉茉拿出手机,搜索"给男生送什么礼物比较好"。

她不想欠着亓宸的人情,便打算挑个最近的节日把充电宝的人情还回去。

各种推荐帖五花八门,黎嘉茉看花了眼,以至于从头顶覆下一道阴影都毫无察觉,直到视野中蓦地横出一只肌肉线条流畅清晰的手臂。

黎嘉茉被这大白天突然发生的灵异事件吓得不轻,下意识地抬头,看清来人,才松了口气,脱口而出:"吓我一跳。"

听到黎嘉茉的声音,亓宸微不可察地笑了一下。

他提醒:"雪糕化了。"

闻言，黎嘉茉看了眼手中的雪糕，发现顶部确实已经出现了融化的趋势。目光再往下，发现原起伸过来的那只手上拿着两张餐巾纸。

看他的动作，刚刚应该是想帮忙接住掉下来的巧克力液。

黎嘉茉心中微动，放下手机，用空出的右手去拿原起手中的纸巾。

也就是这个动作，黎嘉茉才发现，她和原起现在的姿势……很奇怪。

她坐在高凳上，手肘抵着桌面；原起站在她身边，比她高出一大截，左手从她的手腕下穿过。

黎嘉茉甚至需要稍微后仰身子，才能腾出空间去拿纸巾。

可尽管如此，指尖碰到纸巾的那刻，黎嘉茉的右手腕还是和原起的左手腕轻轻撞了一下。

细腻的肌肤滑过坚硬的骨骼，如两块石头摩擦生热，迸溅出粉末与火花，似流星般转瞬即逝，只留下一颗心在震颤。

假装听不见胸腔内"怦怦"的心跳声，黎嘉茉面色镇定，恍若无事发生地用纸巾擦掉桌面上的雪糕水迹。

身边的原起似乎也对这意外的触碰毫无察觉。

黎嘉茉擦干净桌子，刚想起身去扔垃圾，就见原起的手再次抬起。

他语气自然："给我吧。"

她睨一眼周围，瞥见垃圾桶就在原起身后一步的距离，便也没客气，把手中的餐巾纸折好，将干净的那面递到了原起的手上："谢谢。"

趁着原起扔垃圾的时候，黎嘉茉咬了一口化了的雪糕，甜味溢于齿间，她紧皱的眉头慢慢舒展开。

原起回过头看见的便是黎嘉茉那副有些幸福的模样。

他暗自勾了下唇，问："你很喜欢吃冰激凌吗？"

"也没有。"黎嘉茉不假思索地回答，但那句"心情不好的时候就想吃"卡在喉间说不出。

她再开口，就变成了："最近很想吃。"

闻言，原起的唇瓣动了动。

看着黎嘉茉，良久，原起终是什么也没说。

他下意识地想让黎嘉茉不要吃那么多冰的，毕竟最近季节更替，容易吃坏肚子。

但就在话即将说出口的瞬间，他又觉得她喜欢就好。

他心里这样想着，耳边又响起黎嘉茉的声音："你怎么也在这儿呀？"

她隐隐记得，原起他们下午都要训练的。

而原起像是能听见她的心声一样，道："刚从训练场回来。"说到这里，他顿了顿，"我在这儿等人。"

黎嘉茉"哦"了声，表示了解。

后来的一段时间里，两个人都没有多说话，中间，只有黎嘉茉出了一次声，和原起说她国庆要回家，可不可以把国庆假期的课提前上了。

原起说了好，又像是没话找话一样，问了句黎嘉茉的家在哪儿。

黎嘉茉："南山尾……嗯，一个小县城，你可能没听说过。"

而原起回她："我知道。"

黎嘉茉知道他应该是在客气。

毕竟她的老家在山沟沟里，旅游业也不发达。刚进大学时，她自我介绍说自己来自这个地方，其他人都表示没有听说过。

于是后来，黎嘉茉的自我介绍便直接省去了县名，只说自己来自哪个省、哪个市。

除此以外，两人没再多说什么。黎嘉茉点开手机背英语单词，身边的原起不知道在做什么，也沉默不语。

似乎从他们认识那天开始，两人的相处模式就是如此。

不过黎嘉茉觉得，应该是有变化的。

比如最开始和原起待在一起，如果两人都缄默不语，黎嘉茉会觉得这份沉默震耳欲聋，从而试图找各种各样的话题来打破这份沉默。

而如今，哪怕两个人只是静静地待在一起，没有人说话，黎嘉茉也不会觉得尴尬。

她似乎已经在"她和原起"这张狭小的交际网中找到了适宜的位置，安居于此，并享受这舒适的距离。

毕竟她本身也不是很善于交际的人，平时的外向、对他人言语的积极回应，也不过是担心冷场的伪装。

但其实这样的伪装对于黎嘉茉来说，很疲惫。

社交于她而言，是极其消耗能量的事情。

因此，更多的时候，她都喜欢一个人待着，毕竟可以不用说话，只活在自己的世界里就好了。

而和原起待在一起，沉默不说话，黎嘉茉好像也可以自在地待在自己的世界里。

不知不觉间，吃下了最后一口雪糕，嘴里冰冰凉凉的，黎嘉茉看了眼原起："你等的人还没有来吗？"

原起"嗯"了声，顿了一秒，补了句："她动作很慢。"

"再等等应该就到了。"黎嘉茉道，然后起身站到地面上，"那我先走了？"

说罢，她便等原起说好之后，和他道别。

没承想，听到她这话，原起的目光在她身上停了一秒，然后眼睫微垂。

思忖片刻后，他缓声道："我也去外面等。"

黎嘉茉"啊"了声:"你就在这儿等吧,外面太阳很晒。"
旋即,听见原起语气认真地道:"晒太阳补钙。"
黎嘉茉一时分不清原起是在认真回答,还是开玩笑。直到下一秒,她看见原起疏朗的眉眼微微扬起,才反应过来,他刚才冷不丁和她开了个玩笑。
可黎嘉茉觉得,原起开玩笑这件事本身,比原起讲的笑话更好笑。
也因此,黎嘉茉忍俊不禁,嘴角翘了翘。
黎嘉茉的自行车就停在便利店外面,一出门便能看见。她把车锁解开,手扶上车把,看着原起,想和他说句再见,却听到原起先开口:"这个风车会转的吗?"
他敛眸,视线看向黎嘉茉的车把上那个拿着风车的小猪挂件。
黎嘉茉微怔。
反应过来后,她回答:"会呀!"
说着,她转了下车把,想给原起演示小风车随风转动的画面。可是和平时骑车时相比,风力太小,风车根本转不起来。
"风太小了……"黎嘉茉喃喃,同时思考该怎么换一种方法演示。
一个想法浮现在她的脑海中。
黎嘉茉只犹豫了一秒,便打算用这个方法。
毕竟好不容易有人对她心爱的风车小猪感兴趣,黎嘉茉不想放过这来之不易的展示机会。
她出声叫住原起,说话时,心中有些赧然,话中不自觉多了分提醒的意味:"我给你演示一遍,你要认真看——我就演示一遍!"
听出黎嘉茉的语气有些局促,原起微微扬眉,有些不明所以,但还是说:"好。"
说完,他又补了句:"我认真看。"
原起的语气认真,稍稍缓解了黎嘉茉心中的紧张。
她抿抿唇,目光在小风车和原起之间来回转,最后,对原起说了句"我开始了"。
下一秒——
原起看见她深吸一口气,鼓起腮帮,冲把手上的那只小猪吹气。
而小猪手上的迷你小风车,像是被施了咒语一般,开始缓缓地转动。
细碎的阳光描着原起唇线的弧度,从平直到缓慢扬起。而整张脸似被太阳晒伤一般通红的黎嘉茉已干脆利落地结束了她的"表演"。
她脸颊涨红,但神情故作僵硬,语气也硬邦邦,朝原起说:"就是这样转的。"
原起其实有些想笑,但是看到黎嘉茉那故作镇定的神情,似一只故作矜持的猫,便怕自己的笑会踩着她的猫尾巴,于是不动声色地收起自己唇

065

边的弧度,也装出一副不为所动的模样,语气很淡地"嗯"了声。

当黎嘉茉骑着那辆崭新的自行车离开的时候,小猪手上的风车又随风转动,他看着骑车的女生渐行渐远,在阳光下发光。

隋妙语是个出门必迟到的人,而原起的时间观念很强。所以在出门前,看了眼时间已经迟到十来分钟,隋妙语心中还是怵了一下。

而这份可以忽略不计的害怕也在看见原起的那刻烟消云散了,因为原起的心情肉眼可见的好。

倒也不是说他脸上有什么大表情,相反,原起的神色还是那样寡淡。

只是隋妙语从小和原起一起长大,对于她这个喜怒不形于色的表哥的情绪表达,也渐渐掌握了一点判断方式。

总而言之,就是凭直觉。

关上车门,隋妙语故意夸张地打了个哈欠:"哎呀,好困啊——一不小心午睡都睡过头了,怎么还是这么困呀?"

原起正在连车载蓝牙,半晌,才慢慢地回了句:"你睡得已经不少了。"

隋妙语张口就来:"你不懂,女生就是比较能睡,我们要睡美容觉。"

闻言,原起旋车钥匙的动作一顿。

几个零零碎碎的画面很轻易地拼凑成完整的画面。

一周中总有那么几天要晨训,晨曦微露的时候,他去学校食堂,却总是能看见黎嘉茉出现在食堂一楼的小馄饨窗口。

她似乎很爱吃小馄饨。

黎嘉茉起得很早,睡得……好像也不早。

有几次,原起睡前复习微积分,给黎嘉茉发了几道他看不懂的题目,她总是在零点之后回复他。

隋妙语睡得也很迟,但是她早上总是起不来,而且常常刚睡醒就喊困。

黎嘉茉就不一样。

思及此,原起淡淡地开口:"我认识的女生也不会和你一样睡这么多。"

闻言,隋妙语"噌"地转过头,看见原起流畅的下颌线暴露在空气中,下巴微低,唇线绷直,睫毛轻轻垂下,盖过眼底的神色。

隋妙语下意识想说"你才认识几个女生就敢这么说",又立刻想到运动员大队中各式各样的长腿辣妹,当即换了表述:"你懂什么女生。"

而原起从不和她争吵。

面对隋妙语这样挑事的语气,他通常直接忽视。

见原起不理她,隋妙语"喊"了声,也没再吵。同时,她手欠地打开原起车里的抽屉,从中掏出几张明信片,看着明信片上的内容,下意识地念了出来:"To(给)张开怀小朋友……"

她才念到一半,手中的明信片就被人抽走了。

隋妙语偏过脸,看见原起打开了两个座位之间的扶手箱,把明信片放了进去。

刚才只粗粗看了一眼,隋妙语便发现那几张明信片的开头写的都是给同一个人。更奇怪的是,她总觉得这个名字在哪儿听说过,好像在谁的朋友圈看见过。

于是她按捺不住心底的好奇,问:"张开怀,谁呀?"

原起没说话,态度非常鲜明。

"不说就不说。"隋妙语哼了声,气愤地转过头,"谁写明信片还打草稿呢?"

不过,她这句话显然也激不到原起。

车子平静地启动了,原起神色漠然地握着方向盘,仿佛刚才的小插曲不曾发生过。

今天是原起的妈妈,也就是隋妙语的小姨,叫两人一起回家吃饭。隋妙语用脚趾都能想到这顿饭的议题,就是劝她和男朋友分手。

车子在一个红灯路口停下,隋妙语早就忘记了刚才那短暂的"矛盾",伺机对原起说:"哥,等会儿小姨要是提到卢柯,你记得帮忙美言几句。"

只听原起一字一顿地道:"我不说谎话。"

隋妙语:"呃……"

国庆放假前两天,班长在班级群里通知放假回来要开班会。

刚刚成功抢到了回家的票,黎嘉茉心情明媚,觉得自己暂时被幸运女神眷顾,就连当天看书、写作业的效率都变高了。

这周,辅导员发布了一个创业大赛的通知。陶煦联系了她,黎嘉茉没犹豫便同意了参赛。

他们的领队是个大三的学姐,拿过校级最高奖学金和国奖,合作起来效率很高,但是也把各种时间线压缩得很紧。

明明是赛程初期,黎嘉茉就已经熬了两个大夜写企划书了。

而在今天,黎嘉茉一鼓作气完成了全部初稿,合上电脑的那刻,成就感从心底油然而生。

晚上,黎嘉茉去大食堂买碗面条,打算给自己加块大排,算作对自己的犒劳。但付钱的时候,她迟疑了一下,还是折了回去和阿姨说不要大排了,加个鸡蛋就行。

端着热气腾腾的面坐到座位上,黎嘉茉刚准备开始吃,就瞥见了正在她旁边排队的亓宸。

那口还没来得及吃的面就这样僵在空中,在心中思索一秒,黎嘉茉打算假装没看见。可她才准备低下头,就见站在队伍里的亓宸像是感应到什么一般,懒洋洋地朝她投来目光。

两道视线相交。

黎嘉茉的无视计划中途失败,她只好佯装镇定,用口型对亓宸说了个"嗨"。

结果,就看见亓大少爷风轻云淡地收回了目光,随后偏过了他那高贵的头颅,直接无视了她。

……没事,正合她意。

毕竟她见证过亓宸脾气最烂的时候。

与之相比,亓宸对她的忽视都能让她感恩戴德了。

也因此,黎嘉茉的好心情并没有被亓宸影响,毕竟亓宸在她心中已经被排除在正常人的范畴了。

被无视后,黎嘉茉也收回目光,戴着耳机切了一首轻松愉快的歌,开始吃面条。

黎嘉茉吃饭的动作很慢,周围的人换了一拨又一拨,她还在和碗里的煎蛋作斗争。

她正细嚼慢咽,余光察觉到有人在她对面的位置坐下。

起初黎嘉茉没在意也没抬头,直到桌面被人轻敲了两下。

她抬起头,正优哉游哉坐在她对面的人,不是亓宸这个大少爷,还能是谁?

看见亓宸的瞬间,黎嘉茉的每根神经都变成了一簇含羞草,轻轻一碰便立马收拢,连口中的面条都瞬间失去了滋味,只剩大脑"嗡嗡"鸣笛,一片空白,不知道亓宸又抽什么风。

黎嘉茉等了会儿,咽下口中的面,却没等到亓宸发话,他只是坐在对面,好整以暇地看着她吃面条。

黎嘉茉越想越觉得头皮发麻,虽然碗中还有很多面条,她却停了下来,把筷子轻轻搁到碗沿,看着亓宸,试探性地开口:"你吃过了吗?"

亓宸散漫地"嗯"了声。

回答时,黎嘉茉察觉到他的视线扫过她面前的面,她心下一顿,果然,下一秒,就听见亓宸点评——

"我家给你的钱应该不至于让你连肉都吃不起。"

亓家给黎嘉茉的资助,是通过他家名下的一个基金划到黎嘉茉卡里的。

而亓父亓母日理万机,自然不会注意到她没动过卡里的钱,还没接触家庭产业的亓宸更不会知道了。

所以亓宸一直以为黎嘉茉在花他家的钱。

但黎嘉茉也不打算解释她其实并没用过卡里的钱,那样反而显得她是在埋怨。于是，黎嘉茉只随便找了个理由搪塞："我觉得面条加鸡蛋比加肉好吃。"

因为亓宸在她对面坐着，也不知道要做什么，黎嘉茉便没敢再磨蹭，随便扒了几口后便说自己吃好了，暗示亓宸有什么话可以说了。

哪想到亓宸看了眼还剩大半的面条，淡淡地落下一句："你胃口还挺小。"

黎嘉茉听不出，也不想去纠结亓宸话中的含义，只说："嗯，饱了。"

和亓宸在一起，她永远无法做到镇定自若。

两人沉默了一会儿，黎嘉茉才听见亓宸的声音："国庆回家吗？"

她点点头："回。"

闻言，亓宸一顿，手指屈起，无意识地点了下桌面。目光在桌面上停了一会儿，他才似漫不经心地抬眸："待到哪天？"

"七号回来。"

结束训练的时候，天色已经有些晚了。但由于教练提前和食堂打过招呼，所以给运动员们预留了足够的饭，每个人打的饭都满满当当。

不似其他大多数运动员还穿着训练服，打算回宿舍洗澡，原起在训练室便冲过了澡，换上了自己的衣服，衣领高立，衬得他脸庞更为冷峻。

他坐下之后就没说过一句话，深邃的眉眼置于微凸的眉骨下，整个人显得冰冷不容靠近。

队长正在高谈阔论，忽然，将话题指向了坐在他面前的原起："起起今天怎么回事，一句话都不说？饿昏了？"

还没等原起有反应，坐在他身边的徐昊屿便抢答："他等下要去上微积分课！怕迟到。"

话音落下，餐桌上沉默了一会儿，片刻后，不知是谁爆出一句脏话："国庆回来是不是要补考来着？"

紧接着，一群上大二的运动员像是被卷上岸的鱼，扑腾着鱼尾挣扎，嘴里纷纷蹦出"完了完了"的话。

"杀了我吧，高考数学七十分，为什么让我学微积分？"

"除了起神，还有谁准备了吗？"

静默。

说话的人转头看向原起："起神，你准备得怎么样了？"

和他们焦灼又聒噪的状态不同，原起咽下口中的饭菜，言简意赅地说了两个字："能过。"

"……这么自信，不愧是起神！"

那人反应夸张得像是原起说自己"满分"一样。

毕竟在六十分万岁的他们心中，"及格"和"满绩"没有任何差别。

说完，他又开玩笑般地问了句："起神，你今天几点上课啊？能不能去旁听一下？不然哥们儿的微积分真的要挂了。"

这下，原起倒答得干脆，淡淡地吐出两个字："不能。"

语毕，他还似好心般不紧不慢地提了句建议："你看下书，做下课后习题。"

徐昊屿没忍住，听笑了。

他总觉得原起四平八稳的语气里，有着很隐秘的炫耀。

不过，他的嘴角才咧到一半，旁边的人就提醒："徐昊屿，你能过？"

徐昊屿立刻就笑不出了。

而餐桌上的气氛并没有被这个话题困住太久，毕竟说着担心，他们当中的大部分人实际上也并不太在意学业成绩。没一会儿，他们便又嘻嘻哈哈地聊起了其他话题。

直到桌上有人将目光放远，意外瞥见了什么，喊："那不是亓宸吗？"

闻言，桌上大半的人转过头去看。

总有人说大学是个小社会，但它比社会更为狭窄，看似毫无关系的人会因为某种意想不到的细小缘由被联系在一起。

比如，亓家是澄安大学射击队的赞助商之一。

又加之亓宸本人并不死板，射击队的这群人和亓宸混得颇熟。

"他对面那个女生是他女朋友吗？"

此话一出，一些原先没回头的人也都扭头去看，只见亓宸靠坐在食堂的餐椅上，面前空空如也，倒不像是来吃饭的，目光似没有焦点，但又像有几分专注，落在对面。

他的面前确实坐着一个女生。那女生背对着射击队的人，看不到脸，只是从穿着打扮来看，有些朴素，无法将之和"亓宸女朋友"的身份挂钩。

"是他同学吧？他女朋友长这样？"

大家就那女生和亓宸的关系议论了一会儿，其间，八卦阵地头号记者徐昊屿自然也往那边瞟了几眼，总觉得那个背影有些眼熟，却又想不起来究竟是在哪儿见过。

他正在脑海中搜索着记忆，就听见坐在对面的原起说了句："我先走了。"

由于今晚要上课，原起从落座开始就几乎没有参与他们的聊天内容。就连刚刚，桌上其他人都偏过头去看热闹了，他也没有抬起头。

虽然徐昊屿一直知道原起是个时间观念很强的人，但是今天——

他睨了眼自己餐盘里才吃到一半的饭菜，又瞧了眼原起干净的餐盘，觉得原起赶时间赶得有点太夸张了。

将餐盘放到餐具回收处，原起拿出手机，看了眼时间，打算给黎嘉茉发条消息说他过来了。

忽地，余光中隐约瞥见一道身影，心中那微妙的直觉让原起顿住发短信的手，掀起眼皮，往正前方某处看了眼。

餐具回收处恰好在桌椅的侧面。

原起站的位置，可以将两人的侧脸尽收眼底，认得清晰。

他看见黎嘉茉把手中的面碗往旁边一搁，对亓宸说了些什么。紧接着，两人聊了两个来回。

耳边好似又响起刚才队友们的议论。

迟迟未触碰的手机屏幕渐渐熄灭。

原起敛眸，鼻息静了几瞬，唇线缓慢绷直，而后从旁侧离开。

黎嘉茉到达图书馆自习空间的时候，看见原起的书包在座位上，但是不见人影。

在座位上等了一会儿，余光逐渐被一道颀长的身影侵入，黎嘉茉有预感地抬眸，如她所料，是原起。

他落座的同时，一杯饮料也落到桌面上。

黎嘉茉朝那杯饮料睨了眼，发现最上面皑皑一层，心中有些意外。

上面刚好是她喜欢的奶盖。

"我看有新品，就买了。"原起说着，看了眼黎嘉茉，提醒，"还有点烫。"

闻言，黎嘉茉道了声谢，突然想起在此之前原起也给她买过一杯牛奶。下次她先到的时候，也该买一杯还回去。

心想着，黎嘉茉发现原起没有给自己买饮料，便问："你不喝吗？"

"我不太吃糖。"

黎嘉茉恍然。

运动员好像对饮食的摄入有着很严格的要求。

那看来她不应该请原起喝奶茶。忽地，思绪一转，她想到自己上次递给原起的几颗糖，他应该也不能吃，但还是收下了。

由于等国庆放假回来，原起就要补考了，所以黎嘉茉今明两天的课程准备了两套卷子，打算给原起计时考一下，做一半讲一半。

在黎嘉茉知道原起他们的补考时间那么早之后，就在教学计划里直接删掉了难点。所以，她找历年期末考题时，也将难题删去，只保留了基础题目。

将打印好的试卷递给原起，黎嘉茉便开始计时。

时间过半的时候，黎嘉茉用手试了下饮料杯壁的温度，心觉温度刚刚好之后，端起那杯奶茶，抿了口。

黎嘉茉喜欢奶盖，是喜欢它绵稠的口感。

此时，奶盖入口，细腻的甜味混着浓厚的泡沫融化在唇齿间，黎嘉茉用舌尖偷偷舔了下，不放过留在唇瓣上的奶盖。

忽地，耳边响起原起的声音："你今天很开心吗？"

黎嘉茉愣了下，看见原起那双漆黑的眼睛安静地望着她，看不出情绪。

她下意识地摸了下自己的嘴角，旋即觉得自己明白了原起这么问的原因，回答："我喜欢喝奶盖，我有时候吃到喜欢的东西就会笑起来……"

话至此，又觉得这样的行为可能会显得自己很奇怪，黎嘉茉又慢吞吞地补了句："而且我今天抢到了回家的票，就有点开心。"

闻言，心中那张只有自己知晓的纸片被摊开，纸张的褶皱被抚平，原起的语气也不自觉地放松，问："哪天的车票？"

"二号。"黎嘉茉回答的时候，又想起在食堂遇见亓宸，在心中嘀咕，怎么今天都在问她这个问题。

内心的想法才画上句号，身侧，原起的声音再度传来："什么时候的车？我送你去车站。"

黎嘉茉微愣，连忙有些受宠若惊地摆手："不用不用，我只背个书包回去，坐地铁到车站就好了。而且国庆回家的人很多，路上肯定会堵车，还不如坐地铁。"

想了想，她又说："而且我那班车很早，好不容易有个假期，你还是睡个懒觉吧。"

原起语速平缓，漠然道："我不会睡懒觉。"

"我刚刚那句话只是列出一种可能性，不是说你懒惰。"

说完，黎嘉茉看了看原起，他的神情似乎没有变化。

静了几秒，终于听见原起"嗯"了声："我知道，如果你需要人送和我说。"

黎嘉茉立即说了声"好"。

得到黎嘉茉的回应后，原起提起刚刚短暂搁置的笔，听不出情绪地撂下一句："我继续写了。"

原起的正确率超乎黎嘉茉的想象。

微积分的历年试卷里有不少是黎嘉茉在课上给原起讲过的原题。黎嘉茉发现，原题以及相似的题目，原起都做对了。

除去没有讲过的题目，一百分的微积分卷子，原起的分数远远超过了及格线。

因此，黎嘉茉预计的讲题时间大大缩短，课程提前了十几分钟结束。正当黎嘉茉苦思这十几分钟该干什么时，她的肚子不合时宜地叫了一下。

一道目光沉静地落在她的脸颊上。

……都怪亓宸，害得她晚饭没吃完。

她心里微微发窘，打算找个话题揭过这个有点尴尬的小插曲，却听见原起说："你肚子饿了吗？"

按理说，下课时间还没到，这时候说"嗯"，很没有敬业精神，但刚刚肚子叫得那么明显，说"没有"倒显得掩耳盗铃了。

于是黎嘉茉佯装镇定地点点头："有一点，晚饭没吃饱。"

原起："一起去吃点东西吧，我也有点饿了。"

相比她的犹豫，原起说得干脆。

踌躇了一会儿，黎嘉茉说了个好。

临近假期，夜晚九点多的校道上，不时有电动车和山地车驶过，人声、车声、风声杂糅在一起。

刚认识的时候，出于找话题的需要，黎嘉茉会问原起一些关于他们射击队的事情。但不知道是不是因为原起每次的回答都很细致，以及黎嘉茉发现原起身上有点冷幽默属性，也真的开始对他们运动员的生活感到好奇了。

比如原起告诉她，如果运动员偷懒不训练，有的教练是真的会拿家伙打人的。

黎嘉茉听完，觉得自己感同身受地肉疼了一下，蓦地，又开玩笑地问："你被打过吗？"

她原本以为等到的必然是否定的答案。

没承想，原起顿了一秒，语气真挚地回答："初中被打过一次。"

闻言，黎嘉茉下意识地张大了嘴，"啊"了声："为什么被打啊？"

间隔几秒，身侧的人慢慢开口："有两天没去训练。"

说得直白一点，就是缺勤、逃课。

在心中把原起的话翻译了一遍，黎嘉茉有些意外，没想到原起也会缺勤训练。

毕竟，他好像和其他运动员不一样。

时间越久，原本还积极来上课的运动员们渐渐恢复了本性，能坚持下来的堪称寥寥。

而由于黎嘉茉没有缺过一节课，自然也能注意到，自开学以来，原起没有翘过一次课。

有些好奇原起当初缺勤训练的原因，但黎嘉茉还是没有问出口。

对于边界感极强的黎嘉茉而言，是不会主动去打听别人的隐私的。

由于短暂地沉浸在自己的思绪中，黎嘉茉没有注意到那道在她头顶停留许久的目光。

　　学校的大门是要刷脸进出的,刷脸的机器恰好和黎嘉荬的视线平齐。而原起就不一样了,每次刷脸,都需要俯下身。
　　出了大门便是北街。
　　黎嘉荬先刷脸通过了闸机口,然后回头,等原起。
　　她的身边站着一个女生,也是在等人。而那个女生的男朋友和原起几乎是同时出闸机,黎嘉荬还在原地等着原起走过来,身边的女生就往前跑了几步,飞扑到男朋友怀里,两人手挽手走了。
　　这一幕就发生在眼前,原起显然也看见了。
　　女生飞扑过来时,他的脚步下意识地顿住,整个人往旁边侧了一下,径直绕过他们,走到黎嘉荬跟前。
　　黎嘉荬回神,张了张嘴,想问原起吃什么。可"吃"的音节才刚刚发出,后背就传来一道不算重的力度,紧接着,她像是跌入了炙热之中。
　　黎嘉荬这才后知后觉地听见原起的声音——
　　"小心。"
　　这一声比他平时说话的声音更为短促。
　　她愣了许久,才缓过神。
　　方才说话的瞬间,一辆刹车不灵的电瓶车险些撞到她身上,她却全然不知。
　　所幸原起眼明手快,拽住她身后的书包,把她拉了过来。
　　隔着书包,黎嘉荬觉得自己的后背抵在了什么硬邦邦的东西上。她的身体被炙热的体温和清冽的气味包围,震得她呼吸不稳,所有动作都迟缓了两秒。
　　反应过来自己身后是原起的胸膛,她正被虚拢在他怀里时,脸颊温度上升,黎嘉荬不动声色地从原起怀里挪开。
　　所幸天色晚,灯光昏暗,照不清她的脸。
　　黎嘉荬心安理得地借着夜色做伪装,佯装镇定,抬头看向原起:"我们吃什么?"
　　可不知为何,原起也像她一样,反应慢了半拍。
　　空白的时间里,黎嘉荬听着自己的心,一下一下撞击着胸腔,每一声都在她耳边回荡。
　　直到近在咫尺的人,将她从扰乱的心绪中抽离出来。
　　"我都可以。"原起的声音很淡。
　　说了这句后,他又将问题抛回给她:"你有想吃的吗?"
　　其实一路上,黎嘉荬的脑海里就有了两个选项。

她说了瘦肉丸和鸡排："这两个我不知道吃什么。"

下一秒，原起不甚在意地道："那就都吃。"

默了瞬，黎嘉茉："那就太多了。"

说着，她分析道："有点想吃瘦肉丸，但是感觉当夜宵吃太饱了；吃鸡排刚刚好，但是感觉太干了。"

视线下移，原起看见黎嘉茉亦垂着眼。

显然，她还在思考，嘴里仍喃喃着什么。

他便没急着开口。

果然，不过几秒，黎嘉茉的声音放大，从一个人嘀咕转为和他说话："要不我们石头剪刀布吧？你代表瘦肉丸，我代表鸡排。"

说罢，黎嘉茉满眼期待地望向原起。

却不知她那句话哪里戳到了原起的笑点。

他像是想到了什么，很轻地扬了一下嘴角，而后颔首，表示可以。

石头剪刀布的结果是黎嘉茉胜出。但是瘦肉丸吃到一半的时候，原起说他出去买点东西。

等了几分钟，黎嘉茉看见他拿着两份鸡排回来了。

她微怔片刻，心下了然，接过原起递过来的鸡排，说了句："谢谢。"

话出口，记忆的风铃摇摇晃晃，碰撞出声。不知为何，黎嘉茉在这个时刻有些突兀地想到似乎每次和原起待在一起，她都要说不止一个"谢谢"。

吃完夜宵，两人顺着店里的楼梯往下走，原起依旧是走在她身后半步的位置。

黎嘉茉走在前面，先去找店主结账，却被告知已经付过了。

她看向原起，就听见他平声道："我出去买鸡排的时候顺便付了。"

黎嘉茉沉默。

好吧。

原本还想着这顿她请，算作对奶茶的回请呢。

"那我把钱转给你。"说着，黎嘉茉掏出手机，要给原起转账，可还未点开聊天框，就被原起打断。

"不用。"他说。

闻言，黎嘉茉下意识地要反驳，然而下一秒，她就听见原起轻飘飘的声音："你下次请回来就行了。"

心脏"突突"跳了两下，黎嘉茉点头："那好。"

黎嘉茉在心底默默记住了她欠原起一顿饭。

九月三十日是假期第一天，黎嘉茉抢到的回家的车票是十月一日的，她便趁着没课的上午去见张开怀了。

进门后先碰见院长，两人寒暄一番，院长顺便告诉了黎嘉茉一个好消息：政府最近重点关注福利院的管理工作，会加大宣传力度，为孤儿寻找合适的收养家庭；而张开怀已经找到了合适的领养人，等手续办下来就可以离开福利院了。

院长还在说着，黎嘉茉却有片刻的失神。

恍惚过后，她不敢让那看似有些自私的想法流露出半分。

她牵了牵嘴角，冲院长笑了一下，语气轻快地道："笑笑也终于能有爸爸妈妈了。"

像是倒计时已经开始，黎嘉茉没再和院长多攀谈，而是走进了院内的活动室，发现张开怀正在角落里看课外书。

看到肩颈放松、一副懒洋洋模样坐在座位上的小人儿，黎嘉茉感觉像是有温水灌入心房。

这次来，黎嘉茉给张开怀带了些零食和一本小学低年级版的《钢铁是怎样炼成的》。

果不其然，看见这些礼物，张开怀的眼睛"噌"地亮了，说着"谢谢嘉茉姐姐"，同时迫不及待地翻开了那本书。

"啊！"

张开怀动作极其轻柔地将夹在书中的明信片取出，双手各捏住一端，举到他和黎嘉茉之间，睁着星星眼问："天哪！嘉茉姐姐，这是原起的真迹吗？"

听到张开怀的话，黎嘉茉忍俊不禁："你从哪儿学来的这个词？"

但她还是点点头，模仿着张开怀的用词："是他的真迹，你可以拿去和你的同学们炫耀了。"

得到肯定回答的张开怀嘴角要扬上天了，高举双臂，欢呼："嘉茉姐姐，你根本是超人！"而后，立即将目光对准明信片，开始读。

读了不过半分钟，他匆忙起身，"吭哧吭哧"地搬回来一本字典。

虽然平时读的课外书多，但实际上张开怀刚上小学，不认识的汉字是要远远多于认识的。

但尽管如此，也毫不影响他的兴奋劲，一边翻字典一边读。

黎嘉茉便只在一旁看着，不去打扰他，同时，她也跟着张开怀的进度，把原起写的那张明信片再看了一遍。

其实在她保管这张明信片的那些日子里，有时坐在书桌前，她的双手会不自觉地翻出明信片，她的双眼早已将明信片上的内容描摹了无数遍，深深地印在了脑海中。

按理说，这是写给张开怀的，可不知道为什么，有几个瞬间，她似乎也从那薄薄的纸张上得到了能量。

"嘉茉姐姐，'林林总总'是什么意思呀？"

张开怀的声音将黎嘉茉的思绪拉了回来。

她循声望去，发现张开怀的手指着那句"就是这些或好或坏的林林总总构成了你"。

"就是形容很多的人或者事。"她回道。

"哦——"张开怀装模作样地"哦"了声，偏偏发出一个音节后又没了声音。

就在黎嘉茉静静地等他阅读剩下的内容时，就见眼前的张开怀突然转过脸，露出一副恍然大悟的表情。

明净的活动室内，他的笑脸在配图生动的课外书衬托下，显得真挚、璀璨。

张开怀笑得灿烂，极大声地说："那遇见嘉茉姐姐就是我的'林林总总'里最好的事情！"

黎嘉茉原先是计划在福利院待一个上午就离开，用下午的时间来收拾回家的行李。

可说不清是出于知道自己能陪伴张开怀的时间越来越少的原因，还是因为那句话带给她的动容，直到傍晚，黎嘉茉才回了学校。

来不及细致地整理行李，吃过晚饭，她便又去给原起上课了。

在原起写试卷的时间里，张开怀的那句话在黎嘉茉心里如撞钟一般回响。

下午，忽然听见这么一句话，她当然是感动的。

可离开了福利院之后，她越回想这句话，越觉得背后的含义并不是张开怀学会了一个新词之后的现学现卖那么简单。

看起来虎头虎脑的张开怀，好像也预感到了离别。

可偏偏，他也和她一样，本能地畏惧离别，于是在正式道别之前，以一种轻松的方式，道出了最想对她说的话。

"离别"两个字再度浮现于黎嘉茉的脑海中，过往记忆纷扬如雪，图书馆里明亮的灯光，降落在记忆街头，凝结成雨。

涩感裹住心脏，黎嘉茉的鼻尖蓦地一酸。

"黎嘉茉。"

突然听见一道喊声，黎嘉茉第一个举动是举手拭泪，而后才抬头。

虽然抬起了头，但她躲闪着原起的目光，轻轻"嗯"了声。

灯光落下，照亮她泛红眼角处的湿润。

攥住笔身的手缓缓收紧，原起眸底的颜色黯淡了一瞬。

他想，黎嘉茉应该意识不到，她抬头的瞬间，就下意识地给自己套上了保护壳。但是这保护壳太过明显,是一张极易被识破的笑脸。

原起突然觉得头顶的灯光亮到晃眼,不留情地灼伤他的眼。

感觉与直觉被不明的细线缠绕在一处,紧紧牵制,仿佛最简单的呼吸动作都能轻易撕开他情绪的裂口。

没注意到凝滞的笔尖已经在卷面洇开浓重的墨痕,没注意到自己有些加重的呼吸,原起只看着黎嘉茉。

心中有未察觉的慌乱,原起尽可能地让目光平静又柔和。

最后,他缓缓开口:"你想兜风吗?"

他不擅长安慰别人,更不知道此时的黎嘉茉为什么而哭泣。此时此刻,她是想痛痛快快哭一场,还是更希望向人倾诉呢?

原起想不明白,但他觉得,带黎嘉茉去兜风,应该会比一直待在图书馆里要好。

果然,他看见黎嘉茉的神情变了。不过,她开口的第一句话依旧是充满顾虑:"你的试卷……"

"我回去写。"原起淡声说,"我回去写完,自己改,然后发给你。"

闻言,黎嘉茉下意识地垂低了眼,抿唇。

最后,她牵了牵嘴角,对原起说:"那就麻烦你了。"

黎嘉茉才坐上车,便听见"咔嗒"一声,紧接着,又有声响从头顶传来。像是有预感般,她抬头看见头顶的车棚缓缓收起,视线范围内的夜幕逐渐完整。

大部分时候,澄安市的夜空都是见不到璀璨繁星的。

但也会有些时间,抬头就可以看见零星几颗星星。

譬如今晚。

夜凉如水,那墨黑的夜空,深不见底又神秘莫测。星星缀于其间,似星河,让这沉寂又无垠的黑色夜幕不那么寂寞。

原起没有说话,只是在这片静谧中启动车辆,速度渐快。车子穿过大道,偶尔经过路灯照亮的地方,又飞驰而过。

所有景色都像是被抛到身后,大开的车顶,风声似流淌的河,从黎嘉茉耳边掠过。夜风凉而静,拂过黎嘉茉的脸庞,她有些紧绷的身子渐渐放松,终于松下了紧绷的脊背,靠在了座椅上。

黎嘉茉缓缓合上了眼,感受这夜和心间难得的平静。

没多久,她又睁开眼,稍稍坐正身子,去看车窗外不断变化着的景象。

平时,她总觉得澄安大学很大。一个人骑车的时候,需要听完十多首歌,才能把学校逛遍。

可今天,或许是因为交通工具变成了四轮车,那些风景似乎都被浓缩成光点，就这样一个又一个飞快地闪过了。

慢慢地，黎嘉茉收回有些缥缈的视线与思绪，不着痕迹地睨了原起一眼。

他专注地开着车，身侧的光影飞过一道又一道，他却像是没有分毫的变化。

半晌，黎嘉茉才开口："我今天去看那个小朋友了，把明信片给他了。"说到这里，她顿了顿，"他很开心……谢谢。"

最后六个字，她说得缓慢，每一句都盛着真挚的感情。

原起没有立刻回她的话。

等车子又无声地向前行驶了一段距离后，他的声音才不紧不慢地传来："你心情不好和这个有关系吗？"

这句话让车内的空气更为静谧了。

不知道过了多久，黎嘉茉的声音打破了这份阒寂。

省去黎嘉茉那多余的情感，以及她与张开怀之间只能由两人私藏的亲密，这件事本身并不复杂，黎嘉茉三言两语就交代清楚了。

她原本只是在平静地陈述一件事，可最后一个音节落下时，她的目光下意识地往身侧偏了点。

不知道为什么，她心中霍地撕开一道口子，对于情绪的需求在心底无声地叫嚣着。

她突然……突然希望可以得到原起的回应。

仅此而已。

可在她说完后，原起迟迟未出声的短暂沉默里，那道缺口又无声地变大。

她不知道具体是什么，可心中对那份回应有了更多的期待——

她想，他千万不要和她说那些她早就听过千万遍的话。

思绪乱糟糟的，还没等黎嘉茉理清她到底在想什么，那道等待许久的声音将她拉回现实。

只听原起问她："你记不记得我和你说过，我初中时因为逃训被教练打了一顿。"

说这话时，原起将脸偏了过来。

他的眼睛隐匿在黑暗中，光影晦暗，可是他的瞳仁微亮。

黎嘉茉点点头："记得。"

"那几天，"说到这儿时，那道声音顿了下，最后用极缓的语气一字一顿地补充完，"我一个朋友，可以说是不告而别吧。"

说完，他又加了句："对我而言，很珍贵的朋友。"

"珍贵"两个字冒出时，黎嘉茉有些震惊。

毕竟，在她的印象里，原起是个情绪很淡的人。这么郑重又藏着深厚感情色彩的词，从他嘴里蹦出，有些违和。

079

那话在黎嘉茉脑海里过了一遍，她突然想起原起之前无意间提到过的一个细节。

"就是那个告诉你所有云的重量等于一百头大象的朋友吗？"

隔了几秒，她听见原起轻轻"嗯"了声。

回答了她的问题，原起继续道："哪怕是在我很小的时候，我身边的朋友大部分就已经和我一样，有训练项目了，大家都很整齐地从同一个体校毕业，又进到下一个体校。

"所以，其实在高中被抽去省队之前，我没怎么经历过离别的场合。哪怕是真的面临分别，也知道会有再见的时候，所以那时候，心里对告别这件事没什么过多的想法，觉得分开了，也就分开了吧。

"如果我没记错，那个朋友的离开，应该是我第一次体会到离别这个词真正的含义，而且，应该可以算是离别里最残酷的一种了吧。"

为了不让原起觉得被冒犯，刚才他说话时，黎嘉茉刻意回避了目光。

可此刻听见他的话，她终是没忍住，下意识地朝他看去。

车身散发着冰冷的光，映在原起的下巴处。他的下颌线锋利，和紧绷的唇线连成一道，半晌，才又缓缓松开。

"突然不告而别。"他说，"而我当时连怎么才能联系到她都不知道——唯一知道的，就是她的学校地址。

"所以我逃了两天课，就是去她的学校找她了。"

他没说明，但是从他的语气中，黎嘉茉不难推测出，他应该是没找到他那位朋友。

"那次被教练打，打在身上，我没觉得疼……因为被教训的时候我还在分心想这件事。"

说完，原起极轻地笑了下，又道："但是那次离别唯一不残忍的一点是，至少我知道了她离开的原因。

"所以后来，我开始想，既然离别无法避免，那不如去相信，它的存在是为了更好。"

最后一个音节戛然而止。

在黎嘉茉以为原起的话已说完时，他又毫无征兆地开口："到底能不能再见面，那时候的我其实已经没有执念了。我只是想，在彼此看不到的地方，都要过得更好。"

第四章 ·沉疴

"并非所有过去都会过去,忘不掉的便成了沉疴。"

一回到宿舍,黎嘉茉就在聊天框里编辑了一条消息,但又按灭手机,直到收拾完行李,才把那条消息发出去。

而原起的回复是在半个多小时之后传来的。

9月30日,23:21。

jasmine:特别特别谢谢你。^^

10月1日,00:00。

7:十月快乐。

7:不用谢。

因为一直看着手机屏幕,所以黎嘉茉也看到了原起将后面那条消息撤回。

几秒后,他重新发过来——

7:不用谢。^^

宿舍门被打开的时候,徐昊屿正从柜子里往外拿垃圾袋。听见开门声,他吓了一跳,一个不慎,手被柜门夹了。

他捂着手"哎哟哎哟"鬼叫了一会儿,演不下去了,又立即抽风一般回到正常状态,看向突然回来的原起:"你今天不是要回家吗?"

毕竟明后两天是难得的连训练都没有的假期。

原起:"有点事情。"

徐昊屿也没再问,蹲下换了垃圾袋。

忽地,他想到什么,抬头看原起:"我去扔垃圾,你桌上那几颗糖要顺便扔了吗?我看你放很久了。"

他看那几颗糖摆在原起的桌上很久了,是包着塑料彩纸的硬糖,小学门口几块钱一大把,融化在嘴里,舌头都能变色的那种糖。

徐昊屿猜是原起出去吃饭,店里送的小零食。

他觉得是原起忘记扔了,便想着顺便帮原起扔掉。

话音落下,徐昊屿都准备重新打开刚刚扎好的垃圾袋去装那几颗糖了,却听见原起淡声道:"不用,是我放在那儿的。"

翌日，回家之前，黎嘉茉最后收拾了一些零碎的物品，有她要带回家的澄安特色小吃，还有她的药。

收拾药盒的时候，黎嘉茉有些分神地想到，最近自己的情绪似乎变得稳定了一些。

虽然还是会有像今晚这样情绪泛滥的时候，或者会在某些瞬间无端生出悲伤，但是，她沉浸在这些情绪里的时间要比之前短暂了。

对于自己情绪的变化，黎嘉茉总是后知后觉。

黎嘉茉想，大概是这次新换的药物起了作用。

光线筛过睫毛，滤成阴影，轻轻落在眼窝处，而后，她微垂的眼眸便扬起，睫翼忽闪。

会好的，黎嘉茉。

一定会的。

她暗暗在心里说。

出门前，黎嘉茉看见隋妙语和程诺那边的地面上有些垃圾，想了想，便帮她们扫了。终于要出门，又恰好碰到一夜未归的隋妙语回来。

听到黎嘉茉打招呼的声音，隋妙语才从混沌中强撑着睁开眼，看见人，还是没止住困意，一边打哈欠，一边对黎嘉茉说："你回家吗？啊，困死我了。"

打完哈欠，隋妙语又说："我最近每天晚上都偷偷出去给卢柯准备生日礼物，连着两个晚上都没好好睡觉了！今天一定得好好睡一觉。"

黎嘉茉和隋妙语的关系不算疏离，却也算不上亲密。实际上，黎嘉茉对他人的感情生活并不好奇，这会儿听到隋妙语和她分享私人生活，她也只是静静地听着。

她根本不知道该怎么回应隋妙语，顿了顿，最后只说："他知道了应该会很感动的。"

"必须感动！不然我饶不了他。"说这句话时，隋妙语带着倦意的语气才算是高昂了些。不过须臾，她又蔫了，说自己要赶紧睡觉，和黎嘉茉说了再见。

去车站的路上，黎嘉茉挤了一路的地铁。看着乌泱泱的人群，她庆幸自己上地铁的时机巧妙，不至于成为后面那批挤都挤不进的人。

在火车上，黎嘉茉找到自己的座位，把不太多的行李放到自己脚边，什么也没干，坐在原地发了一会儿呆。

临近发车的时候，她收到了原起的微信消息，问她到车站了吗。

虽然有些意外，但黎嘉茉还是回复：到了。

半分钟后。

7：好。

比起动车，对黎嘉茉而言，坐火车唯一的优点就是很有烟火气。

虽然她有时候会讨厌吵闹喧嚣的一切，但更多的时候，她还是希望耳边可以有声响，而非无边的寂静。

看着车厢里形形色色的人，有带着孩子的家长，有出来游玩的情侣，有满脸疲惫的中年人，有戴着耳机一路玩手机的学生，也有如她这般孤身一人的人。

黎嘉茉喜欢发呆，也喜欢观察别人。

看着袒露在同一片阳光下千万张不同却又相似的面孔，她会去猜每一个人身后都藏着什么故事。

比如对面那对情侣是否在为游玩计划产生的分歧而争吵，比如那个胡子拉碴的中年大叔为什么对着电话恸哭，比如那个对着手机笑得温柔的小孩会不会是在和他喜欢的人聊天？

思考这些的时候，黎嘉茉不需要答案。

她只是想从这茫茫世界中找到一点"大家都在活着"的感觉。

火车缓缓开动，黎嘉茉侧过脑袋，托着下巴看了一会儿车窗外的风景。

近七个小时的火车车程之后，黎嘉茉终于坐上了回家的大巴。

山路颠簸，身下的椅子有些硬，陈旧车厢内的味道也不算好闻，黎嘉茉轻轻地掀开窗帘一角，透过缝隙往外看——

窗外的每一处景色，都和她记忆中的如出一辙。

那蜿蜒的山路，青翠的树，清澈的河。

车轮卷起的尘土和蒙尘的记忆一起飞扬，阳光洒落在大地上，被玻璃车窗分割成光与影。看着河流在山间闪耀成波光粼粼的银带，黎嘉茉无比清晰地意识到，这是她的故乡。

可除了熟悉感，她对南山尾再没有其他的感受。

对于回家，她唯一的期待便是见到母亲和妹妹，而这份情绪也和这个地方本身无关。

黎嘉茉并不思念这片故土，不然，在母亲发来微信询问前，她就应该买好了回家的票。

在这里生活的每一秒她都想逃离，哪怕她现在明白了长大后的生活也不尽如人意，可她仍不愿去回忆关于这里、关于过去的一切。

可是，一个地方是可以轻易离开的，但有些东西，是无法轻易解开的。

这次回来黎嘉茉带的行李并不多，但一路靠她自己背着，肩上一个包、手上一个包。走到家门口时，她的肩膀酸痛难耐，从书包前面的口袋摸钥

083

匙的动作都变得格外艰难。

哪怕早有预感，回到家时，面对那一片死寂，黎嘉茉心里还是有瞬间的失落。但一路舟车劳顿，身体的疲惫让她没有精力去纠结那些情绪。

想喝水，却发现烧水壶空空的。

可她此时已没有烧水的力气，便暂时将口渴抛在一旁，坐在凳子上休息。不知过了多久，直到屋内的光线一点一点暗下去，黎嘉茉才起身，把两个包搬回自己房间。

取出书包里的抗抑郁胶囊，黎嘉茉走向床边。

掀开被子的瞬间，一股阳光的味道扑面而来。

妈妈知道她要回来，提前晒好了被子。

鼻间是阳光温暖的气息，眼睛蓦地一酸，黎嘉茉把那两盒药塞到床垫下，将床整理回原先的整齐模样。

她靠在床上休息了一会儿，脑袋沉沉的，下一秒就要睡觉。直到睡意压到了那根紧绷着的神经，黎嘉茉逼着自己起身，一鼓作气把东西收拾好。

然后走出房间，在家中的柜子里翻找许久，除了一包方便面，她没找到其他的。黎嘉茉没在意，煮好面随便吃了几口，随后看了眼时间，想到空空如也的冰箱，拿上手机出了门。

再过半小时，黎嘉念的兴趣班就下课了。

她得为妹妹做好晚饭。

关门前，视线捕捉到什么，黎嘉茉脚步一顿。

她折回去，把烧水壶灌了水，等它开始工作后才离开。

这样，妹妹和妈妈一回来就能有水喝了。

在家的这几天，黎嘉茉觉得很清静。

李慧琴在酒店里做服务工作，假期是客人最多的时候，她的上班时间又和每一个饭点都撞在一起，因此，每当饭点，家里就只有黎嘉茉和黎嘉念两个人。

但黎嘉茉并不觉得冷清，毕竟在学校里，她是一个人吃饭的。回了家，耳边有黎嘉念叽叽喳喳的声音，对她来说，反倒是最难得的陪伴。

她时刻和妹妹待在一起，辅导功课、烧饭做菜，更多的时候是给妹妹讲自己的大学生活。

黎嘉念对南山尾之外的一切都充满了好奇。

而李慧琴回来后，看到黎嘉念像个小尾巴一样跟在黎嘉茉身边，眨着眼睛问东问西时，她就会笑弯眼，告诉黎嘉念要像姐姐一样好好学习。

母女三人相处和谐融洽，让黎嘉茉在回家的这几天得到了在学校未能体会的身心放松——没有回家前，她总是抗拒回到南山尾；可每次回到家，却又贪恋这些温暖。

这一切都在假期第三天崩塌。

那天晚上九点多,黎嘉念待在房间里写作业。

黎嘉茉去取快递。

这次回来,她发现黎嘉念先前背的书包,肩带处已经破洞了,便给黎嘉念买了个新书包。

拆了快递后,黎嘉茉抱着脏衣篓和书包进了卫生间,打算用洗衣机把这些衣服一并洗了。

她打开洗衣机,发现里面还放了几件没洗的衣服,应该是妈妈之前放在里面忘记洗的。

视线里有一条黑色的牛仔裤被压在最底下,怕牛仔裤把白色衣服染黑,黎嘉茉俯身,打算把那条裤子拿出来单独洗了,却在看清裤子的款式后,顿住了所有的动作。

"嘉茉!嘉念!"

李慧琴一进门,就喊自己两个女儿的名字。

整个房间静悄悄的,客厅的灯灭着,只从黎嘉茉的房间里漏出几束灯光。李慧琴心下了然,推开黎嘉茉的房门:"今天晚上有一桌客人有两只螃蟹没吃完,妈妈给你们带回来了……嘉念呢?"

目光所及,看不见黎嘉念的身影,只有黎嘉茉坐在书桌前,视线落在桌面上,很安静的模样。李慧琴有些疑惑,问了句,没想到听到黎嘉茉的回答是:"外婆家。"

李慧琴顿住:"送去外婆家干吗?"

黎嘉茉没有回答她。

房间里安静到针落可闻。

李慧琴以为黎嘉茉没听清,又说了一遍:"你们今天是不是去看外婆了?你外婆也真是的,你一年就回来那么几天,她想嘉念什么时候不能看……"

"他是不是又回来了?"

黎嘉茉的话让李慧琴直接噤了声。

说话时,黎嘉茉别过了头,那双眼睛就这样直直盯着她,让李慧琴的心无端突突跳动。一时间,她不敢去看黎嘉茉的眼睛,余光乱瞄,但嘴上还是在反驳:"你说什么呢?"

话里的心虚意味太明显了,黎嘉茉几乎不用再问。

她俯身,拾起放在一边脸盆里的那条男士牛仔裤。举起手的瞬间,突然生出一种从内心蔓延到全身的无力感,手腕顿时没了力气,又将牛仔裤扔回盆内。

但仅是刚刚那个动作，也说明了一切。

空气静默许久。

最后，李慧琴试着开口："嘉茉，他是你爸爸……"

"我早就说过了我没有这样的爸爸。"

黎嘉茉本来是不想哭的，可是一张嘴，泪水就不受控制地从眼眶里涌出来。话里带了哭腔，她缓慢站起，身子有些战栗："他害我们害得还不够是吗？啊！妈，你为什么老是这样？他都那样对我们了，你为什么还……还……"

"嘉茉，你……"听着女儿的哭诉，李慧琴也湿了眼眶，最后，她又哭又急地说了句，"妈妈也是为了你和嘉念好，如果我和你爸离婚了，你们就是没爸爸的孩子了……"

"那我宁愿没爸爸！"

说到最后一个字时，黎嘉茉已经泣不成声，双唇止不住地颤抖。她别过脸，不再去看李慧琴，抽了面巾纸擦眼泪，整个人无力地瘫坐回凳子上。

很少听见黎嘉茉用这样的语气说话，心中酸涩得不是滋味，李慧琴那张饱经沧桑的脸上也流满了泪。她站在原地，静了一会儿，最后，退出房间，擦干了自己的眼泪，给黎润打电话："你回来吧……你図回来了……"

电脑屏幕上是参加创业大赛的小组群聊。

学姐在群里艾特黎嘉茉和陶煦，说她听说今年的评审老师里有一个美籍教授，所以让她俩再做一版英汉对照的企划书。

学姐：明早八点前交上来，可以吗？

黎嘉茉早已停止了哭泣，此时，双眼通红，有眼泪风干后的胀痛。她强迫自己忽视喉间的哽意与窒息感，点开学姐新发的文档，撑着发干酸涩的眼睛看了眼系统显示的时间。

已经快十点了。

大脑"嗡嗡"发疼，眼睛也涩到不行，黎嘉茉觉得自己身心俱疲，在聊天框里打出一句"学姐，我今天身体不太舒服"，却不敢发出去。最后，她逐字删除，打算看陶煦怎么回复。

这时，紧闭的房门被人敲了两下，黎嘉茉没回头，也没出声。

但紧接着，门还是被推开。黎润攥着门把手，犹豫再三，还是进门："嘉茉，爸爸给你带了柚子，已经剥好了……"

说着，黎润把水果盘放到黎嘉茉手边。

黎嘉茉沉默不语，他就在她身边站了一会儿，见黎嘉茉一直盯着电脑屏幕，便也往屏幕上乜了眼，看见满屏密密麻麻的文字和眼花缭乱的图表，对他来说堪比天书。

"放假了还这么用功呢。"

黎嘉茉怎么会听不出黎润话里讨好的意味，只是她不会像李慧琴一样心软。

耳边，黎润还在源源不断地说："在家里可以休息一下的。嘉念有些题目听不懂，你也可以和她讲一下，你不在的时候，她老是说你讲得比学校老师还要好……"

"我教她题目，你们教她骗人，是吗？"

黎润的话被打断。

他不敢去看黎嘉茉的眼睛，但最后还是硬着头皮，对上了她的视线。

黎嘉茉凝视着他的目光很平静，说话的语气亦是古井无波，像是很平静地发问："你回来住多久了？"

黎润沉默。

黎嘉茉继续问："要不是我今天看见你的衣服，是不是还要让嘉念骗我到寒假？"

黎嘉茉话中一个一个的"你"听得黎润不舒服，哪怕他心中有愧，但还是压不过心底的情绪，提高嗓音回："这是我家，我怎么不能回来住？"

这句话的语气她太熟悉了。

熟悉到黎嘉茉一听见，便呼吸加速。

"你家？"看向黎润的目光更深一分，黎嘉茉心底蓦然生出无限凄凉。

"这个家没有被你赔进去，你不甘心是吗？"

一句话让黎润又不出声了。他似乎是觉得尴尬，心中也只当黎嘉茉是小孩子闹脾气，便又试着关怀："你在澄大怎么样？学习跟不跟得上？"

眼睛酸涩，黎嘉茉觉得这一切都有些荒谬。

她上大学一年多了。

一年里，黎润没有关心过她一句。

她以为他和那天保证的一样，退出她的生活了。

可没想到，他只是和妈妈一起在骗她。

思及此，黎嘉茉的呼吸再不能平静，再开口时，语气已变得尖锐："跟得上又怎么样？跟不上又怎么样？再拿奖学金给你去赌吗？"

这句话直接将黎润点燃了。

温和的伪装瞬间被撕下，心虚的时候，中年男子的傲慢会自动将这份情绪转化为暴怒。被挑战权威的"父亲"怒目圆睁，盯着双目含泪的女儿："黎嘉茉你看清楚了，我是你老子！你用什么语气和我说话？"

黎嘉茉的声音也不自觉拔高："你是什么语气我就是什么语气。"

"你看看你现在是什么样子，觉得自己会读书很牛是不是？考上澄大很厉害是不是？要是没有老子供你上学，你能考上澄大？"

听到声响的李慧琴匆匆赶来，目光担忧地看着黎嘉茉。但她不敢迈入这个房间一步，只敢站在门外看父女俩对峙。

"你供我？"

原以为眼泪已经流干，可又瞬间决堤。声音似是从哭声中漏出的，破碎的音节艰难地拼凑成语句，直至最后，黎嘉茉已失声，唇张着，却再也蹦不出除哭声之外的音节。

"从我上初中开始就没花过家里一分钱，你供我什么了？你说啊！我身上穿的、回家的车票，没有一分用的是你的钱！"

泪水流进她的嘴角，是咸的，黎嘉茉闭上眼，将脑袋转向墙壁，觉得心被焚烧，一抽一抽地疼。

耳边，还是黎润毫无逻辑的暴怒："不花家里的钱你哪来的钱？你长这么大，我养你花了多少钱你不知道？"

李慧琴这才进来，横插进两人之间："好了好了，别吵了别吵了。嘉茉是小孩子，你让着她一点。"

黎润和黎嘉茉的争吵更多的是父女两人这几年生出的本能，因此，李慧琴的话语轻易打破了这剑拔弩张的气氛。

黎润也自知理亏，但还是"呵"了一声："小孩子？我像她这么大的时候都出去打工赚钱了！她还一点都不懂事。"

巨大的关门声结束了这场闹剧。

意识渐渐混沌，黎嘉茉哭得有些无力，但心里始终想着那个群消息，最后还是强撑着睁开眼，点开手机。

发现陶煦已经在群里回复了一个"OK"，于是，黎嘉茉也发了个"好的"。

同时，给自己定了凌晨三点的闹钟。

她今晚一点事情都不想做，也没有力气。

那晚，万籁俱寂的时候，李慧琴又来到黎嘉茉的房间，小心翼翼地问："嘉茉，睡了吗？"

没有回应。

看着那团拱起的被子，熟知自己女儿睡觉习惯的李慧琴自然知道黎嘉茉没有睡着，但她没有戳穿。

她在黎嘉茉的床边坐了很久，最后，在黑暗中叹了口气："嘉茉，当年你爸爸是鬼迷心窍了。他一天天抽烟喝酒，脑子早就不清醒了，大小事拎不清，才会做出那种事情。"

"但再怎么说，他也是你爸爸……"

听不见回应，只能看见隐约颤动的被褥，良久，李慧琴才叹了口气，带上门离开了。

被窝里，枕面被大片泪渍打湿，黎嘉茉哭得上气不接下气，心脏和她的呼吸一样发绞，被一点一点抽干净。像有刀尖剜她的心，每每抽泣，都是刮骨疗伤的痛。

她蜷缩着，将自己紧紧抱住，像是抱住一具残躯。

刚刚和黎润吵架时的每一句话都似钟声在她的脑海里回荡，每撞一下，斑驳的瓦片就从回忆的屋檐落下。

她想起她第一次去医院的那天。

在去医院之前，黎嘉茉就已经在网上看了很多与抑郁症相关的帖子。

其实也不是上大学后才开始的，仔细回忆这些症状，已经折磨她许久。

比如整夜整夜睡不好觉、思虑过多、长时间不开心，比如行动力低下，不爱动。如果可以，她希望不要见任何人，不要说任何话。

生活好像变得无趣，做什么都很没意思。

若说上大学前，还有"逃离"作为信念，可上了大学后，黎嘉茉常常生出一种空心的感觉。

她不知道自己的忙碌是为了什么，又有什么意义。

情绪的牢笼将她困住，和那无法分割的原生家庭一样将她扼住。无论她怎么挣扎，都解不开命运的结。

她好像逃不出去了。

那天去精神科挂号，她是下了很大的决心的。

当时，她很天真地想，一定要把自己从这荒芜之境中解救出来。

但她现在发现，她好像高估了自己。

光是活着就已经用尽她全部力气。

生活之中，是会有快乐的瞬间，只是这些快乐比起那些痛苦，太短暂了。

黎润的话像是魔咒一样，她困于其中无处可逃。她一个人在黑暗中走了很久很久，但是路的尽头看不见一点光，而她已经满身伤痕。

"要没有老子能有她？"

涕泪糊了满脸，呼吸都显得艰难。

黎嘉茉脑子里只有一个声音：

既然这样，当初就不要生下她啊。

如果没有生下她该有多好。

如果她没有活过会多好。

黎嘉茉不知道自己是什么时候睡去的，只是到后来，连哭的力气都没有了，渐渐便陷入了混沌的梦中。梦里，是她第一次去看病，结账的时候，发现自己的余额连四百多的医药费都无法支付。

那天，她在医院的服务大厅里坐了很久。坐在冰冷的铁椅上，她反复点开和李慧琴的对话框，最后只闭上眼，心下一片荒凉。

黎润从来不往家里拿钱。

李慧琴一个月工资两千多元，需要供她和黎嘉念的一切开销。

黎嘉茉不知该怎么和李慧琴开口。

在她心里，向本就无枝可依的母亲要钱，是罪过。

最后，她实在没了办法，找程诺借钱。所幸程诺不过问原因，直接把钱转给了她。

付了医药费后，她去专门的房间做心理问卷。其实坐在电脑前做题的时候，黎嘉茉心中便渐渐有了答案。

拿着测验结果回到诊疗室室，那医生先说了句"怎么去了那么久"，下一瞬，在看见黎嘉茉的心理问卷测验结果后，沉默片刻，最后，他又换上了一副亲和的模样："你这个焦虑和抑郁症状有点严重啊。"

医生说话与发问的时候，黎嘉茉只乖乖坐在凳子上。她佯装神情平静，但内心无比煎熬与窘迫。

她仿佛等待刀俎的鱼肉，即将把自己的内心血淋淋地剖白于医生面前。

那颗心里装着所有难堪的回忆与过往。

直到凌晨三点的闹钟响起，黎嘉茉才从噩梦中惊醒，从一个噩梦跌入另一个噩梦。

黎嘉茉很想摁掉闹钟，然后不管不顾地睡下去，直到日上三竿再发去一句自己起晚了的道歉。

但黎嘉茉不敢。

她很小就明白，自己没有任性的资本。

更何况这个任务还关系到其他人，她不好意思因为自己耽误全部人的进程。

将近早上八点的时候，黎嘉茉写完企划书，检查两遍后点击发送。

同时，门被轻轻敲了两下，接着是李慧琴温和的声音："嘉茉，起来了吗？妈妈烧了早饭。"

平时，李慧琴一般六点钟就要起床去上班，因此，早上也不会把黎嘉茉叫醒。但今天，她特意请了假在家，目的不言而喻。

黎嘉茉只当没听到。

妈妈总是这样。

高考完的那个暑假，黎润把黎嘉茉学校和省里发的奖学金全拿去赌博，黎嘉茉和黎润狠狠吵了一架。那天，她哭着求李慧琴和黎润离婚。

李慧琴抱着黎嘉茉，流了一晚上的泪。

可是没过几天,她又想当作什么事都没发生,喊黎嘉茉和黎润坐在同一张桌子上吃饭。

得不到回应,李慧琴想推门进去,却发现门被锁了。她又敲了两下门,无果,便只能离开。

中午,黎嘉念被接了回来,隔着门板喊:"姐姐,出来吃饭!"

黎嘉茉正蹲在地上整理东西,听见黎嘉念的声音,沉默许久,还是起身。饭桌上坐着四个人,却只有三个人在说话。

"嘉念,你之前不是说数学题有些不懂吗?趁现在姐姐在家多问问姐姐。"注意到黎嘉茉的沉默,李慧琴给黎嘉念使眼色。

黎嘉念扒着饭,说话含混不清:"姐姐已经教我了。"

闻言,黎润像是全然忘记自己昨天说的那番话一般,对黎嘉念说:"嘉念,要多向你姐姐学习,考上澄安大学,回来考个公务员或者当老师,你就可以坐在空调房里享福了。"

黎嘉茉坐在一旁静静听着,一声不吭。

实际上,她知道黎润之所以说出这句话,是因为他心底深处真的将这类稳定的职业视作女生最好的归宿。包括在她未成年时期,无论家里再困难,黎润都没有放弃过她的教育,因为黎润是相信"读书可以改变命运"的。

这次回家,黎嘉茉在街头偶遇了一位初中同学——初中毕业后,她就读了职高,读了一年便退学了。明明是一样的年纪,黎嘉茉还在继续求学,但那个女生已经订了婚,一辈子都将锁在这座县城。

其实黎嘉茉知道,她是要感恩黎润的。

只是亲情包含太多复杂的东西,她无法理性地一码归一码。她有时甚至会偏执地想,倘若黎润对她是彻头彻尾的坏就好了,那样她就可以理直气壮地恨他,而不是像现在这样,想恨他,却又会记起他的好。

内心的想法这样割裂,最后煎熬的只有她自己。

"我才不要回来呢!"黎嘉念大声反驳,嗓音清脆,"姐姐说外面比我们这里好多了!"

"外面再好能有家里好啊?"李慧琴往两个女儿的饭碗里夹了菜,"爸爸妈妈、外公外婆都在这里,你不回来还去哪里呀?"

说着,她偷偷瞄了眼黎嘉茉,见对方依旧无动于衷,从坐上饭桌的那刻起就只顾埋头吃饭,不管他们在一旁说什么,都不曾抬起头来看一眼。

心底涌上一阵酸楚,李慧琴终是什么也没说,别开眼,等眼里的湿润蒸发干净后,又换上了笑,继续和黎嘉念讲话。

李慧琴的记忆里,有无数个黎嘉茉抱着她让她和黎润离婚的画面,比如黎嘉茉初二那年,黎润喝醉了酒在家里乱发火,不小心将黎嘉茉的书包摔到了地上，黎嘉茉的文具盒就这样摔坏了——

那是黎嘉茉第一次站出来和黎润对峙。

没有料到一向乖巧的女儿竟然会忤逆自己，黎润下意识地拔高音量："摔坏了再买一个不就行了！"

口气狂妄得似乎他口袋里不缺钞票。

那天，李慧琴帮着黎嘉茉把散落一地的文具拾起，之后带她出去买文具盒。拿着新文具盒回家的路上，她听见沉默了一路的女儿突然开口："妈妈，你可以和爸爸离婚吗？"

这是李慧琴第一次听黎嘉茉说这句话，有些愣怔。她低下头去看黎嘉茉，当时已经长到她肩膀高的女儿低着头，只是手里的文具盒已经被泪水洇湿，一句话也说不完整，多次被抽泣声打断："只要爸爸不回家，只有我、你和妹妹在的时候，我们就很开心。可是爸爸一回来，我们就都不开心了……"

苦涩涌上李慧琴的心头，多年与困顿生活抗争早已磨灭了她所有的力气，她早就接受了这样的现状。

可是她不知道该怎么向黎嘉茉述说，嘉茉，妈妈已经跑不动了。

可她终究还是妈妈，在女儿眼里，无所不能的妈妈。

于是她只摸了摸黎嘉茉的脑袋："嘉茉好好读书，上了大学，就可以找到好单位，生活就会变好了。"

黎嘉茉没有回复她这句话。

比起黎嘉念，李慧琴总觉得自己和黎嘉茉之间有一层隔阂。

从黎嘉茉上初中开始，她就不知道黎嘉茉一天到晚在想什么了。直到高考完，黎嘉茉和她爸闹得天崩地裂，李慧琴才发现，自己好像从未真正了解过大女儿。

她不知道黎嘉茉想要什么，甚至内心很想把黎嘉茉留在身边，毕竟两个女儿是她生活中唯一的慰藉。

但是，不管黎嘉茉究竟会不会回到南山尾，李慧琴都希望她能自由地飞。

李慧琴特意烧了黎嘉茉爱吃的菜，可黎嘉茉只觉得味同嚼蜡。桌上的一幕幕似无数个往日重现，让她觉得疲惫而窒息。

黎嘉茉随便吃了几口，就放下筷子。

一直注意着黎嘉茉动静的黎润瞧她起身，似乎要回房间，便叫住她："嘉茉，你大伯说晚上请你和嘉念吃饭——"

话没说完，就被黎嘉茉冷声打断："我不去。"

黎润面色尴尬，但还是继续说："你小学的时候，买书的钱都是你大伯借给我们的。你不去，是不给人家面子。"

黎嘉茉已不想再和黎润辩驳一句，只说："我今天下午就走了。"

闻言，李慧琴"啊"了声，一时有些呆滞："你不是说待到七号吗？"

"昨天改签的。"

说完，黎嘉茉关上了房门。

有黎润的地方，她多一秒都待不下去。

只是黎嘉茉也没想到，自己回到澄安市的第一件事，是被失恋了偷偷躲在宿舍里的隋妙语拉去酒吧去"打渣男"——

为了给卢柯准备生日礼物，隋妙语想偷偷看看卢柯的淘宝购物车，于是在下午和卢柯出门玩时，趁卢柯不注意，登上了他的淘宝。

也因此发现并不是她和卢柯使用的避孕套、情趣内衣等购物记录。

"我刚刚还给我表哥发了微信，他会来接我们的，所以我们很安全！黎嘉茉你不用担心！"

黎嘉茉之前没去过酒吧，于她而言，酒吧如同龙潭虎穴。可是隋妙语口中的表哥也不知道什么时候才到，黎嘉茉担心隋妙语一个女生去酒吧有危险，便还是陪着去了。

面对酒吧缭乱晃眼的灯光，黎嘉茉下意识地发怵。她从没有踏足过这类场所，本能地想要逃离。

透过扭动身体跳舞的人群、暧昧迷幻的灯光，黎嘉茉看见了一个规模不算大的舞台，上面站着一个乐队。

站在最中间那个身穿皮衣、手握话筒的男人，似乎就是隋妙语在朋友圈发过的卢柯。

隋妙语显然比她早一步看到。

眼见她就要往台上冲，黎嘉茉拦住她："你表哥呢？"

"他刚刚都要睡了，赶过来要一点时间，我等一下他。"所幸，隋妙语的理智还在线，没打算贸然行动。

等待的间隙，隋妙语又和黎嘉茉捋了一遍她的"复仇计划"——

她打算在卢柯唱歌的时候，去抢他的麦，把他骂一顿。

隋妙语当然知道这样对卢柯起不了什么报复作用，但她也只是想过过嘴瘾罢了。

两人又站在原地等了一会儿，其间还有两个男的来搭讪，被隋妙语一个眼风扫回去了。忽地，隋妙语像是看见了什么，对黎嘉茉说了声"我看到我表哥了"，就立即跑了过去。

黎嘉茉也往那个方向瞄了眼，但由于酒吧灯光昏暗，人头攒动，她还没看到隋妙语的表哥在哪儿，就被人挡住视线，下一秒，就连隋妙语的人影都看不见了。

忽地，黎嘉茉的双手被人紧紧锁住，那人抓着她的手将她扯出人群。

093

黎嘉茉心中一惊，下意识便提起膝盖踹人，却听见头顶落下一道格外熟悉的声音——

"黎嘉茉。"

亓宸的声音冷到了极点。

黎嘉茉心一惊，抬眸，对上怒火中烧的眼神，下意识地躲闪了一下。

见黎嘉茉躲闪，亓宸的眸色更沉了，握住黎嘉茉手腕的力度加大："你不是说七号回来吗？"

黎嘉茉自然不会告诉亓宸她家的事情，便只说："后来改签了。"

亓宸显然不信。

他冷笑一声，话中带着讽刺意味："我家给你的钱是让你来这里玩的？"

这句话刺痛了黎嘉茉的耳朵。

她转过目光，直面亓宸："我没……"

可没等她把话说完，手腕骤然被放开，只见亓宸忽地被人往后狠狠一拽，一个趔趄，往旁边退了几步。

黎嘉茉还没看清来人是谁，就见那道身影拽住亓宸的衣领，扬起拳头，直接往亓宸脸上砸去。

待看清那张脸后，黎嘉茉的心跳骤停。

而被人无缘无故打了一拳的亓宸自然也不管对面是谁，下意识的动作也是还击。

"哥！"

而后赶来的隋妙语冲着厮打在一起的两人，语气着急地喊了声。

这一声，让黎嘉茉回过了神，她上前，想把两人分开："你们不要打了！"

却没有人停下。

这里的动静已经引来了围观的人群。怕事情闹大，黎嘉茉心一横，直接冲到了两人中间。

亓宸挥出的拳头在距离她脸庞仅半寸的地方停住。

看着挡在自己面前的那道身影，原起的目光凝滞。

亓宸面色一变，拳头松开，扯过黎嘉茉的肩膀："你知不知道要是我反应慢一秒，那个拳头就砸到你脸上了！"

"我只是想让你们不要再打架了。"此时的黎嘉茉也有点后怕，下意识地回。

旁边的隋妙语也回过神："哎哎哎，好端端的，怎么打起来了？"

这话一出，亓宸又被点燃了，目光落到原起身上，语气嘲讽："问他啊。"

黎嘉茉这才回过神去看原起。

和亓宸一样,原起那张挑不出错的脸上此时也挂了彩,嘴角噙着血丝,立体的眉骨上似有瘀青。

可他似乎并不在意,目光只落在黎嘉茉身上,眸色幽黑,情绪难辨:"你没事吧?"

黎嘉茉摇摇头。

得到回应,原起才看向亓宸。

两人就这样沉默地对视了两秒。

两人本就认识,不过仅限于点头之交,面对这样的局面,气氛有些尴尬——刚刚,原起一找到隋妙语,就从她口中知道了她是和室友黎嘉茉一起过来的。

而当他找到黎嘉茉时,恰好就看见她被亓宸扯住手的那一幕。当时原起甚至都没发现攥住黎嘉茉的人是亓宸,只是下意识地以为黎嘉茉被欺负了,身体快于脑子一步地给了亓宸一拳。

虽然知道是自己的过错,但面对亓宸,原起却不那么想道歉。

踌躇片刻,原起还是有些僵硬地开了口:"抱歉,刚刚误会了。"

亓宸努努嘴,没说话。只是如今冷静下来,看着黎嘉茉和原起,亓宸蹙起眉,问黎嘉茉:"你们两个一起来的?"

这是一个有点难回答的问题。

而隋妙语来打渣男的心情已经被这场闹剧冲淡了,甚至因为有八卦可听而有些兴奋。此刻听到亓宸的话,她主动站了出来帮黎嘉茉解围,说了前因后果——黎嘉茉这才知道,原来隋妙语的表哥是原起。

说完,隋妙语的视线偷偷在现场的三个人身上流转,觉得这三人之间的微妙氛围有些难以处理。

她想了想,朝黎嘉茉使了个眼色:"那个,嘉茉,要不你带亓宸去药店买点药吧?"

闻言,黎嘉茉点点头,她感觉自己有些身心俱疲,只想快点回宿舍休息,于是看向亓宸:"走吗?"

两人就这样一前一后地离开了。

自己表哥脸上也挂着彩,隋妙语却丝毫不担心,看热闹不嫌事大,心里"哇"一声,故意往前跳了一步,挡住原起的视线:"你认识嘉茉?"

视线范围内,已经见不到那个身影。

原起垂睫,盖过眼底的晦暗,"嗯"了声。

从酒吧出来后,亓宸和黎嘉茉都没说话。

亓宸没喝酒,也没有去药店,直接将车开回了学校。一路上,车内的气氛静得可怕,就这样在诡异的无声中到达了宿舍楼下。

095

黎嘉茉想下车,却发现车门被锁了。她回头看亓宸,提醒道:"我要下车。"

可亓宸好似听不到她的话,自顾自地问:"你认识原起?"

"他是我同班同学。"黎嘉茉不想说太多其中的弯弯绕绕,就只挑了其中最简单的身份回答。

"同班同学?"亓宸却似不信,但也没再多问。

此时他更关心另一件事:"你怎么改签了?"

"家里有事。"

黎嘉茉不想和亓宸说明,便只简单回了四个字。可偏偏,亓宸像是听不出她话中的回避意味,微皱眉,又问了一遍:"什么事?"

黎嘉茉知道,他不是听不出她的回避,只是蛮横地想要一个答案。亓宸习惯了别人的顺从,她不说,亓宸是不会放她走的。

如果是在平时,黎嘉茉必然小心谨慎,大气不敢喘,生怕自己一个不小心又惹这位大少爷生气了。

可她此刻连编一个理由糊弄过去的心思都没有,只觉得再多说一句话,都要抽干她全部的力气。

她太累了。

乏力感似龙卷风,途经她的四肢百骸。

黎嘉茉像是用尽了全部力气,说:"亓宸,如果我不过问你的事情,你能不能也不过问我的事?"

亓宸愣住,目光在黎嘉茉脸上停住。

她的面色看似平静,可眉目间透露出的情绪,他看不懂,却下意识地觉得,现在的黎嘉茉状态很差。

亓宸觉得心里有种被堵住的感觉。他欲张口,问黎嘉茉是不是发生了什么,却说不出话。最后,他无声地开了锁,便看见黎嘉茉似一刻都不愿多停留地下了车。

出门前,黎嘉茉的行李还有一半没收拾。

但她无暇去管,回了宿舍第一件事便是洗漱,而后爬上床。头靠上枕头的瞬间,脑海中突然闪过一个念头,她是不是应该给原起发条微信消息问一下?

想着,黎嘉茉从枕头底下摸出手机,点开那个聊天框,可偏偏大脑一片空白,好像什么都需要问候,又好像没必要去问候。

今晚的一切是一场闹剧,黎嘉茉总觉得哪里怪怪的。可她分辨不出,也没力气去想,最终,不再犹豫,发了一句"你还好吧?"。

对着屏幕等了几分钟,没有回复,黎嘉茉便把手机重新塞回枕头底下。

可明明身体已经累到睁不开眼,黎嘉茉却睡不着。

不知有多少个夜晚,她都像今天这样告诉自己放下心事,好好休息一下,偏偏她负担了太多,面对那些让人焦头烂额的事情,心里无端生出许多没用的焦虑。这些焦虑似火焰炙烤着她,令她煎熬,让她疲惫,却又无法安然入睡。

黎嘉茉躺在床上,在悄无声息的宿舍中,甚至能听见自己越来越快的心跳声。

不知过了多久,一阵开门声传来,紧接着,是隋妙语轻唤她名字的声音。

没得到回应,隋妙语又小心翼翼地叫了声,仍旧一片死寂。她自言自语地说了句"睡着了",然后从黎嘉茉的床边离开。

在隋妙语洗漱的时间里,黎嘉茉在隋妙语刷牙的声音中悄悄翻了个身,最后,认命般地再度点开手机。

看样子,确实是原起送隋妙语回来的。

因为就在隋妙语回来的几分钟前,原起回了她的消息。

7:我没事。

7:你到宿舍了吗?

因为没得到回复,他又补了句。

她的目光落在接下来的两行字上,那本就不宁静的心跳似在瞬间彻底乱了节奏——"怦怦怦怦"。

每奏响一次,那几个字便在黎嘉茉的眼里更深一分。

7:我猜你应该睡了,那不说晚安了。

隔了一会儿。

7:好梦。

握住手机的指节发紧,黎嘉茉也不知道自己为什么对着这几行字翻来覆去地看了一遍又一遍。

暗夜中,黎嘉茉的眼眶微微湿润。似有一瓢温水趁着夜晚灌入她心中的缺口,浇灭了那不止不休的心火。心中的焦躁不安,神奇地得到了些许抚平。

好梦。

黎嘉茉对着手机屏幕,无声喃喃。

她将手机压在枕头下,像是垫着一个柔和的梦。

这晚,原起难得没睡好。

昨天送隋妙语回来时已经快一点,他干脆就留在宿舍睡了。睁眼时不过清晨五点多,长夜蓝黑,室内无人,一片昏暗。

他没有将手机带上床的习惯,但昨晚还是把手机带上来了。此时,手一够,像是肌肉记忆一般地点开微信。
置顶的聊天框里,他的那句"好梦"还停留在最后一句。
再往下翻,是隋妙语的微信:她回来了,就是睡着了。
他退出聊天界面,合目。
半分钟后,发现自己已全然没了睡意的原起干脆睁开眼,点进黎嘉茉的朋友圈。
黎嘉茉的朋友圈设置为三天可见,干净得过分,什么也没有。
她没有设置个性签名,头像是简单几笔的茉莉花简笔画。
唯一不那么空白的是她的背景图,是一朵在夜空中绽放的烟花。
浓黑的夜色里,璀璨、明媚的烟火。
盯着那簇烟花看了良久,原起放下手机,重新靠着枕头躺了两秒,利落地起身洗漱。他刷牙时,目光瞄见镜子里自己眉骨处的那道乌青和嘴角不太明显的伤口,昨晚的画面立即如纷飞的雪花般涌入原起的脑海中。
六点不到的假日校园,道路空旷而静谧。秋天的气息步步趋近,有落叶飘落在地面。偌大的操场似被白雾环绕。
而原起早已习惯了这样的天色与温度,脱了自己的外套,随意挂在一旁的运动器械上,开始跑圈。
直到晨光终于穿透云层,天际开始泛白,他才慢慢停下。
下了跑道后,他的第一个动作仍是从外套里取出手机。
看清屏幕的那刻,心中那剪不断理还乱的躁郁终于随风消散了。
沉寂了一晚上的置顶聊天框后面,终于冒出了一个小红点。
jasmine:我昨天睡着了。
jasmine:早安。
盯着手机屏幕良久,原起的眉头渐渐舒展,打字。
7:早安。
他还多发了一个表情包。
对面并没有立即回复,思忖片刻,原起又发了一句。
7:隋妙语起了吗?
这才等到黎嘉茉的回复。
jasmine:没呢。
7:我给她带了早饭,等下你可以帮她拿一下吗?
jasmine:好。
看到黎嘉茉的回答,原起立刻拎上自己的外套和水杯,赶到最近的食堂。
虽然他已经晨练了好一会儿,但时间也才刚刚六点半而已。食堂才刚开门,他是第一个光顾的学生。
原起拍了早餐图片,发给黎嘉茉:你想吃什么?

jasmine: 你帮我带吗？

看着这句话，原起脸不红心不跳地发过去一个"嗯"。

所幸黎嘉茉没再追问。

jasmine: 两个烧卖和一瓶豆奶。谢谢！^^

同时，她还发过来对应金额的红包。

原起抿抿唇，最后还是点了收下。

他不收下，黎嘉茉也会想办法让他收下。

很多在原起看来很小的事情，她好像都算得很清楚。

虽然觉得有些生分，但他还是选择配合黎嘉茉。

按黎嘉茉说的给她打包了早饭后，原起又随便给隋妙语挑了点。往回走时，路过小馄饨的窗口，他脚步顿住。

他看过很多次黎嘉茉在这儿排队。

收到原起的消息后，早就洗漱好的黎嘉茉下了楼。她还没出宿舍，就远远看见了屹立在宿舍门口的身影。

她隔着玻璃窗看到那抹身影时，原先飞奔下楼的脚步骤然放慢，缓缓走到门口，还没出声，原起就发现了她。

或者说，他一直在往门这边看。

见面第一眼，黎嘉茉还是率先注意到了原起脸上的那几处伤。伤口不深，但是在原起那张脸上很明显，无他，因为他肤色过白。

但黎嘉茉突然有些分神地想，这些伤在他脸上……还意外的合适。

毕竟原起这张脸，要是放在漫画里，肯定得领一个人狠话不多的校霸角色牌。

注意到黎嘉茉停在自己脸上的目光，原起当然知道她在看什么，但没出声打断。直到黎嘉茉后知后觉地撤回目光，他才上前，晃了晃手中打包着早餐的袋子。

黎嘉茉先接过两个，他递过来最后一个时，说了句："小心烫。"

闻言，黎嘉茉往袋子里瞅了眼，是用打包盒装着的小馄饨。她微怔，下意识地道："隋妙语还没起来，等她起来馄饨可能凉了。"

却听见原起语气平静地道："这是给你的。"

黎嘉茉愣了下。

其实她平时早餐多半都是吃小馄饨，但是考虑到汤汤水水的，打包不方便，便只让原起带了烧卖。

而原起还是把她真正想吃的买来了。

黎嘉茉微微垂下目光，轻声说了"谢谢"，她想了想，最后还是问出了口："你伤口还疼吗？"

她听见原起极慢地说:"有些疼。"

听到和自己预设不太一样的答案,她刚垂落的目光又立即抬起。黎嘉茉又看了眼原起的伤口:"昨天……"

她张了张口,一时不知道该说什么,心想着昨天的事情和她也有关系,便道:"对不起。"

语毕,只见原起似是不解地蹙起了眉:"你道什么歉?"

闻言,黎嘉茉想解释,又听见他继续一字一顿地道:"是我先打人的。"

她愣了下,耳边都是原起那理直气壮的语气。

黎嘉茉没忍住,飞快地笑了一下,又立刻收敛表情。

她听见原起说:"我和亓宸道过歉了。昨天……我误会了。"

昨天,骤然看见黎嘉茉被一个男的拽着,原起没来得及思考,大步上前,直接就是一拳。

闻言,黎嘉茉不语,没问他和亓宸怎么认识的,最后"嗯"了声。

偶尔有人从宿舍楼里出来,有几道好奇的目光在黎嘉茉和原起身上瞄来瞄去,黎嘉茉不自在地掂了掂手中的早餐,说:"那我先上去了?"

她刚想转身,就听见原起说:"你今晚有空吗?"

见黎嘉茉看过来,原起面色如常地道:"我把另一套模拟题做好了,你帮我改一下。"

闻言,黎嘉茉想了一会儿,问:"下午可以吗?我晚上有个小组会议。"

原起应得干脆:"好。"

顿了两秒,他又说:"下午见。"

直到十点过几分,隋妙语才从接连不断的闹钟声中缓慢地睁开眼,先习惯性地摸出手机查看消息,忽视卢柯轰炸式的道歉消息,看到自家表哥三小时前给她发的,说给她带了早餐。

明明知道她常常睡到日上三竿才起,结果七点就给她带了早餐,这司马昭之心,啧。

隋妙语默默翻了个白眼,慢吞吞地爬下床,往黎嘉茉的书桌看了眼,发现桌帘紧紧拉着,于是试探性地叫了声:"嘉茉?"

毕竟平时她起来的时候,宿舍里早就看不见黎嘉茉了。

可今天,也许是假期的原因,出声之后,她便看见那桌帘被掀开,露出黎嘉茉的脑袋,看向她:"你桌上是原起给你带的早餐。"

桌帘这道屏障一被揭开,隋妙语那毫不掩饰的目光就尽数落到了黎嘉茉脸上。不习惯被人这么直接注视着,黎嘉茉下意识地想要错开眼,但最后还是忍住了。

隋妙语的眼睛有些肿,偏偏目光是跳跃而明亮的,看起来有种诡异的好笑。她一扫昨日的丧气,兴奋地问:"你和我哥是怎么认识的?"

黎嘉茉顿了顿,答:"我们是同班同学,然后他之前在论坛上找文化课补习家教,我恰巧应聘了。"

后面半句话原起没讲。

果然问原起就是半天打不出一个屁来。

隋妙语虽然八卦,但也知道分寸,毕竟她看出来了,在黎嘉茉这儿,和原起就是再单纯不过的同学关系。

心中幸灾乐祸了一下,隋妙语和黎嘉茉又扯了些乱七八糟的。

她趁说话的机会,光明正大地打量黎嘉茉。

从小隋妙语身边就围绕着颜值特高的俊男靓女,她对人外貌的评价越来越超出一个人的五官底子,更趋向于妆容等外在打扮之精致程度。

而黎嘉茉不常化妆,穿衣打扮也是按最普通的来。加之隋妙语之前在宿舍的时间不多,所以在此之前她没有仔细看过黎嘉茉的长相。

可今天,她这么近距离地看着黎嘉茉,忽然觉得自己那木头表哥的审美还挺好。

黎嘉茉的脸很小,标准的瓜子脸,轮廓流畅却不显瘦削。弧度完美的发际线,小鼻小嘴,鼻尖微翘,本就不多的面部留白几乎被那双眼睛占去大半。

眼角尖,眼身圆,仔细看,那双眼皮有些窄,偏偏眼睑下有明显的卧蚕,衬得那双眼美得极具特色,似有钝感,却不失灵动。

有点像小狐狸。

看惯了那些网红面孔,隋妙语觉得只要仔细看,便能被黎嘉茉的长相击中。

手机铃声"嗡嗡"响起,来电显示是徐昊屿。

电话才接通,徐昊屿因慌忙而有些变调的声音当即传来:"起起,你看我转给你的帖子!你和亓宸——还有黎嘉茉!"

最后三个字让原起眉心微跳。

徐昊屿给他转了一个发在校园论坛上的帖子,在看到标题的时候,原起的眉头便皱了起来。

《昨夜蹦迪,意外看见我校两大男神争抢一个女生?》

几乎不用思索,原起就能猜到帖子内容。

果然,点进去便是楼主的陈述。

鄙人昨天在校外某酒吧蹦迪,没想到运气甚好,撞见了我校"射击王子"和16级计算机校草。猜我是在哪儿撞见的?女厕所门口!Lz(楼主)当时没看清状况，只记得录视频了。等事后翻出视频细看，才发现了些许端倪——OMG（我的天哪）！这不就是典型的二男争一女玛丽苏剧情吗？猜测视频中的女主角应该也是我校的，不过我不认识，有没有知情人士说一下？

帖子是十几分钟前发的，却已经被顶上了十大热帖。

评论里有人指出楼主这样的行为侵犯他人隐私，但更多的是在打听视频中女生的信息。

原起看见有一层的回复是：认识，多的不透露了，16级金融系学霸，大家感兴趣可以自己去看一下公示的学业成绩。

他眸色越沉。

原起没多看，立即退出帖子，而后点开手机通讯录，找出了某个电话，拨过去。

挂断电话后，他再回去翻那个帖子，果然已被删除。同时，多了条原帖主的道歉声明。

但原起紧攥的手未因此得到放松。

面前没有镜子，他察觉不到自己此时唇线紧绷的严肃模样。指腹悬在手机屏幕上，良久，他终于在聊天框打下字。

7：下午去校外上课吧。

因为不知道黎嘉茉有没有看到那个帖子，原起怕她多想，补了句：感觉图书馆人会很多。

他点开地图，发了个北街咖啡店的定位过去，然后就这样一直盯着手机屏幕，等对面的回复。

jasmine：好的。^ ^

他紧锁的眉头却未因此松开。

不知为什么，看着后面那个笑脸符号，原起总觉得黎嘉茉知道了。

因为从未去过校外的咖啡店，不知道店里的人流量情况，原起提前了半个小时去占位，却发现店里很冷清。

这样应该就不会有多少人看见了。

在约定时间前几分钟，黎嘉茉也到了。

看见桌上的生椰拿铁，她笑了下，半认真地道："我还欠你一顿饭呢。"

上次夜宵欠的那顿饭，她一直记得。

语落，就听见原起道："除了训练，我都有空。"

黎嘉茉："好，那一定把这件事提上日程。"

听着黎嘉茉有些玩笑的话，原起的嘴角跟着翘了下，心头的郁闷消散些许。

原起做完的那张试卷，他已经自行批改过了。由于原起的这门课从头到尾都是黎嘉茉教的，所以她只拿起试卷扫了几眼——甚至一些没有答题过程的填空题——便能立即猜出原起做错的原因。

"这里，其实用泰勒公式会比较容易，但是因为我那时候跳过没讲……"

笔尖在纸面上缓缓划过，黎嘉茉看了眼时间，几乎将所有错题都讲完了，才不过一个小时，便抬头："要不……"

在纸面上缓慢划动的那支笔顿住，黑色墨水渗入米色纸张，亦在黎嘉茉的心中刻下浓黑印记。

她刚刚专注地讲题，没注意到为了看清题目，坐在身旁的原起亦将身子倾了过来。突然抬头的瞬间，两人的距离倏地拉近，呼吸间的热气似乎都落到了对方脸上。

心跳错了半拍，黎嘉茉赶紧转过头，不去看那双近在咫尺的眼睛。她佯装听不见那擂鼓般的心跳，镇定地道："要不我给你讲一下泰勒展开式？考试大概率能用到。"说完，她抓过身旁的咖啡杯，猛灌了一口。

却连拿铁的香气都无法分散她的注意力，甚至有咖啡因进一步作怪的嫌疑。黎嘉茉的大脑在泰勒展开式和刚刚他几乎要触到她脸颊上的长睫中反复横跳，短时间内竟难以平静。

因此，忽视了原起回答前的同步停顿："……好。"

她怕刚才那样的微妙事件再度发生，也怕自己的心跳声过大，会落到对方的耳朵里，显露自都难以言明的思绪，接下来讲课时，黎嘉茉不动声色地拉开了她和原起的距离。

墙面上的时钟分秒流动，窗玻璃外的天空由昼转夕。亮白的天空像被潦草地涂上几抹红色，那色彩在云层间慢慢渗透。像是为了配合屋外的色彩变化，咖啡店内的灯也被打开，灯光静静落下，在笔尖落下一道阴影，伴随着黎嘉茉的话语画上了句号。

"知识点就是这些，这两道课后习题你做一下，如果能做对就说明差不多掌握了。"说着，黎嘉茉把笔递给了原起，顿了顿，有些尴尬地道："咖啡喝太多了，我去下卫生间……"

原起的语气依旧平静："好，我刚好做题。"

他手中握着的那支笔，笔身还残留着黎嘉茉手心的温度。他下意识地顺着那温度摩挲，又在反应过来自己的动作后微微凝滞。

窗外的红色光景，落到了他的耳后。

恍惚的瞬间，原起的余光注意到了黎嘉茉座位上的书包。她去得急，撞到了靠在椅背上的书包。因为书包拉链敞开着，里面的东西似乎要顺着重力掉下来了。

指间的笔被轻轻放下，原起俯身去扶黎嘉茉的书包。

一张纸却轻飘飘地掉落出来。

原起没有丝毫窥视的意图，可是在捡起那张纸时，发现它的背面有字迹，下意识地瞥了一眼，视线却不受控地被那几个字锁住。

就连他的呼吸都一同被夺走。

那张纸压在他的手上，顷刻间仿佛有了千钧重。黑字印在白色纸面上，平整端正的字迹，像是抽象的谎言，残忍地揭露血淋淋的事实。

姓名：黎嘉茉
睡眠差，心情长期低落
中度焦虑
重度抑郁

黎嘉茉回来后，原起突然不敢去看她的眼睛。

他不敢去想，这样清澈的眼睛，原来是沉甸甸的露水，是在夜晚才会凝结而成的。

似是察觉到他的异样，注意到他的心不在焉，黎嘉茉没有挑明，只是稍稍加重了声音，试图把他的注意力扯回来。

"那个事情……会对你有影响吗？"

他终于避无可避。

原起对上那双眼，目光每深一寸，心底的酸涩就加重一分。

此时，有其他的情绪压过了知道黎嘉茉真的看到了那个视频的反应，原起生硬地扯着唇瓣，试着开口，第一个音节却喑哑于喉间。

原起深吸一口气，才略艰涩地发出声音："我们教练不管那些，"顿了顿，他又道，"只要不影响到训练。"

以为原起是在为这件事分神的黎嘉茉这才松口气："那就好，我还担心会影响到你。"

原起看向黎嘉茉，忽地觉得眼角没理由地泛酸。他别开眼，在心里默默说了句：那你呢？

评论里有人扒出黎嘉茉的个人信息，她应该也看见了。

可她的第一反应居然是会不会影响到他。

最后，她又简单地给原起过了一遍要点，和他说了一些答题技巧。考试在即，这应该是他们的最后一节课了。

对上原起欲言又止的神情，黎嘉茉觉得自己应该猜中了他的心思，便提前说出口："你先回去吧。"

虽然原起说不影响，但多一事不如少一事。

思及此，黎嘉茉假装俯身收拾书包，顺势垂眸，睫毛落下的阴影盖住了她有些低落的眼眸。

说到底，他们也只是普通同学。

等原起考完试，他们应该……就不会有交集了。

还是不要给他带来太多负面影响比较好。

黎嘉茉在心中一遍又一遍地这样告诉自己，她合上拉链，再抬头时，又换上了一副轻松的神情。她指了指咖啡店外的公交站台，说："我坐那里看下晚霞。"

应该是错觉，她觉得原起的目光像是在她的脸上凝了几秒，然后才听见他那一如既往淡漠到听不出情绪的声音："好。"

天色微暗，光影欲熄。

金乌西沉，天际渐渐变黑。晚风吹过，却怎么也吹不动那沉云，任凭暮色一点一点地蚕食那色彩明亮的晚霞。

原起腿长，出于习惯，他走路速度也快。

可今日，他伫立在街头，没往前一步。

夕阳慢慢地坠下去了，有什么东西也在心底熄灭了。

也是在顷刻之间，他改变了方向。

其实也没走出几步，可原起是跑回去的。当视线中出现那个公交站台时，原起慢慢停下步子。

他一步一步地朝那儿走近，目光中，那道纤细的身影越来越近。

黎嘉茉孱弱的肩上压着书包，她却似浑然不觉，任凭书包渐渐往后坠，她只抬头，像是望着那暮色出了神。

有一辆公交车摇摇晃晃地开了过来，停下，又离开。她的身影被遮挡片刻，重新出现。地面上，被路灯拉出一道长长的影子，有些淡，仿佛风一吹就要散。

"黎嘉茉。"

天边，有飞鸟展翅而过，拼命追逐着，像是要奔赴山海那边的落日。

那道声音听得不真切，黎嘉茉微微愣了下，又再次听见她的名字。

她缓缓转过头。

原起逆光站着。

他长身直立，像是披着霞光而来。

欲熄未灭的光影里，她看不清原起的神色，只听见他字句清晰的声音。

"天黑了，一起走吧。"

远方有飞鸟掠过，身边有无数车辆和人群穿过，回学校的路上，两人却难得沉默。黎嘉茉不知道原起为什么半路折回，试图猜测缘由，却猜不出。

她低着头，看着夕阳把自己和原起的影子拉得老长，在路面上交织在一起。用余光瞟了眼一旁的原起，见他没注意到自己，黎嘉茉偷偷往前踩了一步——刚好踩在原起影子的头部。

不知为何，就像是小孩子恶作剧得逞一样，原先打不起的精神，竟然在踩到"影子原起"的那刻提了起来。黎嘉茉抿着嘴角偷偷笑了下。

她没注意到，在她一个人自娱自乐的时候，身旁的人悄悄放慢了脚步，他们的步调保持一致。

刷脸进了校门，原起正要往前走，却发现身后的人没跟上来。

他回头："嗯？"

黎嘉茉眼神躲闪："要不你先进去吧？"

原起的脚步就这样顿住。

黎嘉茉看着他垂眸静了几秒，而后看向她："黎嘉茉。"

他又继续说："如果你是我，你会因为这些无中生有的谣言，丢下我一个人走回去吗？"

黎嘉茉就要脱口而出"不会"，却在瞬间反应过来原起说这句话的用意。

她知道原起可能真的不在意这些影响，但是一旦想到给他带来影响的人是她，黎嘉茉的内心又变得无比拧巴。

因为从小到大无数次被丢下，所以她非常害怕自己成为别人的负担。

"黎嘉茉，你相信有平行世界吗？"

正当黎嘉茉心里百般纠结时，头顶再度落下原起的声音。

有些没头没脑的一句话，黎嘉茉不解地抬眸，却看见原起分外认真地看向她。思忖一番，她点了下头。

"那说不定，那个世界的一切都和这个世界恰好相反。"原起说，"倘若这个世界的我留下你一个人回去，说不定那个世界的黎嘉茉就留下原起一个人走了。"

说到这里，原起顿了下，装出一副苦思冥想后得出结论的模样："而我觉得，这两个都不太好。"

那张酷哥脸配上这样深思熟虑的神情，以及这样天马行空的话语，这奇异的组合令黎嘉茉没忍住，终于扬了扬嘴角，语气也跳跃起来："你这是歪理。"

"嗯。"原起承认得很快，只是他的声音依旧低沉认真，"只是刚才说好了'一起走'，就应该一起走。"

说话时，他那双干净而深沉的眼睛就这样毫不避讳地望着黎嘉茉。黎嘉茉的心突然加速跳了两下，她不自在地别开目光，却向前迈了一步，重新站到原起身边，用行动代替了回答。

见状，原起在心底很轻地笑了声。

他们终于一起往回走。

放了两天假,射击队又要集合训练了。
半天的训练下来,教练喊了停。原起放下手中的枪,刚要往外走,就被叫住。
"原起,你跟我来一下。"
这话声音不大不小,却像是往平静的湖面丢入一颗石子,惹得正默契地要往休息室走去的人群不约而同地停下脚步,飞快地往熊虎跃和原起身上瞟了两眼,又被熊虎跃凶狠的目光瞪了回去。
原起无视周围探究的目光,神情平静,跟在熊虎跃身后。
办公室的门紧紧关着,熊虎跃的视线在原起身上停留许久,而后他用下巴点了点身后的沙发:"坐。"
但原起岿然不动,依旧站着。
这个态度已经表明他非常清楚自己今天被叫过来所为何事。
也因此,熊虎跃没有执着地让他坐下。
熊虎跃端起茶杯,不紧不慢地喝了口,然后问:"谈恋爱了?"
原起没吭声。
而熊虎跃就像是得到了答案,乜他一眼:"你们正常谈恋爱,队里是不反对的,但是像那种事情……"
"不是您想的那样。"
一直沉默不语的原起终于出声。他抬眸,目光不移地望着熊虎跃,缓慢开口,打断了熊虎跃那不算友好的猜测:"视频是个意外。"
停了几秒,他接着说:"不会影响到训练的。"
原起讲话的语速平缓而凝重,眼眸平静却坚定,说出的话给人一种不容置疑的信服感。
熊虎跃的动作微顿,而后说了一句:"你知道就好。"
他的目光落在原起身上,从那双厚实的嘴唇中蹦出敲打的话语:"原起,你走到今天这一步不容易,我只是希望你不要被别的事情影响。"
沉默片刻,原起说:"我知道的,教练。"
掩上的门遮去了视线中原起的身影,良久,熊虎跃才收回视线。
空荡的办公室里,响起一道似有若无的叹息。
当年,他为省队挑人,注意到了当时还在念初中的原起。
却不想,在入队的关键时刻,原起因为跳水救人意外受伤,左手被生生打进了四颗钢钉——原起是左撇子,之前一直用左手扣枪。
术后,虽然这个创伤不影响正常生活,但是长久举枪的可能性已经微乎其微。

时运不济，命途多舛，原本板上钉钉的省队名单就此临时换了人选。

这位在那时炙手可热的射击新星仿佛一夜间陨落。最开始，大家只是默契地不提及原起的名字，再后来大家却真的忘记了这个名字。

那时的熊虎跃也以为，日后再也不能在射击领域看见"原起"这个名字了。没想到，在三年后的全运会上，这个名字再度横空出世，成了10米气步枪项目的一匹黑马，夺得了该项目的亚军——但熊虎跃知道，这不是黑马，而是消沉许久的雄狮。

他没想到，常用手再不能举枪的原起居然能将另一只手训练出来，重新站上这个赛场。

也因此，哪怕原起并不是当年全运会的第一名，他还是以主教练的身份给原起开了特权，将刚升上高三的原起招进澄安大学射击队。

虽然最后原起没用他这一特权，而是走正常的特招流程升的学。

也因此，熊虎跃对原起越发看重。

有这种克服困境的韧性与决心的人，干出一番事业是早晚的事情。

而原起也没有让他失望，后来的进步与成就都证明了他当初的决策是正确的。原起不仅是在训练中，就连个人生活方面都和运动员队伍里一些人不一样。

从没让他操过心。

他今天把原起叫来，不是不相信原起，只是想提醒原起。

原起走到今天这一步，在别人看来顺风顺水，一路高歌猛进，可背后的艰辛只有他自己最清楚。

省队那次，原起已经和命定的机遇擦肩而过了。

也因此，熊虎跃希望原起比其他人都要更珍视如今重新获得的一切机会。

自从那天在酒吧遇到后，亓宸似乎每天都能找到理由给黎嘉茉发几条微信，最后的落脚点都是问黎嘉茉要不要一起出来体育打卡。

最开始两天，黎嘉茉晾着没回。

从家里回学校后，她明显感受到心情治愈的速度加快了不止一倍。心理医生反复告诉她，治疗抑郁症最好的方法是远离致抑源，黎嘉茉一直清楚自己的沉疴在于家庭，只是一直无法下定决心远离，所以才被反复拉进泥淖。

而这次回家对她的打击太大，黎嘉茉终于说服自己，眼不见为净，忽视了妈妈给她发的微信，也顺便把这套方法用在了亓宸身上。

只是不知是不是巧合，第三天晚上，黎嘉茉在回宿舍的路上和亓宸偶遇了。

明明也就三日未见，再见面时，却仿佛三年未见一般，两个人都尴尬地沉默了瞬间。黎嘉茉朝亓宸点了点头，算是打招呼，然后就要径直走过，却被亓宸叫住："黎嘉茉，那天的事……"

他沉默了许久，久到黎嘉茉差点以为那四个字就是他想说的全部时，亓宸低声道："对不起。"说罢，有些别扭地别开目光。

黎嘉茉身形僵住，下意识怀疑是不是自己听错了。

打她认识亓宸以来，亓宸似乎就和会说这三个字的人搭不上边。

沉默了几秒，黎嘉茉说了"没关系"。

相较之前，亓宸今晚的态度可以算是和善了。看着这样的亓宸，黎嘉茉干脆一不做二不休，打算把前段时间一直困扰着她的事情解决了。

"亓宸，你上次给我买的那个充电宝，我查过价格了，我把那笔钱还给你吧。"

其实黎嘉茉知道，亓宸的这个行为没有任何恶意。只是，正因为他没有任何恶意，他做这些的动机都是出于"同情"，黎嘉茉才无法心安理得地接受他的好意。

亓宸显然没有想到黎嘉茉会说这个事，脸色沉了下来，他正欲开口，但是被黎嘉茉打断："我的家庭条件确实不是很好，所以你送给我充电宝，我是感激你的。"

这段话在黎嘉茉心中预演过无数次，所以真正说出口时，她竟没有任何的难堪。

意识到这一点，黎嘉茉越发敢正视亓宸的眼睛："但是，我自己兼职挣的钱完全足够生活。可能是因为一直受你家资助吧，其实，我不太希望你在金钱方面更多地'关照我'……可能你不能理解我这种想法，但是那个充电宝，我拿着觉得很烫手。"

这是黎嘉茉第一次和亓宸坦白这些话，说完之后，她突然觉得轻松了很多。

其实作为从小养尊处优的大少爷，亓宸并不能理解黎嘉茉的想法——在他看来，他送给黎嘉茉一个充电宝，仅仅是送给她一个充电宝而已。

他不会给这个行为赋予"同情""施舍"等含义。

亓宸没有想到，黎嘉茉居然会愿意和他聊这些。他看着黎嘉茉，觉得心里有些苦涩，下意识地想为自己辩驳。可看着眼前的黎嘉茉，他还是硬生生咽下了那句"就是一个充电宝而已"。

亓宸不想承认，酒吧那晚，黎嘉茉那句"如果我不过问你的事情，你能不能也不过问我的事"和她那天的神情，让他失眠了很久。

这是他第一次反思自己在黎嘉茉面前的表现。

所以，黎嘉茉今天居然愿意主动和他说这些，亓宸害怕自己再乱说话，又会让黎嘉茉不开心,于是最后,他有些别扭地别过脸:"你想转就转吧。"

成功地把这笔钱还给亓宸,黎嘉茉这几天压抑的心情终于轻松了些。她甚至发现,其实亓宸也没有那么难沟通。

回到宿舍,她的手机突然振动了一下,是提前设置的事项提醒——

后天就是原起的微积分期末考了。

黎嘉茉一直记着自己还欠他一顿饭这件事,于是给原起发了微信。

jasmine: 你后天晚上有空吗?

原起很快回了一个"有",甚至都没问怎么了。

jasmine: 我请你吃饭吧!我不是还欠你一顿饭吗?

jasmine: 顺便庆祝你微积分考试结束。^^

7: 好。

得到原起的回复后,黎嘉茉看着那个"好"字,不自觉地把消息记录往上翻,心中莫名生出怅然若失的感觉。

她和原起是因为微积分辅导而相识的,而如今,转眼就到了原起微积分考试的时间。

原来时间过得这么快。

就像是念中学的时候,当你身处于时间长河之中,会觉得时间无比漫长,每一天都那么煎熬。可等一切真正走到了终点,你回头看,就会发现真的像是课本上说的"光阴似箭,日月如梭"。

记得刚和原起认识的时候,黎嘉茉有想过,他们的交集可能会在微积分考试结束的那刻画上句点。

那时的黎嘉茉觉得这是一个必然的宿命,毕竟她和原起怎么都像是两个世界的人。

可现在,这个念头再一次浮现在脑海中,黎嘉茉竟然觉得有些难过。

第五章 ·乐园

"很开心与你到此一游,希望下次也有幸与你畅游。"

八号下午的微积分补考,举目望去,考场里都是熟悉的面孔。

平日人高马大、嘻嘻哈哈的学生,此刻都如赴死一般坐在座位上,一脸苦大仇深地对着手上全新的《微积分》课本临时抱佛脚。没看几秒,他们又分心地拿出手机焦虑地刷一下,最后自暴自弃地趴在桌上。

原起找到自己的座位。

把黎嘉茉给他标注的考试重点看了一遍后,他的目光顺着笔记,再度落到那句他再熟悉不过的句子上——

"加油,小茉莉!"

这段时间,他将这本笔记本翻来覆去地看,表面上是在看黎嘉茉记在上面的知识点,但更多的时候,只是想去看一眼那些书页上不同的注脚罢了。

每看一次,黎嘉茉的模样、神情、语气,就会随着这些黑色水笔的娟秀字迹,在他脑海中又生动几分。

原起自认不是特别细心的人,可偏偏关于黎嘉茉的每一个细节,他都记得清晰。就如上次看见她时,她穿的是什么颜色的衣服,他至今都能清晰地回忆起。

试卷拿到手的那刻,原起先按黎嘉茉所说,大致浏览了一下卷面。

视线在矩阵大题上顿住,没往下走。

半晌,他平直的唇线几不可察地扬了些许。

看到这无比熟悉的考题,他当下生出的第一反应并不是自己这次考试可以顺利通过了,而是猜想等下和黎嘉茉说,她押题都押对了,她会是什么反应?

一出考场,哀声一片。徐昊屿看见原起,远远地喊了声"起起":"一起去吃饭?"

原起淡声道:"你们去吧。"

"懂了,起神这是有约了!"当即有人开始不怀好意地起哄,霎时附和无数。

原起懒得辩驳,而且他确实是有约了。

和黎嘉茉。

111

想到这里,他的神情又柔和几分。
淡淡撇下句"先走了",原起加快步子。
两个人约在宿舍楼下碰面,距离约定的时间还早,原起先回宿舍换了一套衣服。
他正想出门,瞄了眼手机时间,还有半个小时。想了想,他点开置顶聊天框,聊天记录停留在黎嘉茉发给他的某家韩餐的大众点评。
输入"我先去取号",他又删除。
就这样一直在宿舍里有些焦灼地挨过了二十分钟,原起终于拿上手机出了门。
而实际上,两人的宿舍楼离得很近,三分钟便可以走到。
到了女生宿舍楼下,原起没发微信和黎嘉茉说他到了,只在楼下等她下楼。
假日于昨天结束,此时的女生宿舍楼下人来人往,多的是站在电瓶车旁等待女朋友的男大学生。
原起混在其中,在看见那道身影朝他走近时,暗自勾了下嘴角。
黎嘉茉后面几步是小跑过来的。她到原起面前,问:"你到很久了吗?"
"刚到。"说着,原起伸出手,眼神示意了一下黎嘉茉单肩背着的包。
而黎嘉茉犹豫了半秒,说:"我自己拿吧,没什么东西。"
原起微顿,颔首:"好。"
他的目光在黎嘉茉的脸上淡淡扫过。
黎嘉茉今天化了妆,但她妆前妆后差别不大,只是提了些气色。
如果不是那微微发亮的唇釉,原起根本看不出黎嘉茉化了妆。
而见过黎嘉茉那么多次,她唯一一次化妆是奖学金答辩那天。奖学金答辩对她而言应该是重要的事情。
第二次,便是今天,和他出来吃饭。思及此,原起的眼底不自觉地浮上一抹温柔的笑意。
黎嘉茉不常化妆,今天就连她自己都说不明白,为什么在出门前化了个妆,大概是因为太闲了。
黎嘉茉主动问起原起今天的考试。原起中规中矩地回了个"还行",而后唇微勾,对黎嘉茉说:"今天考的矩阵大题,都是以前做过的原题。"
闻言,黎嘉茉看原起一眼,发现他的目光和傍晚的清风一般,不着痕迹地落在她的脸上。心跳快了些,黎嘉茉反问:"那你做出来了吗?"
原起没正面回答,只说:"老师教得好。"
黎嘉茉不禁莞尔,往前走了几步,才慢悠悠地道:"师父领进门,修行在个人。"

点好菜，等上菜的间隙，黎嘉茉从背了一路的背包中取出一个方形物件，递到原起面前。

见原起明显凝滞的动作，黎嘉茉解释道："这是我从老家带回来的，上面这座山是南山——如果你去过我老家，应该知道。"

最后半句话，黎嘉茉说得有点犹豫。

原起之前说他知道南山尾，但黎嘉茉觉得是客套话的可能性要大些。

可她说完这句话，又听见原起道："我知道，南山还有一个寺庙。"

闻言，黎嘉茉愣住，她没想到，原起好像真的知道南山尾这个地方。

手上的礼物，就是她这次国庆回去，在南山尾寺庙入口处的礼品店买的。

黎嘉念叨着要去爬山。平时，黎嘉茉不会踏足这类所谓的景区礼品店，可那天她鬼使神差地走了进去。

她想给原起挑一个礼物。

黎嘉茉想，家教结束后，他们应该又会回归各自的生活。渐渐地，两人从还能聊上几句的朋友变成默契地不开口的"认识的人"。

毕竟在她的生命里，发生过太多这样的事情。

但无论如何，原起这个人特别特别好。

而且他可能永远也不会知道，这笔家教费帮助了她多少，他又帮助了她多少。

也因此，黎嘉茉想给原起认真挑一个礼物。哪怕算不上特殊，但至少不会是随处可见的礼物。

毕竟他应该什么都不缺。

那是一个相框。相框正中间，却不是用来放置照片的，而是雕刻成南山外观的沙漏。蜿蜒的山脉盖着细碎的闪沙，在室内光的照耀下发出内敛却流转的淡色光圈。

"我们当地有一个说法，南山是被神庇护的山。不开心的时候，你只要去南山，把心事说给山神听，他就会帮你解决这些烦心事。所以我之前特别难过的时候，真的会费很大力气爬上这座山，心情好像真的会莫名其妙好一点。"

原起的视线在那顺着倾斜角度而缓慢流动的沙粒上停留几秒，才缓缓上移。

橙色的店堂灯光如温柔的羽翼，黎嘉茉的脸庞被镀上柔和光影。

在嘈杂热闹的韩语歌背景音乐下，原起却觉得自己的心跳声清晰可闻。

说着说着，黎嘉茉不禁莞尔，语气微微扬起："当然了，你可能是个无神论者，其实我现在长大了也不像小时候那样这么坚信这个传闻了。"

"我送你这个的意思，只是希望你以后可以一直有好心情。"

说罢，黎嘉茉把手中的流沙相框往原起面前递近了几分。

可眼前的人只是看着她，肖然不动。

沙粒缓缓流动，如时间在流逝。原起的目光慢慢松动，他伸手接过那相框，瞬间，眼底的笑意凝住——

黎嘉茉这样郑重其事地送他一份礼物，仿佛是一个道别仪式。这样的情景和多年前的一幕重合。

黎嘉茉刚想收回手，忽地听见一直沉默的原起直白地发问："以后碰见，我和你打招呼，你会装作看不见吗？"

黎嘉茉顿住，然后认真地摇摇头："我也会和你打招呼的。"

晚饭过后，两人慢慢踱步回去。

秋分之后，天黑得越来越早。把时间往前推一个月，此时应该刚好是日暮时分，可今天，夜色已升。

到了宿舍楼下，两人要道别。

"黎嘉茉。"

黎嘉茉回头去看原起。

原起："过几天，我应该就要去参加全运会集训了。"

"啊。"黎嘉茉反应了一秒，"那提前祝你比赛顺利。"

静了片刻。

原起一动不动地注视着她，缓缓开口："你要来看我比赛吗？"

问完，见黎嘉茉沉默了，原起赶紧补充，搬出了他早已准备好的借口："你上次和我说的那个小朋友可以一起来。"

听他这么说，黎嘉茉有些动摇了。她问了原起比赛的时间，然后在微信上联系了福利院的院长，回到宿舍后，得到院长的回复，说那天可以把张开怀带出福利院。

jasmine：院长同意了。

jasmine：替他谢谢你＋我也想感谢你＝双份感谢。双份感谢你的邀请！

之后，黎嘉茉退出聊天界面，拖着消息列表往下滑，找到了和李慧琴的聊天框。

昨天傍晚的时候，李慧琴又发消息问她：晚饭吃了吗？

黎嘉茉没回，可她发现自己今天一直惦记着李慧琴的那条消息。

回学校的这几天，黎嘉茉的情绪已经渐渐平复下来。

虽然，还是难以迈过那道坎。但她对于母亲，终是哀其不幸，怒其不争。血缘亲情和李慧琴对她的关怀让她不能毫无顾忌地将李慧琴置于脑后。

愤怒归愤怒，可到底她还是希望母亲可以快乐、自在。

思及此，那踌躇犹豫的双手终于落在了输入栏上。

jasmine：吃了。

jasmine：昨天没看到消息。

妈妈：没事，妈妈知道你学习忙。一个人在外面记得多吃点，没钱和妈妈说。

jasmine：嗯。

两人闭口不谈国庆期间发生的事情。

重新退回消息列表，她发现原起给她回复了，不过只有她的名字。

7：黎嘉茉。

一般这种情形，是为了确保对面在线才会说接下来的话，而这类话一般都比较重要。于是，黎嘉茉赶紧回了个"在"。

她看见聊天框顶端立即变成了"对方正在输入"，可迟迟没有消息弹出。

黎嘉茉就这样耐心地等着，五秒，十秒……终于，两条绿色气泡弹了出来。

7：你不要总是和我道谢或者道歉。

7：因为我从来没有把你当作普通同学。

"起神。"

说是起神，但话中更多的是调笑语气，整个集训基地敢用这样揶揄的口吻称呼原起的，就只有时迅一人了。

而且，现在不是训练时间，大晚上自己过来加练的人，整个场子里就那么几位，这声音的主人指向不能更明确了。

时迅搭上原起的肩，乜了他一眼："最近手感怎么样？"

训练基地里每天的训练数据都是公开的，所以时迅显然只是没话找话聊一句，原起便没回，打落他搭在自己肩上的手。

时迅也不恼，笑嘻嘻地收回手，走到原起旁边："怎么，最近你有心事啊？"

原起顿了一秒，淡声道："没。"

"得了吧，唬谁呢？"时迅话中的笑意明显。

时迅和原起籍贯相同，两人更是被同一位教练看中，同一时期进的射击队。

要不是初二那年原起出了事，他俩应该还是同一批进省队的。也因此，时迅能明显地察觉出，最近一周的集训里，原起的情绪和之前不一样了。

虽然在外人看来，原起似乎一直都是这样：话不多，情绪过分稳定，仿佛他强大内核的外在表现是沉默少言。

可话少和不想说话是有本质区别的。时迅能感受到，这段时间原起的情绪是在沉默中起起伏伏，不过整个人显得比以前有人气多了。

语毕,又等了几秒,见原起还是不说话,时迅就知道他应该不会说了。

时迅懒洋洋地收回目光,状似随意地撂下一句:"那我就不问了,你别被影响太久啊,不然比赛我可胜之不武了。"说完,便摆摆手走了。

回了住宿中心,原起在床上躺下。

他点开微信,盯着置顶聊天框看了很久。

那天,他和黎嘉茉说的那番话,其实没什么特殊的意思,只是想告诉她,不需要和他过分生分。

因为原起总隐隐有预感,当两人之间"课程辅导"这条羁绊的绳子断了之后,黎嘉茉会像之前那样,对他视而不见,刻意逃避。

他只是想先和黎嘉茉建立起"可以分享日常生活"的朋友关系,只要超出正常同学关系就可以了。

可在社交关系里,黎嘉茉却像是被推着走的跳棋小人,他推一下,她便被动地前进一点。一旦他不推了,那这个小人又会"噔噔噔"地后退几格,回到出发点。

最直接的表现在于,哪怕是在课程辅导期间,黎嘉茉也几乎不主动找他聊天。

但是回忆起那天,原起也不确定,黎嘉茉有没有领会到他话里的要点,因为她的回复有些不明所以。

想到这里,原起翻了个身,心中蓦然升起一股不应出现在他身上的烦躁与不解。

他脑子里翻来覆去都是黎嘉茉回答的那两个字。

他和她说,他从来没有把她当普通同学。

然后黎嘉茉和他说,谢谢。

谢谢。

原起到今天都还没有想明白这两个字是什么意思。

集训基地的日常生活要比在学校更为规律,也更为严格。

上了发条般日益紧张的训练日程也让原起在训练时无暇过多思考。他只能在睡前摸摸手机,对着那寂寞如雪的聊天框发一会儿呆,然后点开黎嘉茉的头像,看她的朋友圈。

明明设置的是三天可见,可等了一个又一个三天,也没见黎嘉茉发一条朋友圈。

但或许是因为距离隔得远了,对黎嘉茉那日的回答,原起心中不安的情绪已渐渐减轻。

可能那两个字并没有什么含义。

黎嘉茉只是随便从大脑中拣了一个常用词当作万能的回答。

这个很奇怪的思路，反而很符合黎嘉茉的思考方式。

于是原起说服了自己。

要怪也只能怪他自己没挑好时机，在一个即将离开的夜晚找黎嘉茉简明扼要地说了需要慢慢铺垫才能让对方听懂的话语。

这次集训和他之前参加的集训大同小异，千篇一律是生活的单调底色。

原起也没有发朋友圈的习惯，但某天，夕阳沉下的时候，他举起手机，对着那落日将瞬间定格。

不是因为景色太美而发朋友圈，而是因为想发朋友圈，所以将这景色记录。

等了一会儿，立即有无数点赞和评论冒出。

他点开点赞通知，却没有那个熟悉的头像。

原起又想了下，觉得黎嘉茉可能还没看到。

她说不定在学习，而她学习的时候不常看手机。

原起又把自己说服了。他侧过身，对坐在他旁边正和女朋友发消息的时迅说："你帮我拿下手机。"

时迅："嗯？"

原起假装没看到时迅那满脸问号的表情，只道："晚上再还给我。"

说完，他就走回了训练场。

晚上九点，他去时迅的房间要回了自己的手机。

九点钟，黎嘉茉要是还没点赞，也很正常，因为她好像经常自习到十一点。

在心里提前对自己说，原起才重新点开微信。他随手发的落日，已经有了近百条的朋友圈互动提示。

看着这数字，原起眉头微锁，下次应该设个分组，比如徐昊屿和时迅就可以不看他的朋友圈了。

毕竟他们喜欢在他的朋友圈下面乱评论。

时迅：6。

徐昊屿：会拍。

但在令人眼花缭乱的消息通知里，看见那个茉莉花头像的点赞提示时，原起额间小小的"川"字又瞬间被抚平。

他将黎嘉茉的那条点赞通知点开又退出，退出又点开，如此反复。

忽地，原起想到，徐昊屿好像也是黎嘉茉的微信好友。

他点开徐昊屿的朋友圈。徐昊屿爱发朋友圈，什么乱七八糟的都发一点，但更多的是发自己的照片。

黎嘉茉没给他点过赞。

还没开心太久……好吧，她点过一条。

但是徐昊屿发的那么多条里，黎嘉茉只点过一条。

而他在加了黎嘉茉好友后，只发了那么一条朋友圈，黎嘉茉就点赞了。

想到这里，一声轻笑从原起的喉间滚出，他的嘴角与眉眼铺上了柔和的色彩。

他想了想，回复了徐昊屿的评论。

7回复徐昊屿：谢谢。

半分钟后，徐昊屿回复7：？？？

原起不假思索地删了徐昊屿这条回复。

隔着车窗瞥见场馆顶部的时候，一直紧盯着车窗外的张开怀便激动地大叫起来："到了到了，嘉茉姐姐，到了！"

看着张开怀开心的模样，黎嘉茉忍俊不禁，但还是提醒他，等下到场馆里千万不要乱跑乱叫。

牵着张开怀到了场馆门口，黎嘉茉正寻找着原起发给她的入口，左肩蓦地被人轻轻拍了下。

她似有预感地回头，便看见一张隐匿在棒球帽下的面孔。帽檐恰好遮住了额头，在原起漆黑的眼里落下阴影，倒显得他的鼻梁与下颌越发挺拔锋利。

他今天穿了澄安市的市区训练外套，洁白的立领衬得他英俊板正。

两人跟着原起到了偏门的一个入口，门外的安保人员认出了他的脸，象征性地检查了一下他的参赛证后便放他们三个人进去了。

进门后，原起摘下了自己头上的棒球帽，随意用手撩了下头发，偏头问黎嘉茉："你们吃饭了吗？"

"还没有吃！"

还未等黎嘉茉回答，走在两人中间的张开怀便率先答了。

"我带你们去食堂吃。"说罢，原起特意俯身摸了下张开怀的脑袋，"有好吃的炸鸡。"

闻言，张开怀开心地大叫："哇！"

默默看着原起和张开怀的互动，黎嘉茉几不可察地扬了下唇。

原起带他们走的似乎是专用通道，一路上没碰见什么人。直到快要到食堂的时候，一群人高马大的运动员恰好吃完饭出来，和他们迎面撞上。

面对这么多明星选手，张开怀反而有些不好意思了，无声地往黎嘉茉怀里钻。

黎嘉茉伸手覆住张开怀的小脑袋，抬眼往人群投去目光，又立即收回。

"起神。"看到原起，他们主动打了招呼，而后，目光立即被站在原起身旁的黎嘉茉和张开怀吸引，视线毫不掩饰地在黎嘉茉和张开怀之间打转，直到原起侧身，挡在他们面前，阻断了那些打量的目光。

看着挡在自己面前的那道高大身影，黎嘉茉原本有些局促的心情瞬间放松，但又在下个瞬间想到了什么，有些不自在地抿了抿唇。

那群运动员却像是从原起的动作中得到了什么暗示一般，在黎嘉茉看不见的角度冲原起挤眉弄眼地笑了下，而后推推搡搡地离开了。

有几个在离开时还扭过头来想看，可不知何时，原起又移了位置，还是把黎嘉茉和张开怀遮得严实。

"走吧。"

原起轻声把黎嘉茉唤回神，她"哦"了声，跟着他进了食堂。

原起带他们来的是运动员餐厅，和大学食堂不同，这里更像酒店的自助餐厅，菜品繁多。

看着各种小蛋糕和炸鸡，张开怀拿过一个小盘子，毫不客气地挑选。

饭后，马上快到集合的时间，原起看了眼时间，熄灭手机屏幕，才欲开口说他就先走了，忽地听见一直仰着脑袋看他、身高几乎才到他大腿处的张开怀拖腔拉调地为他加油："原起哥哥，不要有压力，你是最棒的！"

原起微怔，嘴角勾了下。

他极自然地揉了一下张开怀的脑袋，回了句"谢谢"。掌心渐渐离开他毛茸茸的头发，原起的目光习惯性地从张开怀头上转移到黎嘉茉身上。

一直在找机会的黎嘉茉抓住了这视线相撞的时机，可那句"加油"却忽地堵在喉间——她很少这般郑重其事地对同龄人给予鼓励，于是，那两个字最后化成了肢体语言。

见眼前的人冲他举起左手臂，而后又重重往下一坠，再明显不过的打气动作，可不知为何，被黎嘉茉做得像是刚设置了出厂程序的小机器人，动作之间似有些不连贯。

微微僵硬的手势透露出很呆的萌感。

那未曾放下的嘴角此刻越发疏朗。

原起学着黎嘉茉那卡顿的动作，冲她比了个"OK"。

看出他是在刻意学自己刚刚那些不自然的动作，可黎嘉茉不觉得窘迫，相反，她那一直强行扯平的嘴角也在原起转身离去的瞬间扬起了小小的弧度。

进入赛场，原起先往观众席的方向看了眼。

极其前面的位置，早就坐在那儿等候的黎嘉茉和张开怀在他入场时便一直看着他，自然也立刻发现他朝这边看，当即朝他挥手。

原起无声地笑了下，心里安定下来。然后他收回目光，站上了自己的赛道。

黎嘉茉在来之前特意看了几场气步枪比赛视频，也因此对规则稍微有了些了解，听到现场讲解员的声音时不会特别茫然。

可真正到了赛场上，她才深刻地意识到，比赛为什么要在现场看才有意思。

一旦到了现场，无论在场的运动员你是否认识、是否能叫出姓名，你的心跳似乎都与之牵连在一起。

正替一个很有眼缘但无缘决赛的选手惋惜时，黎嘉茉的胳膊肘被张开怀抱住，他有些激动地喊："晋级了，晋级了！"

没有主语，但这话指的是谁很明了。

黎嘉茉的视线在赛场上轻轻扫过。

刚打完最后一枪的原起正垂头收线，神情看不出喜怒，是让人信任的沉稳。

看到赛场上的原起，黎嘉茉才反应过来，他微信头像的那个豆豆眼小人，画的是他自己。戴着遮阳帽，举着枪，眼前那片莹绿色的镜片是用来瞄准的。

资格赛和决赛之间隔了一个半小时。重新入场时，黎嘉茉发现场馆内的人数骤然翻了倍。

晋级决赛的八位选手被引进了赛场，身旁的张开怀竟然跟着现场解说一起准确地说出了大半运动员的名字，显然是受体育老师熏陶的结果。

广播里，解说顺着镜头的推进依次介绍了八位选手。而最后，那镜头却忽地一转，屏幕上再次出现原起的脸。

他的五官都被屏幕放大，巨大的屏幕不仅没有影响他的帅气，还让他英俊的面孔更为清晰地落入现场观众的眼里。

此时，观众席里立即传来低低的尖叫声。

"来自澄安的原起，他是今年8月在世锦赛中拿了金牌的选手。前年的全运会上，原起以0.2环的差距输给了同样来自澄安的选手时迅。"

与此同时，镜头一切，是一张黎嘉茉不认识但惹得张开怀同样"哇哇"乱叫的面孔。

黎嘉茉轻轻扫了眼，又立即收回目光。

就五官而言，这位叫时迅的选手确实帅气。

不过，他帅得太邪气，不是黎嘉茉的审美取向。

广播里，解说轻笑一声："二位在私底下是好友。本次10米气步枪项目，两人谁的表现会更胜一筹，也是一个极大的悬念。"

射击比赛节奏快，简单地介绍完选手，就迎来了两枪基础分的射击，之后便正式进入淘汰赛阶段，两枪淘汰一名选手。

气步枪比赛是典型的"细节决定成败"的赛事，零点几环的差距都不容小觑。原起、时迅以及一位来自另外一个省份的选手都在基础分射击中发挥突出，奠定了赢得本次比赛的良好基调。后面几轮中，三人紧紧追咬，慢慢和第四名拉开了差距。

直至本次比赛的第四名鞠躬退场，现场的气氛被推上了小高潮。

黎嘉茉紧张得双手紧紧攥住。

因为此时，时迅累积环数排第三，原起排第二，和第一名差了0.1环。

"目前镜头给到了原起和时迅，两人目前的比分相差0.2环，本次决赛选手的比分都咬得很紧，而下一枪将决出本次全运会的铜牌——时迅选手打出了10.8环！"惊叹的语气还未消散，场内又响起惊呼。

因为同时，原起也打出了10.8环的成绩。

而原先位居第一的选手，在第二发中只打出了中规中矩但在此阶段较为致命的10.4环，瞬间从第一变成了第三，淘汰出局。

赛场上，仅剩原起和时迅，比赛到了这个阶段，已经是最后两枪定输赢。

可当众人都在期待着第一枪能不能改变格局时，两人却一前一后打出了10.8环的成绩。

解说在广播中"哇"了一声："好友的默契一直延续到这个时候呢。目前原起和时迅的差距还是0.2环，原起暂时居于第一。但面对这样的差距，在这个赛场上，悬念会留到比赛的最后一秒。"

由于刚才的变动，黎嘉茉越发体会到这个比赛的不确定性。她的目光死死地锁在原起身上，连大气都不敢出，仿佛身临其境地参加了比赛。

目光里，原起动作干脆地给枪上膛，而后举起枪。他没急着瞄准，而是将枪擎在胸前，调整了片刻呼吸，才缓缓举起枪。

解说亦在同步解说："原起选手一直在全力以赴。状态稳定是他鲜明的个人特征，而从他之前的表现来看，每一枪的成绩都很不俗。如果原起的最后一枪还能保持先前的高水准，那么时迅选手想要超越他会很困难。"

或远或近的背景音中，原起却好似察觉不到分毫。他稳定地举着枪，唇线紧绷，带着整个下颌绷出锋利的弧线。

脸颊抵上枪身，他的目光如鹰隼一般瞄着靶心，然后扣下扳机——

"10.9！"

全场欢呼！

这一枪彻底决定了胜负，毕竟10.9环是10气步枪决赛中的最高环数。

在最后一枪还能稳住心态打出这完美的一枪，广播中解说的声音都变了腔调，毫不吝啬自己对原起的赞誉之辞："不愧是10米气步枪项目中闪耀的新星，原起的心理素质让人佩服。"

而原起似乎对周围的一切毫无察觉，面色沉稳，在时迅也打完最后一枪后，退场前朝观众席鞠躬敬礼。

大屏幕关闭的瞬间，画面停留在他往观众席投去目光的一幕。

领奖后，在后台换衣服，时迅伸出右臂，没用什么力道地撞了原起一下："这次输给你了，下次等着。"

他语气里没有任何不甘，毕竟这场，时迅自认发挥得不错，只是原起的状态太稳定了。

原起薄唇微动，刚想回一个"好"，便又见时迅凑到他耳边，吐着气息问："什么时候带女朋友来给我看一眼？"

原起忽视了时迅的问话，找到教练，请了晚上的聚餐假，然后拎着外套往外走。

一看见原起，张开怀便"噌"地回过头，那双小眼睛开始发光，真诚又直白地献上了自己对他的赞美。

"原起哥哥！你真是太厉害了！"

"谢谢。"

看着面前换上了便服的原起，脑子里飘过刚才他在赛场上的画面，黎嘉茉恍惚间生出了些许不真切感。

在赛场上发光的人，褪去了光鲜的荣誉——

出现在平凡的她的身边。

张开怀说想去吃肯德基，黎嘉茉和原起都很乐意帮这位小朋友实现这个小小的心愿。到了店里，黎嘉茉发现肯德基又出了联名套餐，购买套餐即送可爱的联名小礼品。

在前台排队拿礼物的，多是二十岁模样的大学生。

澄安大学附近就有麦当劳、肯德基、必胜客，但黎嘉茉很少光顾这些快餐店。

于她而言，食堂六元一个的汉堡更为划算。

虽然目光在看见那颇为可爱的联名小玩具时有短暂的停留，但黎嘉茉还是干脆地收回了视线。

原起刚帮张开怀点完餐，走过来问黎嘉茉想吃什么，却发现她的目光在某处停留，便顺着她的视线看到了那些陈列着的小玩具。

晚上，张开怀又说想去某个主题乐园玩。

黎嘉茉知道张开怀没出过远门，难得来了临市，自然想把他从同学那儿听来的关于临市的一切都体验一遍。

只是……

黎嘉茉看了眼原起，想让他先回去休息，毕竟他刚比完赛，难得休息一下。

但原起作为运动员,精力似乎超乎常人,最后还是三个人一起去了。

乐园内游人如织,灯光闪耀。入园后,黎嘉茉不动声色地把自己和张开怀的票钱转给了原起。

原起仗着身高优势将黎嘉茉的动作一览无余。他的目光随意扫过黎嘉茉的手机屏幕,纵使看不清对话界面,可仅凭黄色的转账标识,他也能猜到黎嘉茉是在做什么。

他只当作没看见,收回目光。

这是主题乐园开业第二年,不像之后更多是网红来拍照取景的光景,此时的乐园更接近于亲子乐园的属性。队列中,更多的是带着孩子来游玩的父母。

害怕张开怀走丢,黎嘉茉一直紧紧牵着他,让他走在自己和原起中间。

三个人都是头一次来这儿玩,黎嘉茉在网上紧急搜索了游玩攻略,挑了个较多人推荐而且适合和小朋友一起玩的黄金矿山车项目。排了许久的队,三人才顺利到了有空位的矿山车面前。

在一旁引导的工作人员看一眼他们,温馨提示:"坐车的时候爸爸妈妈要牵好小朋友的手哦。"

虽然有瞬间的尴尬,但黎嘉茉还是保持着冷静的神情。

毕竟同时上车的还有一家三口,就当工作人员是对他们说话。

况且,原起好像也没什么反应。

这么捋顺思绪后,工作人员那句话就要变成一个小插曲被黎嘉茉抛诸于脑后,谁承想她手中紧牵着的张开怀忽地扭过头,纠正工作人员道:"是哥哥姐姐!"

张开怀这句话仿佛认下了工作人员那话是对他们说的一般。

黎嘉茉的脸有些微微发热,幸好这矿山里灯光幽暗,应该看不出她脸颊上的绯红。

她先上了车,然后想伸手去接张开怀,就看见站在张开怀身后的原起轻易地将他抱起,把他整个人稳稳地送到车上,然后自己也跟了进来。

"系好安全带。"黎嘉茉附在张开怀的耳边提醒他,随后抬头,可视线在转回之前冷不丁地和原起的眼睛对上。

矿山内,墙壁上点着昏黄的小灯,光线影影绰绰地落在他的眼里。

矿山车开始缓缓驶动,光线渐渐被黑暗蚕食,黎嘉茉可以看清的区域越来越少,最后,终于陷入一片漆黑。

在一个骤然下坡的路段,张开怀小朋友很慷慨地贡献了尖叫。

起初,黎嘉茉也有些被吓到,但听见坐在她身旁的张开怀发出更为害怕的叫声,她便往张开怀那边靠了靠,试图用肢体语言安抚他——

可骤然间,矿山车从更大的落差高度掉下,浪潮一般的失重感给了没有乖乖坐在座位上的黎嘉茉当头一棒，她害怕地惊呼出声。

刚刚伸出的试图拍拍张开怀的右手顿时没了支点，在惯性作用下落到了矿山车的座椅上，黎嘉茉还没有喘过气，那只手便没有意识地在漆黑中胡乱摸索。

终于，矿山车从巨大的高度差中回归了平静，黎嘉茉那颗因为害怕而剧烈颤抖的心正想安宁一会儿，却又在下一秒更为剧烈地跳跃起来——

因为她回过神后，发现自己的掌心稳稳当当地落在了一片温热上。

她不用过多感受，都能知道那是一只手掌。

而至于是谁的……

黎嘉茉的耳朵都要热透了。她不敢去看，飞快地收回了手。

下了矿山车，张开怀满脸写着兴奋，高呼自己还要"再玩一次"。

黎嘉茉故意笑他："咦，我刚刚好像听到了谁的尖叫声呢？"

被戳穿的张开怀涨红了脸，当即反击："嘉茉姐姐才是最害怕的，嘉茉姐姐她、她……"

张开怀"她"了半天也举不出证明黎嘉茉比他害怕的例子。忽地，他们走到灯光下，张开怀瞬间像抓到了什么把柄一般大喊，硬要拉第三个人原起给他做证："原起哥哥你看，嘉茉姐姐脸都吓红了！"

一句话让黎嘉茉想伸手堵住张开怀的嘴。

但她还是忍住了。

一旁，原起似乎真的在张开怀的举证下偏过头来看她的脸。黎嘉茉只好抬头，假装神色淡定："刚刚有点被吓到。"

而原起像是察觉不到她的尴尬一般，没有撤回目光，那双眼又继续在她的脸颊上微微凝视了几秒。

然后，他语气不明地道："刚刚有段路确实有点恐怖。"

从黄金矿山车出来后，三人又玩了两个项目。从项目出口往外走去，在路口就遥遥看见远方密集的人群。

"是不是花车巡游呀？"张开怀异常兴奋，"我听我同学说过！"

黎嘉茉的目光也往人群里探，可里面的光景被人山人海挡得严严实实。她只得踮起脚，才能看见前面确实有一辆"呜呜"鸣着笛开过来的小火车。而身高刚到两人大腿处的张开怀则是怎么踮脚都看不清了。

对上张开怀眨巴眨巴的小眼睛，一切意味不言而喻。黎嘉茉将目光投至面前的人群中，思考着能不能找个位置把张开怀塞进去。

正想着，忽地看见原起蹲下身。他呈半蹲的姿势，侧目，对张开怀说："笑笑，上来。"

张开怀犹豫了一秒，就爬了上去。

但他不敢用力，在原起的背上胡乱抓了几把，还是没爬上去。

在一旁围观的黎嘉茉只能上前帮忙。

但由于黎嘉茉先前没进行过这类操作，所以她也是手忙脚乱，最后，干脆把张开怀抱上了原起的肩膀。

她抱得有些吃力，但还是在把张开怀放上去之前，问了句原起："我放上来了？"

却听见原起很淡地笑了声："你把他说得像个物品一样。"

闻言，黎嘉茉在原起看不见的地方弯了弯嘴角，然后把张开怀安全地送到原起的肩膀上。

原起问："坐好了吗？"

"好了！"

在张开怀有些兴奋的回答之后，原起慢慢起身，双手紧紧抓着张开怀跨坐在他面前的大腿，他掂了掂，确保张开怀坐平稳之后才往前走。

从未领略过这个海拔的风景的张开怀兴奋不已，待那缓缓驶来的花车越发靠近时，忍不住"哇"了声。

黎嘉茉也伸长脖子，想往里面看一眼，可怎么也挤不进去。

忽地，头顶落下原起的声音："黎嘉茉，过来。"

黎嘉茉朝原起那儿看了眼，发现他身前不知怎么空出了一小片区域。

黎嘉茉当即会意，顺利地挤了进去。

密集的人群里，人和人的距离可以说是严丝合缝。不小心被身边的人撞了下，黎嘉茉往后趔趄了下，落到有些滚烫的气息里。

她站在原起身前，紧挨着他的胸口。

但她权当没察觉。

只要自己觉得正常，那就是正常。

黎嘉茉在心中暗暗道。

少了人群的遮挡，她很顺利地看清了前面的巡游花车。许多人形玩偶站在车上摆出各种手势，比如投来一个飞吻，比如朝他们挥手。

许多和张开怀一样被家长举在肩上的小朋友积极地回应着，满眼都是一只只热烈摇摆的小手。

其实哪怕刚玩了三个项目，但黎嘉茉对这个乐园也没生出别样的情绪。

可一时间，看着那一张张灿烂的笑脸，她忽地觉得心脏变得柔软。

至少，在今天，她可以忘记全部。

她可以混入人群，和一群大朋友小朋友一起，只做童话世界里的人。

这个世界里，没有烦恼，没有纷争，没有吃了上顿要担心下顿的忧愁。

这样想着，黎嘉茉终于鼓起勇气，也跟着人群伸出了手，对那缓慢移动的花车招了招手。

125

而不知是不是手挥得太高,她看见原起垂眸看了她一眼。

黎嘉茉隐隐觉得有些不好意思,冲原起笑了下。

"黎嘉茉。"

她突然在热烈的巡游声中,听见原起喊她的名字。

黎嘉茉下意识回应,又当即反应过来自己的声音太轻,会被四周嘈杂的声音盖过。于是,她提高了声音:"啊?"

可原起没再说话,只是看着她。

紧接着,手心里被塞进一个小东西,黎嘉茉低头去看,发现是肯德基套餐里的小玩具。

她抬眸,看见原起嘴角微扬,用口型无声地对她说:儿童节快乐。

半晌,黎嘉茉才反应过来,把那个小玩具收好,学着原起的模样,用口型回以"生日快乐"。

既然你在不是儿童节的日子祝我儿童节快乐,那我便在不是你生日的日子祝你生日快乐。希望你的每一天都像生日那日一样快乐、圆满,如愿以偿。

晚风吹过,吹开童话书的一页。

世界在欢庆,他们在金鼓喧阗中浑水摸鱼,讲悄悄话。

等巡游花车过去,主题乐园也接近了闭馆时间。

游人纷纷散去。

"原起哥哥,你可以把我放下来了。"

张开怀提醒原起,他才不是需要人抱着才能走路的小朋友呢。

原起:"好。"

他蹲下身,这次不用黎嘉茉帮忙,张开怀便自己小心翼翼地从他肩上爬下。

确认张开怀下来后,原起才回头,侧目去看黎嘉茉,他唇瓣动了动,刚想和她说话,忽地,从旁边迎上来一对情侣,将原起围住。

黎嘉茉下意识地往后退了几步,仍可以听见他们期期艾艾的声音:"请问……你是原起吗……"

落在黎嘉茉身上的目光被硬生生阻隔,那还未说出口的话只能卡在喉中。原起回眸,淡淡点头。

那对情侣是体育圈的粉丝,对于各大赛事都有关注,如今来这里,也是特意来看全运会比赛的。

此时碰到原起,男生当即取下挂在自己脖颈上的拍立得相机,帮女朋友和原起合影。

两人分别和原起合完影之后,小情侣们心满意足。女生手上拿着成像的照片,发现照片里原起和自己都拍得很不错,顿时笑得合不拢嘴。

欣赏着照片,她的余光才忽地注意到原起身旁的张开怀,"咦"了声:"起神,这是你弟弟吗?"

原起轻"嗯"了声,没解释,应下她的话。

女生提议:"要不我帮你和你弟弟拍张照吧?"

闻言,原起微顿,问:"可以借用一下你们的相机吗?"

"当然可以!"那男生不假思索地应下,然后把手中的拍立得递给原起。

原起道了谢,一手揽着张开怀,一手拿着相机。他抬眸,视线转了半圈,终于看见站在阴影里的黎嘉茉。

四目相对,他平静地开口:"黎嘉茉,过来合个影吧。"

因为回去的时间有些晚了,原起没有回队内统一入住的酒店,而是直接在黎嘉茉和张开怀住的酒店开了间房。

第二天,三人便坐同一趟动车回去了。到底是小孩,张开怀在动车上坐着坐着便睡着了。黎嘉茉看着那颗垂着的小脑袋,心里蓦地泛起酸意,知道这次回去,便是离别了。

原起的车停在动车站,所以下了动车后,也是他送黎嘉茉和张开怀去福利院。

张开怀的养父母已经在福利院的活动室里等待了。

看见活动室里的院长和一对夫妻,原起的脚步最终停于门口。

这样的场合,他进去似乎不太好。

于是他垂头,对黎嘉茉说:"我在外面等你吧。"

微顿,黎嘉茉瞬间明白了原起驻足的含义,说了声"好",牵着张开怀走进了活动室。

再怎么不舍,也不能在张开怀的养父母面前表现得太过。简单沟通后,黎嘉茉蹲下身,最后一次捏了捏张开怀的脸蛋。

张开怀的脸上已经满是泪痕。

"笑笑,不要哭。"黎嘉茉出声安慰,可她的声音也有些哽咽,这话显得不具备任何说服力。

她替张开怀擦掉了脸上的泪,最后主动放开了牵着他的手。

她刚要走出活动室,大腿突然被人从后面抱住:"嘉茉姐姐!"

一个小盒子被张开怀递到黎嘉茉面前。黎嘉茉怔了怔,才接过盒子。下一秒,张开怀的脸贴在她的牛仔裤上,眼泪濡湿了布料,他在哭声里语气坚定地拼凑出不成调的话语:"嘉茉姐姐,我会一直想你的。"

那天,回去的路上,黎嘉茉和原起都很默契地没说话。

黎嘉茉用原起教她的方式拉开了后排车座,一个人坐在后面,无声地落泪。

原起在车内放了歌，歌声刚好可以盖过她的抽泣声，让黎嘉茉无须过度压抑情绪。

由于宿舍园区内没有车位，原起只能把车停在食堂外。两人又从食堂慢慢踱步回去。

黎嘉茉在车上把张开怀送她的盒子打开看过了，是一个张开怀自己做的书签，还有一封他写的信。

而在这之前，黎嘉茉也给张开怀写了一封信。

这算是回信，还是告别信呢？

或许时至今日，二者也没有差别了吧。

黎嘉茉边走边把礼物放回盒子里。她再抬眼，竟然已经到了宿舍楼下。

刚刚沉浸在离别的伤感中，未曾察觉。可现在，看着这熟悉的宿舍楼，有失重感从分别的悲伤中挣扎出来，用更浓的乌云将这一切包裹。

昨天的一切就好像一场梦。

在这个梦里，她谁也不是。

不是黎润、李慧琴的女儿，不是受亓家资助的贫困生，不是学校里被无数双眼睛关注的年级第一，不是被常年抑郁困扰的病患。

她只是黎嘉茉。

只有在当黎嘉茉的时候，她才能坐在观众席上，毫无负担地看比赛，而不是边看比赛边担心，出一趟门会落下多少作业、要花多少钱，于是选择把自己紧紧锁在校内。

只有在当黎嘉茉的时候，她才能在乐园里感受自己的呼吸与心跳，开心可以笑，难过可以哭，不用担心会被他人误读自己的情绪，从而暴露自己有心理疾病这样不被主流社会认可的一面。

但是梦之所以是梦，或许就在于它的短暂。

她睫毛轻垂，盖住眼底的失落。黎嘉茉在心中默数两秒，给自己平复情绪的时间，最后抬头，冲原起扯了一下嘴角，佯装轻松地挥手："拜拜。"

原起的目光在她身上凝了两秒，颔首："拜拜。"

黎嘉茉"嗯"了声，却在回头的瞬间，酸了鼻子。

她在心里说，不要拜拜。

说再见的意思，不一定是要再见。

有时候会是希望你现在也可以挽留我一下。

而就像是魔法一样，在她心里生出这样的想法时，忽然从背后传来声音，已经说了再见的原起在喊她的名字。

有一刹那，黎嘉茉甚至怀疑那是幻听，直到她的名字再一次被念出。

她回过头，才发现原起原来一直没有离开。

等到黎嘉茉回头，一直站在原地的原起向前走了半步。

地面上，他的影子和她的影子重叠在了一起。

"黎嘉茉，"他的身影覆在她的身上，和他的声音一起落下来，"想不想去吃冰激凌？"

十月下旬的天气，澄安市的昼夜温差大到离谱。此时已过薄暮，澄安市渐入凉夜。

两个人打着找冰激凌的旗号逛了大半个校园，在真的在学校超市找到冰柜里剩下的雪糕后对视一眼，在对方眼里读出默契的"太冷了，还是算了吧"后打道回府。

最后，两人也没有真的回宿舍。

因为在超市门口的时候，原起突然问黎嘉茉："你会唱歌吗？"

黎嘉茉被问得一愣，最后，有些犹豫地回答道："会……吧。"

说罢，她反问原起："你呢？"

原起："虽然没拿过十佳歌手，但应该还能听。"

他的语气还是波澜不惊，可黎嘉茉觉得，她在原起这句话里听出了隐秘的笑，在故意戏谑她。

于是她也不动声色地回击："那让我来鉴赏一下，你是不是十佳歌手沧海遗珠的水平。"

于是，两个人就这样没有什么计划又顺理成章地来到了KTV。

包间里，原起正站在一边给话筒套海绵。黎嘉茉偷偷睨他一眼，最后下定决心，在沙发的正中间坐下。

等了一会儿，原起套好了话筒套，目光往这边投来。他似乎没觉得有任何不妥，很自然地在黎嘉茉身边坐下。

两人中间隔了几分米的距离，但沙发陷下去的瞬间，黎嘉茉的心还是没有预兆地乱跳起来。

当话筒被递到她面前时，黎嘉茉刻意避开了原起握在话筒中下端的手，捏着话筒的上半部分把它接了过来。

静了几秒。

黎嘉茉："唱什么？"

原起沉默了一会儿，似乎也没主意："你先点一首？"

"不要。"这次，黎嘉茉不假思索地回绝了，那句"我有选择困难症"还没说出口，突然音响里传出声音，打断了她的发言——

"小布为你带来一首《不要说话》。"

坐在沙发上的两个人皆是一愣。

那些年，AI（人工智能）技术将将起步，率先引进机器人小布的KTV

129

显然还没有驯化人工智能。听到一个关键词，小布便自作聪明地点了首歌。

进入前奏的那片空白里，包厢里的灯光闪烁晃动，在两张面孔上来回摆动，像是钟摆，牵扯着以心跳为计时单位的钟。

终于，那两张脸对上，在目光对视的刹那，都无声地笑了下。

是那种默契的忍着没发出声，却流到心里的笑。

在那首歌的时间里，原起和黎嘉茉确实都做到了"不要说话"。

陈奕迅略带嘶哑的歌声混着深沉的伴奏声，时间在其间流逝。谁都没有开口打破这份有声的宁静，坐在同一张沙发上，任昏暗的灯光在两人随意搁在沙发上的手掌间晃来晃去。

一首时长为四分四十八秒的歌终于过去。

原起在"不要说话"的氛围中先开了口："我可以问你一个问题吗？"

"啊？可以呀。"黎嘉茉没多想便回答。

可哪怕得到了允诺，原起还是踌躇了一会儿，才终于开口。

他问："你和亓宸是什么关系？"说完，又补了句，"如果不方便回答的话，你可以不说。"

"哦，没什么不方便回答的。"黎嘉茉笑了下，语气听起来不甚在意，"就是……我的家庭条件其实不太好，是亓宸的父母一直资助我上学的。"

没想到是这样的回答，那在心里徘徊了不知道多久的"他在追你吗"就这样轻易破裂，取而代之的却是懊悔。

原起下意识地想说"对不起"，可第一个音节就被湮灭于口中——

如果说"对不起"，就意味着"家庭条件不好，需要被资助"是一件需要感到抱歉的事情。

可这并不是一件需要感到抱歉的事情。

原起借着包厢内昏暗灯光的遮挡，将视线落到黎嘉茉手上，看见她的手果然揪住了沙发，透露出黎嘉茉风轻云淡面孔下的真实情绪。她在感到不安，甚至是害怕，他又想到最后一节家教课上，意外看见的黎嘉茉的诊断单。

家境、出身并不是可以自己选择的，而在匮乏的资源中坚韧成长的黎嘉茉很了不起。

可原起又清楚，自己并没有立场去说这些话。于是最后，他也学着黎嘉茉的模样，佯装轻描淡写地带过了这个话题，帮着她掩饰那不安的情绪："我还以为你们是一个社团的。"

听到这句话，黎嘉茉揪住沙发的手指松开，在心里也呼了一口气——

她刚刚在心里祈祷着，希望原起千万不要和她说"对不起"。

这时，墙壁上的屏幕忽地一暗，紧接着，*You're Beautiful* 的歌曲名缓缓出现在屏幕上，及时打断了这个场景。

黎嘉茉先是愣怔，下一秒，她右侧凹陷的沙发像是配合着她的猜想一般鼓起来。

　　原先坐得有些散漫的原起，此时直起了背。突然，他又像是想到了什么站起身，几步走到屏幕前，视线垂落到黎嘉茉身上。

　　"我没怎么唱过这首歌，可能唱得不太好。"

　　闻言，黎嘉茉思绪顿住，而后点点头。

　　她有些意外，原起居然也听过这首歌，甚至还会唱，毕竟这首歌在当代年轻人里似乎不再那么流行。

　　轻松又略带忧伤的前奏在静谧中响起，中学时期，破旧的 MP3 里无数次播放、被黎嘉茉镌刻于心中的旋律裹着如斯岁月袭来。

　　原起手中拿着话筒，目光看着大屏幕。光影落在他的侧脸上，拓成素描般的阴影。

　　他的声音透过话筒流出，清澈的嗓音被电磁波镀上磁性质感，如同微电流穿过黎嘉茉的耳畔，摩挲着鼓膜，在耳中震动。

　　　　My life is brilliant（我的人生缤纷绚烂）
　　　　My love is pure（我的爱是如此纯洁）
　　　　I saw an angel（因为我见过一位天使）
　　　　Of that I'm sure（对此我深信不疑）

　　原起的事先声明在他开口的那刻化作了乌有。
　　因为他的英文发音其实很标准。
　　最后，歌声逐渐停止。
　　因为听了无数遍这首歌，所以黎嘉茉知道，它已经步入了尾声。
　　肩颈挺直的原起似乎也在歌声中慢慢放松下来。最后的最后，那目光终于不再紧锁屏幕上的歌词，他回过了头。
　　他的视线对着她，在最后的时刻。

　　　　You're beautiful（你就是这么美）
　　　　It's true（千真万确）

　　室内，唯一亮色调的光就是屏幕上的白光。
　　黎嘉茉坐在暗处，偶有紫色的镭射光会像蝴蝶一样在她面前闪过，她却在对面看见了亮如白昼的太阳。
　　这明暗对比间，她的心有片刻的颤动。
　　以至于那再熟悉不过的歌词从她的耳边流过，她却没有注意到原起漏

131

唱了歌曲的最后两句——

> But it's time to face the truth（却是该面对现实的时候了）
> I will never be with you（我永远无法陪着你）

离开了KTV，回学校的路上，微凉的夜风拂过黎嘉茉在室内发红发热的脸颊，让她终于清明了些。

将将九点半，校门口穿梭着两批去不同方向的人：有的往内，即将从花花世界回归平淡充实的校园生活；有的往外，开始追寻斑斓的夜生活。

蓦然间，黎嘉茉觉得这短短的两天，好像漫长过她以往的两年。

每一分每一秒，她都记得是如何度过的；每一帧每一画，她都记得真切且清晰。

是能感受到自己的脉搏与心跳的每个刹那。

是她真实存在着活着的瞬间。

却又短暂得如两个瞬间。

怎么这么快又回来了？

在这样复杂的思绪间，黎嘉茉偷偷别过脸，用余光将原起的侧脸描摹了一遍又一遍，又在他不曾察觉的时刻安全撤离。

此时的桂花香已经比十月初时要浓郁许多了。

风吹过，暗影浮动。

那花香似月光，看不见，却不绝如缕。

心头恍然一动，黎嘉茉侧目。

待原起察觉到她的视线后望过来，她才问：“你知道我最喜欢的是什么花吗？”

原起看着她，思忖几秒，道：“茉莉花。”

闻言，黎嘉茉笑了声：“是桂花。

"它特别香。之前中学语文学过一个修辞手法叫'通感'，而我在现实生活中唯一亲身体验的通感，就是闻到桂花香的时候。"

闻到花香时，她便能想到黄灿灿的花蕊。

黄色，是黎嘉茉最喜欢的颜色。

这让她想到太阳。

世间最温暖的存在。

她想一头扎入花香中，让自己的生命洒满阳光。

顿了顿，黎嘉茉往前跑了一步，领先原起半步，转过身，歪头看原起："你最喜欢什么花？"

校门口的灯光落在原起身后，模糊成一片。

在那背光的光线里,他的双眼却明亮得过分。
原起的目光落在她身上。
半晌,他唇瓣轻动,再次说出了那三个字:"茉莉花。"
天边的月光在这个瞬间洒了下来。
那作怪的夜风也奇迹般地停下。
突然,寂静的世界里,黎嘉茉听见自己一声响过一声的心跳声。
"扑通"。
"扑通"。

第六章 ·梦醒

"多想岁月不翩跹,多想好梦不醒来,多想你留在我身边。"

回宿舍后,黎嘉茉发现一个疗程的药又吃完了,翻看日历,今天是星期四——

明天是星期五。

原本星期五要去福利院陪伴张开怀,如今也不需要了。

黎嘉茉熟练地点开医院的小程序,在上面挂了明天精神科的号。

从早到晚没怎么休息过,在两地奔波,情绪也屡次起伏,把去医院拿药纳入自己的明日计划后,黎嘉茉的身体实际上已经很疲乏了。

但她还是端着电脑去了楼下。

这两天出门,落下了太多课程,她需要补上。

而宿舍内的温度较室外要高,在太安逸的环境下,精神会不自觉地疲软。

所以黎嘉茉特意灌了口凉水,然后去宿舍楼下吹冷风,强逼自己清醒,把今天的课补了两节。

重新回到宿舍的时候,除了隋妙语,程诺和周瑾桉都已经在了。

黎嘉茉把电脑放回桌前,顺手脱了外套,打算去洗漱。而在外套脱下的瞬间,衣服的一侧口袋明显沉了些,黎嘉茉的动作顿住,立即把随意乱放的衣服拎起,从口袋里取出那个物件。

"嘉茉!"眼尖的程诺瞄见黎嘉茉从口袋里掏出了什么东西,在看清那物件后,她大喊着跑了过来,"你居然买了这个套餐!"

黎嘉茉笑了笑,没说话。

程诺拿过她手上的玩具,把玩了许久,最后才恋恋不舍地放回黎嘉茉的桌上,"我这两天都去肯德基排队了,但是澄安的卖完了!"

是那个肯德基套餐的联名玩具。

回来后,黎嘉茉才迟钝地回忆起,在肯德基的时候,原起中途离开了一小会儿。

她当时以为他出去接电话了,没想到他是去排队了。

那个小玩具应该在他口袋里揣了一路,拿出来的时候,表面还带着他身体的热度,是被他的体温焐热的。那温度透过黎嘉茉的掌心,一路蔓延到她的心脏。

她把玩具摆在桌面上，看了很久，思绪是缥缈的。

直到程诺活泼的声音又响起："哎，你们知不知道原起昨天在全运会上拿了冠军啊？"

黎嘉茉这才回过神，同时，她察觉到周瑾桉的视线落到她身上。

神经略紧绷，但黎嘉茉恍若未觉，假装在收拾桌面。在她沉默的几秒里，周瑾桉也没有回应程诺，黎嘉茉怕程诺尴尬，才回话："是吗？"

原先沉默不语的周瑾桉这时也接了句："这么厉害！"

"天哪，你们居然都没看！"

没想到自己的室友们对身边的大明星如此不关注，程诺"啧啧"两声，反手把一个视频转到群里："他太帅了吧，没有一枪是状态不好的！"

看视频的封面，就知道是比赛视频。

但是黎嘉茉没急着点开。

她继续装作毫不在意的模样，收拾干净桌面，然后慢悠悠地去洗漱，最后才拿着手机爬上床。

等床帘将她和外面的世界隔开后，她才像做贼一般点开了程诺分享的视频。

并不是决赛的全程记录，而是原起个人的集锦。

镜头在场馆内三百六十度进行各种角度的切换，在某个方位拍摄原起的时候，还可以顺便录下他身后的观众席。

虽然隔得很远，观众席上的脸都黯淡模糊到看不清，除了知道是个人，识别不出任何面部特征。

但黎嘉茉知道，里面有一高一矮挨着坐的两道身影，是她和张开怀。

视频画面的中心，是在赛场上凝神绝杀的原起。

而在画面的一角，也无意录进了她的面容。

他们短暂地出现在同一个画面里。

纵使在这个画面里，她的面容朦胧，但是存在的。

手中动作一顿，黎嘉茉点击暂停，将这一幕截图。

看完程诺发的这个视频，黎嘉茉又忽地想起，军训夜聊提到原起的那晚，程诺也在宿舍群里转发了许多原起的比赛视频。

上大学以来，黎嘉茉没换过手机，也没有删聊天记录的习惯，她把群消息往下拉，但由于一年多的消息太多，似乎怎么也拉不到尽头。

她想了想，决定在聊天记录中搜索关键词。

先在搜索栏里输入"原起"。

没有结果。

又搜"冠军"。

还是没有。

最后，脑子里浮现出程诺对原起毫不吝啬的外貌夸奖以及上天入地的吹捧，黎嘉茉在搜索框里输入"帅"字。

这下被她找到了。

2016年9月2日。

程诺：[视频："射击王子"的绝杀时刻]

程诺：[视频：成长向|长风破浪会有时]

…………

程诺：太帅了，太帅了，太帅了！！！！！

程诺：每天和这样的酷哥一起上下学，妈呀，我是在做梦吗？

黎嘉茉这才发现，对于程诺分享的视频，她和周瑾桉都选择了无视。

而当时就已经在校外租房子住的隋妙语却一反常态地冒了泡，附和了一句：小帅。

也不知道隋妙语会不会把这些消息转发给原起，而原起又会是怎样的反应。

这样想着，黎嘉茉的嘴角不自觉地扬起。她点开那些视频，一个接一个地看了下去。

视频里那些各式各样的射击场馆，是原起的赛场，是他的王国。

他站在台上，闪闪发光。

那天晚上，黎嘉茉躺在床上，睡不着。

她在想一件事情，在想一个人，以至于静不下心来入睡。

对于感情，黎嘉茉没有经验，但她不是迟钝的人。

她察觉得出来，原起对她的好，好像超出了朋友的界限。

黎嘉茉的感情经历空白，甚至连苗头都不曾有过。但是，在待人处事方面天生的高敏感让她对于情绪的察觉很灵敏。

也因此，纵使不明白异性之间的交往界限在哪里，但是有个念头开始在黎嘉茉的脑海中生根发芽。

她猜，原起对她可能有点好感吧——纵使只是个人的猜测，黎嘉茉也很谨慎地选择着用词。

其实，这个想法之前就有冒头的倾向。有几个瞬间，原起注视着她的目光会让黎嘉茉心跳漏跳一拍，从而过度解读原起眼眸中的情绪。

但是当时的猜想都被黎嘉茉自己掐断了。

比如原起带情绪失控的她开车兜风，换位思考一下，如果她是原起，面对在自己面前不知原因崩溃大哭的女同学，可能也会动恻隐之心。

比如原起邀请她和张开怀看比赛，黎嘉茉告诉自己是他人好，知道有一个小朋友那样崇拜他，所以给自己的小粉丝一个圆梦的机会。

她会给原起给予她的"好"，都安上一个合理的理由。

毕竟，黎嘉茉并不觉得自己有什么特殊之处。

她是放到人海中就会被淹没的、除了成绩毫不起眼的普通大学生。性格内向，不会说讨喜的漂亮话，比起那些从头发丝精致到指甲的女生，她相貌平庸、不善打扮。

甚至还老是说一些奇奇怪怪的话，活在自己的世界里，独来独往。

但是今晚，黎嘉茉有些说服不了自己了。

那三个字的暗示意味太明显。

而原起应该不是一个会随意撩拨人的人，他是在释放自己对她的好感，他不打算藏着掖着，他想让她知道。

平心而论，被原起这样的男生喜欢，黎嘉茉不可能做到毫无波动。

她不知道怎么定义喜欢，但是，和原起待在一起让她感觉很舒服。

她喜欢和他待在一起，说一些不着边际的话，讲一些冷到北极圈的冷笑话，但是他刚好能懂。

黎嘉茉不是精力充沛的人，社交对她而言通常是消耗。但是很奇怪，自从两人渐渐相熟后，和原起的社交似乎能给她充电。

算上今天，他已经陪伴她度过很多个情绪崩溃的时刻。

黎嘉茉不确定，但她懵懵懂懂地猜想，这或许就是喜欢的一种表现。

她可能也是喜欢原起的，至少，喜欢和他待在一起。

但是……

黎嘉茉又翻了个身，所有的忧虑和现实的困境立即像雪崩一般滚落下来，压在她的心头。

她和原起，没什么可能。现实中有过短暂的交集，也只是流星划过夜幕的短暂际遇，那些许的好感就是流星划过时的美丽弧度，但往往都是稍纵即逝的。

毕竟黎嘉茉也不觉得，自己身上有什么特别的品质，可以得到原起的青睐。

她太普通了。

石头和石头撞在一起会有火花迸出，一时的好感可能不是那么难得的情愫，而这孱弱的爱慕应该无法支撑他们走下去。

既然如此，还是从一开始就不要进入亲密关系好了。

毕竟谈恋爱应该是一件消耗精力的事情，而应对自己的生活就已经用光了她全部的精力，她似乎也没条件去开启这样甜蜜又费力的事情。

在这样的思考中，黎嘉茉的心渐渐冷却下来。

就像原起和亓宸早在酒吧那次之前就认识一样，他们才是一个圈子的人，因此怎么绕都绕不开相识。

137

而如果不是因缘巧合，她这辈子都不会认识他们这样的人。

眼眸轻轻垂下，睫翼在眼前微弱地颤动。

黎嘉茉想起很久之前。

她是从初三那年开始被亓家资助的。自那年暑假开始，每个寒暑假，亓宸妈妈都会把她从南山尾接来澄安市，让她和亓宸他们一起听一个小时五百元的名师课。

从没有接触过那么好的师资，那样的课堂对黎嘉茉而言是人生第一回。

也因此，纵使她身上穿的衣服永远洗得发白、缝缝补补，和班上同学那时髦又整洁的衣服截然不同，纵使当时还是青春期少女的她对于这一切也会本能地感到羞赧，但黎嘉茉每天都很认真地听课。

听课的时候，她能忘却除了汲取知识的所有，包括贫富差距带来的自卑。

而在课后，她对亓家的感激也日益加深。

那时候，虽然亓宸不和她玩，但是对她也没那么恶劣，只当她是个陌生人，面对她的打招呼无动于衷。可黎嘉茉从不介意，每每碰到亓宸，她还是会笑着对他招手。

再后来，她有不会的数理化问题，觍着脸去问亓宸，他也会为她解答。

慢慢地，黎嘉茉也通过亓宸和班上的同学们混熟了些。

每每面对亓母的询问，问她和亓宸的关系怎么样，黎嘉茉都会回答，他们是朋友了。

当时的她并不知道亓母为什么要多此一举问这个问题。

直到高二那年暑假，亓母找到黎嘉茉，对黎嘉茉说，她怀疑亓宸早恋了，但是亓宸对手机、电脑都看得很牢，不让她看。

"嘉茉，你能不能帮阿姨留意一下，亓宸每天在学校里都做些什么呀？"

黎嘉茉当然知道监视亓宸不好。

她也知道，要是被亓宸知道了，他肯定会生气。毕竟虽然亓宸对她已经温和了很多，但本质上还是个被宠坏的臭脾气少爷。

在她的沉默中，亓母话中的笑意越深，话里多了些不明的意味："毕竟你和亓宸比较熟，阿姨和他都说不上话了。哎哟，现在的小男生。"

其实亓母也没说什么，只是当时的她太敏感了。

她害怕。

害怕自己不听从亓母的话，亓母会觉得她不知感恩，会对她抱有偏见。

而亓宸……

她只是偷偷关注他，应该算不上监视吧？

当时的黎嘉茉实际上并没有完全说服自己，但她没办法，她害怕自己的不顺从会惹亓母生气。

于是她每天上课回来都会向亓母汇报。

而每汇报一次，她就唾弃自己一次，心中的害怕也加深一分。

终于在某一天，东窗事发。

黎嘉茉忘不了那天在卧室和亓母交代亓宸今天和谁说了话时，被怒火冲开的门。

她至今都忘不了，亓宸那天看她的眼神。

他面沉如水，语气里是尖锐的讽刺。

"黎嘉茉，你别忘了资助你的钱是我家给的。偷偷摸摸监视我去讨好我妈的时候，怎么不想讨好我？"

说到这里，亓宸突然沉默了，盯着她，半晌，才笑了下："不过你倒是让我开眼了，原来穷人是这样的。"

接着，又是"嘭"的一声巨响，独留黎嘉茉在原地呆站着。

亓宸找他妈吵架去了，家里的保姆上去劝架。

这么大的房子里，留她一个人在冰冷的客厅，她是这个家的局外人，一个不知道分寸、不小心酿成大祸的局外人。

"原来穷人是这样的"这句话像是魔咒，萦绕在黎嘉茉心头，总是时不时蹦出来如昨日重现一下。

黑暗中，黎嘉茉翻了个身。

想到这件事，她已经不会哭了。

只是突然清醒了。

她这样的人，怎么配和他们相提并论。

星期五那天，黎嘉茉又坐了很久很久的公交车去医院。

其实，校医院就有精神科，可以不必大费周章去校外的医院看病。

但是黎嘉茉不敢去那儿。

她怕在那儿遇到认识的同学，更怕校医院的医生会把她的心理情况告诉辅导员。

她曾在校园论坛上偷偷发帖询问过，知道一些怕事的辅导员会劝说抑郁症病情严重的同学休学。

而她不能休学。

休学后能做什么呢？或是待在家里，或是探索世界，或是住院治病。

如果让她待在家里，恐怕她的病再也好不了了。

可后两个选项，都是需要金钱支撑的。

黎嘉茉总是事前便把所有可能性想清楚。

此外，如果这件事被辅导员知道了，肯定会告知她的家长。

虽然她曾偷偷怨过李慧琴，虽然李慧琴不是一个完美的妈妈，可实际上，黎嘉茉曾认认真真地想过，这个世界上无条件爱她的人，只有妈妈了。

在她很小的时候,某天夜里,黎润带着一身酒气回家。许是打牌输了,回到家后他不由分说地拽住李慧琴的头发,把已经入睡的李慧琴一把薅起,又像对待一摊烂泥般,抬腿将她踹下了床。

当时已经入睡的黎嘉茉对这一切毫无知觉,直到在迷迷糊糊中听见她房间的门被打开,又被合上,反锁。紧接着,身侧的床垫陷了下去——

是妈妈的气味。

童年时期似乎有对母亲的本能感应,还睡眼蒙眬的黎嘉茉很自然地伸出手,从背后抱住李慧琴。

也就在双手抱住李慧琴的刹那,四年级的黎嘉茉于睡梦中惊醒了。

在她的怀里,妈妈的身体在不停地颤抖。

黎嘉茉屏息贴近了些,在暗夜中听见了李慧琴忍耐却悲怆的哭声。

李慧琴察觉到环在自己腰间的那双小手骤然缩紧,女儿的声音从身后传来。那样稚嫩的童声,在无边的黑夜里笨拙地安慰她:"妈妈,别哭。"

李慧琴终于忍不住,换气时发出巨大的抽泣声。她转过身来,回抱住黎嘉茉,双唇贴着女儿柔软的头发,呜咽不止。

当时的黎嘉茉不知道妈妈为什么哭,想了想,她学着母亲哄婴儿的模样,伸出小手,轻轻拍了拍李慧琴的背,还是说:"妈妈,别哭。"

李慧琴湿润的脸贴着黎嘉茉,泪水顺着黎嘉茉的脸颊,险些流入她的耳朵里。

到后来,黎嘉茉也分不清她脸上的,究竟是妈妈的眼泪,还是她自己的眼泪了。

也不知道过了多久,她听见哭到口水呛住喉咙的李慧琴用方言对她说:"嘉茉,你是妈妈的骄傲。"

是那样绝望,又是那样满怀希望。

这句话,黎嘉茉记了很久很久。

有很多时候,她觉得自己快要撑不下去了;有很多时候,她也想抛下一切,对李慧琴歇斯底里地发泄,和李慧琴说,她有抑郁症,求求李慧琴不要再和黎润来往了。

但这些话,最后都被黎嘉茉咽下——

她是妈妈的骄傲。

她是妈妈那苍白破败四十岁人生里的唯一亮色。

妈妈已经很苦了。

她不能再把自己的苦难压在李慧琴身上,她不能打破李慧琴对这世界最美好的幻想,不能让李慧琴知道,自己视为骄傲的女儿,实际上脆弱不堪。

去精神科的频次多了,总有几次能遇到在科室门前情绪崩溃的病人。譬如今日,一对陪同孩子来看病的父母和孩子在门口争吵起来。

"我和你妈什么时候都让着你……"

"对,是我不知好歹想东想西生了这个病!"

但是,很少有人会抬头去看看究竟发生了什么,他们早就对这失控的一幕又一幕习以为常。

终于,闹剧的声音散去,"请7号患者黎嘉茉到216房间就诊"的电子音响起,黎嘉茉攥紧了手中的取号单,叩响了诊疗室的门。

医生简单地询问了一下黎嘉茉最近的情况,比如,有没有按时吃药、最近睡眠如何,黎嘉茉都一一作答。在门诊记录上打下"表述清晰"几个字,医生顺便看了眼之前的记录,对着上面的症状问:"现在你还经常会有觉得生活没有意义的时候吗?"

沉默了几秒,虽然不想承认,但黎嘉茉最后还是点头:"闲下来的时候,就会。"

"有这个想法的时候,你会怎么解决呢?"问话时,医生看到了之前黎嘉茉对这个问题的回答——就会一直难过,等睡一觉就好了。

这个行为发生在普通人身上,是再正常不过的,"一觉解千愁"。可对于很多抑郁症患者而言,这只是他们逃避情绪的一种方式,"睡一觉"只能让他们暂时感受不到痛苦,醒来后,情绪实际上没有任何变化。

"我……"黎嘉茉开始回想,可脑海里的一帧帧一幕幕,却都意外地在同一个时刻卡住。

她突然发现,过去的近两个月里,她难过的时候,原起竟无一例外地陪在她身边。而和原起待在一起时,那些不好的情绪真的自然而然地消失了。

这段时间,在她的生活里,快乐似乎要多于悲伤。

当晚,黎嘉茉做了个梦。

是个再普通不过的梦,只是,梦里有原起。

背景或许是澄安大学的某个角落,黎嘉茉觉得眼熟,却又想不出具体是在哪里。

梦里是白天,烈日下,他们站在一条笔直的小路两端。很奇怪的是,原起手里居然拿着一副乒乓球拍。

黎嘉茉也不知道梦里的自己在做什么,像是在漫无目的地逛着。可不管怎么走,都是在原地打转。

直到,道路另一头的那道身影缓缓走了过来。

阳光下,他们的影子交织在一起。

那道声音,从曾经的陌生,到如今的熟悉,以至于就连梦里的她不用抬头，都能猜到来人的面孔。

梦里应该是没有五感的。

但黎嘉茉觉得，他的声音如阳光一般温暖。

他轻轻唤了声她的名字，然后说："黎嘉茉，一起走吧。"

从梦里惊醒的时候，黎嘉茉已经泪流满面。宿舍一片黑暗，寂静无声，她不敢哭出声，把头完全埋进枕头里。

下午，她和医生如实反馈了自己的变化，医生有些意外，然后建议她多和让她感到舒适的人接触。

回来后，黎嘉茉便忍不住在社交软件上搜索与抑郁症相关的帖子，她发现有很多人，都像她一样，遇见过一个能让自己快乐的人。可日久天长，对方接受不了抑郁症患者反复无常的负面情绪，抽身离开，剩这群受伤的人陷入更深的痛苦泥潭。

黑夜里，黎嘉茉点开了和原起的聊天框。自打从隔壁市回来后，她再没有回复过原起。刚开始，原起还会坚持每天来找她。

可最近一两天，他也没有发消息了。

就像是那个帖子里的结局一样，他们最后都会离开的。

有作家在书里写："胆小鬼连幸福都会害怕，碰到棉絮都会受伤。"

黎嘉茉想，她可能就是这个胆小鬼。

从熊虎跃的办公室出来，休息室里的人已经走完了。

在去办公室之前，原起就猜到了熊虎跃是和他讲去国家队集训的事情。

面对空空如也、冷清凄凉的休息室，原起没急着离开。他从训练包里取出手机，坐在休息室的软椅上，滑开屏幕。

聊天界面里，私聊、群聊，气泡框常更常新，但是他的置顶一直只有一个。

他和黎嘉茉的对话，停留在他周日发给她的晚霞。

或许，不能说是对话了。

最后那两天，整个界面里，只有他的绿色气泡。

从 KTV 回来的那晚，一回到宿舍，原起就想给黎嘉茉发消息。

但是，他怕那样显得太紧促了——

他前脚才和黎嘉茉告别，后脚就在微信上给她发消息。

他不知道，黎嘉茉会不会讨厌这样的社交密度。

于是他特意等了两个小时，算着黎嘉茉应该还没休息，在睡前给她发了句：这两天挺累的，你早点休息。

等了半个小时也没等来黎嘉茉的晚安消息，原起便觉得她睡了，于是又自说自话地给黎嘉茉发了个晚安。

黎嘉茉是第二天中午才回复他的，她说昨晚身体不适很早就睡了。

可能他那天就已经隐隐约约察觉到一点不对了。

但当时的原起忽视了这微妙的预感。收到回复时,他刚从学校回到家,在小区里看见一只长得奇形怪状的狗,拍给了黎嘉茉。

没有收到回复。

第二天的晚霞很美丽,他看到的那刻,心里第一反应是觉得她会喜欢,不爱拍照的他条件反射地将这一幕拍下来,想与她分享,却在照片定格的瞬间想到,黎嘉茉已经整整一天没回他消息了。

想要发送照片的手凝滞片刻,可最后原起还是把这条消息发送了出去。

坐在休息室里,原起的目光紧紧锁在手机屏幕上,眸色黯淡。

还是没有收到黎嘉茉的回复。

原起开始想,他是不是哪里做错了。

整个周末,他都过得焦虑不安。他再也不敢发消息去贸然打扰黎嘉茉,生怕惹她厌烦。

原以为这种情绪在周一的课堂上看见黎嘉茉时会有所消减,但是真正上课后,原起有些看出来了——

黎嘉茉好像又在故意躲他。

因为他总是在教室的后排默默地注视着黎嘉茉,所以能轻易地察觉出她举止的变化。

从前,黎嘉茉从来都是早早到教室,顺便帮她那两位室友占座。

可从周一开始,连着三天的课,都变成了她的室友帮她占座。黎嘉茉踩着上课铃进教室,又在下课铃敲响后拎上书包匆匆走人,课间也不离开座位半步。

他想在走廊上见她一面都没有机会。

今天早上,原起又故技重施,拍了六点半晨训时初升的朝阳。

这次他特意设置了仅黎嘉茉一人可见。

可到了下午,都没有收到任何朋友圈的消息通知。

对着一片冷寂的朋友圈,原起的心情低落下来,心底冒出自己和黎嘉茉的小人形象——不知道从何时开始,他那古井无波的心里也会冒出这样生动的幻想与纠结——幻想里的"原起小人"对着"黎嘉茉小人"大喊:"考完微积分那天,你不是说了以后碰到我不会躲的吗?"

幻想里的"原起小人"威风凛凛,可现实生活中的原起不擅长把这些情绪说出来,也不敢。

他攥着手机沉默了几秒,最后搜索联系人"隋妙语",问:"你最近有回宿舍住吗?"

米奇妙妙屋:想问嘉茉的事?

7:嗯。

143

米奇妙妙屋：最近我都在家住。不过，你要是想知道，我可以大发慈悲地搬回宿舍，帮你观察一下。［坏笑］

原起回了个"谢谢"的表情包。

不管黎嘉茉有没有在躲他，他都想知道黎嘉茉是怎么想的，也想知道她最近过得怎么样——想知道关于她的一切。

经过这段时间反反复复的甜蜜与苦恼，原起终于想明白自己的内心。

周六是亓母的生日，亓宸给黎嘉茉发微信，说周五一起去挑礼物，周六再一起回去。

黎嘉茉不想和他两天都待在一起，便借口说自己周五有事，改成了周六早上去挑礼物，中午一起回去吃饭。

正当黎嘉茉收拾好，打算往校外走的时候，收到亓宸的消息。

7ch：我在你宿舍楼下。

对着这条消息，黎嘉茉愣了瞬。

明明当初是他说，在学校里别和他装亲近，每次要回亓家，都在校外的地铁站碰头。

黎嘉茉一直践行着这个诺言，可如今屡屡毁约的人是他。

自从借着充电宝的事把话稍微讲开了一点后，黎嘉茉发现自己没有那么反感亓宸了——虽然看见他还是会有点害怕，但是不会像之前那样一看见他就掉头跑了。

趁着亓宸在某家大牌银饰店挑礼物的时机，黎嘉茉溜到了旁边的文创店，从书包里取出自己亲手画的亓母画像，让店家帮忙裱起来——

上高中之后，由于学业紧张，画画这个爱好就被搁置了。但这个技能退化归退化，每次她再提笔时，倒也还能有模有样地画出些许。比如她微信头像的那朵茉莉花就是她自己画的。

趁着店家包装的时间，黎嘉茉在店里逛了逛。

上大学之后已经用不到什么文具了，需要买一些零碎的东西也多半倾向于在校内超市或者网购解决，她很久没有逛过文创店了。

而这其实是她贫瘠的童年生活里少数的快乐时光。

上小学的时候，女生都喜欢花里胡哨的笔，比如笔盖上挂一个塑料水晶鞋、笔身是辛德瑞拉图像的自动笔。

可黎嘉茉没有零花钱。偶尔，黎润在赌桌上赢了钱，会好心情地给她五块或十块。那些钱都被黎嘉茉攒起来买课外书了。

所以黎嘉茉的笔袋里永远只有最基础的铅笔和水笔，都是期末的时候拿了"三好学生"等荣誉时老师发的奖励。

而在文创店里，她可以随意拿笔试写。哪怕不能买走，但是只要拿着那些漂亮的笔，在试写本上留下她名字里的某个字，黎嘉茉都会觉得很幸福。

她喜欢穿梭于各个文具店的纸笔区，挑选一支自己喜欢的笔，每次在试写本上只写一个字，黎、嘉、茉三个字轮着来。

从而收获这样浅薄但动人的快乐。

而如今，单纯卖文具显然已经无法维持店铺运营，大部分文具店都改为文创店，兼卖一些小物件。

她的目光从纸笔区慢慢移向首饰区，在某处停顿——

那里静静躺着一条坠着数字"7"的项链。

亓母一年过两个生日。

对外过阴历生日，在家里过阳历生日，于是只叫了些近亲，请了厨师到家里烧菜。

之前的每个寒暑假，黎嘉茉都会来亓家，那些人便也或多或少地认识黎嘉茉。

看见黎嘉茉跟着亓宸进来，他们先是不冷不热地和黎嘉茉打了声招呼，注意力旋即就落在亓宸身上了。

黎嘉茉默默地在饭桌最角落的位置坐下，开始扮演饭桌上的透明人。

饭局快结束时，开始有人拿出礼物给亓母，一句一句体面的祝福语里，一件一件的奢侈品礼物被呈上台面。

来之前就预想到，自己的礼物会和他人的礼物形成鲜明的对比，所以黎嘉茉选择了绘画，贵在诚意。

可此时，看到一个个包装精美的礼物出现，她突然有点发怵。

一直到饭局散去，黎嘉茉还是没有勇气拿出自己的礼物。

客人们和亓母移步去院子里听演奏，黎嘉茉离席去上卫生间。

等她出了卫生间，却发现亓宸一人坐在客厅里，并未离开。

看见黎嘉茉，亓宸起身，迈步走到她面前："给我吧。"

黎嘉茉一愣。

"礼物。"亓宸依旧是那种透着些许不耐烦的语气，"我帮你送。"

黎嘉茉这才反应过来，没去思考亓宸是怎么知道她准备了礼物的，她先说了个"谢谢"，然后把包装好的画递给亓宸。

由于当时的心情有些意外，黎嘉茉的一系列动作都有些慌乱，取画时，不小心把那条项链也带了出来。

静谧空旷的客厅，金属掉在瓷砖地面上，"啪"的一声格外清晰。

黎嘉茉的心随着那道脆响一起颤动，她不去看亓宸的反应，俯身捡起那条项链，重新塞回书包。

145

她发现亓宸的视线一直落在她脸上。

黎嘉茉恍若未觉，对亓宸说："那我就先走了，你帮我和阿姨说一声生日快乐。谢谢。"

亓宸看了她良久，最后，缓缓开口："我送你。"

不知道为什么，黎嘉茉总觉得亓宸今天的神情沉静得有些怪异，说话的语气也不似平常。抱着这样的心情，回去的路上她也没有主动挑起话题，车里静谧得像是电影的漫长前奏。

车在宿舍楼前停下，这场电影终于开始放映——

不是黎嘉茉想象的恐怖片，却是比恐怖片更恐怖的灰色喜剧。

黎嘉茉想下车，却发现又如上次那样，车门被锁住。

黎嘉茉看向亓宸，发现他正凝眸望着自己。

亓宸喊了她的名字："黎嘉茉。"

"那条项链是给原起买的，还是给我买的？"

冷不丁听见亓宸问这个，黎嘉茉心中略有些诧异，眉毛不自觉地蹙了下，心中嘀咕着，有个极荒唐却危险的想法在脑海中隐隐冒头，又被黎嘉茉强行压下去。

她不敢再想，避重就轻，只说："给我自己买的。"

说罢，她握着车把的手又往外推了推，可车门还是被锁死，岿然不动。她抬眸去看亓宸，心底倏然生出抗衡的勇气，语气坚定："我要下车。"

可亓宸像是没听见她的话一般，那双不甚标准的桃花眼直勾勾地看着她。

灯光从头顶洒下，照亮车内的浮尘。他的目光像是磐石，压在黎嘉茉的神经上。

终于，她害怕的事情像噩梦一般降临了。

一直盯着她的亓宸忽地开口："黎嘉茉，我喜欢你。"

说出口时，他好像还有些羞赧，最后四个字语气稍轻，带着刻意掩饰的意味。

可这句话落在黎嘉茉的耳朵里，让她觉得极度荒谬。

本来这一天，她和亓宸相处时，感觉没有之前那样紧张，可亓宸的这句话撕碎了她所有的情绪堤坝，之前每次见到亓宸时的心理反应像是惯性一般卷土重来。

黎嘉茉察觉到自己的身子开始颤抖，心底的情绪翻江倒海，仿佛天幕被撕开，落下瀑布，世界颠倒，一切错乱又癫狂。

没得到回应的亓宸似乎有些不安，下意识地朝黎嘉茉靠近，可没想到，黎嘉茉却似应激一般下意识地往角落缩去。

亓宸的动作僵住，本就不安的眸中霎时染上一抹愠色，以及……不解。

他突然就忘了说话。

车内陷入巨大的沉默,诡异的气氛将所有情绪笼罩。

过了许久。

带着几不可闻的颤抖声音响起,黎嘉茉让自己尽量完整地陈述:"我不喜欢你。我想下车。"

黎嘉茉几乎是逃跑般地下了车。

和亓宸单独待在一个密闭空间让她几欲窒息。

所有自以为释怀的过往在记忆中纷至沓来,她曾天真地认为已经消化了所有情绪。

她向亓母汇报亓宸的动态这事被他发现后,亓宸嫌恶的眼神、厌恶的语气;后来和他待在一起时他的专横、强制,这些本以为早已随风散去的往事,原来早就驻扎在她的血液中。

之前只是沉睡,如今,一时苏醒,像蛮横的黑手,死死扼住她的咽喉,黎嘉茉感觉难以呼吸。

胃里不断反酸,她觉得想吐,却吐不出来。身子忍不住战栗,浑身的寒毛都要竖起。

她本以为自己慢慢地可以和亓宸和平相处了,她甚至将此视作自己情绪好转的一个迹象——可这个感受在瞬间化为灰烬,一切都被打回原点。

将她视如敝屣的人突然说喜欢她。

这个世界荒谬到令她恶心。

就连被亓宸喜欢的自己,都令黎嘉茉感到厌恶。

回到宿舍,空无一人。黎嘉茉没开灯,几近虚脱地坐到凳子上,趴靠在书桌上,直到手机铃声打破寂静,她才终于从虚无中抬起头。

是李慧琴的电话。

李慧琴不太会打字,所以经常打电话。但黎嘉茉不爱接电话,有电话打进来的时候,她要么直接挂断,要么装作没听见,等打电话的人自己挂断。

她顺手往左滑,挂了电话。

然后登上微信,给李慧琴发了句"怎么了"。

妈妈:**嘉茉,下课了吗?**

翻看母女俩的聊天记录,反反复复永远只有"下课了吗""吃了吗"。最初,黎嘉茉也试着和李慧琴分享自己的生活,可李慧琴不懂得如何回应,渐渐地,黎嘉茉也就不去改变这样的聊天模式了。

不同的母女有不同的对话方式,她和李慧琴就属于这种吧。

jasmine:嗯。

想了想,黎嘉茉又加了句:**下课了。**

对着手机,她觉得眼前一片漆黑,只是打这几个字,就仿佛耗尽了她全部的力气。

太累了。

只不过经历了对亓宸的排斥反应和剧烈的自我对抗,黎嘉茉觉得她已经精疲力竭。

以至于当时的她没来得及细想,为什么在她这条普通的消息之后,隔了二十几分钟,才等来李慧琴"女儿早点睡觉"的回复。

此时的黎嘉茉只知道,她现在应该起身去洗漱,或者起来做点正事。

但肩背上像是承担了一万斤重量,她被压在桌面上,连抬头的力气都没有。

直到宿舍的灯被打开,没想到漆黑的屋内居然有人,推门进来的周瑾桉吓了一跳:"你怎么不开灯?"

黎嘉茉才缓缓直起身子,对着周瑾桉牵了牵嘴角:"我刚回来,太累了,休息一下。"

视线随着身体的动作一起抬起,她注意到了被摆在桌子最显眼位置的肯德基小玩具。

黎嘉茉伸手去拿,把它攥在手心,像抓住最后一根救命稻草般,用尽全部的心跳,去感受它。

之前和陶煦组队参加的创业大赛入围了决赛,两个星期后需要去现场答辩。

经过前两天的讨论,大家已经把创业大赛企划书的精修方向以及答辩思路大致确定好,今天的讨论主题主要是确定谁去答辩。

黎嘉茉怎么也没想到,因为学长学姐有实习、实验室等事项,答辩的任务交到了她和陶煦手上。

一方面,黎嘉茉知道自己应该克服对公众演讲的畏惧,毕竟在这个时代,软实力也是很重要的;可是另一方面,哪怕决赛时间还遥遥无期,一想到要去国赛现场,黎嘉茉还是会紧张到肚子疼,毕竟她连参加学校的奖学金答辩都会紧张。

她无声地叹了口气,恰好躺在床上玩手机的程诺爬下床上厕所,看见黎嘉茉,动作一顿,问她:"嘉茉,你最近是不是心情不好啊?"

黎嘉茉怔住,她以为自己把情绪掩藏得很好,却没想到还是被程诺察觉到。

但她已经习惯对这类问题作否定回答了,故作轻松:"还好,就是最近碰上生理期,事情也有点多,有点累。"

"啊,你那个比赛是不是要答辩?"

"嗯。"

程诺想了想，又道："还有我们那个管理学小组作业——这么想事情真的好多，你别太累了，事情总能做完的，前提是要休息好。"

"好。"

黎嘉茉轻声应道，实际上已经有些分神。

管理学小组作业，她和原起是一个小组。

想到这一桩桩一件件，黎嘉茉只觉得自己分身乏术。

前段时间，因为自卑，黎嘉茉开始刻意冷落原起。而经历了亓宸莫名其妙的表白之后，黎嘉茉发现自己对于"亲密关系"的第一反应是逃跑。

她想，现在这样情绪化的她确实不是一个谈恋爱的好状态。

而且，她很忙，有很多事情要做，她要好好念书，未来好好工作，赚钱，然后把妈妈和妹妹都接到澄安市，远离那噩梦一般的家。

这些才是现在的她应该考虑的，而不是谈恋爱。

所以，她应该及时、果断地拒绝原起。

而她喜欢原起吗？

黎嘉茉不敢多想。

喜欢又怎么样，不喜欢又怎么样。原起应该和更好的女生交往，所以她还是不要喜欢原起了。

明明在心里说服了自己一万遍，可为什么她想到这个，眼角还是会泛酸？黎嘉茉赶紧用洗脸巾抹掉咸湿的泪，假装那只是冷水，不小心留在了她的脸上。

转眼又到了没课的周五，回到宿舍，黎嘉茉看见自己桌上放着一碗热芋泥和一杯红糖姜茶，用保温袋里三层外三层地包着。

宿舍里只有周瑾桉在，黎嘉茉便问她，是不是她给的热芋泥。

周瑾桉说不是。

黎嘉茉便在微信上问了程诺。

同时，管理学小组的组长在群里通知周六晚上进行小组讨论，黎嘉茉回了"收到"。一小时后，她再点开手机，看见豆豆眼射击小人的头像也出现在群聊里，和其他所有人一样简单地回复了"收到"。

而这边，黎嘉茉也终于等到程诺的回复：是妙语啦。

程诺：她昨天让我问你心情是不是不好，知道你来姨妈之后就给你买了。

看着这行字，黎嘉茉的鼻尖蓦地泛酸。

真正送东西的自然不是隋妙语，真正关心她的也另有其人。

但黎嘉茉暂时不愿戳破，她佯装不知道，找了隋妙语，说谢谢。

149

米奇妙妙屋：小事小事！

米奇妙妙屋：嘉茉，要是心情不好可以来找我玩！我可是开心果隋妙语！［坏笑］

看着隋妙语的话，黎嘉茉笑了下，心里不禁有些感慨，是不是一家人的性格会比较相近，所以隋妙语和原起都是这样温暖的人——

发现自己又想到了那个名字，黎嘉茉打住思路。

因为暗暗做了一个决定，所以她最近一直在告诉自己，要忘记那个名字。

黎嘉茉一直在等星期六晚上的管理学小组讨论。

那天，她去早了些，终于在正式讨论前四分钟看见了原起。

视线对上的那刻，两人的目光皆有片刻凝滞。

时间在只有他们存在的维度里停滞，又在现实世界中"嘀嗒"走过。

原起的视线落在黎嘉茉身旁，发现那里已经坐了人，眼睫垂了垂。

他今天被教练叫去填问卷了，所以来迟了些，只能坐在离黎嘉茉较远的位置。

所幸围着讨论的桌椅是圆形的，无论他在哪儿，都可以看见黎嘉茉。这已经比前几天的境遇要好了。

可纵使如此，他也只敢用余光去偷偷打量。

讨论空间是一个密闭的教室，面积狭小，灯光如昼，把每个人的神情都照得清晰。他能看见她的每一个笑，却怎么也看不懂她是怎么想的。

讨论结束后，原起没急着走。他坐在自己的位置上，视线似在看写了他们讨论思路的白板，实际上是在看坐在白板旁的黎嘉茉。

搁在桌面上的手机忽地亮了一下。

原起的手机常年开着免打扰，唯一能蹦出消息提示的只有一个人。

他不敢犹豫，立即滑开屏幕。

jasmine：我在楼梯拐角等你。

jasmine：一起走吧。

在拐角处看见黎嘉茉时，原起心中生出一种恍如隔世的感觉。

黎嘉茉也看见了他，朝他笑了下。

心中那种微妙的感觉又出现了。

原起几不可察地拧了下眉，逼迫自己摁下心头那种患得患失的惶恐，走了过去。他垂眸，看黎嘉茉："你身体……好些了吗？"

她回他的最后一句话，是说自己身体不舒服，所以早睡了。这么多天过去，他依旧记得。

"今天不怎么难受了。"黎嘉茉笑着说，语气轻柔，"谢谢你的芋泥。"

闻言，原起轻轻"嗯"了声。

他没问她怎么知道是他送的。

毕竟他借隋妙语的手送饮品，黎嘉茉肯定猜得出来。

他本来也没想过要瞒着。

走到有光的地方时，路面上会出现一高一低两道影子。他们的影子挨在一起，却又在光照不到的地方完全消失，成为黑暗的一部分。

在沉默中，原起心中那不安的预感越发强烈。他终于试探着开口："黎嘉茉，你前段时间是不是心情不好？"

却没有回音。

不知过了多久，黎嘉茉终于轻轻地"嗯"了声，原起才敢光明正大地看向她。可那句"是发生了什么吗"都还未问出口，便听见黎嘉茉喊他的名字："原起。"

黎嘉茉看着他，目光在原起的脸上一寸一寸掠过。

那张在赛场上意气风发的面孔此时在夜灯下却朦胧，变得模糊不清。

她不忍再看，别过脸，似乎这样就能压下心底的不舍与酸涩。

他们站在教学楼一楼的一隅，白日里人声鼎沸的场所，此时却阒寂无声，以至于黎嘉茉的声音在这片空旷中是那样清晰。

"我前几天是心情不好，不过和你没有什么关系，你不要多想……但是，我想和你说另外一件事。"

不安的情绪涌上心头，可就像是嫌疑犯在审判庭上，随着法官的开口，嫌疑犯对于自己的命运有了预料，反而平静下来。

原起轻轻地应了声："好。"

他不敢去看黎嘉茉，可她的声音避无可避。

"不知道是不是我的错觉，我感觉你可能，"说到这里，黎嘉茉顿了顿，"……有点喜欢我。"

天色暗沉，夜晚的云似要压到地面上。

那把悬着的审判之刀终于从原起的头顶落了下来。

他听见黎嘉茉继续说："我……我现在，包括未来很长一段时间，我都没有谈恋爱的打算，我只想自己一个人。

"所以，如果你喜欢我的话，那还是，不要再喜欢了。"

说完这句话，两人又沉默了很久很久。

有一瞬间，原起觉得自己好像回到了六年前的那天。

她不告而别的那天。

那样破败的心，那样粉碎的情绪。

他本以为，再不会有了。

直到黎嘉茉终于将目光转向他。

霎时间，原起的心底生出了一簇火苗，只要有风吹过，就能烧旺。

偏偏是一场滂沱的雨，将他的心浇灭得彻底。

眼眸里映着黎嘉茉苍白的笑，然后听到她故作轻松的语气："当然了，也有可能是我的感觉错了，那样就更好。我只是觉得还是提前说清楚比较好。"

第七章 ·末日
"当那一天来临,你是否会在我身边?"

只要是原起身边的人,都能发现他这几天情绪不对。

譬如,周一训练,他被熊虎跃单拎出来批评。

"原起,因为要去国家队了,所以你的心思不放在校队的训练上了是吧?"

要知道,这是原起第一次因为"分心"被批评。

在此之前,只要是摸到枪,他的全部注意力都会放在手中的枪和举枪的动作上,心无旁骛的。

空旷的射击馆里,熊虎跃的训话似有回音。

众人余光里的原起一直沉默不语。

他目光敛聚,在熊虎跃复杂的注视下伫立许久,最后放下手中的枪,小声道:"抱歉,教练。我这两天状态不好。"

作为持枪的人,原起也能意识到自己的分心,但是他实在难以控制自己的思绪。

最近几天,即使在训练,黎嘉茉那天的话也像挥之不去的噩梦一样在他脑海中盘旋,反复上演。

原起觉得难过,也有些难堪。

他甚至都还没正式表白,只是释放了些好感,黎嘉茉就这样唯恐避之不及地把话说清楚。

她是真的一点都不喜欢他吧?

熊虎跃盯着原起的目光深了几分,看原起垂着眸,有些执拗的模样,最后按下心底无声的叹息。毕竟比起不知道自己分心,知道自己有问题的状态还没那么棘手,于是熊虎跃摆摆手:"你今天别练了,先回去。什么时候调整好什么时候再回来。"

顿了两秒,原起颔首,说了好。

他也不想用这种状态打枪。

不专心的自己令他感到些许烦躁。

当晚,徐昊屿和成泽在进宿舍前都思考了许久,该怎么样才能让氛围轻松起来，打开门，却发现原起不在。

他们这才后知后觉，其实之前原起都不常待宿舍，只是这个学期不知道什么缘故，住在宿舍的时间被无限拉长，让他们都习惯了原起在宿舍常住这件事。

徐昊屿本想发微信问下原起，但最后还是作罢。

高中三年、大学两年，两人认识五年了，之前他就没见原起有过大的情绪起伏，原起是队内公认的心理素质最好的运动员，每次比赛，对射击的专注程度都远高于对比赛的关注，他就没见过原起被情绪影响的样子。

也正是因为认识得久了，知道哪怕去问，应该也问不出什么。

但是不问不代表不关心。

后来的几天，徐昊屿都偷偷关注着原起上课时的一举一动。

渐渐地，他咂摸出些许不对劲来。

有一次他和原起一起接完水回来，在走廊上碰见了要往外走的黎嘉茉。

徐昊屿下意识地和黎嘉茉打招呼，黎嘉茉也招手回应他，可目光独独避开了站在他身边的原起。

而原起竟没有出声，视线也落在别处，像是故意不去看黎嘉茉。

两人仿佛是陌生人。

直觉告诉徐昊屿，原起的情绪问题肯定和黎嘉茉有关。

毕竟这两人关系骤然冷淡得太明显了。

这回，徐昊屿实在没忍住，有一部分原因是出于八卦与好奇，还有一部分原因是觉得自己的感情经验比原起丰富，可以为他指点下迷津。

于是，他趁着两人一起吃饭的时机，开口："起起。"

反应了一秒，原起才抬头看他。

刚刚那分心的模样，像是在想事情。

"你和黎嘉茉……呃，怎么了？"

问出口时，徐昊屿才发现这个事情不好形容。

毕竟原起不怎么和别人说他的事，所以关于他和黎嘉茉的关系，多半来自徐昊屿自己的观察与猜测。

因此，如今也找不到一个合适的词去描述他们疑似冷战的情况。

徐昊屿注意到在他提到黎嘉茉的名字时，原起的眸光有瞬间的凝滞。

可马上，他又听见原起说："没什么。"

这个回答是在徐昊屿意料之内的。闻言，他在心底默默叹了口气，有些纠结要不要继续说下去，感觉再说下去也是徒劳。

可看着原起低眸吃饭的模样，他感觉出了一股颓然。

做个不恰当的形容，徐昊屿觉得现在的原起就是一个骨头硬嘴也硬的小孩，心里闹别扭，偏偏不知道该怎么纾解自己心中的情绪，但又不爱哭闹，只能憋着，自我折磨。

最后，徐昊屿还是秉持着对好友的人道主义关怀，试着说："这个，我猜哈，如果是感情方面的一些问题，你可以问问我，我的经验肯定要比你多一些。"

说罢，徐昊屿又补充道："而且做兄弟这么久了，你也是知道我的，嘴巴比铁链还牢。你告诉我，我也不会说出去。"

语毕，徐昊屿默默等了一会儿，还是没听见原起的声音。

他仍是最初的模样，垂眸，无声地吃着饭。从徐昊屿的角度，只能看见原起漂亮的额头和低垂的睫毛，立体的五官似连成一条紧绷的线，怎么也扯不开。

徐昊屿便不再继续这个话题。

随后，两人默默无声地吃完了饭，起身去餐具回收处放好餐盘。

却在转身往外走的瞬间，徐昊屿听见了原起若有似无的声音："我喜欢她，但是她不喜欢我。"

声音很淡，以至于徐昊屿最开始怀疑是幻听，所以愣了一会儿。待反应过来，他不禁吃了一惊，下意识地问："你表白了？"

然后便被原起淡淡地乜了眼。

徐昊屿以为是默认，便继续说："你要是现在表白，可能有点太快了，毕竟你和黎嘉茉认识还没多久……"

徐昊屿从同性的角度看，黎嘉茉没什么理由不喜欢原起。

人帅，有钱，身材好，绝对专一。虽然没见过原起谈恋爱的模样，但是徐昊屿敢打包票，原起未来会是这群人里最疼老婆的一个。

正想着，他的思绪和未说完的话一起被打断。

"没有。"

原起的声音很淡，几乎要听不清了。

可他又说了遍，这次说得完整了些，徐昊屿听出他的语气有些闷。

原起："还没有表白。"

徐昊屿这下说不出话了。

听起来，像是还没有表白就被拒绝。

这件事对男生而言，算是一件有点耻辱的事情。

喜欢一个姑娘，还没开始追呢，就被人家唯恐避之不及地拒之门外了。这说明哥们儿你得有多差劲？

徐昊屿一时有点心疼原起了。

视线里，原起神情淡漠，可和他之前的平静冷淡是有区别的，徐昊屿分得出来，觉得原起现在的平静里带着些受挫后的灰败。

这换成他也受不了。

更何况从小顺风顺水、被众星捧月的原起。

徐昊屿想了想,安慰道:"我觉得也不是你的问题吧,毕竟黎嘉苿看起来就有点奇奇怪怪的。"

他说着,想起来之前的一件事:"之前大一我不是和那个班长关系挺好吗?他好像就和我说过黎嘉苿这人挺怪的——说了你别生气哈,就是他之前看黎嘉苿长得还不错有点想追来着,但马上就放弃了,他和我说感觉黎嘉苿有点四次元。"

怕原起不知道"四次元"是什么意思,徐昊屿换了个说法:"就是感觉她不是生活在这个世界上一样。"

"你看她和谁关系都还可以,但是都不亲近。平时和和气气,看着也不社恐,但是有什么除了班会之外的班级活动,她都是请假的。"

徐昊屿自顾自地说,没注意到面前的原起神色慢慢变了:"我觉得她可能有点,呃,网上说的那种回避性人格吧……"

"徐昊屿。"

"啊?"

徐昊屿听见原起问他:"这些话你和别人说过吗?"

不知为何,在徐昊屿听来,原起那平静的语气里好似带了些感情色彩。他的心颤了一下,本能地否认:"没啊,就和你说过。"

原起:"不要这么评价黎嘉苿。"

徐昊屿愕然,刚想反驳说自己没有贬低黎嘉苿的意思,又听见原起的声音平静落下,一字一顿——

"她很好。"

到国家队集训的第二天,每个人都要单独接受心理辅导以及填写问卷,以初步评判他们是否具备承受高压的能力。

心理师看见原起,朝他笑了下。

之前的几次赛前心理咨询,她和原起打过照面,对这位射击选手的心理素质有所了解,多有赞誉。

她先按流程问了些固定的问题,譬如最近的睡眠质量和饮食状况如何、能不能想起上一次比赛时的心情等。

"睡眠正常,有晨训就十点睡五点半起,没有晨训就十一点睡七点醒。"

除了前几天写管理学小组作业熬了半小时,以及和亓宸打架那次,没睡好。

"比赛的时候只想着动作和稳定,没什么其他想法。获奖了有些喜悦。"

上一次比赛是全运会,黎嘉苿来看了。

原起答得流畅且镇定,表述能力也清晰无碍。

询问环节过后,心理师把手边的问卷递给了原起。十分钟后,填写好的问卷被递了回来。

心理师对着那张问卷看了许久,将原起的答案记录在给他创建的文件夹里,正俯首,忽地听见原起有些低的声音:"李医生。"

她抬起头。

原起坐在她面前的椅子上,看着她,目光微晃,像是在做一个艰难的决定。

李医生不急,只耐心地等他开口。

良久,终于听见他缓缓地说:"我喜欢一个女生。"

闻言,李医生的眸光聚拢,慢慢生出一点兴味。

他们这些从队人员私下也会八卦,知道原起受很多女运动员的青睐,却没有任何情史。如今,乍一听他讲到自己的感情问题,而且还那么开门见山,她自然有些意外。

可那打探的心思还没生出,便又听见原起的下一句话。

"她生病了。"

李医生微愣,问:"什么病?"

话说出口时,心中隐隐有了些猜想,心想是不是什么难治的绝症,导致原起有些分心。可原起接下来抛出的是她从未想过的答案。

"抑郁症。"

徐昊屿那天的话提醒了原起。

他当然听说过"抑郁症",曾经有几位圈内前辈是因为这个病而承受不了体育竞赛的高压,选择了离开这个赛道。

但实际上,这三个字对原起而言,更多的是个抽象的概念。

他知道,得了这个病,说明黎嘉茉不开心,甚至活得很压抑,她平时的轻松愉快都是伪装。也因此,在看到黎嘉茉的诊断单时,他是震惊错愕的,但更多的是心疼。

那天之后,他也在网上搜索过抑郁症。

知道它是一种心理疾病,同时也会带来生理上的不良反应。

那天夕阳垂落,他和黎嘉茉一起走回宿舍。之后,他查询了抑郁症,知道帮助他们的第一要务是不要让患者沉浸在低落情绪里,要鼓励他们多和现实世界接触。

而且,要尽量像对待正常人一样去对待他们。

因为每个抑郁症患者敏感的点不一样。

有时候区别对待,可能会踩到他们的情绪雷区。

怕自己的过分关心会让黎嘉茉察觉他知道她生病了,原起一直刻意去忘记这件事。又因为接下来的几天里，他和黎嘉茉待在一起的时间很长，而在这些时间里，黎嘉茉呈现出来的情绪状态都是正常的，所以原起竟一时真的忘却她生着病。

在听到徐昊屿的那些话后，他的内心突然生出一种抽丝剥茧的顿悟。

像和正常人相处一样与抑郁症患者相处。

但也只是"像"而已。

原起又想到黎嘉茉和他摊牌那晚，她脸上摇摇欲坠的笑。

他的眸光骤然暗了下来。

集训时期，时迅和原起被分到了一间宿舍。

国家队训练不比校队训练，训练之外还给了大家上课的自由，只要选课有技巧，白天留出一定的休息时间不是梦。在教练手下待个一两年，再怎么样也混熟了，平时偷懒还是得被骂，但是脸皮厚，被多骂几句也没事。

在国家队，没安排上课，从早上六点开始就是训练。而且两位教练一个比一个脸臭，饶是时迅都暂时消停下来，不敢在那两位"阎王"的眼皮子底下搞小动作。

也因此，从早训到晚，回到宿舍时，通常都精疲力竭。

时迅一回来就呈"大"字形倒在床上，脑袋微侧，看见原起的床头摆着一本极厚的书，想起他最近睡前都要看上许久，便登时生出好奇，趁原起还没回来，伸手去够。

《正午之魔》。

听名字像是一本玄幻小说。

拿到手上后发现比想象的要厚得多，分量沉甸甸的，感觉要是手滑砸下来，能把他鼻梁骨砸断。

可目光再往下，时迅就愣住了。

他翻开书，书里那些被原起画了线的句子，很轻易地就攫取了他的注意力——

"在抑郁中，当下发生的一切都是对未来痛苦的预期，完全没有了活在当下的体验。"

"而抑郁，则是一种无能为力的绝望感，彻底虚无的无意义无价值感，这种感觉会让人彻底丧失行动力；而不行动，又进一步加剧了无力感。"

他才粗粗看了几眼，手中的书就被人抽走。

时迅当即坐起，对上原起凝视他的目光，原起的语气里难得带上一些愠意："别乱翻我东西。"

"原起，"时迅突然想到这几天，原起有事没事就往心理辅导老师那里跑，脑海中生出一个荒谬又恐怖的想法，"你抑郁了？"

原起却只是睨他一眼,没说话。

没承认,但也没否认。

时迅一时有些慌了,他立刻蹦起来,去翻原起的行李。

注意到他的动作,原起眉头微拧:"你做什么?"

时迅:"你没带什么刀啊,安眠药之类的吧?"

原起的语气倏然冷了下来:"你发什么疯。"

这是原起第一次毫不掩饰地流露出这类情绪。

时迅身子一顿,这才有些后知后觉地反应过来。他终于停下手中的动作,回过头去看原起:"那你研究这个做什么,谁生病了?"

原起直接忽略了时迅的话,径直走到自己的行李箱前,把自己的行李重新整理好。而后他拿着书去书桌前,随口扯了句谎,堵住时迅的嘴:"我辅修心理学。"

时迅这才安心:"你什么时候对心理学感兴趣了?"

没回应。

原起已经重新翻开那本书。

可时迅刚才的话像山谷里的回声一般,不断重复,他一时有些烦躁。

这段时间,他和李医生经常交流,也阅读了相关的书籍,渐渐地发现,自己之前对于抑郁症的很多印象都是标签化的。

譬如刚刚时迅的话,也是对于这个群体的一种偏见。

并不是所有抑郁症患者都会采取极端手段,也并不是所有抑郁症患者都会将自己的病症外显出来。

而一想到这些标签会被烙印在黎嘉茉身上,原起就不由得烦躁。

"看到这个世界的黑暗,不想被这个世界改变,却又无法改变这个世界。走入了思想的困境,解脱不出,又说服不了自己,从而走入了情绪的绝境。

"有时候,他们也不想难过。只是太空虚了,觉得世界都是虚无,也就是所谓的空心病。这其实也是当代很常见的一种抑郁倾向。"

李医生的话在原起脑海里回响。

导致抑郁的原因有很多,每个患者的感受也不一样。

他在想,黎嘉茉会是哪种。

视线落在书页上,一页又一页频繁出现的"抑郁"二字灼伤了原起的眼,他的思绪有些飘摇。

每天训练结束后,原起都会躺在黑暗里,反反复复地思考。

他思考的,从来不是要不要远离黎嘉茉,而是该怎么更好地走近黎嘉茉。

于他而言,黎嘉茉对他的感情是水中月。曾经的一些幻想在那日被打破,以至于再次看到月亮也会怀疑是否只是黄粱一梦。

他怕一伸手，水里的月影会随波散去，天上的月亮也会无影无踪。

直到某个午后，隋妙语给他发了一张图片。

米奇妙妙屋：黎嘉茉的衣服挂在凳子上，不小心被我碰到了，有个东西掉了出来。

原起点开图片，喝水的动作停了下来。

图片里，是一条数字"7"的项链。

他盯着那张图看了许久。

久到心都泛软泛酸，他才回过神来，在输入框里打字：黎嘉茉呢？

米奇妙妙屋：拜托，我前几天都没在宿舍住。

米奇妙妙屋：我帮你问问。

原起并不是真的想问这个问题，毕竟现在是工作日的中午，黎嘉茉要么在吃饭，要么在教室里自习，不在宿舍很正常。

他只是太久没有提过这个名字。

他只是太想和别人提起这个名字。

在等待隋妙语回复的时间里，原起又一次点开那个茉莉花头像的聊天框。依旧是他的置顶，从来没有变过。哪怕是一颗心在无声中被撕得鲜血淋漓的那天，他也没有一秒想过要把她从置顶换下来。

等到隋妙语的回复。

米奇妙妙屋：我问了我室友她们，说她回家了。

原起一怔。

7：什么时候？

米奇妙妙屋：好像回去四五天了哎。

原起凝视着那两个数字，心脏忽地抽了一下。

米奇妙妙屋：哎哎哎。

隋妙语又发过来两张图片。

一张是她备注为"陶煦"的好友的朋友圈截图：国家一等奖，大家辛苦了（我们的主力嘉茉没来现场有点可惜）；另一张则是隋妙语和这个陶煦的对话截图。

她问黎嘉茉怎么没去现场。

对方回，她家里好像有事。

那条朋友圈，是四天前发的，这说明黎嘉茉至少离开四天了。

而黎嘉茉不是那种会找借口在家里长待的性格。

原起心一沉，放下手中的水杯，跑了出去。

原起是在前往机场的出租车上和教练请的假。

国家队集训请假要求严苛，无正当理由不会轻易批准，流程缓慢，可原起等不了那么久了。

和教练发完消息后,他重新点开和黎嘉茉的聊天框。

他发了三条消息,又拨打了三个微信电话,都没有回复和接通。

最后,他给辅导员发了私信,找辅导员要黎嘉茉的电话号码。

辅导员回复得很快,原起收到回复后,立即拨打了电话,但电子女音提示他拨打的电话已关机。

心中那股不好的预感似愁云一般越聚越浓,他坐在出租车后排,又一次开口让司机开快一点。

司机:"再快就超速了呀,小伙子!"

在飞机上,原起一直忍不住地胡思乱想。

辅导员告诉他,黎嘉茉的请假理由是"家中有事",却没说具体是什么事。

这样扑朔迷离的回答更让他心难安。

飞机降落,要到南山尾,还得坐一趟大巴。

取消了手机的飞行模式,忽视教练、熊虎跃、时迅等人的未接来电,他再次拨打了那个号码。

不再是"您拨打的电话已关机"的提示,而是没人接听的忙音。

原起的心稍稍安定些许——

手机开机了,至少说明黎嘉茉没事。

他继续锲而不舍地拨打,却始终都是打得通、无人接。

大巴在山路上摇摇晃晃,似乎晃到了几年前。

他和黎嘉茉说,他来过南山尾。

他没有骗她。

他确实来过。

第一次来,是初二,是来找她。

这次来,是大二,还是来找她。

山路颠簸,车身起伏,终于在某处停下。

下了车,原起沿着道路走了一会儿,却一直没看见出租车,才后知后觉地想起,这里大概没有出租车。

于是他转身,进了离得最近的一家小店。

店主是个戴着眼镜的中年妇女。

原起拿出手机,把从辅导员那儿要来的黎嘉茉的家庭住址放大,摆到她面前:"您好,请问您知道这地方在哪儿吗?"

店主循声望过来,扶着眼镜凑近,像是看不清,眯起眼睛,目光在那行字上缓慢移动。

"就是考上澄安大学的那个女生。"

原起出声提醒。

他看过黎嘉茉的答辩视频,知道黎嘉茉是南山尾近几年唯一一个考上澄安大学的学生,并因此接受过采访。

对于南山尾这样的小县城,这应该可以算是大新闻了。

果不其然,一听到他的话,店主就了然地"哦"了声,看了一眼原起,问:"你是她家亲戚吧?"

原起微愕,却还是点头。

"这条街一直往前走,走到第二个路口往右拐,有片房子,你到那边问一下就行了。毕竟她家出了那么大的事,应该好找的。"

说着,店主叹了口气,声音掐得尖尖的,听起来无比刺耳,每一个字都扎进原起的耳朵里。

"可怜的囡哦,从小那么懂事,念了这么好的大学,偏偏摊上那么个爸,现在又没了妈……"

原起的身子僵在原地。

浑身的血液往上涌,霎时间,他只觉得手脚冰冷。

那凝聚于心头的愁云终于破开,大雨落了下来。

他转身离开,朝大路的尽头狂奔。

在接到黎润电话的前一天,黎嘉茉刚和陶煦对完答辩演讲稿的终版。

为了不拖后腿,黎嘉茉每天都会打开录音把稿子背诵一遍,然后再一一揪出自己讲得磕绊的地方,反复训练。

终于,在定稿的那天晚上得到了陶煦的认可。

"嘉茉,你讲得很好了,到时候不要紧张,现场按这个发挥一定没问题。"陶煦笑盈盈地鼓励她。

因为她也清楚自己的进步,所以听到陶煦这话时,黎嘉茉心中涌出踏实的被认可感,知道这不是被人束之高阁的无故吹捧。

熬了几个大夜的身子似乎也不那么疲惫了。

骑着自行车回宿舍的路上,耳机里播放着喜欢的音乐,心中漾出这紧绷的几天里唯一一丝惬意——

学习于她而言,就是这样的解药。

黎嘉茉知道,会有同学在背后用调侃的语气称她为"卷王"。可他们不知道,那是她在巨大的焦虑中用于解救自己的救命稻草。

只有学习,她的空虚时间才会少一些,可以避免在无尽的空白中,沉浸于伤春悲秋的情绪里;只有学习,她的未来才会有很多的希望,可以弥补她起点的落后,从而让不敢停下来的焦虑感得到些许抚平。

每每这样的瞬间,她会觉得生命是有盼头的。

只是生活对她而言,似乎是一个苦难叠着一个苦难。

无数个自习后回宿舍的夜晚,无数个偷偷流泪又擦干迎接天明的夜晚。

黎嘉茉都以为,她是在战斗,直到一次又一次被生活轻易打败。

看到来电显示是"黎润"时,黎嘉茉选择直接忽视。她没接通,但也没挂断,只等着电话自动挂断。

而黎润似乎也很没有耐心,才响了几声铃,电话便被掐断。

直到另一道电话铃声响起。

来电人不在她的联系人列表里,但是号码显示来自她老家。

黎嘉茉依旧挂断。

大一伊始的时候,黎润在外头欠了钱,会把她的电话号码交给那些债主。那段时间,经常有来自南山尾的电话打来向黎嘉茉讨钱。

当她傻乎乎接通的时候,对面这样说:"你爸说你考上大学,县政府给你发了很多钱,先借他两万应应急。"

看着那串陌生的南山尾号码,黎嘉茉被扰得不胜其烦,最后干脆将手机关机,和整个世界隔离。

直到辅导员通过程诺联系上她,让她看下手机时,黎嘉茉才猛然意识到,这次应该不是黎润把她的电话交给债主那么简单了。

她隐隐猜到有什么不好的事情发生了。伴随着心中的不安,黎嘉茉又将手机开机。

手机屏幕亮起的瞬间,她看清了来自陌生号码的未读短信——

同学你好,我是南山尾县人民医院的医护人员。你的母亲头部受意外撞击,被送至我们医院抢救,目前情况不太乐观。你父亲说你不接他电话,所以让我联系一下你。

黎嘉茉在很小的时候,就意识到自己家和别人家不太一样。

比如就连义务教育阶段两百元的课本费,都能让她的父母在家里苦坐一晚,最后叹气,打开通讯录,去向某个亲戚开口借钱。

那时的黎润,还是个会关注孩子学习的父亲,还会为了女儿的学习担忧。他做些小本买卖,钱不算多,但是至少自由。

每次进货时,他会从店里带一箱牛奶回家,给两个女儿。那时的黎嘉茉没有自己的书桌,所以都是在餐桌上写作业,而黎润和李慧琴有时就会坐在旁边。虽然他们都不怎么识字,但仅仅是看着乖巧的女儿在学习,就觉得生活有了盼头。尤其是在黎嘉茉捧回一张又一张的奖状后,黎润总是要把奖状贴在墙壁上最显眼的地方。

因为知道为了让自己读书，爸爸妈妈要去亲戚家借钱；因为知道自己好好念书，可以让父母开心，所以，黎嘉茉从小就告诉自己，她要好好学习，未来回报父母。

可自从小学三年级起，事情的走向开始发生变化。

最开始，黎润是被别人拉着一起打麻将、打扑克，每天晚上打打输赢不过一两百；再后来，黎润就自己主动去往棋牌室，常常一坐就是一晚上，而至于每晚赔进去多少钱，黎嘉茉不得而知。

只知道黎润某天突然就不继续开店了，那个会在饭后坐在旁边看她写作业的父亲不见了，变成了只会在深夜回家的"旅客"。

某个寒假的晚上，李慧琴发现黎润把亲戚奖励给黎嘉茉的零花钱拿去打牌了，和黎润爆发了争吵："连女儿的压岁钱都拿去打牌，黎润你要不要脸？"

"我是向她借的！我赚回来会还给她！"黎润说这话时有些没底气，但还是继续大言不惭。

两人静默两秒。

李慧琴忽地叹了口气："你就踏踏实实做生意不好吗？我们没有赚大钱的命，就不要想那些了……"

"说说说，天天就知道说！"黎润不耐烦地打断她，"财神爷到家门口都被你说走了。"

"你年前那个店不是开得好好的吗？现在卖了，到时候开新店，又要去借钱，都三十几岁了还天天向别人借钱……"

"我自己会借，不用你操心！"

"你上次向我妹借的钱都还没还……"

未说完的话都被堵在黎润的一巴掌里了。

那是黎润第一次打李慧琴。

当时的黎嘉茉在假装睡觉，背对着争吵的大人们，只能从那清脆的耳光声和李慧琴不可置信的声音中推测出，妈妈被爸爸打了。

当时的黎润是个无业游民。

他不甘于做之前那样的小本生意，在几位从赌场中结识的"大哥"的"指导"下投资了几次，统统血本无归。

那之后黎润越发颓唐易怒。

他本就一身恶习，又在接连不断的创业失败中日益膨胀。

他变得越来越晚回家，家似乎已经不是他的家了，深夜时烟味缭绕、充斥麻将声响的棋牌室仿佛才是他的归属，所谓的"家"，不过是他午夜的落脚点。

每次回来，他都是醉醺醺一身酒气。

直到那天晚上,照例以酒代饭的黎润在酒气和怒气的双重刺激下,动手打了李慧琴。

当晚,李慧琴立刻搬回了娘家,带着当时还未满一周岁的黎嘉念。而黎润一人在客厅里沉默了很久,直到巨大的关门声传递出他离开的讯号。

他们好像都忘记了,在整个房子的最里间,还有一个大女儿。

那晚的黎嘉茉一直没敢睡。

她蜷缩在被窝中,忍不住地哭泣,她在想,爸爸妈妈是不是不要她了。

最后,黎嘉茉从床上爬起来写作业。

她想,只要自己乖乖的,好好学习,爸爸妈妈就不会不要自己了。

第二天,李慧琴又抱着黎嘉念回来了。

晚上,她来了黎嘉茉的房间,和黎嘉茉一起睡。

一天没看见妈妈、害怕妈妈将自己抛弃的黎嘉茉在看到妈妈的瞬间,心中生出失而复得的喜悦。当晚,她紧紧抱着妈妈,想把自己融进妈妈的血液里。

可事情在那天之后变得不可控了。

家暴只有零次和无数次,黎润的暴戾似乎在这样的冲突下日益激化。

李慧琴不止一次地离开过这个家,可最后都拎着行李回来了。

黎嘉茉的心情,也从最开始的希望妈妈回家、不要丢下她,变成了希望妈妈带着自己和妹妹离开,再也不要回来了。

最近的一趟飞机也是早上六点半。

赶回南山尾时,接近晌午。烈日晒顶,阳光落下来,却是冰冷的。

耸立而方正的高楼里穿梭着身着白大褂的医护人员。

这时候,外面是最热闹的时间,可这里静悄悄的。鞋底落在地砖上,脚步声在幽寂中回荡。

"嘉茉……"

姑姑是最早发现黎嘉茉的人,叫了声她的名字。

闻言,原先坐在长椅上,仰头等待的亲戚们都将目光投了过来。

小姨他们也轻轻地叫了黎嘉茉的名字。

黎嘉茉却恍若未闻。

她仰着头,视线一直盯着手术室亮起的红灯。她一步步地朝着那扇紧闭的门走近,终于在几寸之遥的地方站定。

雪白的墙壁上,那盏昭示着手术正在进行的红色灯泡,色彩明亮得过分。

像模糊的心脏,像飞溅而出的血液。

黎嘉茉盯着那抹红看了很久。

周遭静到好像能听见手术室内仪器运行的声音。

被黎嘉茉忽视后，她的姑姑就站在一旁，眼神复杂地看着自己那神情恍惚的侄女。良久，她终于看见黎嘉茉缓缓侧过头，用轻到几乎听不见的声音问："怎么回事？"

话音落下，空气静了几秒。

姑姑突然不敢去看自己的侄女。可因为没人出声，她只得硬着头皮回："你妈妈不小心从楼梯上摔下去了，撞到脑袋了。"

可黎嘉茉抓住了那几秒的停顿。

原本有些飘忽的眼神倏然定格。

"摔下去？"她喃喃地重复了一遍这三个字，目光像是一双无形的手，死死扼住在场每一个人的咽喉，"怎么摔下去的？"

回应她的是一片沉默。

无端的恐惧随着一个猜测在这片寂静中蔓延。

黎嘉茉觉得自己要呼吸不了了。

"我妈妈……"

这三个字出口，她却再也说不下去。

突然涌出的泪水在眼眶里汹涌，只一个眨眼的瞬间，泪珠便扑簌落下。鼻腔好似被堵住，黎嘉茉再也发不出除了抽气的声音。

一句话被泪水砸得支离破碎，黎嘉茉抽泣着，抬头，目光扫过在场的每一个人。声音在哭泣的呜咽中逐字拔高，她近乎崩溃："我妈妈是怎么摔下去的？"

姑姑上前，想要伸手抱住她，却被黎嘉茉颤抖着推开。

那句询问像是抽干了她浑身的力气，泪水止不住地往下流，她在一片混沌中，字句破碎地喊着"妈妈"，声音沙哑不清。

谁也没听清。

在手术室内躺着的李慧琴也听不见。

再后来，黎嘉茉渐渐没了力气。

她张开唇瓣，干涩的唇间是发不出声的两个音节。

她终于注意到了在手术室门口站着的一声不吭的黎润。隔着模糊的眼泪，大脑中的某根神经瞬间被连上，和过往那一道道狰狞的伤疤联系在一起。

不知是从哪儿来的力气，黎嘉茉忽地冲上前，拽住黎润的衣领："是不是你！"

黎润的个子不高，此时佝偻着背，被黎嘉茉一拽，猝不及防地往前趔趄。

"嘉茉！"

"小茉！"

一旁的亲戚们都被她这突然的动作吓了一跳，纷纷惊呼，想上前分开两人，可最后都停在原地，一步也不敢上前。

黎嘉茉睁大双眼，整宿没睡的眼睛里已布满血丝。她拽着黎润的力道越发收紧："是不是你！啊，是不是你？"

"你说啊！你是不是又打她了！啊？"

可这次，黎润一直没有甩开她的手。

黎嘉茉情绪激动，她控制不住自己，只觉得心跳飞快，每一下都像是将血肉翻出来，对准沾了盐的刀尖。

她觉得自己的耳朵和鼻子都是痛的。

"姐姐！"

一直窝在小姨腿上睡觉的黎嘉念终于被争执声吵醒。

她睁开眼，看见了自己的姐姐，立刻飞奔过去，抱住黎嘉茉的腿："姐姐！"

黎嘉茉这才回过神。

她擦干泪，颤颤巍巍地俯下身，抱住黎嘉念，声音微弱："嘉念，嘉念……"

她一遍又一遍地喊着黎嘉念的名字。

此时，黎润的脸上生出了新长的胡楂，也是一夜未眠的他眼下乌青。

他垂眸，看着因为站不稳、几乎要在自己面前滑跪的大女儿，和被大女儿紧紧拢在怀里的小女儿。

那两张和自己有三分像的面孔，此刻涕泪横流。

后悔和不安在这时再度撕开了黎润的心。

在巨大的悔恨和绝望的平静中不断交替的黎润此时再也无法平静，他的身子也跟着颤抖起来。他那有些皲裂的唇瓣颤动着："嘉茉……嘉茉啊……"

不知过了多久，黎嘉茉才迟钝地转过头，双目赤红地看着面前的男人，在很小的时候，被她真心视作过"超人"的人。

此刻，他单薄的脊背佝偻着，五官紧紧皱在一起，黎润的哭声像是从很远的地方传来——

"嘉茉啊，爸爸做错了，爸爸对不起你妈妈，爸爸对不起你们……"

直到手术室的门被人打开，众人的目光纷纷落到那敞开门的充满未知的手术室里。

有医生从里面走了出来，黎嘉茉坐在长椅上，怀里抱着安静的黎嘉念，竟一时忘了反应。

直到姑姑上前，用目光向医生询问。

医生摘下口罩，摇了摇头，淡声道："节哀吧。"

出于身体的自我保护机制，是不是过分悲痛的记忆会被遗忘，黎嘉苿的脑海里再也记不起关于那几天的细节，只记得那种痛彻心扉的感觉。

她好像在李慧琴的尸体旁跪了一宿，执拗地不让他们把她推走。

她好像无力地扯动干涩到发疼的嗓子，冷眼看着黎润，用此生最恶毒的语气问，为什么死的人不是他？

那几天，黎嘉苿吃不下饭，睡不着觉，似乎连眼泪也流不出来。

偶尔有意识的时候，胃里便翻江倒海，产生强烈的呕吐感。

她好像报了警，去派出所做了笔录，看他们把自己住了十几年的屋子封起来，又解封。她看着黎润被铐走，看着警车在自己面前来来往往地穿梭，直到一个女警察在她面前蹲下，安抚她。

女警察身上有和李慧琴很相近的气味。

是一种只属于母亲的气味。

黎嘉苿终于又哭了出来。

那几天，她和黎嘉念一起住在小姨家。

直到她们的家被解封。

黎嘉苿出了门。

越靠近家的时候，她越平静。

楼梯间的血迹已经被擦干，可是糟乱的房间还没有人来打扫过。

推开门，是满地破碎的啤酒瓶。

桌上是凉透的饭菜。

看着没有被收拾的凳子，黎嘉苿想，妈妈应该是坐在最右边的位置。

那天，黎嘉苿在屋子里坐了很久。

她先是坐在客厅的沙发上，最后走进了李慧琴和黎润的房间。

床头摆着两人的婚纱照。黎嘉苿拿起，对着李慧琴年轻时的面孔，混浊的泪掉了下来。她伸出手，轻轻抚过李慧琴的脸庞，指尖触碰到的却是相片的冰凉。

泪水在相框上洇开，恰好模糊了婚纱照上李慧琴笑意盈盈的脸。

这段二十年的婚姻里，李慧琴开心的时候有多少呢？

李慧琴和黎润的婚姻是不被李慧琴父母认可的，可当时的李慧琴未婚先孕。

李慧琴和黎嘉苿说过，她当时已经躺在做人流的手术台上了，可最后还是离开了。

"这是妈妈这辈子做过的最正确的决定，"和她说这件事时，李慧琴的声音轻轻的，无限柔和，"不然就没有嘉苿这么好的女儿了。"

黎嘉苿抱着那张照片，倒在床上，像刺猬蜷缩般将自己紧紧环住，泣不成声。

这明明是她这辈子做过的最错误的决定。

如果最开始，最开始就没有她，是不是后来的这一切都不会发生。

如果那几天，她能发现李慧琴的沉默，知道讨债的人找上了门，让一家人不得安生，是不是黎润和李慧琴就不会爆发争吵，这个结局是不是也能避免。

四肢随着她哭泣的力度抽搐，她像是要哭死在床上了。

一切都是她的错。

如果不是她，妈妈就不会死了。

泪水干涸，黎嘉茉倒在床上，耳边有一道声音回响：一切都是她的错。

她慢慢爬起来，才发觉自己哭了许久，天色暗了下来，屋子里阴沉沉的。就着微弱的光，她隐约看清散落在客厅的玻璃碎片。

她很怕疼。

小时候每次打针，都要疼很久。

可是当尖锐的玻璃碎片抵住肌肤时，她什么感觉也没有，一点也不痛了。

直到鲜红的血珠从细小的伤口冒出，黎嘉茉才慢慢回过神。

这间屋子是他们租的。

房东一家人很好，很少来催促他们迟迟交不上的房租，在黎润对李慧琴拳打脚踢的时候，也常来劝架，还把她和黎嘉念接到他们家中小住过几天。

她想死也不能死在这里。

于是黎嘉茉放下了手中的玻璃碎片。

她好像已经没有思绪了，只是被一些自己也说不清的意识支配着。她也不哭了，仿佛又有了力气，拿起了家里的扫帚，把这一地狼藉清扫干净，把屋子收拾得干干净净的，像李慧琴在时一样。

干完这一切，太阳已经快下山了。

天色慢慢变暗。

黎嘉茉站在窗边，望着天边的火烧云，内心生出虚无的宁静。

直到天空被染成了血红色，远远眺望，可以看清南山的轮廓，和缀在其间的路灯。

荒芜的心中就这么生出一个无比清晰的念头——

她不想活了。

黎嘉茉关上了窗，切断了外面那本就微乎其微的光。

她又在即将走出门前，返回她的卧室。

床头摆着有些洗旧了的小兔公仔，那是李慧琴在她十二岁生日那年送给她的。

　　南山尾很小,但是从她家到南山,还是有一段路要走,乘坐公交车是最好的选择。
　　可黎嘉茉还是选择了走路。
　　她路过沿途的所有风景,一步一步地向落日的尽头走去。
　　她的大脑空空如也,却仿佛被所有喧嚣充斥着。她不能想任何事,也没有想任何事,几乎是凭借着本能和无须回忆的记忆,走到了南山的山脚。
　　山脚处的路灯年久失修,忽明忽暗。
　　黎嘉茉从口袋里摸出关机了一天的手机,忽视了所有的未接来电和未读消息,点开和李慧琴的对话框。
　　看着一周前那一分钟不到的语音通话,她的心脏像是被剜去了一个洞。
　　她又点开文件传输助手,拍下这山路的入口,发送了一条无人接收的消息,写明她是自杀的,和任何人都没有关系。
　　直到屏幕上跳出一通电话。
　　虽然没有打过,但是她早就从班级群里存下了这个号码。
　　黎嘉茉的心有瞬间的颤动,可最后,只是把手机重新放回口袋,任凭手机在她的口袋里"嗡嗡"振动着。
　　之前,她一直觉得南山很高。
　　可今天她觉得一下就爬到顶了。
　　站在山顶,视野开阔,仿佛对面就是金乌坠落的海。
　　黎嘉茉攥紧手中的公仔,这是她能感受到的唯一温度。她的手脚是冷的,心是冷的,荒山野岭的晚风也是冷的。风吹过,卷起落叶,她的生命也似悬在枝头的黄叶,即将飘落在毫无生机的秋色里。
　　她盯着那片叶子看了很久,直到它终于落了下来。
　　黎嘉茉向前走了一步。
　　风吹过她的耳边,她再往前,便是不见底的深渊。
　　可她一点都不怕,又向前走了一步。

　　忽地,从山的对面传来声响。
　　黎嘉茉抬头。
　　一道白光像巨大的子弹,腾空而起,飞升至空中。
　　下一秒,在天幕间绽开灿烂花火。
　　那枚子弹正中黎嘉茉的心脏。
　　她蓦地停下脚步。
　　璀璨的烟花在此时不合时宜地绽放,像流星划过天际,与晚霞相得益彰。

仿佛是在她生命尽头出现的奇迹。

她就这样凝视着山丘对面的苍穹,等待着烟花燃尽,她也能了无遗憾地死去。

"黎嘉茉。"

却像是出现了幻听。

黎嘉茉的身形一抖,而后顿住。

她不敢相信,更不敢回头。

直到那人又叫了一遍她的名字。

"黎嘉茉。"

这次,叫得大声了些。

声音里的喘息也被放大。

远方的天空又炸开一朵烟花,在欲熄未灭的暮色中格外绚烂,似乎要将整个世界照亮。

黎嘉茉回过头。

那黑魆魆的山路间,站着原起。

他的面孔被突然绽放的烟火照亮,在这荒野间,像是她的幻觉。

黎嘉茉的心脏开始颤抖,原先已经干涩的眼睛,瞬间又流出了眼泪。

泪水滑过她的嘴角,她尝到咸味。

她看见原起一步一步朝她走近,胸膛还因方才剧烈的奔跑而起伏未定,可锁在她身上的眸光,却是无比坚定。

身后,依旧是烟花声,和退一步就到达的悬崖。

而身前的一片漆黑中,只有他。

原起的眼睛在夜色中微微发亮,一动不动地凝视着她。

风声呼啸,烟花落尽。

"黎嘉茉。"

在将要熄灭的天色里,在盛大落幕的烟花里,她听见他的声音:"我在这里,你要去哪里?"

南山尾只有一条主路,笔直地连接城南与城北。

也因此,那天傍晚,只要是在街道上出现过的人,都能看见一个面孔陌生的男生在马路上大步奔跑。

像是在追赶即将沉入海底的太阳,生怕跑得慢了,就要捉不住阳光。

黎嘉茉家里出了那么大的事,所以只要稍微打听,便能找到她家。

原起找到了黎嘉茉的家门口,但那房门紧闭,他打不开。他疯狂地拍门,无人回应,最后,他转身去敲了对面的门。

幸好，对面的人在家，帮他联系上了房东。

房东就住在这幢楼，接到电话后，以为是黎嘉茉家又出了什么事情，放下烧了一半的晚饭，匆匆从楼上赶下来，给原起开了门。

进门的瞬间，原起就觉察到了不对——这间屋子太干净了。

在等待房东下楼的时间里，他已经从邻居口中得知了黎嘉茉家大概的情况。

倘若真如邻居所言，上黎嘉茉家讨债的人是在晚饭时间破门而入，她的父母是在屋内发生的争吵，那屋子里绝不可能如此整洁。

怀着焦躁不安的心情，他瞬间想到了各种可能。

望着这整洁却了无生机的房间，原起第一次从内而外生出了无力的挫败感。

直到霞光照了进来。

原起倚在门口，喉间堵塞。他颓丧地一抬眸，透过玻璃，看清了远处似野兽蛰伏的山峦，山脉被落日余晖照得金黄。

记忆的断珠在这时纷然落下。

被沉默不语的人突然拉了一下，房东吓了一大跳。他下意识地转头，对上那双急切的眼睛，听见这位相貌俊朗但模样有些狼狈的男生低着嗓音，迫切地问他："请问那座山叫什么名字？"

什么山？

房东一时不解，却在原起的眼睛里看见了答案。

他顺着那道目光，看向窗外那座遥遥不见首尾的山，他"哦"了声："那是我们这儿的南山。"

南山。

原起突然想起黎嘉茉送给他流沙相框时，说的话——

"不开心的时候，你只要去南山，把心事说给山神听，他就会帮你解决这些烦心事。所以我之前特别难过的时候，真的会费很大力气爬上这座山，心情好像真的会莫名其妙好一点。"

原起之前来过南山尾，也去过南山。

他知道，坐公交车过去，要比走路过去更快到达。

他点开地图，一路跑到最近的公交车站。

他曾经偷偷埋怨过的上天，却在今天为他送来了好运——

他和前往南山的五路公交车一起抵达站点。

公交车在坎坷的石子路上起起伏伏，原起的心脏被震得颠簸。来到南山尾之后，他一直在跑，此时停下来，整个身体却开始止不住地颤抖。

攥着手机的指节用力到泛白，他点进和黎嘉茉的聊天框，一次又一次地拨打无人接听的电话，在得不到任何回应的忙音中逐渐走向希望的尽头。

他的脑海中,像是走马灯一般,快速闪过他和黎嘉茉相识的一幕幕,想到她朋友圈背景的那簇烟花。

在公交车上,原起报了警,之后给父亲的烟花厂商朋友打了电话。

挂断电话的那刻,残阳落在玻璃车窗,窗外是飞速倒退的婆娑树影。

黎嘉茉说,南山是被神庇护的山。

那是原起平生第一次生出如此荒诞而无逻辑的念想。

倘若世界上真的有神,能不能保佑,一场烟花雨能将她留下。

直到看见了那道熟悉的身影。

他想:南山,真的是被神庇佑的山。

在来的路上,原起想过很多种话术。

该怎么开口,又该用什么样的语气。

可当真正看到黎嘉茉的那一秒,所有的设想都被原起抛到脑后。

因为剧烈的奔跑,心脏在胸腔内疯狂跳动。

他对着那道身影,干涩的嗓子艰难出声:"黎嘉茉。"

他看见她的身子颤了下。

天色燃尽,她在暗夜伊始的混沌尽头,转过身。

她的背后是无穷的黑暗和无底的深渊,那最后落下的烟花垂死前挣扎着闪烁,照亮整座山丘,也照亮她的面孔。

他看见那张他想要触碰却频频收回手的面孔,看见她眼角的泪滴。

原起无意识地上前,当他离黎嘉茉越近,那颗心也越酸胀。他终于在她面前站定,俯下身,看着她的眼睛,觉得她眼角的泪像是滴进了他心里。

原起的眼眶发涩,看着黎嘉茉的眼睛一眨不眨,纵使风沙吹进他的眼里。

他怕他一眨眼,她就会消失不见。

"我在这里,"原起张开唇,忍住眼眶里的泪,有些艰难地出声,"……你要去哪里?"

话音落下,站在他面前的黎嘉茉忽地哭出了声音。

那哭声像是玻璃,扎进原起的心中。他终于压抑不住,伸出手,将黎嘉茉拉进了怀里。

她的脑袋紧紧贴着他的肩膀,口中发出含混不清的哭声。冰凉的眼泪濡湿了他肩上的衣物,凉意渗进他的身体里。

覆在她后背的手倏地收紧,原起把黎嘉茉紧紧拥入怀中,下巴轻轻抵着她的发,那双手和她的身体一起发抖,却倔强地抚着她的背。

他的心随着她的哭声颤动。

173

黎嘉茉攥住他衣角的手越发用力，那哭声也终于从呜咽中破出，成了清晰的绝望："我……我没有妈妈了……我没有妈妈了……"

那天，黎嘉茉哭了很久。

直到她再也哭不出，才在原起的怀里慢慢平静下来。

山路崎岖，她没有力气再往下走。

两人谁也没开口，无声寂静中，原起在她面前蹲下。黎嘉茉的大脑一片混沌与空白，她的身体却不由自主地倚靠他，朝他的背覆了上去。

快要到十五了，月亮很亮。山间有路灯，和月光一起，将前路照亮。下山的路，偶有虫鸣，更多的是一片阒寂。

黎嘉茉一直没说话，只是脊背上传来的温度，她呼在他脖颈间的热气，他手上拿着的她刚刚不小心掉落在地的兔子公仔，都能让原起真实地感受到，她还在。

终于，黎嘉茉在山脚的路口开了口。

她语气平静，声音哑涩："我自己走吧。"

两人一起走了很久。

都是原起跟着黎嘉茉在走。

月光在他们的脚下辗转为碎片，记录着他们无声向前的脚步。

直到原起从黎嘉茉前进的方向和越发眼熟的街边风景中意识到，她是在往家的方向走，他才终于出声将她拦住。

黎嘉茉抬眸看他。

她的面容很平静，一双眼睛里写满了死寂，此时，像是有些不解。

原起的唇瓣动了动，开口："你妹妹呢？"

"妹妹……"黎嘉茉先是重复了他的话，几秒后，才后知后觉地反应过来，那双眼里终于有了些许波动。

她像是自言自语，低声喃喃："在小姨家。"

"那我们去你小姨家。"

可黎嘉茉又不说话了。

她的脑袋低了下来，沉默了几秒，她再度开口，声音依旧很轻，却带上了一些执拗："我想回家。"

原起抿着唇，凝眸看她。

可黎嘉茉的脑袋一直垂着，不看他。

终于，原起开口："好，那就回家。"

走到楼下的时候，却发现屋里的灯亮着。

原起看见黎嘉茉短暂地抬头望了眼,可她什么也没问。

走到家门口,坐在客厅里等待的民警和房东看见黎嘉茉,全部拥了上来,他们还没开口,就被随后跟进来的原起拦下。

原起用眼神示意房东,让他帮忙盯着黎嘉茉。而后,他偏过头,低声对民警说是他报的警。

和民警确认没事之后,原起才往屋内走去。

房东看见原起进来了,朝洗手间睨了眼,示意黎嘉茉在里面。原起朝房东颔首,表示感谢,而后就站在门外等。

洗手间的门被关上,他看不见里面的情况,只能一直听着里面的动静。

终于,那道门被打开。

黎嘉茉已经洗漱好,身上有很淡的牙膏味。

她的眼睛仍旧发肿,是哭过的痕迹。可人像是平静了下来,和站在门口的原起对视一眼,又折回去,从洗手台的柜子里取出全新包装的牙刷,递给原起:"没有多的牙杯了,我去拿喝水的杯子给你。"

原起接过牙刷,那个"好"字堵在他的喉间,却怎么也说不出来。

因为他看清了她手腕间的伤痕。

仅一瞬,原起便收回目光。

他不想让黎嘉茉发现,他注意到了那个伤口。

他的视线随着黎嘉茉的身体移动,看她从茶几上仅剩的两只玻璃杯中取过一只,给他。

"你洗吧,我去铺床。"黎嘉茉语气疏淡,说完,便转身离去,往房间走。

原起没敢关洗手间的门,一边刷牙,一边朝房间里看。

他透过窗户上的影子,确保那道身影一直在动作。

直到黎嘉茉抱了一床被子出来,问他要睡哪儿。

"我家只有两张床……"黎嘉茉言简意赅,但原起读懂了她话后的停顿——

一张是她的,一张……是她父母的。

原起直接从黎嘉茉的怀里接过被子,尽量表现得自然而平和:"我可以打地铺。"

两人对视几秒。

黎嘉茉淡淡地"嗯"了声,转身进了自己的房间。

原起跟在她身后,在门口踌躇了一会儿,听到黎嘉茉说"你直接进来吧",才敢踏入。

黎嘉茉已经从衣柜里搬出多的床褥,给他铺到了地上。

原起又将那床被子盖了上去。

空气再度静了下来。

175

接下来，黎嘉茉问他要不要洗澡。原起说不用了，毕竟他什么都没带。

"那我关灯了。"

其实现在才刚过九点，但原起只顿了两秒，便说："好。"

他上前，把那只揣了一路的公仔递给黎嘉茉："你的小兔。"

黎嘉茉身形微顿，然后抱着那只兔子公仔爬上了床，伸手去摁床头灯的开关。

世界就这样静了下来。

原起躺在地上，坚硬的地板隔着薄薄的床褥硌着他的背，可他察觉不到。黑暗中，他的所有感官都汇聚到了视觉上，看着那张床。从他的角度，只能看见一团微微隆起的被子。

黎嘉茉像是睡着了，因为那被子一动不动。

可原起一直睡不着。

他凝视着那团凸起，心始终静不下来。

不知过了多久，原以为睡着了的黎嘉茉却忽地开口，声音落在漆黑一片的屋子里，格外清晰。

"原起。"

原起立刻回："嗯。"

却又没了声音。

过了几秒，他听见黎嘉茉翻身的窸窣声响。

再后来，又安静了下来。

这下，她好像真的睡着了。

长久的平静后，在无声的夜里，原起终于有了睡意——

毕竟他今天几乎没怎么休息过，又一路奔跑。

可他的神经放松不下来，以至于轻微的声响都能让他立刻从朦胧睡意中惊醒。

双脚刚刚触到地面的黎嘉茉注意到原起翻身的动静，在黑暗中看了过来，低声问："我吵到你了吗？"

原起呼了口气，说："没。"

似是反应过来他为什么那么紧张，黎嘉茉解释了一句："我口渴，想喝点水。"

"我去给你倒。"说着，原起也要起身。

又被黎嘉茉一句话堵了回去："你不知道我家的烧水壶放哪儿。"

但他还是跟在黎嘉茉的身后，看她在没有开灯的房间里穿梭，借着月光接满水，将水壶放置在底座上。

月色很安静，透过玻璃，映出幽蓝的光，落在地上，也落在他们身上。

烧水的声音在安静的夜中显得格外轰烈。

原起站在一旁,借着微弱的月光,看黎嘉茉把烧开的水倒在冷水壶里。等了一会儿,才把变凉了些的水倒进水杯里。

刚好还剩两个杯子,她便都倒满,递了一杯给原起。

他们没有说其他的话,就这样喝完水,又回到卧室。

看着黎嘉茉重新爬上床,原起也打算重新躺回地铺,却听见身后的人开口:"原起。"

他再次转身。

卧室里光线很暗,月光也被窗帘阻隔,他看不清黎嘉茉的神情,只能看见她那双在黑暗中有些亮的眼睛。

她的语速很慢:"我会好好睡觉的。"

原起愣了下,而后反应过来黎嘉茉是在让他放心,于是"嗯"了声,柔声道:"我也是。"

微顿,他又说:"晚安。"

黎嘉茉也回他:"晚安。"

黎嘉茉很难得地睡了一个还算安稳的觉。

醒来时,看着阳光从没拉好的窗帘缝里照射进来,她有些畏光地眯起眼,良久,才缓缓睁开眼。

她就这样盯着那缝隙中的光亮,沉默地躺在床上,听着自己的心跳,让时间在无声中被无限拉长。

直到卧室的门被人推开。

原起进门的声音很轻。他走到床尾便止步,往床头的方向看,第一眼还以为黎嘉茉没醒来,第二眼才看见她睁着眼睛,只盯着一个方向,纵使听到了他开门的声响,也无其他反应。

原起没上前,就站在原地,朝床头的方向静静地凝视了一会儿。而后,他才轻声问:"你饿吗?我买了早饭。"

不知过了多久,终于听见黎嘉茉轻轻地"嗯"了声,缓慢道:"我马上来吃。"

原起微顿,上下唇瓣相触,最后从喉间滚出一个"好"字。

退出房间前,他又朝着屋子里补了句:"我等你一起吃。"

随后,是轻到几乎听不见的关门声。

原起把所有动作都放得很轻,仿佛力度稍大,便会惊醒什么。

听见那道关门声之后,黎嘉茉还是保持着原来的姿势躺在床上。

她盯着那缕阳光,直到光晕流成线。心脏在胸腔内"突突"跳着,血液也在她体内汩汩流动,可她在这间熟悉的屋子里感受不到任何温度。

177

但是，原起还在等她吃饭。

这样想着，黎嘉茉心头微动，她想起来，可身体仿佛被一股重力压住般。

她使不上力，就连"起床"这个简单的动作，都让她觉得恐惧而疲惫。

最后，终于在某个瞬间，那压在她身上的重量似乎有一刻减轻。黎嘉茉感知到这一刹那，在心里逼了自己一把，最终用尽全部力气支起自己的上身。

迈出起身这一步后，后面的动作便显得容易了。

她下了床，走出房间的同时，感知到有道视线从客厅的方向投来。可黎嘉茉将其忽视，进了洗手间，安静地洗漱完，才走到客厅。

茶几上，堆满了原起买的早餐。

他像是把附近能找到的早餐店都买了个遍。

"午餐都可以一起吃了。"

突然听见黎嘉茉出声，原起没反应过来，有片刻的停滞。

他抬眼，看向坐在他对面的黎嘉茉。她垂眸，嘴角似乎挂着一抹很淡的笑，拆开了一次性筷子，拿过他摆在一旁的碗。

可原起的心并没有因为黎嘉茉唇边的弧度而放松下来。

但他仍旧配合着黎嘉茉的语气，问："你中午想吃什么？我去买。"

黎嘉茉淡声回："去小姨家吃。"

说着，她看向原起："你一起来吧。"

原起点头："好。"

此外，两个人便没什么过多的交流。

吃过饭，黎嘉茉去给手机充电。

除了辅导员和原起，没有人知道她家发生了什么。知道她这几天请假不在的同学也不多，消失了这么多天，也只有室友和陶煦发来问候，但她们的消息也在得不到回复后停止，未读消息数量大多停留在"2"或者"3"。

只有一个聊天框，小红点上显示的数字格外显眼。

黎嘉茉的目光一直落在那个红点上，可她没有点开那个对话框的勇气。

她抬头，朝正在清理桌面的原起睨了眼。

她家的层高不高，而原起净身高接近一米九，显得这间屋子越发逼仄。他此时俯身，仿佛一站直，头就能碰到天花板。

黎嘉茉终于点开了那个对话框。

最下面几条，都是没接通的语音电话。

再往上，是昨天中午的消息。

7：黎嘉茉，听说你请假回家了，是发生什么了吗？

7：如果需要的话，可以找我帮忙。

中间撤回了两条消息。

只留下——

7：黎嘉茉？

他应该是昨天中午知道她请假回家的。

而在傍晚，他便出现在了南山尾。

原来这一切，都是在这么短的时间里发生的。

可为什么她觉得过了那么那么久。

原起已经清理完桌面，他从厨房里找出了抹布，正在擦拭桌面。

可黎嘉茉突然不敢去看他。

她坐在沙发上，目光紧紧盯着手机屏幕。

手指再往上滑，是她刚得知母亲出事的那晚，在手术室门口心如刀割的时候，错过的长消息——

7：黎嘉茉，这几天我想了很多，觉得有些话，现在不说，可能永远都不敢说了，所以还是写在了备忘录里，一口气发给你。如果有错别字，不是我不认真对待这些话，而是我不敢看第二遍，我怕我的勇气会在迟疑里消失。

和你猜的一样，我喜欢你。我不记得那天你和我说完这个猜测（我也想不到其他的定义了）并给了我答案后，我的反应是怎么样的了，但应该不太好，希望你没有因为我不好的反应而自责——但是你大概率会吧。对不起，当时，我确实没什么心情考虑其他了。如果能重来，我不会再选择这么幼稚的处理方式，把与你无关的情绪加诸于你身上。最近几天，我想来想去，觉得自己的逃避和心里的委屈很可笑，或许我最应该和你说的，不是我喜欢你，而是对不起。因为一些好像有些过分良好的自我感觉，从而给你带来了困扰，很抱歉，真的很抱歉。

我最近在外地集训，接下来很长一段时间，你都不用和我碰面。所以你可以照常去上课，照常去接水，不用担心碰见我。这些见不到的日子，就当给彼此一个调整空间吧。希望我集训回来后，我们还可以正常相处，就像朋友那样。如果可以的话，你可以回我一个"1"；如果不可以的话，你不用回复，我就懂了。谢谢你读了这么多的字，打扰了。我要熄灯了，你也好好休息，晚安。

但是那天，她没有看见这条消息，自然也没有回复。

这篇占据整个屏幕的小作文之后，是双方长达几天的沉默。

那几天里，其实不止她一个人在煎熬。

睫翼开始颤动，呼吸的声音慢慢加重。

一滴泪落在手机屏幕上，溅开水花。

黎嘉茉赶紧揩掉自己的眼泪，将身子转了个方向，背对原起，不让他看清自己这边的动静。

不管读了多少书，不管经历了多少大人都没经历过的苦难，可到了这样的时刻，黎嘉茉也只是个没有走出过校园的学生。

什么时候办丧礼、该怎么办，她对这些毫无了解。前两天她更是浑浑噩噩，等有了意识后想到的第一件事也只是寻死。

还好有小姨和外公外婆帮衬着。

接下来的几天里，黎嘉茉很忙，忙到没空产生过多的情绪。

而原起一直陪在她身边。

她有时在小姨家留宿，有时又回到自己家。

她去哪儿，原起就去哪儿。

外公外婆年事已高，小姨一个人分身乏术，黎嘉茉也有些力不从心。这时候，多个人的好处立刻体现了出来。

丧礼的前一晚，黎嘉茉躺上床，盯着那片黑暗，睡不着。

她总是很害怕这样寂静的深夜，有一种被世界遗弃的感觉。

可幸好，至少现在的她，不是一个人。

"原起。"

"嗯。"

原起的声音从地铺传来。

"明天你就不要来了吧。"

说这话时，黎嘉茉的语气很淡，仿佛她只是在平静地陈述一件无关痛痒的小事。

这几天麻烦了原起很多。

可再怎么麻烦他，黎嘉茉也不想让原起掺和到这里面来。

毕竟这算不上什么好事。

而且，她不想让他看见。

静了很久，她才听见原起低声回应："好。"

凌晨四点，鸡鸣才起，天还是黑的。

黎嘉茉爬下床，看见原起躺在地上，合目，面色宁静，像是还在睡觉，便把动作放得很轻，怕把他吵醒。

可当她洗漱完，换好衣服，从洗手间出来时，还是看见了茶几上摆着的热馄饨。

简单地用过早餐，黎嘉茉就在楼下等小姨和黎嘉念。

毕竟，这个家，才是李慧琴生前生活的地方。

南山尾是经济落后的小县城，大家关于丧葬的礼仪还停留在保守的旧时期。因此没有像电视剧里那样大家身着黑衣在墓地里低头流泪的画面，而是请了人唱丧歌，在悲戚尖锐的奏乐中，抬着李慧琴的棺材，从南山尾的街头走到巷尾，她的这一生就算这样过去了。

妹妹的小手被黎嘉茉攥在掌心里，是温热的。

黎嘉茉牵着妹妹的手，走在队伍的最前面，陪妈妈走完了最后一段路。

可灵堂没有设在家里。

这是黎嘉茉的意思。

外公外婆住的房屋的一楼仓库被清理干净，摆上了李慧琴的遗照和花圈。黎嘉茉跪在灵堂前，看着被放在正中的灰白照片，一滴泪无声地从眼角滑落。

黎嘉念的哭声在耳边回荡，可黎嘉茉哭不出声了。

沉默的泪水模糊了她的视线，照片上李慧琴的面容也变得模糊不清。

她颤着身子，对着李慧琴的照片磕了头。

照片里的李慧琴，静静地注视着她视作这辈子最大骄傲的大女儿。

黎嘉茉低着头，肩颈止不住地耸动。

她死死咬住嘴唇，不让哭声漏出来。

妈妈，把这一切都忘了吧。

下辈子，一定要去很好的人家。

一定要过得幸福。

那天，原起哪里也没有去，就坐在黎嘉茉家中等她。

他已经和教练解释了自己离开的原因。但由于国家队集训对于请假之类的规定很严格，教练已经在催促他回去了。

原起只当没看见。

客厅里，摆着一张黎嘉茉和黎嘉念的合照。

是李慧琴带着两个女儿在路边不起眼的照相馆拍的，背景是假到夸张的橙黄壁纸，小小的黎嘉念趴在地上，小学时期的黎嘉茉蹲在一旁。

没什么动作设计，可两个人都笑得很开心。

照片里的黎嘉茉，皮肤雪白，眉眼弯弯，头发是低低的马尾，衣服也是很大众的款式，可整个人明媚又灿烂。

仔细回想，他好像从未见过她这样真心快乐的模样。

原起对着这张照片看了一天。

当星月高挂，有开门声传来，他立即往玄关处看去。

黎嘉茉的袖子上别了一朵小白花。

感受到原起望过来的视线，她有气无力地扯了下嘴角，露出一个很淡的笑，是在告诉他，她还好。

那晚，他们还是躺在一间屋子里，依旧是一个在床上，一个在地上。

但早上被拉开的窗帘忘了关，大片月光洒进卧室。

原起刚在地铺躺下，便看见被月光镀了层白霜的墙。

他想起身去拉窗帘，动作却被黎嘉茉的声音打断："没我想的那么累。"

原起的动作顿住，才仰起的身子又躺了下去。

他翻了个身。

其实从他的角度，还是只能看见隆起的被子，但只是看着那团被子，也能让他更加安心——

有一种真的是在和黎嘉茉说话的感觉。

"丧礼吗？"

他虽然知道答案，但还是这样问。

黎嘉茉"嗯"了声，这几天都不怎么开口的她像是突然有了讲话的兴致，开始和他叙述今天一天的流程。

她自顾自地说，他很安静地听。

黎嘉茉说这些事时，不带什么情绪，语气板正，像流水账一般。

可原起没漏掉一个字。

终于听到黎嘉茉说关上灵堂的门。

她的声音又蓦然消失，顿了很久，才再度响起："我才知道，原来我家有那么多亲戚。"

说到这里，原起听见黎嘉茉很轻地笑了下："过年的时候，他们也不怎么来我家。"

人富深山有远亲，人穷门前无近邻。

但无论如何，黎嘉茉还是感激他们来送李慧琴最后一程。

原起花了很久的时间，才反应过来这句话的意思。

毕竟他家每到过年都无比热闹，总有各种各样的亲戚登门拜访。

他枕着枕头，想象黎嘉茉说话的神态。

但他知道，黎嘉茉不会真的去责怪那些亲戚。

于是静了一会儿，原起缓缓开口："以后过年，我们也不去他们家。"

这个"我们"，是一种习惯的表达方式，是"他们"的对立面，意思只是指黎嘉茉。

只是他下意识地站在了黎嘉茉这边，才在后面加了个"们"。

但话说出口的瞬间，原起才后知后觉地感知到，这话有些歧义。

一时间，他的神经倏地绷紧。

原起屏着呼吸，凝神去听床上的动静。

他害怕这句话会让黎嘉茉不舒服。

毕竟，前不久，他才在微信上和她说明，会退回到让她舒适的社交距离。

182

这样一个"我们",是他的真实想法,却也害怕会再次逾矩。

原起不敢去想黎嘉茉的态度,也猜不透她的心思,便只能这样谨小慎微,生怕一个不小心,堆起的积木便会轰然倒塌。

好在黎嘉茉似乎没什么反应,像是不甚在意地"嗯"了声。

原起僵着的脖颈终于放松下来。

夜色越来越暗,照进屋子里的月光却越来越明亮。

原起知道,黎嘉茉肯定没睡。

这几天,他都是在她之后睡着,便知道了黎嘉茉睡着后喜欢翻身。

此刻安静得过分,她或许是躺在床上,想着心事。

他便也凝视着那面明亮的墙壁,在心中计算黎嘉茉今天休息了多久。

可怎么也没想到,沉默了很久后的黎嘉茉又会突然出声,叫他的名字。

"原起。"

他立刻张口,却因为嗓子干涩未能及时发出声音。他咳了咳清嗓,声音有些哑:"嗯?"

"我今天突然想到,妈妈走了,世界上最后一个无条件爱我的人,也就离开了。"

黎嘉茉仰躺在床上。她的双眼明亮而清澈,看着照在天花板上的月光。

这一刻,她的心就和月光一样静。

她的双手很安静地抱在胸前,说这话时,也不想要什么答案。

这话像是自言自语,声音很轻,语气缓和,几个字都咬得实,和那日婉拒他时的欲言又止截然不同。

她突然没来由但很直接地问:"你喜欢我什么?"

空气骤然静了下来。

静到,黎嘉茉以为她不会听到答案了。

还好,她也没去想,究竟会听到怎样的回答。

她只是自己在思考。

从很小的时候起,黎嘉茉就明白了,所有的爱与喜欢,都是有条件的。

亲戚们喜欢她,是因为血缘牵扯;老师喜欢她,是因为她成绩好;同学喜欢她,是因为她脾气好、好相处。

所以,她一直在尽力维持着自己拥有的所谓的"闪光点",努力扮演着社会舞台上值得被喜欢的模样。

可只有黎嘉茉知道,真实的她并不是那么想做好孩子、好学生、好同学。

如果可以,她只想做黎嘉茉,而不是附着那么多前缀的,成绩好的、乖巧懂事的、努力向上的……黎嘉茉。

自由地表达自己的喜怒哀乐,去接受这世界对她最真实的反馈。

可倘若没了这些让她负重无数的标签……会有人喜欢她真正的模样吗?

黎嘉茉不知道。

真正的她,脆弱、敏感、胆怯,有时候脑海中还会一闪而过许多阴暗的想法。

比如,在她已经完全有了自我意识的高中阶段,在黎润动手打李慧琴时,她曾无数次地设想,自己拿起厨房的菜刀,和黎润同归于尽。

而那些心理健康的人,应该是不会有这样的想法的。

那些难堪的过往和卑劣的想法,被黎嘉茉在心中摊开,在日光下暴晒。

她的内心是荒芜的旷野,是一片无人之境。

她是这片无人之境中的孤独游者,此时,居然妄想叩响另一个世界的门。

原起。

黎嘉茉在心中无声地念这个名字,这个近在咫尺、却被她有意避开的名字——

你喜欢的黎嘉茉,是不是那副坚强、乐观、积极的模样。

而如果真实的黎嘉茉是卑劣、自私、偏执的。

这样的我。

你还要爱我吗?

原起的沉默不算漫长。

以至于黎嘉茉还没生出恍惚,就听到了他的回应。

他那清澈好听的声音,在静谧的夜间,摩挲黎嘉茉的耳蜗,轻扣她的心弦。

"黎嘉茉。"

"嗯。"

可他不是回答她的问题,而是提问:"你知道我们第一次见面是在什么时候吗?"

不知道他这么问的用意,黎嘉茉沉默了一会儿,最后还是追溯到了最早的记忆:"大一的班会课。"

所有女生都在背后称他为"射击王子",使得黎嘉茉在那天的班会上,也多关注了原起一眼。

那天的他穿了件联名潮牌,整个人显得不好靠近。

记忆里的单方面见面,就是这次。

毕竟当时的原起应该还不认识她。

可话音落下,两人又陷入了沉默。

半晌，终于再度响起原起的声音。

他一字一顿，缓慢却认真地纠正她的答案。

"是 2010 年 7 月 2 日。"

第八章 ·遇见

"而幸好,缘分,有时是天赐,有时也可以是人为。"

2010 年,对原起来说,有些难挨。

年初的时候,他在拿到国家一级运动员证书后,第一次参加了省级比赛。当时射击项目比现在还要冷门,就连观众席都有大半空位。

他就在那个冷清的场馆里比完了自己获得运动员身份后的第一次省赛,获得了人生中的第一枚省赛金牌,也因此被教练列入暑期集训的名单里。

集训定在七月开始。

而三月初的某天清晨,原起在陪父亲钓鱼的时候,瞄见旁边的水面泛起大片涟漪,再定睛一看,有只小手不时浮出水面,极力挣扎。

他没多想,当即放下手中的鱼竿,纵身跳入水中。但溺水的小朋友因为害怕而胡乱扑腾,在水中抱住原起后依旧没控制住力道,不小心把原起推到了池塘的岩壁上,挂着渔网的两颗铁钉直直地插入他的左手。

骨节位移,异物入侵。

他的左手臂连着手掌神经做了手术,打了四颗钢钉。

其间,教练来看过他,只让他好好休息,其他的话一句都未多说。

但当时还在念初一的原起清醒地知道,自己大概是与射击无缘了——

射击这个项目,在外行人眼里,比的是射击的准度,只有内行人知道,真正站上赛场时,除了心态,最重要的还是持枪的稳度。

而一只做过重大手术的手,恢复到可以正常提笔提筷的程度还算可能,但若想恢复到之前擎枪一两个小时都不能有大摇晃的程度,无异于天方夜谭。

他的父母不知道其中门道,看着本来话就不多的儿子一天比一天沉默,常常盯着自己的左手,一放空就是十几分钟,还以为是他的手术没做好,开始和国外的医生联系,说要把他送到美国去养伤。

原起把他们拦了下来,平静地说自己没事。

他确实没事,只是再也不能打枪了而已。

但是后悔吗?

也没什么后悔的。

如果重来一次,他还是会做出同样的决定。

他打了一个半月的石膏，又跟着医生做了快两个月的康复训练。其间，肌肉有所缩减。原起也一直在等教练来和他说，他可以暂时"休息"一下。

可是直到去集训的前一天，教练都没有来和他说他不用去集训了。

于是最后，原起还是坐上了前往集训学校的班车。

集训的地点在槐安市的一所体校。宿舍的名单是提前分好的，没给他们自由选择的机会。也是这次集训，原起和时迅被分到了一间宿舍，是唯一的两人间，有独立卫浴。

原起知道，是教练们在照顾他。

当晚，原起铺好被子，然后就从行李箱中拿出用来帮助复健的弹力带。他刚想往宿舍外走，忽地听见从身后传来的声音："你手好了吗？"

时迅就这么直白地问出了所有人都憋了一路的问题。

原起微顿，然后没什么情绪地"嗯"了声。

此外，别无他言，拿着弹力带出了门。

在往楼梯口走去的过程中，路过某间门没掩实的宿舍，青春期男生的嗓门本来就大，更何况是一顿能吃三碗、中气十足的运动员。

纵使刻意压低了声音，但他们的议论声还是顺着门缝传出来，清晰地落在原起的耳朵里。

"哎，原起的手不是废了吗？他还跟过来干什么？"

"不知道啊，也许是看看他还有没有举枪的可能？毕竟是天才射击运动员。"

最后几个字被刻意咬重。

紧接着，聊天的人不约而同地笑了起来。

他的脚步有片刻停顿。

走廊里，原起的眼睫轻轻扇了扇，无声地盖住眼底的晦暗。他径直经过那间房，从幽暗转折的楼梯绕了下去。

现在是暑假时间，学校里只有少数留校的学生和教职工，以及他们这群从千里之外被送到这里来集训的运动员。

夜幕降临时，蛐了声响起，划破天际。暗夜下，只此喧嚣，此外便是无穷无尽的孤寂。

原起找了个偏僻的角落，就着头顶的月光，拉扯着手中的弹力带，注意力有些分散。

他脑子里反复翻滚的，都是刚刚那两个同伴的对话。

他们可能有恶意，也可能没恶意。

他在意的也从来不是别人的态度。

他只是没想到,原来有一天,自己会成为他人的谈资。

再往前想一点,便是省赛之后,教练把他带到一个省队教练面前,让他集训好好准备,到时候省队会过来挑人。

而他现在这个样子,又准备什么呢?

想到这里,他手上的动作突然停了下来,那根弹力带"砰"的一声弹射到了手上,打得他手掌疼。

可原起对从手心传来的疼痛感恍若未觉,在一旁的石凳上坐下。

他就这样坐在那儿。

在那个夜晚,有这样一个刹那,原起突然对前路感到些许迷茫。

手术以及康复的三个月里,他已经消沉过一次了。

当时情绪跌到谷底,不想和人沟通,每天对着同样的风景,无端生出厌烦。

每日的康复训练只是换一种形式在提醒他,他的手废了。

但日子久了,他又慢慢想通了。

干不了运动员,就去做其他的。

当时他是这么说服自己的。

直到今天跟着大家来到集训基地,下午在这所体校的射击馆转了圈。

和一群因为志向相同被聚在一起的朋友,久违地看见枪与靶,他死寂许久的心又再次沸腾起来,然后便陷入了之前一个人住院时未体验过的痛苦与无助中。

他对于射击的热爱,可能比他自己想象的要多一些。

以至于,当这一切被重新摆到他面前时,他才真正地意识到了这个血淋淋的事实:自己是真的摔下来了。

突然的声响打断了原起的思绪,让他来不及忧伤,便下意识地站起,然后躲到了最近的树丛后。

直到一道学狗叫的清脆少女声音响起,原起的心才放松了下来。

他刚刚害怕来人是集训的同伴。

他不想让他们看见,他一个人孤零零地在校园的一隅,无能又颓败地进行着所谓的"康复训练"。

"汪汪。"

又是那道女声。

靠着树干的身形一顿,几秒后,原起鬼使神差地朝外挪了半步。

他掩在粗壮的树干后,借着朦胧的月色,看见几步之外,一个女生蹲在地上,手里拿着像是盆碗的东西。

几秒后,两条流浪狗从灌木丛里钻了出来,伸出脑袋去舔那扁扁的碗。

他看见蹲在地上的女生伸出手,轻轻抚了下其中一条狗的脑袋,而后又挪了个位置，去摸另外一条狗的脑袋，颇有些一碗水端平的姿态。

月影清浅，勾勒出女生的轮廓，却照不亮她的面孔。

或许是月光太模糊，那看不清晰的侧脸在这薄如纱的月色中显得无限柔和。

阒寂的夜里，有风声，有蝉鸣声。

他好像听见了自己的心跳声。

那天是2010年7月2日。

集训生活渐渐拉开帷幕。

白天，原起会和其他同伴一起去射击馆训练，久违地摸到了枪。

但如他所料，他的左手再也不能扶稳枪了。

最多坚持半分钟，整只胳膊便带着枪支开始颤动。

而带队教练也会在这时走到他身边，提醒他不要过度用手。

周围的人会投来偷偷打量的目光。

那些视线里的情绪很复杂，什么样的感情色彩都有。

可原起装作察觉不到这些视线背后的含义，平静地放下手中的枪，站在原地等他们打完一轮又一轮，才重新举起枪，开始自己的第二次训练。

当天傍晚，他被教练单独留了下来。

"手恢复得怎么样？"

原起平静道："日常生活没问题。"

"意思就是射击有问题？"

沉默了几秒，纵使千万般不愿开口，原起还是"嗯"了声。

教练看着他，良久，问："有想过换一条路走吗？"

这次集训来的是体校，不仅有他们射击队伍在集训，还有其他项目的运动员。

这也是原起的校队教练没把他从集训名单上剔除的原因——

原起的身体素质很好，胯高腿长，耐力好，心态稳。

如果射击这条路走不了了，只要他愿意，可以换到其他赛道。

今天的训练结束得本就迟，又被教练留了一会儿，原起到食堂的时候，已经没剩多少菜了。因为手受了伤，他的训练量不大，加之心情有些闷，没什么食欲，便没吃了。

他回到宿舍，却看见一份打包好的饭菜摆在他的床头。

时迅的训练包放在地上，表明他回来过。

吃过饭，原起收拾干净自己的位置，拎上半满的垃圾袋就要往外走，在路过时迅的书桌时驻足，把他的垃圾袋一起带走了。

他又拿着弹力带去了那块鲜有人迹的空地——

除了偶尔会闯入的女生。

原起也不知道自己是出于什么心态，每每那个女生出现的时候，他都会躲到那棵树后。

生怕她发现自己，可他又忍不住偷偷去看她。

这几天下来，原起已经慢慢摸清了那女生出现的规律。

三天一次，她会给那些流浪狗带些剩饭剩菜。

譬如今天是一个周期里的第二天，她不在。

但是这儿蓦地多出了一条流浪狗，以至于她原先给那两条狗准备的三天的食物，此刻就有见底的势头。

那三条狗饿得"汪汪"叫。

原起站在原地，面无表情地扯着手中的弹力带，旁边是时高时低的狗叫声。

终于，他转身离开。

到了小卖部，在老板诧异的目光下，他淡定地要了二十一根在加热器里滚动的热狗。

每条狗七根。

要的数量太多，老板烤了三轮才把热狗烤好。

他让老板帮忙剔了热狗上戳着的竹签，拎着一袋香肠，走到了那三条狗的面前。

闻到了食物的气味，原先还有些萎靡的三条狗登时抬起头，围着原起摇尾巴，殷勤地朝他"汪汪"叫。

从没这么近距离地和动物接触过，听到那近在咫尺的狗叫声时，原起的身子僵了一瞬，觉得鸡皮疙瘩都要起来了。

但纵使周围无人，原起还是保持着面色冷静，把袋子一掀，二十一根热狗纷纷滚落。

在那几条狗扑食的时候，原起离开了这里。

第二天晚上，原起照常来了这片区域。

他特意留意了一下，却一直没听到女生来的动静——她每次来，都会装模作样地学几声一点也不像的狗叫——甚至连狗的声音都没听见。

莫名地，那一个晚上，原起都有些心不在焉。

最后潦草地结束康复训练，他把弹力带绕在手上就要往回走，却在走到路口时，被一个突然窜出来的身影挡住。

原起吓了一跳，但没有表现出来。

他的目光故作平稳地落在面前的女生身上。

黎嘉茉从一旁的灌木丛中蹦出来，拦住了他的去路。她的身后跟着三条欢乐地摇着尾巴的狗。

这是原起第一次听到她不正经地学狗叫之外的声音，清脆、轻快、动听。
她说："找到你了！"

明月高照，星斗璀璨，夏风渡暑。月光将黎嘉茉的眼睛照得晶莹，她的眼里也好似有星星，亮闪闪的，笑弯了眉。
这次，她就站在他面前，她的五官终于清晰地映在了他的眼眸里。
原起愣了下，随后，回过神，心中有些不解："找我？"
黎嘉茉点点头，而后往旁边迈了一步，让身后的三条狗可以完全暴露在原起的视野里。
她指指那三条狗，又回过头看他："谢谢你给它们买吃的，不然它们要饿一天了。"
自从发现她放在那儿给狗喂食的碗里出现了热狗的残渣，黎嘉茉就想知道，是谁给它们喂了食。
原来是因为这个。
原起不甚在意地道："小事。"
却又看见黎嘉茉眼睛眯了下，笑盈盈道："虽然是小事啦，但是你做的小事解除了它们挨饿的大事！"
她说话时，语气轻快，让人觉得这些话不是她故作的客套，而是她真心的感谢。
于是，原起默了一瞬，他的态度不自觉地稍微放柔和了些。
他略颔首。
之后，两人静了几秒。
当原起在心中暗忖自己是不是可以走了时，耳边却再次响起女生的声音："你平时都会来这边吗？"
"嗯。"
"你是来这边训练吗？"话音落下，黎嘉茉忽地捂了下自己的嘴，又立刻放下手掌，轻"啊"了声，"我也不知道你们晚上要不要训练，我就是随口问问。"
"不是训练。"停顿了两秒，他补了句，"晚上不用训练。"
哪想到听到他的话，黎嘉茉的眼睛"噌"地亮了，嘴角情不自禁地翘起来，话里带着些或许她自己都未察觉的得意："是呀，我也觉得，你们每天都起那么早，晚上还要训练的话可太累了！"
原起顿了顿。
他不擅长和人交流，面对她这样有些自说自话的讲话方式，他不知道该回应什么。
但也不用他有回应。

191

黎嘉茉便又垂着眼眸，拍了拍自己的嘴巴："啊啊啊，跑题了……"语气倒还有些慌乱。

说罢，她又抬起眼看他："我其实是想问，你要是每晚都来这边，那能不能麻烦你帮忙喂下狗呀？"

说着，似是觉得对一个不太熟悉的陌生人提出这样的要求确实有些冒昧，黎嘉茉又垂着头解释了句："我平时是和我妈妈一起来的，但她三天才轮一次晚班，并且只有晚上的饭才可以拿出来，所以我只能三天喂一次。"

"只有晚上的饭才可以拿出来"是什么意思？

原起在心里想。

虽然知道应该不是，但是这个表述显得那些饭菜是她偷来的一般。

他下意识地抿了下唇，看向黎嘉茉的目光也多了几分打量。

可黎嘉茉似浑然不觉自己这番话的歧义，看着他，继续一副商量的口吻道："平时我还是会给它们准备好饭的，就是怕遇到上次那样的情况，或者下雨了把饭浇馁了，就需要你另外弄点东西给它们吃——买东西的钱我可以出。"

说到最后一句话的时候，她的语调抬高了些。

每次英语周测考满分，英语老师会发五块钱的纸币当作"lucky money"的奖励，也因此黎嘉茉攒了些零花钱。

所以，她说这话时，才有了些底气，但其实她脑子里正想着——

那三条狗吃一顿要多少钱？

想到这里，黎嘉茉又微微窘迫。

但话已出口，如果那几条狗真的吃得很多……

"不用你出。"

头脑中的思绪越来越绕，结成了毛线团，还未等黎嘉茉把这些繁杂的思绪理清，就被男声淡淡打断。

原起："你不说，我看到了也会喂的。"

毕竟那几条狗肚子饿了就会乱叫，倘若忽视，他总觉得良心不安。

原起觉得这算不上什么大事。

而站在他面前的女生，在听到他这话后，像是电影里的慢镜头一般，缓缓地勾起了嘴角。

"谢谢你！"

不过，那支流浪狗大军的数量似乎就这样稳定下来了，没有再出现哪天莫名其妙又多了条狗的情况，所以，黎嘉茉后来准备的食物都足够三条狗吃满三天了。

但原起每晚来的时候，还是会给那几条狗带几根肠。

再次见到黎嘉茉的时候，她给他带了杯奶茶。

当时奶茶还未在学生中风靡，学校门口大多是用奶茶粉冲泡的劣质奶茶，一元一杯，三元一大杯。而黎嘉茉甚至给他挑了个大杯，算是当时学生间的厚礼了。

　　但是由于对糖类的严格控制，原起不喝饮料。

　　闻言，黎嘉茉有些遗憾地收回手，却又立刻自己想通："你们是运动员，吃得应该很健康。"

　　她看到了被原起放在一边的矿泉水，反应过来，他们应该不喝除了水之外的饮品。

　　原起想了想，"嗯"了声。

　　确实挺健康的。

　　正想着，忽地听见黎嘉茉说了个"好吧"。

　　原起偏头。

　　黎嘉茉大义凛然道："那这杯奶茶只能我自己喝了！"

　　原起抿嘴。

　　说完，黎嘉茉又问他："那你有什么喜欢的吗？"

　　既然委托了原起帮她喂狗，黎嘉茉觉得总得给他送点什么意思意思。

　　但原起不在意这些。

　　他能猜出黎嘉茉为什么一定要给他送些什么，但是他觉得没必要，于是只说："没有。"

　　干脆的两个字，便没了。

　　他一直都这样说话，因为说话于他而言，只是个传递想法的表达工具。所以，原起从来不会想着给自己的语言加什么修饰词，也不会没话找话。

　　因此，原起自然也不觉得这样说话之后的沉默气氛是多奇怪的事。

　　可显然，待在他身旁的女生不这样觉得。

　　黎嘉茉不懂这人怎么又心地善良又冷冰冰的，但她有点害怕尴尬，便又开始找话题："那我给你分享个冷知识。"

　　说完，黎嘉茉特地等了几秒，给原起回应的时间，哪承想他却像个木头一样，手里继续扯着那根不知道做什么用的带子，敛眸看她，一语不发。

　　脸微微一红，黎嘉茉强装不在意，指了指一旁的矿泉水："你知道矿泉水有保质期的吗？"

　　闻言，原起不甚在意，但还是"嗯"了声。

　　心说，原来这也算冷知识吗？

　　"你是不是以为这是水的保质期？"

　　说罢，黎嘉茉紧紧盯着原起，不放过他的每一个表情。

　　果然，就见他的眉毛几不可察地扬了下。

　　虽然不明显，但还是被她发现了。

193

黎嘉茉蓦地有些得意起来，原先还有些尴尬的情绪立刻消散，她语气轻快道："其实是瓶子的保质期！水是没有保质期的，但是装水的瓶子放久了可能就不干净了！"

说罢，她朝原起挤了挤眼睛："你是不是第一次知道这件事？"

默了三秒，原起诚实地"嗯"了声。

紧接着，一串冷知识便像泼水一样，一个接一个地被抛出。

"你知道世界上所有云朵的重量加起来等于一百头大象吗？"

"还有还有，人一边的眉毛大概有 550 根。"

"人睡着的时候是闻不到气味的，所以睡觉的时候煤气泄漏最可怕了，很多人在睡梦中不知不觉中毒了，你也要提醒你家人注意一点。"

"为什么？"

"啊？"

原先一直都是她在说话，此刻突然插入第二个人的声音，黎嘉茉愣住，没反应过来原起是在问什么。

就听见他重复了一遍："睡着了为什么闻不到气味？"

这可把黎嘉茉问住了。

她光知道冷知识，可不知道背后的原理。

可偏偏原起的语气不像是找碴。

他语气平淡，但神情认真，是真的想知道这个原理。

于是，黎嘉茉沉默了一会儿，最后留下一句："我回去查一下，明天告诉你！"

明天。

原起捕捉到这两个字。

按理说，她都是三天来一次。

所以，是明天她也会来的意思吗？

第二天，原起知道了答案。

上午的训练结束后，他和时迅一起去了食堂。槐安这所体校的食堂建得大，而暑期集训的人不多，哪怕是集训的人都同时出现在食堂，也只能勉强坐满一半。

而体育生爱结伴，不同队之间的人也大多认识，此时勾肩搭背呼朋唤友地都聚集在了食堂靠门的一边。

靠窗的那大半食堂便空了出来。

阳光从窗户洒了进来，照在金属的桌面上，折射出光亮，描摹着女生柔和的轮廓，她坐在无人的区域，似乎将另一边的喧嚣自动屏蔽，一人占着成排的餐桌，安静地写作业。

这样遥远又突兀的一幕，立刻吸引了其他人的注意。

"那是哪个队的啊，出来集训还带作业？"

"没见过，不是我们的人吧？是这所学校的学生？"

"牛啊！暑假还跑来学校写作业。"

直到有知情人士说出了真相。

"傻子，那是食堂阿姨的女儿，我都见过好几次了。"

那晚，原起和平日一样，到了老地方。

可从一开始，他的注意力就不在自己身上。

终于，在某一刻听见窸窸窣窣的脚步声——

"嗨！"

是一道极自然的打招呼声。

听到这声音的瞬间，原先似空了一角、怎么也不舒服的心脏，立即被填满。

原起回过头，果然看见了黎嘉茉。

她说的明天见，是真的明天见。

"我昨天查了，那个冷知识其实有点不严谨。"

见面说的第一句话是这个。

"睡觉了并不是闻不到气味，而是你意识不到自己闻到了气味。因为睡着后，大脑提高了感官阈值，大多数信息——包括不太强烈的嗅觉，都被忽略了。"

显然，黎嘉茉是特意跑来告诉他这件事的。

因为和他讲完这些话后，她就干脆利落地说了句"我妈妈还在等我，我先走了，拜拜"，然后转身离开。

原起站在原地，盯着那道身影看了许久，直到她消失在路的尽头。

集训生活于悄然中过去了三个星期。

那样零星的见面，也随着时间流逝，增加了数量。

虽然原起话还是不多，但他觉得自己和黎嘉茉好像在这不温不火的见面中慢慢熟悉了起来。

比如最开始，黎嘉茉找话题，总是单方面地输出，不会问涉及他的问题。

而今天，在喂完狗之后，她却没急着离开，而是坐在一旁的长凳上，目光一错不错地盯着他以及他手上的弹力带。

原起想忽视那道视线，可总是忍不住分心，毕竟这样被人盯着，而且黎嘉茉坐着他站着，显得他在给她表演扩展弹力带一样。

思及此，他手上的动作停住。

原起侧过身，无声回望。

两人对视两秒。

黎嘉茉眨眨眼:"我打扰到你了吗?"

静了两秒。

"没有。"原起垂眼,凝视她,"你不走吗?"

问完,他后知后觉地反应过来自己这话有点像赶人,心一"咯噔",又补充了一句:"平时这个时候你已经走了。"

"哦,我妈妈最近回得比较晚。"黎嘉茉这才想起自己一直没和原起说过自己的来历,便解释了句,"嗯,她在这里的食堂工作。"

原起不说话,颔首,表示自己知道了。

突然他又听到黎嘉茉问:"你也是来这边集训的吗?"

原起"嗯"了声。

黎嘉茉又问:"你是什么练项目的呀?"

原起的唇瓣动了动,刚想回答,又被打断:"你先别说,我猜一下!你是跳高的吗?"

说罢,黎嘉茉眼含期待地看向面前的男生。

她觉得他个子高高的,腿也长,于是就下意识地把他和跳高联系在一起了。

哪想到,就听见原起淡声回答了一个"不是"。

黎嘉茉又想了想。

她的视线扫过原起手中的弹力带,忽地,联想到电视剧里打网球的场景,那些人似乎会在手上缠绕一根带子,还会戴一顶遮阳帽。

回忆了下,她似乎某天也在这张石凳上看见过一顶帽子。

这似乎直接证明了她的猜测。

于是这次,黎嘉茉用更自信的语气说出了答案:"我知道了,你是打网球的!"

听到这个词,原起有瞬间的恍惚。

因为在他小的时候,接触的第一项运动确实是网球,父母请了私教在家里陪他练习。

只是射击教练来学校挑人的时候,看中他胯高腿长、视力好、手臂有力,把他挑去了练射击。

他想着,有片刻出神。

黎嘉茉便觉得自己猜中了:"被我猜中了吧!"

原起回过神,在看见黎嘉茉那高高翘起的嘴角,那句悬在嘴边的"不是"就这么被咽了下去。

算了。

误会就误会吧。

反正她也没什么知道的必要。

当时的原起这样想。

回宿舍时,他和正从其他宿舍串门回来的时迅撞了个正着。

视线落到原起手中的弹力带上,时迅略一挑眉:"你的手还没完全恢复吗?"

原起:"差不多了。"

"那你还每天带这个出去?"时迅指了指他手中的弹力带。

原起微顿,一脸漠然:"没事做。"

在来集训之前,原起就已经在医生的指导下完成了所有专业的康复训练,近期他自己做的康复训练,不过是为了让手更灵活一些罢了。

所以,每次的康复训练时间不会超过半小时,多了也是徒劳。

实际上,这个训练也早早可以停止了。

但是每天晚上去那个地方,似乎已成了习惯。

虽然没什么非去不可的理由,但是在那个角落,喂喂狗、逗逗狗,心情好像会轻松许多。

时迅懒懒地挑眉。

原起从门口走进去,和时迅擦肩而过。

他把弹力带放回桌面,到衣柜前,拎出干净衣物,打算去洗澡。欲合上衣柜门,就听到一句话轻飘飘地从门口传来,原起的动作一滞。

"教练和你说换项目的事,你怎么想?"

时迅的语气散漫,像是在闲聊一般。

原起的指尖也仅是一顿,就立即恢复正常了。

停滞的那一秒,他回忆起了今晚黎嘉茉提到网球时,他的心情。

时迅站在门口,看着沉默的原起,有些不安。

他是比较自负的人,在这个赛场上,同龄人里,他只承认原起是他的对手。

所以,今天听到别人在背后议论原起,他有些恼火,也不觉得原起是这样轻言放弃的人。

但另一方面,他代入自己想想,如果是他的常用手受伤了,曾经举几个小时枪都没问题的手,如今连拿枪都要被提醒小心后遗症,他可能也坚持不下去。

所以时迅挺害怕的。

这次省运动会上,他就是原起之下的那个银牌。

他还想等一个机会,堂堂正正地赢回来。

这阵沉默持续了很久,久到时迅都要沉不住气,才听见原起极淡的声音:"摸不了枪,我也就不当运动员了。"

之前三周的集训里,原起在射击队都处于一个极其尴尬的地位。

但大家最近明显察觉到,原起在尝试跟上他们的节奏。

哪怕再慢,中间休息再久,他也会在晚上留下来加训,完成训练目标。

教练看在眼里,心中情绪复杂,不过也没再找原起聊让他换项目的事情了。

中午,原起和时迅一起去食堂吃饭。走到打饭窗口前,看着穿着食堂工作人员制服、白衣白裤白帽子的黎嘉茉,原起微愣。

对方显然也看见了他,因为那双如狐狸般勾起的眼睛冲他眨了眨。

旁边有食堂阿姨在和黎嘉茉说话:"小茉真是孝顺,妈妈生病来不了,还帮妈妈替班。我家儿子要是有你一半听话,我就谢天谢地了。"

原起回神,佯装镇定地点菜,刷卡,端着盘子离开。

时迅在他的对面坐下。

因为时迅朋友多,他一坐下,这张桌子便立刻围满了人。

原起不在意人多,也不在意人少。

他只低头,静静地吃饭。

可他不说话,有人却在看见他餐盘里的菜时,惊呼起来:"不是吧。"

"怎么了,怎么了?"

众人投去疑惑的目光。

就见那人指着原起的餐盘:"打菜阿姨怎么给了起神这么多肉?"

闻言,大家又纷纷向原起看去。

原起正在夹菜的动作也停了下来。

他先看了眼自己的餐盘,甚至都不需要和别人的对比,就能看出自己的肉确实是多了些——

一个餐格都堆不满,要掉到另外一个格子去了。

"哇!那阿姨是不是看起神长得帅,所以多给了点?"

"这年头,吃饭都还靠脸呢。"

大家在没有根据地议论,话中戏谑的成分偏多。

没有人注意到,原起凝视着那装肉的小格看了许久,耳垂有些发红。

这晚,原起又留下来加训。

他在射击馆里多待了两个小时,窗外的天色已经彻底变黑。他关了灯往外走,才发现有雷鸣。

接近八月,槐安市的夏天也变得阴晴不定。

望着天上挡住月光的浓云,原起脚步一顿。

顷刻间,豆大的雨滴落了下来。

他原本想折回射击馆内找把伞,又觉得麻烦,最后,干脆脱下外套,把自己的左手缠起，而后直接提步往外走。

雨水打在他的头发上，落在他的肩颈上，渗入衣料，贴着他滚烫的身体，带来冰冷的凉意。

整座校园仿佛沉睡，浩大的雨幕空旷而寂寥，仅有几盏孤独的路灯伫立在道路两侧，光线被雨水晕染，模糊地照出细密的雨丝。

"哎！"

雨声中似乎缠绕进了一道女声，虽然听不清晰，但原起还是下意识地放慢了脚步。

在这混沌的雨夜中，黎嘉茉撑着伞，跑到原起面前，踮起脚，把手高高抬起，让伞可以盖过他的头顶。

风将雨从伞侧斜斜吹进，她显得有些狼狈。

她还没缓过气，气息不稳，却还是夹着细小的喘气声开口："你不打伞容易感冒的……"

黎嘉茉晚饭后留下来收拾餐厅了。

听见外面有雨声，她便去了老地方，把那三条流浪狗和它们的饭碗引到了有屋檐的地方。

在老地方没看见原起时，她心中有瞬间空落落的，但转念一想，下雨天他没来，也很正常。

哪想到，她刚想往回走，就远远看见了那道熟悉的身影。

她一眼便认出了他。

毕竟不打伞就往这么大的雨里闯，看起来倒像是轴得只有一根筋的他能干出来的事。

说罢，黎嘉茉伸出手，拍了拍自己的胸膛，以此平复呼吸。

原起愣住。

直到一颗雨珠顺着伞骨掉落，砸到他的发旋里，他才反应过来自己高了黎嘉茉一个头还多，她撑伞撑得手累。

这样想着，原起伸手握住伞柄。

他手握着的地方，刚好在女生的手上面几厘米。

"我来撑吧。"

黎嘉茉点点头，松开了手，把伞交给了他。

原起问："你要去哪儿？"

"你去你要去的地方就好了。"黎嘉茉说，"把你送到后，我再撑伞回食堂。"

她的用词是"送"。

第一次被女生送的原起按下心底那微妙的触动感，轻声应了好，把伞往黎嘉茉那边偏了些，然后和她一起向前走："我回宿舍。"

199

雨水在他们的鞋边砸开小小的水花。

两人缩在一把不算大的伞下，原起觉得，黎嘉茉和自己……靠得太近了些。

他仿佛能感受到她的体温，又觉得隐隐约约闻到了她的发香。

刚刚被雨淋了的身体理应是冷的，但他觉得浑身滚烫，一颗心不受控地开始狂跳。

所幸雨声过大，能掩住他的心跳声。

不然……

他敛眸，长睫盖住眼底的情绪。

他从来没有过这样的感受。

他把这归咎于第一次和女生这样近距离地接触。

"哎。"正走着，黎嘉茉却像发现什么新奇的事情一般，小声惊呼。

注意到她的视线由下而上地投来，原起低头。

黎嘉茉问："你是左撇子吗？"

思绪一顿，原起的目光落在自己的左手上，发现自己正用左手撑伞。

他没想到，黎嘉茉居然观察得这么细致。

那股异样的情感再次涌上心头，原起"嗯"了声。

谁知，她的下一句，又是没头没脑的话："你的成绩好吗？"

原起："嗯？"

黎嘉茉解释："我说的是文化课成绩。"

沉默两秒，原起诚实地回答："一般。"

这下轮到黎嘉茉沉默了。

这人还挺实诚的。

但马上，她又自己打破这短暂的尴尬："我小时候听说左撇子都比较聪明。然后我小学有一次考试考差了，就想着我要是变成左撇子，是不是就能变聪明一点？于是我那段时间就故意用左手做事情，用左手写字、用左手吃饭——我和你说哦，我现在两只手都可灵活了，我还能用左手画画！"

说着，两人到了宿舍楼下。

黎嘉茉及时收了声，正想与身边的人道别，却发现他不知为何停在了宿舍楼前，目光凝视着她，表情过于严肃认真，仿佛正在思考什么重大的事情。

黎嘉茉被这目光盯得脸颊发热，然后反思自己刚刚说的话是不是哪里有什么问题。

可还未等她想出个所以然，就看见原起的双眸，在瞬间，由沉暗变至清明——

他先把伞重新递回她手里，接着留下一句过于郑重的"谢谢"，而后提步，有些突兀地往宿舍楼里跑去。

他平时总是一副淡漠冷静的模样，此刻，居然显得有些……激动？

黎嘉茉站在原地，觉得有些怪怪的。

他那句"谢谢"说得，好像不是她借给了他伞，而是给他送去了潘多拉魔盒的钥匙。

原起回到宿舍已经五分钟了，那颗心却还是"怦怦"跳个不停。

那个瞬间，黎嘉茉不经意的一句话，让他觉得自己浑身的血液都沸腾了起来——

左手不能举枪，但是他的右手还可以。

虽然右手用不习惯，但至少生理上没有不可逆的短板。

只要加以训练，让右手成为常用手，左手成为辅助手，那这次受伤对他的影响便会降到最低。

这样想着，原起便去翻自己的书包。

在习惯性地用左手拉拉链的刹那，他反应过来，立刻改换右手。

他翻了下自己的书包，但是连一支笔都没找到。

不知为何，方才黎嘉茉问他文化课成绩好不好的画面突然又浮现在脑海中。

原起回头，问时迅："你带笔了吗？"

被问到的时迅却像是听见什么笑话一般睨了他一眼："我带笔做什么？我又不是来参加奥林匹克数学竞赛训练营的。"

原起默了默，而后起身，没有目的地在宿舍里走了两圈，才把心底的那股冲动散去。

没有笔也没事。

当晚，他试着用右手接水、用右手刷牙。

他只是想找到一个受力点，去感受右手的力量。

他没第一时间和教练说他的打算，但当他第二天换了右手，打出一个"8.1"环时，所有人都朝他看了过来——

毕竟这个分数在一众"10+"中格外突兀。

教练走到原起身边，一副欲言又止的模样。

原起这才和教练说，他想换右手。

听到这话，教练的眸光好似凝成细线，在原起身上细细滤了几秒，而后点了下头："有什么需要可以找我。"

黎嘉茉如期来喂狗。

这次，她发现原起居然没有带他那条不离手的带子。

更奇怪的是，他看向她的眼神。

黎嘉茉心想自己是不是脑子不清醒了，居然觉得他看着她的模样，像是有些期待。

而在看她喂完狗后，男生立马站了起来，走到她身边。

他接下来的话让黎嘉茉明白了自己刚才的感受不是错觉。

他问她，她之前训练用左手大概花了多长时间。

"啊……大概一个月吧。"没想到会是这样的问题，黎嘉茉脑子没转过弯，有些呆呆地回答。

一个月。

原起在心中盘算了下。

集训还有二十余天。

如果他能在集训前练好右手，自己再利用剩下的假期加强训练一下，那么回校后，还能跟得上日常的校队训练。

短短半分钟内，原起便把自己接下来的计划安排好了。

大致规划好接下来的道路后，他抬眼看黎嘉茉："可以请你帮我一个忙吗？"

"什么？"

原起道："我想知道你之前是怎么练左手的。"

没想到是这样的请求，黎嘉茉轻轻"啊"了声。

虽然心中好奇，但黎嘉茉没有贸然问他原因。

因为这段时间相处下来，她知道原起应该不是会无缘无故提出请求的人。

而且，其实第一次见到他时，黎嘉茉心中便有种说不上来的感觉。

她觉得这个男生有心事，且藏得很深，让所有人都觉得他没事了的心事。

但他自己没过去。

没有任何理由地，她觉得原起今天的请求和他的心事有关。

所以她不去问，但愿意帮助他。

黎嘉茉回忆了一下自己傻乎乎练习左手的日子，然后把自己当初的训练方法一一道出，事无巨细。

其实她也没有特意练习，只是会在准备用右手的时候，提醒自己改成左手而已。等把这个意识矫正过来，再去用左手，日复一日，便有了肌肉记忆。

她说话的时候，原起眼睛一眨不眨地看着她，很认真地倾听。

导致黎嘉茉越说越细致。

其实，不仅仅是因为这个话题和原起相关。

黎嘉茉早就发现了，面前的这个男生，虽然看起来有些冷酷，但他其实很温柔。

哪怕她常常偏题，讲一些天马行空、不着边际的话，他也总是那副耐心倾听的模样。

含蓄、内敛，但坚定、踏实。

在家里，黎润三天两头不见人，脾气暴躁，而妈妈工作很劳累，也不太能理解她。

在学校里，每次她讲奇怪的话的时候，就会沉默冷场。同学们好像都只是喜欢听她讲题而已。

所以，黎嘉茉很喜欢和原起说话。

黎嘉茉絮絮叨叨地分享完自己训练左手的小技巧后，如她所料地收获了一句真诚的"谢谢"。

"你想喝奶茶吗？"

她听见他问。

黎嘉茉登时反应过来，他是在感谢她。

于是黎嘉茉没客气，在应答之后，又小声问了句："我可以加奶盖吗？"

原起先是"嗯"了声，待察觉到自己的回应过于冷淡后，唇瓣微张，又补了两个字："当然。"

语毕，他就看见黎嘉茉眉梢扬起，脱口而出地"哇"了声。

学校里只开了一家奶茶店——由那家小卖部的老板兼职。

两个人一同过去，最后只端了一杯奶茶回来——原起不喝。

黎嘉茉没用吸管，而是掀开盖子，嘴对准杯沿，品尝了一口奶盖，觉得自己幸福得都要升华了。

小杯奶茶一元，大杯奶茶三元。

加奶盖却要两元。

她舍不得买，馋了很久。

其实那个年代的奶盖很劣质，算不上真正的奶盖，但黎嘉茉还是很轻易地收获了满足。

原起无意间回头，便捕捉到了这一幕。

他发现黎嘉茉喝东西慢吞吞的，小小一口奶茶，都要分好几口才能咽下去。她的嘴边有一不留神沾上的奶白泡沫，背后灯火通明的小卖部照亮了她的神情，她眯着眼睛，像是午后晒太阳的猫。

就是这个瞬间，原起觉得，他的心脏像是被羽毛拂过，紧接着，陷入一片柔软中。

这样突如其来的温润但柔情的情绪，让原起一时恍惚，一些话不经思考地就说了出来："我的左手受伤了，可能以后不能继续比赛了。所以我

203

想试试右手,不知道有没有希望。"

这话说出口后,原起自己都愣了下。

原起并不觉得把自己的困境告诉别人,能对改变这个局面有什么帮助。所以他习惯把一切都憋在心里,靠自己解决。

所以刚才,黎嘉茉没问,他便也没说。

可此刻,他却鬼使神差地冒出了倾诉的念头。他想,至少,至少得让她知道一些,哪怕她到现在都还觉得他是个网球运动员。

话出口,心里有隐隐的懊悔,但又马上被更强烈的其他情绪覆盖。

他有些期望别人对他的这个想法做出回应。

从小经历的体校生活让原起坚强、独立,比同龄的小孩要更懂事、成熟,但也变得不会表达情感。

摔倒了不哭,自己拍拍尘土站起来;真忍不住哭了也不出声,紧咬牙关,然后擦干泪。

那时的他以为,他只是想得到回应。

但其实,他是想得到鼓励,想听到来自外部的声音。

想有人为他喝彩,有人告诉他、相信他,他一定能行。

可哪怕当时的他迟钝到不能参透自己的情绪,却也幸运地得到了他想要的答案。

他的眼眸中映出女生惊讶的表情,但马上,那副诧异的神情烟消云散,取而代之的是,女生用力地点头,语气坚定,给人以信服的力量。

她说:"有希望的。"又一字一顿地道,"只要去做,就一定有希望的!"

说罢,黎嘉茉似乎还觉得这样的语言过于单薄,又对他说:"我小学是在镇上读的,但是初中考去了市里很厉害的中学,就是我现在读书的学校。第一学年跟不上,我爸就说要把我转回老家。"

闻言,原起身形微顿,随后,目光沉了下来。

他忍不住去看黎嘉茉的神情,却又不想让她发现他在看她。

这样的记忆和隐私,对谁而言,应该都是不想被外人知道的。

但他没想到,她为了安慰自己,把这一切都说了出来。

他眸光微动,看向黎嘉茉的眼神,多了些道不明的情感。

而黎嘉茉自然不知道他内心的动摇。

话说出口时,自然是有些羞赧的,但是对于黎嘉茉而言,那些都是过去的事情了。所以她不介意在这个时候把这些旧事翻出来,用来安慰自己这位正在经历苦难的朋友——他们应该算是朋友吧,黎嘉茉想。

"之后,我就拼命学,宿舍晚上十一点半熄灯,我就跑到厕所里去学。

"我就是想考好,让他知道我跟得上,让他没有理由把我转回去。

"现在说起来很轻松,但是那时候每天睡不到六个小时,做早操的时候一边做伸展运动一边补觉,脑子里还是化学元素周期表。"

说到这里,黎嘉茉忽地停顿,随后,抬眸看他:"但是下一次月考,我就考了我们班第四名,年级排名进步了两百多名!"

说这话时,她眉梢轻扬。

是一种靠自己努力苦尽甘来的自豪。

"所以……"她咬重音节,看向原起。

黑夜里,她的双眼明亮如指路星。

"只要去做,就一定会有希望的,也会有希望不再只是希望的一天。"

因为改训右手,所以原起实际上完全可以将拉扯弹力带的训练搁置——他的左手应当已经恢复到了可利用范围的极限。

但他还是如期出现在老地方。

而不知道为什么,从那天之后,黎嘉茉来的频率从三天一次改为两天一次,直到最近的一天一次。

她总是能想到用各种各样的方式来"检验"他右手的训练情况,比如让他捡一根小树枝,在一旁的沙地上用右手写字,比如强行要求他用右手和她玩石头剪刀布。

而正如黎嘉茉所言,当右手逐渐形成肌肉记忆后,使用它时的僵硬感和无力感日益减少,取而代之的是朦朦胧胧的掌控欲。

某天,黎嘉茉不知道从哪里找来一个乒乓球拍,让原起对着最近的墙壁打球。

不得不说,这确实是一项很考验眼、手与反应力的活动。

当原起渐渐上手,正全神贯注地盯着那颗球时,忽地,有音乐声响起,流经他的耳畔。

原起下意识地竖耳去听。

是黎嘉茉带了她的MP3,在放歌。

察觉到原起的注意力转移过来,黎嘉茉笑了笑:"是我很喜欢的一首歌!"

他问:"什么歌?"

"詹姆斯·布朗特的 *You're Beautiful*!"

乒乓球触壁又反弹,原起挥动着手上的球拍,分神去听黎嘉茉喜欢的这首歌。而后,他淡淡点头:"是很好听。"

却看见黎嘉茉一脸得意的笑。

她咧着嘴,道:"你已经可以控制你的右手了!"

原起:"嗯?"

"我刚刚是故意放歌让你分心的!"黎嘉茉说,"你在分心的情况下还能用右手去接球，说明你已经可以在无意识的情况下操纵自己的右手了！"

闻言，原起才反应过来，自己刚刚挥球拍的动作完全是凭借着肌肉记忆。

意识到这点，他瞬间愣住，随后伸手去接重新反弹回来的乒乓球。

他的掌心里是一颗小小的乒乓球，但握在手中，像是重新获得了对这个世界、对那个赛场的掌控感。

心中的某个困惑，此时像白纸一般被捅破。

是豁然开朗，是柳暗花明又一村。

而这一切……

他不禁偏头，去看身边的黎嘉茉。

都是她带给他的。

察觉到原起的视线，黎嘉茉举起手上的MP3朝他扬了扬。

音乐从中流出，形成小小的空间，将他们包围。

对上那双漂亮又干净的眼睛，原起勾了勾嘴角。

耳边是歌声。

  I saw an angel
  Of that I'm sure

原起在心中无声回答。

——He is sure.（他肯定。）

集训进行到第六周的时候，省队教练来队里挑人。

来了两个教练，原起都在赛场上见过。

其中一个，还在他拿了省运动会的金牌后，和他有过一番对话，叫熊虎跃。

他们见到原起，都象征性地打了个招呼，慰问了一番，知道原起的左手已经能适应正常生活后，拍拍他的肩膀，意味深长道："接下来好好加油啊。"

原起淡声道："嗯。"

接下来的选拔流程他还是照常参加了。

只是，他没把选拔赛当作自己的右手训练赛——

原起也说不出自己当时是什么心理，或许是对左手还抱有天真的幻想，或许是不想在大家都铆足了劲要打出个最佳成绩的时候用右手打个不堪入目的分数。

虽然现在，他用左手打出来的成绩也好不到哪里去。

两位省队教练结合他们的运动生涯数据，挑了五名选手去面谈，其中有时迅。

原起落选了，意料之中的。

因为有心理预设，所以当教练没有叫上自己的时候，他也没那么不甘。

但心中还是会有失落。

而最令人难过的，是所有人都觉得他要难过。

如是想着，有浅淡的厌烦如苔藓般，薄薄一层，盖在他心上。

但也只是一点。

原起很少把情绪外露出来。

但那晚，黎嘉茉在看他打乒乓球时突然问："你是不是不开心？"

于原起而言，他所有的情绪都被安置在一间狭窄的屋子里，门窗紧锁。

可最近，总有人无意间打开那扇窗。

然后，阳光漏了进来。

原起抿直唇线，用沉默代替回答，是默认。

但被别人发现自己的情绪，和被发现后主动袒露自己的心情是两回事。

纵使他默认了这份心情，也没有就这个话题继续下去。

他只略一顿，便继续了手上挥拍的动作。

他对于右手的熟练程度已经和之前的左手一样了。

十几分钟后，他放下球拍，伸手挠了挠在自己腿边的小狗的下巴，然后开始收拾乒乓球拍。

"哎。"

却突然被叫住。

"你想去看星星吗？"

黎嘉茉带着他绕过这个体校的操场，推开一扇废弃的门——

映入眼帘的，便是一个废弃的篮球场。

野草丛生，尘土的味道在人迹罕至中沉淀下来。

"我在这个学校里乱逛时发现的秘密基地。"

说着，黎嘉茉带着原起往篮球场走。

走到了某个位置，她站定，原起才忽地发现，这个篮球场的角落是个巨大的平台。

只见黎嘉茉熟练地爬了上去，手指着天空："你看——"她发现原起还站在原地，距离这个平台远远的，便"哎"了声，示意他上来。

原起这才过去。

他腿长，黎嘉茉还要借着旁边的落脚点才能蹬上去的高度，他轻松一跨，便站了上去。

他脚步一收,就站到了她的旁边。

热度随着少年的靠近,携风卷来,黎嘉茉蓦地僵住。

加上共同撑伞那次,其实她和原起已不是第一次近距离接触了。

而且,她也一直知道,原起的个子很高,是无须对比,肉眼可以感受出来的高。

但是只有这个瞬间。

四野无人,天地为盖,空旷而荒芜的篮球场里,他们并肩站在这一隅,她才惊觉,他真的很高,身躯遮住月光,形成阴影,盖在她的身上,告诉她,站在她身边的不仅仅是一个新认识的朋友,更是同龄的男生。

在对于两性关系格外敏感的青春期,少女黎嘉茉的心在顷刻间慌乱了。

但她没有表现出来,强装镇定,从口袋里掏出几张纸巾,将这块平台快速擦拭一遍,率先坐下来,又拍拍自己的身旁,示意。

两秒后,原起在她身边坐下,没有流露出任何对这个废弃的、有灰尘的平台的嫌弃。

坐下后,他先侧过头,目光在黎嘉茉身上蜻蜓点水般地掠过。

他看见黎嘉茉抬起头,看着满天星斗,忽地咧嘴笑了下,朝星空指了指:"那个是北斗七星。"

原起抬眸看去。

那几颗星星东一颗西一颗,连不成一个勺子。

研究了一会儿,他诚实道:"不太像。"

话音才落,便听见女生憋笑的声音:"被你发现了!"

片刻后,原起也无声地笑了下。

他在心里回应,嗯,被他发现了。

黎嘉茉看着那片星空,轻声说:"槐安是市区,有污染。我老家的星星比这里还多,爬到山顶上,一抬眼就是星海。"

原起问:"你老家在哪儿?"

"南山尾。"

原起没听过这个地方。

但这个地名好听,而且还能看见星星。

这样想着,他便说:"你老家挺好的。"

可空气在他这句话之后静了几秒。

黎嘉茉的声音在黑夜中显得有些缥缈。

"其实我挺想离开那里的。"

原起别过眼,看见她反手撑着地,脖颈仰起,脸庞的轮廓在月色与星光下显得柔和。

他们之间离得很近,却又因为少年人的腼腆,心照不宣地隔着一段在无声中越了界的距离。

她也偏过脸看他:"你是哪里人呀？"

她直接转换了话题，结束了关于未来模糊又远大的幻想。

仿佛只是没头没脑的一句青春心事。

原起回答:"澄安市。"

语音落下，他便看见黎嘉茉的眼睛瞬间被点亮。

她看着他，眸光闪烁:"好巧呀，我想考的大学就是澄安大学！"

"要是能快点长大就好了。"

"我就能快点去外地上大学了。"

原起看着她，眸光微动。

她似乎，很想离开家。

正想着，他目光忽地一顿。

月光细细碎碎地落了下来，银白无瑕。从他的角度看去，很多细节都被月色照亮。他看见黎嘉茉的额角有一小块红肿。

他下意识地想出声叫她，但声音卡在喉间——

他突然发现，自己并不知道怎么称呼她。

但还未等他开口询问，黎嘉茉就已察觉到他的视线，转过头来。

那句问话就这样被卡在喉间，被原起暂时撂下:"你的额头。"

黎嘉茉却浑然不觉:"我的额头怎么了？"

原起嘴唇微抿，淡声道:"好像受伤了。"

听见他的话，黎嘉茉赶紧伸手去摸自己的额角。

原起借着这个机会仔细看她的伤口，才发现不仅仅是红肿，还有些许破皮，伤口在皎洁的月光下显得发红。

"好像是今天出门的时候被撞了一下。"她的语气平淡，"我都忘了，居然鼓起这么大一个包。"

因为小时候淘气，又总被误伤，黎嘉茉早就习惯了伤口。又因为几乎没人关心过她的伤口，所以她也渐渐地对这些不上心。

反正时间久了，这些伤口就会结痂，然后脱落，一轮又一轮就这样过去了。

所以，她摸了下额角后，不甚在意地垂下手，就要将这伤置之不理。

却听见身旁的人淡漠的声音:"去处理一下吧。"

黎嘉茉顿住。

原起看着她，目光平静得不带任何情绪，语气也是无波无澜，仿佛只是在客观陈述:"感染了会留疤的。"

可这样的语气说出的话，在黎嘉茉听来，却有些奇异的温柔。

黎嘉茉愣了愣，最后慢吞吞地说了句"好"。

来集训，原起带了医用箱。

晚上是自由活动时间，所以宿舍大楼人来人往。不方便让黎嘉茉站在宿舍楼下等，原起便让她留在原地，他回宿舍拿了碘伏和创可贴，重新回到了篮球场。

原先半个身子瘫在平台上的黎嘉茉不知何时已经坐直，双手撑着平台边缘，晃荡着脚等他。

看见他，那双脚就老老实实地并在了一起。

原起把手中的药品递给黎嘉茉："你自己可以处理吗？"

"应该可以吧。"说着，黎嘉茉取出一根棉签，蘸了碘伏，就要往伤口上抹。

却因为看不清伤口的具体位置，抹偏了。

沾着浅棕液体的棉签错位，在她的额角和鼻尖上画出小小的痕迹。

手上的动作顿住，黎嘉茉看向原起，干笑两声："好像不太可以。"

说话的同时，她伸出手，把几样东西重新递回到原起眼前。

原起无言地接过。

他有随身带餐巾纸的习惯，抽出一张纸巾，将黎嘉茉刚刚用过的那根棉签裹好。他又取出一根新棉签，蘸了碘伏。

他此时半蹲在平台上，直起上身，和高高坐着的黎嘉茉平视。

但是两人之间有几拳的距离，不方便他上药。

想让黎嘉茉稍微低下头，他正组织着语言，黎嘉茉就像是感应到他的脑电波一般，朝他的方向倏地低下了头："你涂吧。"

两人间的距离被骤然拉近。

她凑过来的那一秒，原起下意识地往后仰了些。

又在意识归位的瞬间，呼吸变乱。

那天的风很安静，像是温柔的银河，轻轻流动。

他克制着自己的呼吸声，让这一切被银河吞没，不让自己的心思露出来，神色如常地举起棉签，即将触碰到黎嘉茉额角小小的伤口。

"用右手！"

突然被提醒，原起这才发现，自己刚刚太慌乱，又条件反射地用了左手。

他立刻换了一只手。

重新抬眼的瞬间，他对上黎嘉茉满含笑意的眼睛。

两人对视几秒。

一个电光石火的瞬间，黎嘉茉笑出了声。原起也没忍住，勾了勾嘴角。

2010年8月23日，处暑。

最后一周的集训开始。

原起换好训练皮服,走到自己的靶位。

因为换了打枪的手,他扛枪的肩膀也要换到另外一侧。右肩初次经历这样一站就是一天的训练,一开始泛红、脱皮,伤口和咸湿的汗水混在一起,疼痛刺激得原起也会忍无可忍地蹙起眉,但几个星期下来,也长出了一层薄薄的茧,减轻了些许疼痛。

原起抬起枪。

快三周的右手训练,此时以右手为主要受力点举枪时,他不再像最初那样僵硬机械。

他觉得,自己的右手开始和枪建立起感应了。

瞄准。

目光凝视着准星。

然后稳定姿势。

最后,扣下扳机。

在他扣下扳机的那刻,教练从他的身后绕到他的身边。

同时,电子读靶器上亮出他这一枪的成绩。

教练的出现也没干扰到他的情绪,在看清那个数字后起伏,骤然达到了峰值。

原起愣住,紧接着,平稳的心脏不受控地狂跳起来。

他在看到那个数字时,除了难以抑制的喜悦,脑海里还出现了一个想与之分享这份喜悦的人。

终于挨到了晚上。

原起一如往常地在训练后洗过澡换了衣服,只是这次,他绕到了那家校内奶茶店,买了大杯的奶茶,加奶盖。

他端着那杯奶茶,来到了老地方。

心中组织着语言,他要告诉黎嘉茉,他其实不是网球运动员,而是射击运动员。虽然他不是有意骗她,但也是谎言,所以他给她买了奶茶,加了她喜欢的奶盖,希望她能原谅他。

然后他要告诉她,他今天靠右手打出了 9.8 环的一枪,而且是连着两次。

可能黎嘉茉不知道 9.8 环对于此时的他意味着什么,他还要和她解释一下射击这项运动的规则,以及他最开始用右手打枪时连着打了几发 8+ 的窘迫。

这样想着,原起觉得自己的心情越发澎湃。

他有满腔的喜悦,以及有一个想与之分享喜悦的人。

可那晚,直至星斗落下,月亮高挂,夜间乌云将月色掩盖又慢慢飘走,那三条流浪狗在他旁边绕了几圈又走,他都没有等到黎嘉茉。

他就这样,盯着眼前空无一人的区域,傻等了几个小时,直到手中的奶茶凉透。

原起的心也渐渐冷却了下来。

接下来的第二天、第三天，他还是会去那儿。

可黎嘉茉再没出现过。

终于有一天，午饭后，原起在食堂留到了最后。

他找到一位食堂工作人员："您好。请问，有一位经常带着女儿——她的女儿读初中的年纪——的阿姨去哪儿了？最近都没看见她。"

说罢，他紧盯着工作人员的表情。

对方明明是在听到他说前半句话时露出了然的神情，但又立即变得讳莫如深，只支支吾吾地说："慧琴和小茉啊……她们不在这里了。"

"不在这里了"是什么意思？

悬在心头几日的重石轰然掉下，碎石的棱角摩擦着他的心房，在他的心上划出痕迹。

原起呼吸屏住，语气沉了下来："请问她们是去哪儿了？"

"这我也不知道，小茉的学校可能开学了，也可能回老家了。毕竟……"

但工作人员终是没有说出"毕竟"之后的内容，"唉"了声之后离开了。

走出食堂，原起一路上都有些心不在焉。

他无言地走到宿舍门口，却始终没有跨进这栋大楼。

目光随着心情扫下，视线落在几厘米高的台阶上。

那天，就是黎嘉茉撑伞将他送到这儿。

也是在那天，他从她身上认识到了自己的人生还有另外一种可能性。

那停滞的脚步终于迈动。

集训的学校管理严格，为了防止学生私逃，大门通常都是紧锁的。

原起没翻过墙，但是这种事似乎不用学习，在远远看到那扇紧闭的伸缩门后，他立刻改变了方向，朝围墙走去，几步翻了出去。

他记得黎嘉茉说过她的中学。

她的学校是槐安市最好的初中。

他直接拦了出租车，打车去了槐安一中。

似乎好学校都有提前开学的习惯，明明还未到9月1日，但槐安一中确实是在今天开了学。

大门敞开，来来往往的学生拖着行李箱，穿着颜色统一的校服。

走到校门口的时候，原起被保安拦住。

保安盯着这位没穿校服的学生，神情严肃地问他来做什么。

"找人？"

"找谁啊？叫什么？哪个年级哪个班的？"

原起说不出来。

他这才反应过来，原来自己连她叫什么都不知道。
口袋里的手机"嗡嗡"作响，是下午的集训开始了，教练发现他不见了。原起没接。
他在校门口站了一会儿，最后找了最近的酒店开了房间。
他听黎嘉茉说过，她的学校有课间跑操的环节，要绕着校外的路跑一圈。于是第二天，他又出现在了槐安一中的校门口。
他等到了跑操铃响起。
三个年级四十二个班，学生一个接一个地从他眼前跑过去，有些人在路过他的时候会八卦地看几眼，还有几个女生窃窃私语。
但原起对这一切都不在意。
他确信，他没有漏过任何一张面孔。
他的视线向来敏锐，但他没有看见黎嘉茉。
那天，他在校门口站到了傍晚。
直到金乌西沉，他才恍然，原来人与人的联系如此脆弱。
当他重新走回射击馆的那刻，全场都静了下来，看着他。
教练把原起叫了出去，问他跑去哪儿了。
他不出声。
哪怕后背被教练拿戒尺抽了几下，哪怕被罚了五千米加训，他还是不出声。
一颗心沉甸甸的，泛着酸楚。
他不想说任何话。
而当原起在操场上一圈又一圈地跑着，南方八月毒辣的太阳照得他抬不起眼，眼前有白光闪过，他没有预兆地想到了什么。
他又来到了他们一起看过星星的篮球场。
在那个平台上，果然放着一张字条，被一块石头压着
字条的最下面，画了三条小狗的动漫形象。
还有一个豆豆眼的男生，只简单画了上半身，是笑着的。

> 我要离开啦！因为离开得太突然，所以来不及告别，我也不知道要去哪里找你，这张字条也不知道你能不能看见，希望你能看见吧——才发现原来我一直不知道你的名字，原来这些天一直都是叫你'哎'，哎，不好意思。
> 不过以后有缘再见，一定会知道的！
> 虽然不知道你的名字，我还是告诉你我的名字吧。
> 我叫黎嘉茉。
> 祝你以后成为冠军，实现自己的理想！

他一个人在这个平台上坐了很久。

离开的时候，他关上了这个篮球场的大门，让它恢复了与世隔绝的状态，不让别人踏入这个地方。

这里无人问津，荒草丛生，焦黑的土地上，是十几岁的天空。

可少年最隐秘的心事，在这里生根发芽，那片寂静无声的原野上，从此开出茉莉花。

除开初二那年去黎嘉茉的老家找过她，高中毕业后，原起又去了一趟南山尾，他那个吵闹的表妹隋妙语也闹着要一起去旅游。因为实在过分无聊，隋妙语第二天便闹着要回去，当天晚上，原起一个人爬了南山，看到了山上的那座寺庙。走进去，迎面是一株挂满祈福带的树，离他最近的那条祈福带飘到他眼前，写着"但愿有缘再见"。

那两天，原起将南山尾这座城市完完全全地逛了两趟，没有在任何街头碰见许久未见的她，似乎差了点缘分。

而幸好，缘分，有时是天赐，有时也可以是人为。

只要你想。

于是面对几所高校同时抛来的橄榄枝，在澄安大学和另一所高校间，原起没有犹豫地选择了前者。

于是重新见到了黎嘉茉。

只是她好像没有认出他。

原本可以轻易逃掉的第一次班会，原起去了。

那天，他在做自我介绍时，只说了一句话："我叫原起。"

他一直盯着黎嘉茉，但她似乎以为他是在看台下，目光恰巧落到了她身上。

但是没关系。

至少，她终于知道他的名字了。

等原起说完话后，熄了灯、只有皎洁月光照进来的屋子，静了很久。

月光从窗边洒落，无声地流经墙面，像是时间的琥珀，细腻、柔和，在不为人知的角落里过去了一年又一年。

"我……"

终于，不知过了多久，黎嘉茉的声音在这静静流淌的空气中响起。

但她也只吐出这一个字，便没了下文。

黎嘉茉的思绪有些恍惚，有种飘浮的感觉。

她不知道该怎么形容自己现在的心情，甚至觉得有些震撼，又有些不真实。

　　黎嘉茉努力平复着心情，不想让原起听出她的快乐与悲伤。

　　"黎润找到了我妈工作的地方，向她要钱。"

　　"……我妈没给，因为她也没有多少钱，食堂的工资根本不可能填上黎润欠的钱，所以她想把那笔钱攒起来，给我和妹妹上学用。"

　　"然后，黎润三天两头来闹事，还在我妈工作的地方……"讲到这里，黎嘉茉的声音短暂地停了瞬，又像无事发生般继续平静地说道，"打了她。"

　　听到最后三个字，原起的呼吸有片刻的停滞。

　　这些话语堆成大山，压在他的胸膛上。

　　黎嘉茉："其实那天我额头上的伤，就是我拉架的时候不小心被划到的。"

　　原以为，被原起见证了家里这么多事之后，她讲出这话能轻松一些。可话出口时，黎嘉茉才发觉，面对原起，她的心底还是会隐隐地难堪。

　　这么好的他，应该从来没见过这样的丑态。

　　黎嘉茉记得黎润给她带来的巨大创伤，她没有忘记痛苦，她被痛苦禁锢住了，这些苦楚日积月累，终于到了排解不了的一天，将她彻底堵住。

　　但又或许正是因为过往的日子里痛苦居多，黎润那次闹事，可以算是她那些岁月里，平和一点的回忆了——

　　所以黎嘉茉对那段时间的印象并不深刻，毕竟只是她短暂生命里飞逝而过的一隅苦难。心理学上，将反复回忆过往的痛苦称为"反刍"。而为了避免这样的反刍让自己陷入更大的痛苦中，黎嘉茉不喜欢回忆往昔，她的大脑也开启了保护机制，淡化了那段回忆。

　　也在潜意识里，忘记了那短暂快乐的时光，和年少时惊鸿一瞥的少年。

　　更何况六年时间过去，成年后的原起相貌和之前比有所变化——不过，更重要的应该是，第一次在大学遇见原起的时候，黎嘉茉从未把这位赫赫有名的射击明星和自己曾经遇见过的一位中学生运动员联系在一起，所以之后的她更没有往这方面去联想。

　　可纵使原起早已不在意，但她还是得替当时的自己，说出这迟来了六年的解释。

　　听到黎嘉茉的最后一句话，原起的心生涩地抽痛了一下。

　　当初要离开集训学校的时候，他再次在食堂碰见了那位工作人员，对方最终把黎嘉茉父亲来学校闹事的事情告诉了他。

　　在那天之后，原起就说服了自己。

　　如果黎嘉茉是因为这样的原因离开的，那么坦白就是在亲手戳自己的伤疤。

　　倘若体面的告别需要她事无巨细地剖开自己的伤口，那么他情愿她不

215

告而别。

至少，这样还能有所期待，她会在他看不见的地方，过得更好。

但是他不知道，黎嘉茉额头上的伤口原来是这样来的。

黑暗里，原起的睫毛轻颤了一下。

眼睫扇动的频率里，他的眼睛有了湿意。

他这样一个情绪钝感的人，却在同一个人身上，学会了离别与心疼。

他无法想象黎嘉茉这十九年，过的是怎样的生活。他知道，哪怕往自己的认知领域中最坏的一面去想，可能也比不上黎嘉茉承受的十分之一。

而这些是黎嘉茉真实经历的。

因为后面的这个认知，原起觉得难以呼吸。

如果痛苦是可以被量化的东西就好了。

这样，他多承担一点，黎嘉茉就可以少承担点。

可为什么不能？

无力感与挫败感覆上原起的心头，但更多的是，他心头冒出的一股冲动，那没有勇气去实现的冲动。

"原起。"

直到黎嘉茉轻轻叫了他的名字。

她说了三个字："对不起。"

空气似乎被这三个字冻住。

半分钟后。

"黎嘉茉。"

"嗯？"

"不要说对不起，你从来没有对不起任何人，更没有对不起我。"

静了几秒，原起才一字一顿地说："是我要和你说谢谢。如果不是你，我现在可能已经不是运动员了。"

是你拯救了我。

哪怕你不知道，可我一直记得。

第九章 ·太阳

"太阳的温暖，是拥抱的温度。"

第二天，两人一起去黎嘉茉的小姨家吃饭。

原起吃饭时几乎一言不发。在黎嘉茉的亲戚家做客，他显得很拘谨，就连夹菜都不敢夹太远的，只一直夹自己面前的蔬菜。

所幸他不挑食。

黎嘉茉的余光瞄见，起身拿了个碗，把每个菜都夹了些，然后默不作声地将那个碗递给了原起。

这天，黎嘉茉打算把黎嘉念接回家，只是在要离开前，有警察打来电话，喊她去派出所一趟。

还好有原起在，带黎嘉念回家的重任就交到了他身上。

说是原起带黎嘉念回家，但实际上，黎嘉念对路的熟悉程度远远超过原起，一直是她走在前面，原起则片刻不离地紧紧跟在她身后。

回来的路上，路过一家杂货店，原起想到家里只有两只玻璃杯，便买了几个杯子回家。

黎嘉念跟在他身后钻进店里，拿了两包干脆面看着他。原起立刻懂了，没说什么，直接付了钱。

他没怎么和小朋友相处过，初中以下的小朋友在他心里一视同仁，他甚至不清楚六年级的小朋友会不会自己穿衣、脱鞋、上厕所。

所幸一进家门，黎嘉念就表现出了超出原起预期的懂事。她跑到房间，找出了自己的小拖鞋换好，又把换下来的鞋摆在家门口的鞋架上。

想喝水了，她还会自己往电水壶里接水，然后插上电水壶的插头。

黎嘉念这自理能力看得原起有些愣住，张开怀和黎嘉念两个小朋友让他反应过来自己对小孩子的认知太滞后了。

他也起身，把新买的杯子洗了，和之前剩下的两个玻璃杯摆在一起。

"原起哥哥。"

突然听见黎嘉念用脆生生的嗓音叫他，原起回头。

黎嘉念和黎嘉茉长得有几分像，但是那双眼睛生得截然不同。

黎嘉茉的眼睛偏长，眼里总像是蒙着一层雾，让人看不清她的真实情绪——只是现在，原起明白了，因为她的心事太沉重，而眼睛是一个人心

217

境最直接的映射。

而黎嘉念的眼睛则短些，圆圆的，像黑葡萄般澄澈明亮。

这双乌溜溜的大眼睛此时一眨不眨地盯着他，她问："你是我姐姐的男朋友吗？"

原起身形微顿，先是有些意外黎嘉念小小年纪就知道男女朋友的概念，随后又有些窘迫。不过这股窘迫并没有持续多久，毕竟他从来不羞于承认自己的情绪。

他淡淡地摇头："我是她朋友。"

"那你喜欢我姐姐吗？"

听见黎嘉念的话，原起在心里无声地笑了下。

她的妹妹和她一样机灵，也和她一样坚强。

黎嘉念的衣袖上还别着一朵悼丧的小白花，但她的脸上已经看不出太多的悲哀。

这几天里，小姨一直陪着她睡觉，告诉她，没有了妈妈，姐姐和小姨也会一直爱她。

原起轻"嗯"了声，回答黎嘉念。

而他发出的那个音节才消失于空中，黎嘉念就有些兴奋地"哇"了声："那我偷偷告诉你哦！"

说着，黎嘉念朝原起招招手，示意他靠近点。

原起靠近她，俯身，发现自己还是太高了之后，干脆半蹲在黎嘉念面前，这样，黎嘉念才将将能够与他平视。

黎嘉念伸出手拢成小喇叭的形状，护在自己唇边，凑近原起的耳朵，小声说："我告诉你一个秘密。"

说着，她停顿了一下，无师自通地学会了故弄玄虚。

"——我姐姐也喜欢你。"

说罢，黎嘉念有些得意地挑起眉，等待听到这个惊天大秘密后原起的反应。

她从小就很聪明，人小鬼大，班上谁喜欢谁，她一眼就能看透。

她都准备好等原起问她"你怎么知道"之后，摆出自己的理论炫耀一番——

因为姐姐盯着他的眼神很不一样。

可出乎她意料的，原起的反应很平淡，仿佛早就知道。

他只微勾了下嘴角，然后揉了揉她的脑袋："谢谢你告诉我这个秘密。"

又在心里回答。

他知道。

这么多天，他早就从牛角尖里钻出来了。

黎嘉茉回来的时候，看见茶几上摆满了酒店餐饮的打包盒，没拆封，显然是在等她回来一起吃。

但是茶几旁，只有黎嘉念一个人。

"嘉念，那个哥哥呢？"

"原起哥哥出去接电话了！"

黎嘉茉这才后知后觉地反应过来小姨和妹妹都记住了原起的名字。

同时，她抬眼往屋里看，发现阳台的门是紧闭着的。

心中忽地冒出一个猜测，她合上门，问黎嘉念："他打了多久电话了？"

黎嘉念歪着头想了会儿，她不太清楚时间概念，只能凭印象说："有点久了。"

两人又等了几分钟，终于看见原起打开阳台的门。

原起落座，意外地听见黎嘉茉问他："是教练打来的吗？"

他动作顿住，又立即恢复，神色如常地"嗯"了声。

黎嘉茉就像是随口一问般，得到答案之后就没继续问。

三人和谐地吃完了这顿饭，其间，黎嘉茉和原起的话都不多，而黎嘉念可以咧着嘴说一大串，让两个成年人不得不配合她说话。

饭后，原起和黎嘉茉一起收拾桌子。

他刚将垃圾丢进垃圾桶，便听见背后有人轻声叫了他的名字。

不知为何，在黎嘉茉开口的瞬间，有种不太好的预感在原起心中蔓延。

刚才，黎嘉茉问他是不是教练的电话时，他心里就有了预感。

他抬眼，目光落在黎嘉茉身上。

黎嘉茉神情恬淡，那双藏着太多情绪、平静到有些暗沉的眼睛注视着他，视线像风吹落叶，直到那些枯枝败叶都被这风卷起，黎嘉茉才淡声开口。

"原起，你回去训练吧。"黎嘉茉语气平静，"你出来太久了，教练那边会有意见的。"

说完，她又补了句："毕竟这是国家队的集训。"

其实黎嘉茉分不清这些集训之间的差别，但是她感觉这次集训对原起应该很重要。

可原起只是静静地听她说完这话，目光和黎嘉茉对视着，一寸不偏。

他没说话，用视线和黎嘉茉对峙。

温暾却钻心的酸涩感像蚕丝一般在黎嘉茉心尖展开，她知道那目光意味着什么，却只能避重就轻地回答其中的一种情绪："那天，我确实是有想死的念头……但是有嘉念在，我不会再去寻死了。"

时间似乎凝滞，原起唇瓣微张："黎嘉茉……"

话才刚出口，便被打断。

黎嘉茉："原起，你知道你把我从南山带回来的那天晚上，我想到了什么吗？"

那天晚上，她在浑浑噩噩的状态中，跟着原起下山。

关于那天的记忆很混乱，黎嘉茉甚至分不清一些细节的先后始末。

但她记得自己那晚躺在床上，睁着眼，直到半夜才睡着。

在那之前，她在黑暗中数着自己的心跳，脑海里忽然现出一刹那的白光，她想到了自己很久之前，在网上看到的一句话——

如果她能熬过那天。

那她就能熬得过所有。

所以……

"所以你放心，我不会再去寻死了，我向你保证。"黎嘉茉看着原起的眼睛说。

她的眼眸中映着原起的面孔。

他只是无声地注视着她，良久的沉默后，问："你什么时候回去上学？"

他总是能一下子看破她内心最深的想法。

她想休学。

黎嘉茉只是笑了笑，没有说话，可在原起有些执拗的视线里，她唇边的弧度渐渐淡了下来。

她不想表现出那么脆弱的样子。

可是在原起面前，她的所有盔甲都自动脱落，她给自己构建的所有城墙都土崩瓦解。

仅一个低头的动作，她的泪就掉了下来。

开关就这样被打开，瞬间，泪水如断线的珍珠往下坠，黎嘉茉拼命地眨眼，却无法收回自己的每一滴泪。

最终，她直接仰起头，不顾自己满目泪水，无意识地对原起扯出一个笑，语气似摇摇欲坠的高楼，在高楼崩塌之前，她故作轻快道："原起，其实我有抑郁症，挺严重的。"

说到这里，她的嘴角生理性地下撇，但黎嘉茉又硬生生地把它拉平、上扬。

"我这两天一直在想，说实话，我有点不知道未来该怎么办。嘉念还那么小，我有点不知道未来的路该怎么走……"

她在啜泣声中拼凑出完整的话，却是泣不成声，翻来覆去。

看起来一切不好的都要过去了——李慧琴的丧礼办完了，黎润被抓了。

但是黎嘉茉的灵魂也像是随着这些一起被抽空了。

曾经，她铆足了劲学习的动力，就是要让妈妈和妹妹过上好日子。

可如今，妈妈走了。

虽然还有妹妹，可黎嘉茉知道，有什么东西不一样了。

她坚持的意义，在李慧琴离去的那晚分崩离析化为乌有。

她不知道她存在的理由是什么。

她完全可以像以前那样，重新回到学校里，哪怕晚上要被情绪折磨，但白天仍旧可以装作无事发生一样，继续笑着负重前行。

但她真的提不起精神了。她觉得自己做的这一切毫无意义。

她一直是这个世界的浮萍，而如今，牵连着她和这个世界的细柄脱落，她对这个世界的感知骤然消失。

她没有骗原起，她不再想死了。可是她也不知道自己为什么而活。

而就在她和这个世界的联系摇摇欲坠的时候——有双手将她拉住了。

她不是向深渊跌落，而是跌入了一个炙热的怀抱中。

她将头埋在原起的胸膛上，在那双手虚虚环住她的腰上时，像是向日葵本能地追逐太阳一样，下意识地抱紧了他。

他虚环在她身上的手，得到了许可，终于将她抱实。

这是他昨晚没有勇气实现的那份冲动。

因为常年训练，原起的手臂强劲而有力，他只用一只手就可以环住她的腰，另一只手轻轻拍打着她的背，这是人类最本能的安抚姿势。

他的声音叩着呼吸，低沉却清晰："黎嘉茉，难过的话，可以哭。"

她攥住他衣角的手在这句话之后收紧，紧接着，怀里的人更剧烈地抖动起来。

原起垂眸，只能看见一颗扎进他怀里的脑袋。

这是她离他最近的时候，近到她能听见他的心跳，他能触摸到她的体温。他却生不出一点喜悦，只想把黎嘉茉抱得紧一点、再紧一点，可她的身体那么单薄，仿佛一用力就会被折断。

直到她的哭声小了下去，衣服上的潮湿不再蔓延。

原起柔声唤她："黎嘉茉，"他小心翼翼地开口："我们明天去看医生好不好？听医生怎么说。"

他感受到怀里的人点了点头。

抚着黎嘉茉后背的掌心把她往怀里紧了紧，他轻声安抚："未来的路会有的，你和嘉念都会好的。"

黎嘉茉说不出话，她也没抬头，只是又一次蹭着他的衣服，点了点头。

"黎嘉茉。"

他又叫她。

他一遍一遍地叫她的名字，这是她和这个世界最直接的联系——她不是为了谁而存在，她只是黎嘉茉。

原起看着她终于不再颤抖的身体，语气似稀疏平常："我微积分考了八十分。"

这次，黎嘉茉没有点头。

她伸出手，拉住他的衣摆，轻轻往下扯了两下。

是鼓励的意思。

整座南山尾小城只有一家医院，而国内的心理医生素质参差不齐，原起通过父母联系上了槐安市一位著名的心理医生，第二天，和黎嘉茉一起去医院。

因为一直注意着那处的动静，所以候诊室的门被打开的瞬间，原起便及时站起。他提步往候诊室的方向走，恰好和往外走的黎嘉茉迎面碰上。

他脚步顿住，视线落在黎嘉茉的脸上，她眼眶有些红，除此之外没有哭过的痕迹。

原起俯下身，对上黎嘉茉的眼睛，轻声询问她的意见："我可以和医生交流一下吗？"

黎嘉茉点点头。

她在他面前，已经不需要再隐瞒什么了。

两人是上午最早一批到的医院，却一直待到快中午十二点才离开。

秋日的阳光是金色的，被树叶和建筑物撕裂成细碎光斑，平等地落在每一个人身上。

从室内走出来，忽地看见阳光，黎嘉茉下意识地抬头，又应激地眯起眼。

但她的目光没有从天空中那个白色的斑点挪开。

直到左手掌心传来温度，一只大手将她的手握住。

黎嘉茉一愣，整个身体被太阳照得暖融融的，面部都滚烫，那颗心也像是被炙烤了一般，"扑通扑通"地乱跳起来。

但她没有抽出手。

她的默许便是答案。得到了许可，牵住她的那只手攥紧些，又在下一瞬松开，换了姿势，伸出手指挤进了她的指缝，两人的掌心紧紧相贴。

他的手心有因长期训练生出的薄茧，像是砂布，轻轻磨着她的指腹。

牵住了那只纤细而小巧的手，原起一直有些不安的心，终于有了依靠，稍稍镇定了些。

他的脑海里，是刚才和心理医生成骏的对话。

"患者的情况不太好。据她自己反映，确诊抑郁症已经快半年了。我刚刚翻看了她的病历，她第一次就诊时自我描述，情绪低落时间长达三个月，所以我保守估计她患上抑郁症的时间应该比她自己知晓的要长，不然也不会第一次来看病就确诊重度抑郁了。

"又加上她情况比较复杂，比如母亲最近过世了。我刚才和黎嘉茉对话的时候，她告诉我，在她母亲非自然死亡之前，她就想过，等母亲老死了，她也就跟着一起去了——所以在她母亲意外死亡后，她也选择了这个做法。"说罢，成骏看着原起，问，"这件事你知道吗？"

原起眸光微沉，很淡地点了下头。

成骏颔首，继续说："从这个想法就不难看出，其实黎嘉茉和这个世界的连接是非常弱的。

"世俗对抑郁症一直有误解，觉得很多人得抑郁症是因为闲着没事想太多，但抑郁症是一种心理疾病。所谓的疾病是要治疗的，否则会影响到生理机能。长期产生抑郁情绪，抑郁症患者的大脑皮质就不太活跃了，我们能感受到的喜怒哀乐，在他们那里都被降到了最低，他们对这个世界的感知力是很低的。他们的世界存在于自己的想象之中，又因为没有外界的联系与反馈，他们生活在一个自我评价极低的内心世界。

"而在这个世界里，他们会不断重复播放过去的黑色记忆，所以痛苦在他们那里是不会被冲淡的，而是累积的。每当有新的负面情绪出现，之前的负面情绪也会被拎出来一起凌迟。

"最可怕的是，抑郁症在躯体上的常见表现是行动力低下，因为他们的驱动机制已经退化了。

"就连正常的起床、吃饭，对他们来说都是困难的、被动的事情。

"完全陷入被动状态之后，很多患者找不到自己的社会定位。原起你要知道，活在这个被各种价值观夹击的时代，人最可怕的就是丢了自我。而相较正常人，抑郁症患者更关注内心世界，所以当他们找不到自我存在的价值时，就会活在无意义的空虚中了。"

成骏敛眸，看向坐在自己对面的少年。

或许是因为早早便走上了运动员这条不同寻常的路，明明是二十岁的青涩年纪，原起却似乎比同龄的男生要成熟稳重许多。

"那该怎么做？"

终于，他听见原起开了口。

"我和她。"

成骏对上他平静却坚毅的目光，他的面部轮廓线条分明，眉骨如剑，说出口的每一个字，都坚定而有力，让人信服。

成骏缓缓开口："只能说不幸中的万幸吧，我能感觉出来，黎嘉茉是想自救的。

"她很配合我的检查流程，而且，相比一些抑郁症患者的茫然，她能意识到自己的困境，甚至有自己的想法和规划。她和我提到，她想休学。

223

"之前的病历显示，黎嘉茉的抑郁症伴有比较严重的焦虑症状，我猜她应该很早就有休学的想法了，但是因为害怕，比如害怕学业落后，又比如知道休学在我们的社会不被认可，所以一直撑了下来。而现在不管是出于什么原因，她下定了决心要休学，我觉得这不是坏事，甚至可能是目前看来比较良好的一个路径。

　　"她和我说，她打算在休学期间去做志愿活动，比如支教。而这些活动是可以有效地帮她构建与世界的联系的。并且，去一个全新的环境，不用承继在之前的生活环境中扮演的一些角色标签，也会有利于她重新构建自我。而至于你要做的……"说到这里，成骏笑了下，"抑郁症患者需要吃药治疗，除了要吃药，更要靠患者自己想清楚。我们作为外人能起的作用很小，最基础的陪伴、鼓励，让他们相信身后有所依赖，这当然不可或缺。如果我没有猜错的话，你应该已经在无意中发挥了最大的作用。"

　　他是她决定自救的原因之一。

　　温热的阳光落到原起的眼睫上。
　　随着呼吸的频率，他的睫毛轻轻颤动了一下，阳光被抖落至瞳孔里。
　　"黎嘉茉。"
　　黎嘉茉没有抬头看原起，她的目光落在旁侧，像是在眺望路边的一朵小花。
　　但她"嗯"了声，算是回应。
　　"你想做什么，就去做吧。"原起说，"我都陪着你。"
　　原先一直不看他的黎嘉茉在此时慢慢抬起脑袋。
　　那缕阳光，从原起的瞳孔里，反射到了黎嘉茉的眼中。两人就这样静静对视着，几秒后，黎嘉茉缓缓开口："原起，你回去训练吧。
　　"获得这个机会很不容易，很多人想去都没去成，你不能明明可以去，却白白浪费了这个机会。"
　　两人又静了一会儿。
　　片刻后，原起抿直唇线，淡声道："好。"

　　回去后的第三天，黎嘉茉把黎嘉念重新送回了学校。
　　这个屋子里又只有他们两个人了。
　　黎嘉茉催着原起买了第二天回澄安的票。想到在南山尾待了这么多天，原起还没好好逛过南山尾，离开的前一晚，黎嘉茉带他出门散步。
　　回家的路上路过了一家文具店。
　　黎嘉茉原本想直接略过，可不知道为什么，原起说要进去看看。
　　当晚，洗漱之后，黎嘉茉看见原起坐在沙发上，手里是他从文具店买回来的横线纸。

察觉到她的视线,原起抬眼和她对视,然后启唇道:"黎嘉茉,我们玩个游戏吧。"

黎嘉茉走过去,搬了个板凳在茶几旁坐下。

原起将一张纸对折,撕成两半,又对折,再撕成两半。

一张纸被他撕成四份,递给她两张。

黎嘉茉不明所以,但还是接下。

接过纸张的瞬间,她瞄了眼,发现因为练习打枪,原起的指甲修剪得干净整齐,他的手指修长,就连刚刚撕纸的动作都很美观。将纸递过来的瞬间,还带来一阵淡淡的皂荚香,是她家沐浴露的味道。

"我们在纸上写出对方的三个优点和自己的三个优点,然后看看有没有重合的点。"

一个毫无趣味性的游戏,甚至都不应该被称作"游戏",自然也没什么奖励与惩罚。

但黎嘉茉浑然不觉有什么不妥,只思考了一秒,便答应了。

黎嘉茉摊平纸,先写了原起的优点。

落笔时犹豫了一下,因为感觉,原起的优点有很多,她选不出。

但最后,她还是写下了她觉得最珍贵的三点。

1. 真诚;
2. 情绪稳定;
3. 有自己热爱的事业并为之奋斗。

她又摊开另一张纸。

这次,笔尖也在纸面上悬了很久,没有直接落下去。

只是和刚才犹豫的原因不同,她此刻的迟疑,是因为想不出自己的优点。

学习好,或许算一个吧。但是学习好的人太多了,她只是里面最普通的一个,因为这份成绩是她付出了很多努力后才获得的——

想到这里,黎嘉茉落笔写下"1.比较努力",然后,脑子里又是一片空白。

有人夸过她脾气好,但黎嘉茉觉得自己脾气不好,她经常对身边的一切感到烦躁,只是不表现出来。

很多人喜欢的、赞美的,其实都是她伪装出来的模样。

又一番苦思冥想之后,黎嘉茉才有些艰难地在纸上添了个"2.共情能力比较强"。

然后就把纸张折起,她实在是写不出第三点了。

写完后，黎嘉茉把折好的两张小字条放在自己面前的桌面上，却看见原起还在低头写。

似乎男生总不喜欢把头发全吹干，原起刚洗过头，发梢湿漉漉的。明明是十一月比较冷的夜，他却像是不怕冷一样，只穿了件黑色短袖，漂亮流畅的手部线条暴露无遗。

袖口有些宽松，他的锁骨线条若隐若现，隐入衣领更深处看不见的地方。原起的那件短袖前面还印着个潮牌的Logo（商标）。

黎嘉茉有些分神地想，虽然不太张扬，但其实原起也有着大部分帅哥的通病，有点注意形象，比如很讲究穿搭，又比如她之前在学校楼道上碰见过他几次，发现原起好像还给自己抓了发型，不知道有没有喷发胶。

直到原起漠然地抬起眼皮，露出略带疑惑的眼神。

黎嘉茉才猛然回神，正襟危坐，强装镇定道："我写好了。"

原起果然就不追究她的视线了，柔声道："我马上写好。"

意思是还要写。

黎嘉茉应了声好，又等了一分钟，才终于等到原起把他的两张小字条递到她面前。

她先随意打开其中一张——

原起的优点。

一看到这一本正经的标题，黎嘉茉的嘴角便没忍住翘了翘。

她继续往下看。

原起的字苍劲有力，但有些潦草，龙飞凤舞的，因此，寥寥几笔便占了大半个页面。

有耐心；会开车；爱国。

什么呀。

黎嘉茉忍俊不禁，差点笑出声。

既然这张是写他自己的优点，那么另一张是什么内容便不言而喻了。

翻开第二张字条时，她心中隐隐有些期待，但还停留在被刚刚那张字条逗乐的情绪里。

直到那大段的文字暴露在她眼前。

另一种情绪翻涌而来，直接占据了黎嘉茉的全部感官。

黎嘉茉的优点。

和刚才那张字条不同,这一张显然是原起认真写的,字体端正漂亮,是和那张他写给张开怀的明信片一样整齐的字。

  1. 善良。小时候会喂流浪狗,长大后会主动做志愿活动,对老师同学温和友善,会主动帮助有困难的同学,可以和小朋友相处得很好。
  2. 坚韧。遇到过一些困难,但是靠自己的力量战胜了这些困难,没有被这些困难打倒,而是如愿成长为很优秀很厉害的人。
  3. 漂亮。尤其是眼睛,很漂亮。教原起学微积分的时候,很耐心,也很漂亮。开心笑的时候也很漂亮。多笑笑。

  其实原起想写的很多,但因为先前设计的游戏规则,只能写三条,所以他只老老实实地写了三条。
  和黎嘉茉绞尽脑汁才能写出自己的三个优点不一样,原起绞尽脑汁,才能在心里筛选出最能代表黎嘉茉的三个优点。
  这张纸的页脚,还画了一朵丑丑的茉莉花。
  黎嘉茉在眼底的湿意化作实体的眼泪之前仰起头,把泪水收了回去。
  她把原起写的字条重新折好,小心地收回自己的口袋里。
  然后,她再次看着原起。
  "原起,我给你画张画吧。"

  高铁要到槐安市才可以坐。
  翌日,黎嘉茉坐大巴,和原起一起从南山尾到了槐安,把他送去高铁站。
  到了检票口,两人必须分别。
  原起一直看着黎嘉茉,唇瓣微动。
  他有很多话想说,却又不知从何说起。在这个时候说自己不想离开,没意义、矫情,且欲盖弥彰。
  他们的分别,是为了更好的相遇。
  最后,原起低声说:"黎嘉茉,答应我一件事……"
  他的眼底幽深,潜入了一道身影——黎嘉茉眸光闪烁却依旧笑着,坚定地点了点头。
  "我会的。"
  黎嘉茉站在高铁站二楼,目光向下,注视着动车离开。
  当列车完全消失在她视野里的那刻,她似乎早有预感地拿出手机。
  原起的头像已经换成了她画的那张图。
  是一个太阳。

7：我昨天晚上写了封信。
手指在屏幕上悬了片刻，黎嘉茉打字。
jasmine：什么信？
下一秒，一条消息弹出。
7：以后告诉你。
他在和她约定以后。
看着这句有些孩子气、不太符合他气质的话，黎嘉茉弯起眉眼，一滴泪从她的眼角滑落。
jasmine：好。
jasmine：以后告诉我。
很多很多话，不用多说，藏在心里，但他们都知晓。

"黎嘉茉，答应我一件事……"
好好活着。

"我会的。"

第十章 ·秘密
"喜欢你,这是我的秘密。"

"服了,这些大一新生没一个靠谱的。"

室友于思一回到宿舍就开始抱怨。

听到那有些重的关门声,黎嘉茉眼明手快地退出自己的微博界面。

"怎么了?"

"我们组织不是承办了下午那个奥运冠军进校园的活动吗?"

听到后面几个字,本来只是随口一问的黎嘉茉立刻上了心。

于思:"原本是让我和大一的一个男生一起去采访,结果现在还有两个小时活动就开始了,他居然来和我说他原本是打算翘了微积分的课去采访的,但是没想到助教临时在课程群里通知要点名。"

大二上学期的时候,黎嘉茉最后一个月没去学校,但还是待在家里把一学期的知识梳理复习了一遍,最后去学校办休学手续的时候顺便参加了几门功课的期末考,因此,大二上学期算是正常结课了。

她休学了一年多,在今年上半年重新回到学校,跟着17级的学弟学妹们学完了大二下学期的专业内容,也就和他们一起升上了大三。

于思是她的新室友,也是澄安大学团委媒体中心部的副部长,经常负责一些大型活动的采访与新闻稿撰写。

而今天这个活动,于思很早就开始筹备了,她在宿舍里提过很多次。

毕竟在搞了快一个月的开学专题和军训专题后,难得来个新鲜的选题,还能和奥运冠军近距离接触,想不兴奋都难。

更何况,参加活动的其中一位奥运冠军还是他们学校的学生,今年夏天出征奥运会,在没得奖前就凭借那张帅脸出圈了,更是在拿下了金牌的那刻登顶热搜。

于思都不敢想这次推文稿的阅读量会有多大。

而如今,不靠谱的下属临时变卦,距离去候场不到一个小时,组织里的其他人要么有其他工作,要么要上课,于思翻遍了微信联系人,都找不出一个合适的人。

采访的大纲已经提前对过,她一个人全程问下来也没问题。

只是这么大型的活动,只有一个文字记者,总显得排场不够。

对着微信聊天框上的一句"副部，我下午也有微积分课点名"，于思心力交瘁地回复"那你好好上课"，而后有些自暴自弃地放下手机。

她凝视着书桌，有些怅然地发了一会儿呆，最后，猛地撇过头，将目光投向了黎嘉茉："嘉茉，你下午有课吗……"

问出口的瞬间，于思立即想到她和黎嘉茉的课表是差不多的，今天下午都没课，于是话题一转，变成了："或者你要画画吗？"

这死马当活马医的话问出口时，于思是没抱多少希望的。

毕竟在她看来，黎嘉茉好像从来不喜欢凑这些热闹，而且，感觉黎嘉茉每天都挺忙的——

应该换一个词。

于思在心中暗自纠正：黎嘉茉的生活似乎总是很充实。

黎嘉茉的桌面总是收拾得很整洁。有一天，她不知从哪里抱回来一束花，却无处安放，自那以后，黎嘉茉的书桌一角便出现了一个花瓶，隔三岔五地会插上漂亮芬芳的鲜花。

她的书柜前总是贴着每日更新的便签，上面清晰地写着每日计划。

于思原以为那一行行计划无非是把要赶的作业具体列出来，直到她无意间瞟了一眼，才发现黎嘉茉的计划并不是她所想的那般，而是各式各样的活动。

"看《小偷家族》""读完《冬牧场》""画画""背100个英语单词"……诸如此类。

并且，黎嘉茉的计划，最后都能顺利完成，打上钩。

而这些计划里面，于思猜想，黎嘉茉画画的频率最高。因为她留意到黎嘉茉的书桌上有个数位板，对方时常拿出来。

其实，最初知道自己宿舍要迎来一位休学过的学姐时，于思和另外两名室友都是有点担忧的。

一来，她们宿舍三人已经朝夕相处了一年半，此时突然要安排一个完全陌生的人进来，总觉得硌硬；二来，虽然知道是偏见，但于思还是不可避免地猜想这位学姐休学的原因。

在她的概念里，休过学的人一定是某些方面有问题，要么是身体不好，要么是心理有问题。

黎嘉茉搬来的那天，宿舍三人下午都有课。

不过于思前一晚改新闻稿改到凌晨，便翘了下午第一节课溜回来午睡。

不知过了多久，她在意识朦胧间听到窸窸窣窣的声音。

于思起身，将床帘掀开一道缝，往地面瞄了眼，瞬间清醒了。

一个陌生的女生站在那张空了许久的书桌前收拾东西。

从于思的角度，只能看见女生安静地扎在身后的马尾，和偏清瘦的身形。

于思干脆起了床。

她下床梯的时候，那女生也听见声响，手上的动作一顿，回头看过来。

目光相对的那刻，于思刚想说声"嗨"，谁想到那女生在看清她的脸后第一反应是呼了口气，拍了拍胸膛，很轻地自言自语了一句"吓死我了"。

随后她才放下安抚自己的手，略带歉意地道："我不知道房间里有人……吵醒你了吗？不好意思……"

于思摇摇头："没事，我睡醒了。"

她几乎一下就猜到了来人的身份，不着痕迹地打量了黎嘉茉一眼，在脑海中寻找了一个合适的称呼："学姐你好，我是于思，二号床的。"

黎嘉茉的手上还拿着正往外摆的计时器。

听见她的话后，黎嘉茉立即放下手中的物件，与她打招呼，睫毛随着微笑的弧度轻扇了下，语气和她整个人的气质一般柔和。

"你好，我叫黎嘉茉。"

起床后，于思把自己攒了几天的衣服拿到楼下的洗衣房。等她带着洗衣桶回来的时候，发现宿舍里已经空无一人。

于思走到阳台去晒衣服，却在放下晾衣杆的瞬间，透过紧紧挨着的衣角，看见宿舍楼下，站在大门口花坛旁的两道身影。

一男一女，气氛正好，两人之间的距离早已超过了所谓的安全社交距离。

很容易让人联想到什么。

男生身形颀长，此时微垂着头和站在他面前的人说话。隔得远，于思看不清正脸。但她阅人无数，从他的身高腿长便判断出那人必定是个帅哥。

而站在他旁边的，就是自己刚见过的新室友。

"我下午有空的。"

黎嘉茉的回答把于思的神思拉回了现实。

于思赶紧缓过神，唇瓣动了动，但还未等她开口询问，便听见黎嘉茉主动问："是需要我和你一起去采访吗？"

于思微愣，然后用力地点了下头："可以吗？"

黎嘉茉："但是我之前没有采访的经验。"

听语气有戏！

于思心想着，忙不迭道："很简单的！我等下把稿子发给你，你念念稿就可以了！"

说罢，她拱起手，一脸期待地看向黎嘉茉。

几秒后，黎嘉茉在她的星星眼里点点头："好的。"

两人抵达活动现场时，距离活动正式开始还有一个小时。

从活动场地到现场布置，都透露出澄安大学团委对这次活动的重视。

会场中心围满了摄影器材，众多的工作人员穿梭在礼堂中间，室内横梁上挂着长长的横幅，写着"奥运冠军进校园"几个显眼的大字。恨不得把自己学校出了个奥运冠军这事昭告天下，很符合澄安大学一向高调爱炫耀的风格。

于思去和其他工作人员联系，黎嘉茉随便找了个位置坐下。

她点开手机，发现置顶的那个聊天框有两条未读消息。

一条是一个半小时前发的。

7：出发回学校了。

这句是在两人分享了午饭照片后发的。

那时，两人简单地聊了几句后，黎嘉茉就回了宿舍，又在答应于思后收拾了下，所以没能及时看到。

另一条则是几分钟前发的。

7：到了。

黎嘉茉打字：来参加那个活动吗？

原起回得很快。

7：嗯。

7：晚上想吃什么？

原起那有她的课表，知道黎嘉茉下午没课。

这近一年来，原起回学校的时间很少，甚至就连外出的时间都受到了限制。所以，每次回校，两人都会一起吃饭。

也就因此形成了无声的默契。

这是原起回国的第四天，也是在奥运会上夺冠后首次回学校——嗯，明面上的第一次回学校。

原起不知道她在活动现场。

思及此，黎嘉茉脑筋一转，回复：辅导员刚刚突然找我有点事。

7：什么事？

jasmine：不知道，但应该没空出去吃晚饭。

7：夜宵？

jasmine：再看吧。

本来一直秒回的对面没了动静。

半分钟后，原起才回了一个字。

黎嘉茉盯着那个"好"字看了许久，最后，偷偷捂着唇笑了下。

她都能想象到原起在网络那端的表情和语气。

这次奥运会，时迅在10米气步枪的项目上止步四强，无缘拿到该项目的奖牌。但是，他和一名女搭档斩获了混合团体金牌，所以也受邀来参加此次活动。

时迅赶过来的时候，活动已经快开始了，工作人员正给受访人员佩戴麦克风。时迅远远就看见了原起。

从去年下半年起，时迅基本上被安排和原起一起训练，又加上少年时期的短暂缘分，瞄着原起此刻抿直的唇线、眉头平展但眼神有些垂散，时迅一眼就判断出这人现在心情有些不佳。

"起神。"

别人这般称呼原起，多是敬佩。而这两个字在时迅口中，就是他专门用来戏谑原起的称呼。

等原起淡淡投来目光，时迅扬眉，幸灾乐祸道："怎么回事，看起来心情不佳啊？"

他这话一说，一旁的工作人员都纷纷抬眼，偷摸着打量原起。

原起漠然回道："没有。"

他不是心情不好，只是心里的期望小小地落空了。

回国后，原起并没有立刻进入休假模式，而是配合体育局的要求，参加了一些业内的活动，近期才总算把这些后续工作收尾，回了澄安市。

但又因为各种各样的零碎安排，他没能正式返校。今天到校，在参加活动前他还去办理了开学报到，这才算是正式回归校园了。

原本，他心里已经把今晚的事项计划好。活动结束后去找黎嘉茉，先和她去吃饭，然后去影院把她提过的最近上映的某部电影看了。

而如今，因为黎嘉茉临时有了其他的安排，两人可以待在一起的时间就少了些。

但是，一想到之后可以每天都见面，原起心里的情绪又被牵起。

他不仅仅是对于今晚有计划，还有些心照不宣的事情，也应该随着他和黎嘉茉的生活重新进入日常轨道而展开了。

所以算不上心情不佳。

隐隐从台上传来主持人慷慨激昂的声音，负责对接的人员到休息室提醒他们可以出场了。

上场前，原起拿出手机点开看了眼，和黎嘉茉的对话框安安静静的，没有新消息。

确认完毕后，他又无言地把手机放回口袋。

到场的有两名射击运动员、一名体操运动员和两名游泳运动员。每个人做完自我介绍后，台下都会配合地响起尖叫和掌声。

尤其是到了原起。

他刚站起来，台下的尖叫声好似要掀翻屋顶了。

"哇！"主持人很配合地捧哏，"在这里问问大家，有多少人知道原起是我们澄安大学的在读本科生？"

台下立刻"哗啦啦"地举起一片手，同时从场馆的各个角落不约而同地传来"知道！"的声响。

本来原起还算镇定，此时面对这场面，也生出了些许不自然。

小礼堂的灯光从头顶洒下，如烈阳暴晒，映亮了原起微微发热的脸。他接过主持人手中的话筒，看向台下，刚要开口象征性地说些什么，却在对上一双眼睛时愣住。

黎嘉苿正坐在观众席的第一排，她的目光混在千万道目光里，看向他。

先前恹恹的情绪于瞬间消弭。

原来黎嘉苿是故意骗他的。

掩在话筒后，原起几不可察地勾了下嘴角。

参加这种活动，原起只需要背提前准备好的问题答案，然后平静地等待活动结束。

可在看到黎嘉苿的那一秒，他就不自觉地正襟危坐，接下来的环节，看起来是在倾听主持人的旁白，实则是在用余光瞄观众席的第一排。

可惜隔得太远，看不清。

直到和主办方的对话环节，原起才知道黎嘉苿为什么会出现在活动现场——她和坐在她身边的女生一起来做采访。

虽然大部分问题都是她身边的女生在问，但黎嘉苿也平均向每位运动员问一两个问题。

思及此，原起的心里生出一些紧张，夹杂着隐隐的期待，好奇黎嘉苿会问他什么问题。

"刚刚是我们的友校代表时迅的问答环节，那下面轮到我们的校友代表——原起。"说到这里，主持人一顿，和台下的观众一起默契一笑。

今晚的活动中，他反复提及原起的校友身份。

"一看就是学校布置的任务，"于思附在黎嘉苿的耳边悄悄说，"我们学校应该把怎么买热搜都想好了。"

黎嘉苿无声地笑了下，算作回应。

她的视线落在手中的白色稿纸上，铺满脑海的，却不是上面的黑色字体，而是今天亮如白昼的灯光和一阵又一阵的掌声。

今年夏天奥运会期间，外婆突然生病了，不算大病，但是需要做手术。而小姨要上班，照顾老人的重任就落到了黎嘉苿肩上。

所以，她没能去现场。

那天没能去现场感受原起的荣光，而今日，黎嘉苿缓缓抬头，看着打在大屏幕上的"原起"二字，心里泛上再切实不过的实感。

身边的于思已经问完了前三个问题。

黎嘉茉略一抬头,恰好撞上原起的视线。

虽然旁人看不出那道目光的特殊之处,但黎嘉茉的心脏还是瞬间收紧,而后以更快的速度跳动起来。

同时,时迅的视线扫过,在看清黎嘉茉的面孔时,他愣了一下,随后回过神,看戏般地勾起嘴角——

全射击队的人都知道,原起的手机壳里放着一张拍立得照片,是他和一位女生的合照。问过是不是女朋友,原起缄默不语。但如果不是的话,这张拍立得照片又怎么会在原起的手机壳后放了两年?

这样模棱两可的态度更是让人好奇。只不过时迅怎么也没想到,会在今天这样的场合,冷不丁地见到拍立得照片中的女主角本尊。

再看原起,啧,平时脸上没什么表情的人,现在嘴角都绷不住了。

台下的黎嘉茉自然不知道时迅心里的千回百转,毕竟她的视线只对准了原起。黎嘉茉压下心头隐秘的情感,起身,对着话筒开口:"原起同学你好……"

这本是一个不需要回应的礼节性开头,可原起拿着话筒,也回了个:"你好。"

猝不及防听到原起的声音,黎嘉茉身形微顿,而后继续说:"我想替大家问一件和今天的主题无关的事情。"

在活动正式开始前已经背了几遍的问题一字不落地涌至喉边,但黎嘉茉没能立即说出口。

在刚拿到大纲的时候,她试图和于思商量,把这个问题换掉来着。

但由于活动即将开始,临时变更容易出错,所以于思没同意,这个问题还是得她来问。

于是停顿几秒后,她硬着头皮问:"我相信在场的很多同学和我一样看了你的决赛,而我注意到,你在这次夺冠领奖时,手上佩戴了一条茉莉花样式的手环。"

不知是不是因为做贼心虚,黎嘉茉觉得落到自己身上的那束目光更炙热了些。但她只能佯装毫无所察,硬着头皮继续说:"请问这有什么含义吗?"

此话一出,观众席里传出一片不怀好意的"哇"。

这个夏天,随着原起夺冠,关于他的很多细节都被深挖。

包括他从左撇子变成了右手打枪,也包括颁奖典礼时,手上那条茉莉花手环——当晚的热搜词条,是和"男生手上的皮筋"联系在一起的。

那条手链和原起的气质格格不入。

也因此，引发了许多网友的猜想。

人山人海的观众席里，现场那么多摄影机，或许都不会有一架注意到他的视线是一直落在黎嘉茉身上的。而此时，在他的视线里，黎嘉茉刻意别开了眼，没看他。

那个提前准备好的答案——"幸运物"，停在原起嘴边。他看着黎嘉茉，笑了一下，道出欲盖弥彰的两个字："秘密。"

活动结束后，澄安大学的团委老师招呼着要请工作人员和冠军们去食堂吃饭——澄安大学有众多食堂，大食堂三楼是包厢，菜式和外面的酒店几乎无异，许多大型活动之后，校方都会在三楼请人吃饭。

黎嘉茉刚想回绝，但于思已经默认她会去了，挽着她的胳膊，附和老师："好呀！"

她只能将未出口的拒绝咽回去。

黎嘉茉下意识地往原起站着的方位眺望，才发现原起也在看她。她用口型无声地问原起"吃饭吗"，就见原起颔首。

这边，"社交恐怖分子"时迅也应了下来："行啊，让我尝尝是澄安大学的食堂好吃，还是我们学校的食堂好吃。"

他这句话一出，大部人都哄笑起来。

语毕，时迅偏头，看见原起的视线不知道落在什么地方。他喊了声"起神"，原起才收回视线看他。

时迅："去吗？"

然后听见原起"嗯"了声。

闻言，时迅微一挑眉。

一行人到了大食堂三楼，落座后，团委老师开始依次介绍。介绍到黎嘉茉时，团委老师的声音顿了下。

于思赶紧道："这是我室友，黎嘉茉，今天来帮忙采访的。"

"哦哦，是思思的室友啊。"团委老师立刻反应过来，"那也是金融专业的了？"

黎嘉茉点点头。

见状，团委老师看向原起："原起，我要没记错的话，你是16级金融系的吧？那这两个算是你的直系学妹了，她们是17级金融系的。"

听到"直系学妹"四个字，黎嘉茉噎了下。

听到团委老师的话，原起趁机往黎嘉茉的方向光明正大地投去目光，他看见黎嘉茉略低下了头，在不易被察觉的角度咧了下嘴，有点皮笑肉不笑的感觉。

但这道目光像秋风扫落叶般一触即收。

原起朝黎嘉芙和于思略颔首:"你们好。"

虽然没有和黎嘉芙装不认识的必要,但如果说黎嘉芙和他之前是同学,餐桌上的人免不了会询问或者在心里默默猜测黎嘉芙留级的原因。

他并不想黎嘉芙的往事暴露在这群陌生人面前。

"学长好!"

听见身旁于思的声音,黎嘉芙又隐隐觉得额角抽了下。

按团委老师的介绍,她应该和于思一样,要叫原起"学长"。

但让她管原起叫"学长",太奇怪了。

一时间,不知道该怎么样回应原起刚刚那句"你好",黎嘉芙便干脆不说话,就当于思刚刚那句打招呼是代表她们两个人的。

黎嘉芙老实地坐在自己的座位上,不轻易参与饭桌上的话题,所幸点菜是扫码下单,她默不作声地点了道自己爱吃的菜。

哪想到,她才点好,就听见团委老师问:"虾仁蛋羹是谁点的?"

是她刚刚加的一道菜。

黎嘉芙抬头看去,不知道团委老师为什么突然这么问。纠结了下,她试图抬起放在桌下的手。但还没等她抬手,从圆桌对面传来的一道声音轻易阻止了她的动作。

原起:"我点的。"

因为菜单里已经有许多道含鸡蛋的菜了,所以刚才团委老师思忖着,如果是哪个学生记者点的菜,就把这道菜删去。

但如今知道是原起点的,她只是笑了下:"运动员是需要多吃点鸡蛋,补充蛋白质。"没提去掉这盘菜的事。

饭桌上泾渭分明地分成了两派——应酬派和闷头吃饭派。

黎嘉芙属于后者。她早早地吃饱了,但餐桌上还没有人起身离开,她不好贸然起身,便只继续埋头。

原起靠在椅背上,静静地看了一会儿,看见坐在他斜对角的黎嘉芙看似还在动着筷子,但其实那碗里空空如也,她在吃空气。

他嘴角微一上扬,眼里浮上了浅淡的笑意。

半分钟后,等到一个大家谈天的间隙,原起稍欠身,道:"我待会儿还有些事,就先走了。"

此话一出,众人的目光纷纷向原起投去。

时迅明知故问:"走了?"

"嗯。"原起已经利落地起身,他把椅子放好,朝饭桌上的大家颔首示意,"大家慢慢吃。"

饭桌上本就有不少人早已经吃饱。

此时,见原起这个一声不吭但始终是饭局中心的重要角色离开了,有了示范,众人也都接二连三地退席了。

黎嘉茉先和于思小声交代了下,而后也混在离席的人群中,朝外走去。

到了一楼,远远就看见那辆车牌号极其熟悉的轿车停在路边,在她出现后,车灯闪了下。

黎嘉茉走过去,拉开副驾驶座的门上车,然后一边扯安全带一边问原起:"你开学报到弄好了吧?"

"嗯。"原起侧身看她,"吃饱了吗?"

黎嘉茉:"一直在吃。"

话音才落,她就听见原起轻笑了声。

声音很小,但是落在安静而封闭的车厢里,好似被放大,仿佛是贴在她耳边笑的。

黎嘉茉不解原起怎么莫名其妙地笑了下,但纵然如此,她隐匿在暗处的嘴角也不禁翘了翘,语气也雀跃了些:"笑什么?"

原起的嘴角还扬着没散去的弧度,却只无言地摇摇头。

倒也没什么好笑的。

只是今晚这顿饭,他其实一直都在看黎嘉茉。

她确实和她说的一样,一直在吃。

黎嘉茉已经系好了安全带,但原起没急着开车。他问黎嘉茉:"你今天怎么会在?"

黎嘉茉简单地解释了事情的来龙去脉,说完后,她想到什么,忽地冲原起眨了下眼,睫翼将车内光线切得细碎,在瞬间闪亮。

原起的心跳随着她亮晶晶的眸光晃动。

比起在手机上聊天,面对面接触,才能触碰到这样生动的黎嘉茉。

之前的一年半,黎嘉茉先是留在南山尾照顾黎嘉念、陪她考完小升初提前批考试,之后黎嘉茉去贵州支教,他只有在飞到南山尾或者贵州短住的几天才能看见这样带着温度的黎嘉茉。

而也因为每次见面,通常都隔了好几个星期,所以每次见面,原起都能明显地察觉出黎嘉茉身上的变化——

她的生命力在一点一点地回来。

譬如从前的黎嘉茉也像现在这样注视过他,却从不会像现在这样坦率,曾经的黎嘉茉总是要包裹着多虑的外衣才敢流露情绪。

也因此,那段时间分开,虽然见黎嘉茉的时间少了很多,但原起是甘愿的。

而从明天开始,他就可以和黎嘉茉一起上学了。

那有意义但有些许难挨的分离,也终于不再是必要的。

"你下午是不是伤心了一下?"

近在身边的声音把原起有些分神的心拉回。

车内又静了几秒。

片刻后,他有些别扭但诚实地"嗯"了声。

闻言,黎嘉茉在心里暗笑,终于不再逗原起:"我故意骗你的啦。"

原起点点头:"我知道。"

说罢,原起又补了句:"我在现场看到你的时候,有点惊喜。"

原起总是这样坦诚。哪怕经历过无数次,可黎嘉茉的面颊还是会因为他真诚的心里话而发热。

原起终于发动引擎,问黎嘉茉:"想去哪儿?"

"我明天上午有点事情,今晚要早点睡,"黎嘉茉说,"就随便在学校里逛逛吧。"

原起下意识地问:"什么事?"

就见黎嘉茉故意抬起下巴,装成机器人的模样,动作机械地咧了下嘴,然后故作深沉地道出两个字:"秘密。"

最后,原起找了最近的停车位停好车,两个才坐上车没多久的人又下了车。

几乎每所大学的校内都会有一片湖,澄安大学也不例外。面对大学生活中的鸡零狗碎时,去湖边走走,或者坐在湖畔的长椅上,静静地欣赏湖景,是很多大学生的情感寄托。

"我大一的时候,经常来这边读英语。"

眺望着那片在月色下发光的湖面,黎嘉茉触景生情,过往的回忆纷至沓来,涌入她的脑海中。

黎嘉茉:"那时候总是能碰见一个姐姐,她也来这里背书。"

原起想了想,开口,硬是扯了点什么来证明自己和这片湖也有点渊源:"我晨训的时候也经常经过这里。"

"真的假的?"黎嘉茉被短暂打断,问他,"那我怎么没看见过你们。"

"我们在南边那片。"

黎嘉茉:"我原本也想在南边那片,但是北边热闹一点。"

因为湖的北边离生活区要更近一些。

大清晨来湖边背书已经够折磨人了,很少有人愿意再绕到另外一边去。

闻言,原起在心里默默地说,如果他们当初是在北面晨跑就好了。

黎嘉茉最开始到湖的北边练习英语发音的时候,是夏末秋初之际,早晨的湖边气温舒适,当时来湖边背书的人还是很多的。

可随着天气渐入凉秋，清晨的温度一天比一天低，天亮得也一日比一日迟，来湖边背书的人也一次比一次少。

到最后，只剩下了黎嘉茉和那位学姐。

偶尔背英语单词背累了的时候，黎嘉茉也会偷偷发呆，去猜想那个学姐背的是什么。

可是从某天开始，那位学姐也不见了。

在黎嘉茉以为那位学姐和别人一样放弃了、再也不会出现的半个月后，她又再次碰见了那位学姐。

那天是个冬日。

黎嘉茉坐在长椅上背书，被冻得身体哆嗦，把手搓热捂捂耳朵。

忽地，有人轻轻拍了下她的背。

她回过头，发现是消失了很久的学姐。

"她给我递了一个饭团和一杯热豆浆。"黎嘉茉边回忆边说，语速缓慢，"原来她之前也是来这里背英语，不过她考完了雅思，要准备出国了，所以之后不会再来了。"

于是那天的饭团和热豆浆，给了黎嘉茉撑过那个冬季的温度。

曾经的她是个很容易悲伤，但也很容易感动的人。就那么一个饭团、一杯热豆浆、一句来自学姐的"来背书的人就剩下我们俩了，我上岸了，你继续加油哦"，让黎嘉茉在那天背书时，反复热了眼眶。

那平平无奇的生活，就是被这样细碎的光芒照亮，在日复一日的重复中泛起波澜，给予在生活经历了千万次磨难、仍坚定走下去的力量。

"我那时候就觉得，高中时好好念书，最后如愿来到这里念大学，是一件很幸运的事情。"

说着，黎嘉茉呼了口气，不让语气显得沉重："不然，继续遵循前半辈子的生活轨迹，我可能永远遇不到这样好的人。"

最后一个字刚出口，黎嘉茉便反应过来不妥，伸出两根食指往外画半弧，朝原起比了个笑脸："除了你。"

其实原起都没想到这一层。

但见黎嘉茉朝他比了个空气笑脸，他的心被她手指的弧度轻易牵起。

原起配合地"嗯"了声。

湖边种着几株柳树，垂下来的枝叶随着荡漾的水面一起拂动，黎嘉茉的五官也在这样美好的夜景中显得格外温和。

原起垂眸，看月色给黎嘉茉的脸庞镀上流动的皎白月光，他的语气也不自觉放柔："这不是幸运，是你应该得到的。"

"前面十几年，算不上你的前半辈子。

"如果活到一百岁，你的前半辈子应该是五十岁之前。所以你的人生才刚刚开始。"

他说得一板一眼，分外认真，在这样有些轻松闲适的环境里其实有些奇怪。

尤其是身边还穿梭着散步的人，经过之处总有人群的嬉笑声。

可黎嘉茉觉得，那些声音都融为背景，她只能听见原起的声音。

心脏泛软，黎嘉茉忍不住开口："原起。"

——你知道吗，妈妈没走之前，我曾经算过，等她自然老死的时候，我应该是五十岁左右。

所以我之前的人生规划，就是努力活到五十岁。

可当原起的眸光加深，看向她的时候，这些话又被黎嘉茉憋回了心底。

她怕他多想。

毕竟对于她的事，原起要比她自己还上心。

只是这样和原起对视着，黎嘉茉有些分神地想，她一直觉得，原起的眼睛生得很好看。

他的眼睛细长，眼型偏菱形，和前窄后宽的双眼皮搭配得很好，配上山根和眉骨，眉眼凌厉。但眼下有卧蚕，中和了些许锐气，又不会似桃花眼那般过分潋滟。

那样一双眼睛，此时写满温柔与真诚。

黎嘉茉仿佛于呼吸间潜入其中。

那是一片永远不会溺水的海。

她是只适合这片海域的游鱼，找到了自己的藏身之处，可以快活地游动。

黎嘉茉弯起眼，话里带着笑意，却无比认真："我要活到一百二十岁。"

半晌。

原起才道："那我就活到一百二十一岁。"

两句话，无比郑重的语气。

是盖在契约上的章，诺言从此许下。

车辆不能开进宿舍园区，原起把车停在了外面，和黎嘉茉一起走进去。

道别时，原起问："明天一起吃早饭吗？"

"吃晚饭吧。"黎嘉茉说。

沉默几秒。

她看见原起的唇瓣微动："我想了下，你那个秘密不太公平。"

黎嘉茉："嗯？"

原起看着她，缓慢道："因为我那个秘密，对你不算是秘密。"

说完，他的目光就那样盯着黎嘉茉，眼里有呼之欲出的意味。

女生宿舍楼下，从来不缺卿卿我我的情侣。

万般暧昧间，黎嘉茉有些慌乱地错开眼神。

和原起待在一起的时间里，黎嘉茉没看过手机。进了宿舍楼后，她才点开微信，发现居然有一条好友申请——

验证消息：我是时迅。

黎嘉茉当然知道时迅是谁，只是有些意外，不明白他为什么加她，便没轻易点通过。

听见开门的声音，于思看过来："嘉茉，我还以为你会比我先到宿舍呢。"

她只是随口一说，可黎嘉茉怕她会接着问，于是状似无意地扯开话题："你回来多久了？"

"一小会儿，唉——烦死了，回来还要写新闻稿。"

如黎嘉茉所料，于思的注意力就这样被转移了，她又开始打字，写今天的新闻稿。

写到一半，于思又蓦地撇过头："时迅加了我微信，顺便向我要了你的微信号。你那时候没回我消息，我就直接给他了，他说是想稍微改一下自己今天的回答。"

黎嘉茉了然，说："好的，没事。"

于思的话解开了黎嘉茉的疑惑，她这才重新调出那条验证消息，点了"通过"。

说到时迅，于思便自然地想起了另一个人："不得不说，原起真人确实帅，能抗住体育频道摄像头的男人就是不一样。"

听见于思的话，黎嘉茉顺手点开微信聊天框，想给原起发一句"我室友夸你帅"，但最后还是忍住了。

因为没打算和原起说明天的事，所以她还有些心虚。

说着，于思的目光又从电脑屏幕移到黎嘉茉身上："哎，嘉茉，那你之前和原起是一级的吧，你和他认识吗？"

黎嘉茉想了想，选了个比较合适的回答："我和他是同学。"

"啊！难怪今天我感觉你没和他打招呼，怪怪的。"于思一副恍然大悟的模样，她来了兴致，还想追问，但黎嘉茉已经趁刚才对话的时间准备好了换洗衣物，靠洗澡躲过了于思的询问。

曾经的她会为其实还遥遥无期但是让她忍不住焦虑的DDL（最后期限）熬大夜，总想把一切都提前做好。但是支教那段时间，她每天和学生一起，十点回寝，十一点睡，七点起，上午还跟着班级一起跑操。

这样休养了大半年，黎嘉茉觉得自己的精力都多了许多。重新返校后，她也不再轻易熬夜，每天都在零点前入睡。

晚上十一点半，黎嘉茉带着手机爬上床，看见于思转发给她的辅导员发在群里的通知。

于思：嘉茉，我打算参加这个比赛，你要一起吗？

是那个她曾经和陶煦组队，但最后遗憾地没能去决赛现场的比赛。

一年又一年，一切重新轮回。

代表着新生的开始。

黎嘉茉回复：好，我也打算报名。

于思发了个亲亲的表情包，屏幕上又立即弹出一条消息。

于思：我刚刚顺着时迅的微博，翻到了原起的微博小号，百分之九十九是的。

于思：真没想到，冷面酷哥私下的爱好居然是看治愈漫画。

看到最后四个字，黎嘉茉的心头动了一下。

同时，于思抛过来两张截图。

一张是那个微博小号的主页，连 ID 都没改，"微博用户 54781"。或许是因为有很多人也像于思一样顺藤摸瓜找到了这个微博，所以这个好似僵尸号的账号也有小几千个粉丝。

清一水的转发，转发的都是同一个博主的更新。

对于转发的内容，黎嘉茉再熟悉不过，因为那是她的微博号。

在南山尾陪黎嘉念读书的那段时间，她会定期去和原起帮忙联系的那位心理医生交谈。

在知道她曾经有绘画的爱好，但由于学业压力不得已而搁置后，医生鼓励她可以重新拾起画笔。

当时的黎嘉茉与外界的联系很少。

所以，重新开始画画，她唯一的取材就是自己。

最后，她以条漫的方式，在微博上连载了自己的治病过程——她省去了其中痛苦的自省与过分灰暗的记忆，更多的是向大家传递自己对于生活的新思考，以及生活中细碎的温暖。

最开始只是她一个人自娱自乐，哪怕没人看，但找到了情感的寄托，黎嘉茉也画得很开心。

后来，随着更新的增多，她这个微博账号也渐渐有了热度。

但是，因为漫画里的一些内容是她过于真实的内心独白，哪怕她已经在尽量克制，但还是无可避免地会有极度消极的内容。

有些东西可以肆无忌惮地展现在陌生网友的面前，却不好意思和身边真实的人开口。

所以她没和原起说过她的微博名，只告诉原起她在画画。

另一张截图是微博用户 54781 的某条转发。

评论区是两三个黄 V 的评论。
都是顶着真名上网的运动员们。
时迅 V：有这么爱？
何鹏 V：有这么爱？
…………
程露萌 V：感谢 77 的转发安利，去看了，真好看。
微博用户 54781 只回复了最后那条：［萌姐/抱拳］
于思之所以那么确定这个是原起的微博号，可能是因为评论里的那个"77"。
而黎嘉茉在看到这个评论之前，就已经笃定了这是原起。
于思没有原起的微信，所以不知道。
原起顶着她给他画的那个太阳头像，全网冲浪。
黎嘉茉有些想笑，可心也在这瞬间被濡湿。
她给原起画这个头像有私心。
譬如此刻，那个太阳照到了她心底最柔软的角落。

另一边。
距离黎嘉茉回到宿舍已经过了两个小时。
原起的手机忽地振动一下，是时迅发来了一张截图，他和黎嘉茉的微信打招呼界面。
7：？
下一秒——
时迅：少用点"情头"吧，哥们儿。［龇牙笑］

第十一章 ·烟花
"他在末日尽头，给我放了一簇烟花。"

  自动玻璃门向两边打开时，就有热浪携着日光扑面而来，黎嘉茉从满室冷气中踏入三十度的天气，踏入了新生。
  一年前，黎润因过失致人死亡被判了有期徒刑。
  家人清点财物的时候，黎嘉茉才知道黎润在外面欠了近七位数的债务。其中有部分是以李慧琴的名义借的，有部分是银行贷款，担保人是李慧琴那边的亲戚，比如黎嘉茉的小姨。
  黎润欠的钱，黎嘉茉不会帮他还。
  但是李慧琴借的那些钱，以及小姨他们帮忙担保的借款，不管有没有偿还的义务，不还，黎嘉茉心里都过不去。
  而这件事，她一直没和原起说过。
  每个人都有自己格外敏感的私人领域。
  四十几万，对她而言，是可以压垮生活的数字，可对原起而言可能算不上什么。所以，黎嘉茉不知道有什么和原起谈这件事的必要——
  她怕原起帮她还钱。哪怕她和原起说明不接受他的帮助，这个横亘在他们之间的现实问题，黎嘉茉也过不去。
  她不想再欠原起更多了。
  她想在原起不知道的情况下把这笔钱还完。
  黎嘉茉原先的计划是，本科毕业后就先去工作，还完钱顺便攒下学费之后再辞职，考研究生。
  直到半年前，有家文化公司的版权负责人通过私信联系上她。对面称很喜欢她的作品，想购买她漫画的出版以及改编版权。
  ——我的女儿是高三生，她也是因为抑郁症休学在家。最开始知道她得了这个病的时候，我还以为她是不想上学故意装病。你的《今日宜开心》让我对这个疾病有了了解，也认识到了自己之前的想法对于女儿而言是多大的伤害。
  ——我觉得，在这样一个抑郁症患者数量不断上升的时代，将这样的作品以其他方式呈现出来，或许可以帮助到更多人。这将会是一件很有意义的事情。

黎嘉茉的微博有一定的粉丝数量，但相较于大热的漫画，她的作品还算是小冷门。因此，版权费算不上多，却让眼前她觉得最棘手的问题迎刃而解。

十点才过，夏日的太阳已经升得老高，烈焰白光挥洒而下，烘烤大地，将每一颗心都照得通红。

天气真好，夏天真好。

坐在公交车上，黎嘉茉点开手机，原起早上给她发了早安，在她回复之后，又发了他上学路上遇见的小猫，还有透过教室窗户看见的云。

7：好久没回来上课了，有点不习惯。

黎嘉茉分别引用那三条消息，逐一回复。

jasmine：可爱。

jasmine：像小绵羊。

jasmine：过几天就习惯了。

她想了想，也透过公交车的车窗，拍了张天空图。

对面回得很快，像是在等着她回复一般。

7：这是哪儿？

jasmine：乾安路这边。

同时黎嘉茉看了眼时间，推算出原起现在还没有下课。

jasmine：上课不要玩手机。

7：好。

过了两秒，黎嘉茉看见原起把刚刚那条单字的消息撤回，重新发了个表情包。

和他们最开始加上微信时，互相发的小熊小兔表情包是同一个系列，叫作可爱联盟。

这次，他发的是一只戴着耳机听歌的小兔子，表情包叫"听歌"，但是听歌时的小兔子摇头晃脑，时不时点点头，像是在说"好的"。

把手机收回口袋，黎嘉茉盯着窗外看了一会儿，车窗外的风景飞驰而过，形成了大片的白光。她将脑袋缓缓地靠在玻璃窗上，透过那层薄薄的玻璃感受夏天的温度，被热烈的阳光照得眯起眼。眼眶渐渐湿润，每一丝温度都真实地落在她身上。

活着真好。

黎嘉茉心想。

中午，她找了家面馆，点了碗大排面——这么久以来，她依旧保持着这样的习惯。无论是心灵需要慰藉，还是因为什么原因想奖励自己，她都会选择吃一顿好吃的。

喷香滚烫的面条带着浓郁的肉味刺激着黎嘉茉的味蕾，饱胀的胃向大脑传递着满足感。

吃过饭，她回宿舍收拾书包，刚好赶上下午第一节课：金融学论文写作。这门课的老师是副院长，黎嘉茉大一时还上过他的金融学，获得了人生第一门满绩。

那门满绩对于陷入高中升大学后的巨大落差中的黎嘉茉而言，是救赎一般的存在。出分的那晚，她甚至写了篇小作文感谢老师——虽然事后想起这件事，觉得有些丢脸。

但这位副院长也因此对黎嘉茉有了印象，在金融学论文写作课上很喜欢抽她回答问题。

下课后，黎嘉茉在座位上踌躇了一会儿，最后还是鼓起勇气走上讲台，问老师能不能当她的创业大赛指导老师。

之前和陶煦一起参加创业大赛那次，黎嘉茉全程处于一个"被安排"的角色，因为她在心里默认陶煦和其他学长学姐要比她在行。而这次，因为于思找来的另外几个搭档都是比黎嘉茉低一级的学生，所以她自然而然地被推选为队长，而联系指导老师的这个重任就交到了黎嘉茉手里。

说完，黎嘉茉微微有点忐忑。

但马上，副院长和蔼的回应就打消了她心里的紧张："可以啊，不过有另外一个本科生也和我说了这件事，你到时候把你们的初步计划发到我邮箱，我尽快给你们回复，可以吗？"

"当然可以。谢谢老师！"

看了眼黎嘉茉，副院长又问"是我记错了吗，我怎么记得你是16级的？去年没有修这门课吗？"

此话一出，黎嘉茉身形微顿。她在心里纠结了一下，最后，还是诚实地开口："您没记错，我是16级的，但因为生病休学了一年。"

"那看来我记性还不错。"说着，副院长轻笑了下，他没追问黎嘉茉生的是什么病，只问，"身体现在好了吧？"

黎嘉茉点点头。

"身体健康就好，做金融这行的，做到最后拼的是身体和精力。"副院长说，"为祖国健康工作五十年，再享受人生五十年，人这辈子才算值当。"

闻言，黎嘉茉也笑了下："是呀。"

和副院长道别，走出教室，从楼道往下走，却迎面碰上了一张熟悉的面孔。

看见彼此的刹那，黎嘉茉和亓宸皆是一愣。

最后，是黎嘉茉先回过神，朝亓宸招了招手，温和地笑了下，算是打招呼。

几秒后，亓宸僵硬的身形才有所动作。

黎嘉茉看见他也试图抬起自己的手,但最后又放下,只朝她的方向轻点了下头。

这样也算是维持了他们之间该有的礼数了。

如此想着,黎嘉茉便要往楼道走去。

身后的亓宸却像是在这一刻回过神,冲她的背影喊了声:"黎嘉茉。"

脚步停住,但黎嘉茉没有回头。

直到亓宸有些磕绊的声音响起:"可以一起喝杯咖啡吗?"

澄安大学有校内特供咖啡店,就开在教学楼里。

但因为恰逢课间,买咖啡的队伍排成长龙,少有的几个座位也已经被占据,不是谈话的好地方。

两人最后还是就近找了家便利店,黎嘉茉点了杯豆浆。

端着豆浆在便利店的桌子旁坐下,黎嘉茉先抿了一小口,紧接着,余光中落下一道身影,亓宸坐到了她身边。

他的气息落下来的时候,黎嘉茉的肩颈还是下意识地僵住,这几乎已经成为她碰见亓宸时的本能反应了。

但那僵硬的弧度又在呼吸之间,慢慢放松下来。

她现在已经没那么畏惧亓宸了。或许是因为她长大了,又或许是因为时间冲淡了一切,亓宸曾经那些恶劣的行为,如今在黎嘉茉心中,更多的是和幼稚、别扭挂钩,他其实并没有做出实际伤害过她的事情。

记忆里,她和亓宸的上次见面,停留在了他和她表白的那个混乱又糟糕的夜晚。

之后,她家发生的一切,她想,亓宸应该是知道的。

那年,在南山尾,原起离开后的几天,亓宸给她打过电话,黎嘉茉没接,随后收到了他的微信消息,说有什么事需要帮忙可以联系他。

黎嘉茉忘了自己回复了什么,也可能没有回复,但她和亓宸的联系也就停在了这里。

再之后,她回到澄安大学读书,上门拜访过亓母一次。那次,亓宸在大洋彼岸的CMU(卡内基梅隆大学)交流,两人没碰面。

阔别这么久重逢,两人都有些无所适从的意味。

但所幸这份沉默并没有持续多久,亓宸就先说话了。

他说:"对不起。"

第一个字出口时,还有些迟疑,但最后一个音节落下时,那别扭的道歉终于落作真诚的句点,原先一直不敢看她的亓宸终于将目光正了过来。

这三个字说出口后,亓宸有一种如释重负的感觉。

他看着黎嘉茉,但她一直沉默不语。看着她握着纸杯的手蓦地收紧,又松开，亓宸的心突然开始打鼓。当黎嘉茉终于张了张唇瓣，他瞬间有些慌张，自己也不知道是什么意思地开口："你不要说没关系。"

那三个字就这样卡在喉咙里。

最后，她笑了下："好。"

黎嘉茉："那就有关系。"

说罢，亓宸果然愣住。

黎嘉茉轻笑出声。

亓宸也慢慢反应过来。

半晌，他也扯着嘴角，笑了下。

"黎嘉茉。"

黎嘉茉没说话，终于侧过头看他。

对上那双眼睛，亓宸的呼吸下意识一滞。最后，他终于从发紧酸涩的情绪中挣扎出来，薄唇微动，有些艰涩又带着些许渴求意味地吐出几个字："我们还可以做朋友吗？"

闻言，黎嘉茉思忖，而后诚实道："我们本来也不是朋友吧。"

亓宸也找不到话反驳。

他垂着头，心里发胀，想着现在是不是应该直接走掉，还是该怎么样，又听见女生恬静的声音在身侧落下："亓宸，其实我也要和你说对不起。"

亓宸抬头，恰好对上黎嘉茉认真望过来的视线。

黎嘉茉："当初帮阿姨监视你的事情，确实是我有错在先。我向你道歉，也希望你可以原谅我。"

闻言，亓宸唇瓣微动，可话还没说出口，就听见黎嘉茉一字一顿地道："以后，我们可以学着做朋友。"

当晚，因为原起有训练，两人的晚饭时间被定在了六点半。

但夏天的天黑得极晚，他们出发去吃饭时，火烧云还飘在天边。吃过饭后，天空终于不再出现除星月之外的亮色，长夜露出端倪。

原起要比黎嘉茉高出近二十二厘米，每每从他的视角往下望，只能看见黎嘉茉蓬蓬的头顶和隐隐翘出的睫毛与鼻尖。

只有在黎嘉茉抬起头和他说话时，他才能看清她的脸。

因此，他很轻易地看到黎嘉茉今天在头发上别了个小发卡。

算不上多璀璨华丽，但是这样的小物件，她之前是不常佩戴的。

原起不作声地收回目光，抿直唇线，心中纠结着到底该不该开口问她今天去做什么了。

"那是茉莉花吗？"

直到黎嘉茉的声音打断了他那混乱又纠结的想法。

顺着黎嘉茉手指的方向看过去，是一位坐在路边石墩上的老奶奶，她手里拎着一个竹篓，里面挨挨挤挤地堆满了一朵朵鲜花，洁白的、淡粉的，有茉莉与玫瑰。后面一张纸板上用记号笔写着"十元一朵"。

说着，黎嘉茉走过去，看了一会儿。原起就立在一边，目光追寻着她的身影，打算等黎嘉茉挑好花之后结账。

但黎嘉茉拿了一朵茉莉花和一朵玫瑰花后就干脆利落地付了钱，动作迅速得没有留给他任何操作的空间。

原起无言地放下手机。

黎嘉茉今天去做什么了，是个秘密，没告诉他。

而刚才就连钱都不让他付了。

失落感像是灰尘，在他心中薄薄地覆上了一层。

另一边，黎嘉茉对卖花的老奶奶说了句"谢谢奶奶"，然后将两朵花拿在手中。她重新走回原起身边，抬眼看见他绷直的下颌，从她角度看，原起的嘴角好像有些向下撇。

察觉到黎嘉茉的视线，原起回过神，伸出手："我帮你拿吧。"

"我自己拿就行。"黎嘉茉摇头回绝，又自然地跳回原先的话题，"刚才讲到哪儿了？"

在她拒绝之后，原起有短暂的沉默，却又在黎嘉茉问了后面那句话之后接上："你找副院长当创业大赛队伍的辅导老师。"

"哦对，那就讲完了。"黎嘉茉想了想，又说，"然后我还看见亓宸了。"

从黎嘉茉的表述中，原起能听出来，她和亓宸应该是偶然遇见。

但或许是今天一直笼罩在他心头的微妙感作怪，在听见黎嘉茉这句话时，原起的心还是无端地跳了下。

萦绕在心头的那句话就直接冒了出来，他问："你昨天和我说的秘密是什么？"

话出口后，原起干脆也不往前走了。

他停住脚步，转过身正对着黎嘉茉："我想了一天，很想知道。"

黎嘉茉也被迫跟着原起的停顿站在原地。

她仰头，原起垂眸，两道视线交缠在一起。原起一寸不偏地注视着她，顿了顿，又补了句："可以吗？"

说这句话时，他的语气和眸光一起暗了下来。

他明明高出她一大截，可气势像是比她弱了一半。

看着原起的模样，黎嘉茉开始反思自己是不是故弄玄虚得太过分了。

这样想着，黎嘉茉决定把原先打算回到学校再展开的计划提前。

她伸出手，轻轻扯了下原起的胳膊。原起配合着她，顺着她的方向走。她把他拉到路边的角落，远离灯光和人群的地方。

"我今天去还钱了。"

这话一出，眼前的面孔如她所料地染上了不解的神色。

在原起开口问之前，黎嘉茉把黎润欠的那笔钱以及自己是怎么还钱的，全部说清楚了。

原起却在她的如实交代下一点一点地沉默下来。

远处，有飞蛾绕着路灯光扇动翅膀，原起的视线和那些或远或近的回忆一起落在黎嘉茉身上，在两人的身边轻轻展开，包裹成无形的空间，将他们与外界隔离。

黎嘉茉的手背在身后，顺着花枝，轻轻动了下。她想重新开口，原起却先一步说："黎嘉茉。"

颇为严肃的口吻。

他看着她，唇瓣微动，可迟迟没说出第四个字。

最后，他似是无声地叹了口气，做出妥协："这次就算了，但下次有什么事情，一定要告诉我，好吗？"

每说一句，原起看她的目光就加深几分。

静了几秒。

因为没听见黎嘉茉的回答，原起又在沉默中败下阵来，眼睫低垂，盖住他眼底的暗色。

他的睫毛随着呼吸轻轻颤动，似在下雨，淋湿了话语："……不然我会觉得我很没用。"

什么都帮不了你。

明明我就在你身边，可你从来不向我求助。

我知道你很坚强，只是我想要被你依靠。

巨大的情绪在原起内心翻涌着，不知过了多久，他终于听见黎嘉茉的声音透过情绪的旋涡，抵达他的耳畔。

"原起。"

他这才敢重新抬起眼皮，与她对视。

"你知道我为什么瞒着你这件事吗？"

沉默几秒，原起有些不愿承认，但还是如实地摇了下头。

黎嘉茉说："因为有件事，你感受不到，但是我一直记在心中，就是……我们的家境差距太大了。"

最后几个字像是冰冻术，将呼吸、时间与原起的身体一起冻僵。

他的大脑混沌又缓慢地去反应黎嘉茉的话，身体里的预警系统已经开始报警，她是不是要说出什么告别的话。

"比如，我之前还有点戏剧性地想过，哪天你是不是还要像小说里写的一样被家里抓回去联姻——"

"不用的。"这句话被原起有些急切地打断,他以为黎嘉茉是真的这么想,重申一遍,"我家恋爱自由,婚姻也自由。"

原起不按常理出牌,让黎嘉茉有些想笑。

明明她接下来要说的不是太沉重的话题,可原起误会这是什么苦大仇深的开端。

她也确实笑了出来,缓和气氛:"我说了,是很戏剧性的猜测。但是,我想表达的是,因为家境的差距,其实我之前——包括最开始猜到你喜欢我的时候,我都有些惶恐。

"你也知道,我以前很容易把事情往坏处想,而且喜欢做一些没必要的猜测。"

但是……

"但是现在不会了。"

因为你一直在我耳边,告诉我,我有多好。

所以我相信了。

"只是……"黎嘉茉踌躇着,缓慢地说,"只是黎润的那些负债,让我觉得自己站在了起跑线之后,我们之间是不平等的,这让我很不安心。

"而如果我想和你在一起,我想,我们应该至少要站在一条起跑线上。"

所以,我要通过自己的努力,弥补那远远落后的十步、百步。

然后,再站在你的旁边,一起出发,一起往前走。

黎嘉茉还在组织语言,心里已经开始打鼓,所以一时没有注意到原起因为她方才的话,忘记了呼吸。

黎嘉茉说,她想和他在一起。

原起的心剧烈地跳动起来。

七上八下,起伏不定。

所以……

他的猜想才将将有了迹象。

"原起。"

他的美梦缔造者便将他从梦中唤醒。

黎嘉茉将背在身后的两朵鲜花拿到他眼前,一朵茉莉花、一朵玫瑰花。带露的花枝在原起的掌心发凉,却又迅速被他手心的温度焐热。

整个世界都在震动。

震源是轰鸣的心跳。

黎嘉茉的声音和花瓣上的露水一起掉了下来。

她的声音混在晚风里,在原起耳边无限放大。

"你愿意接受来自黎嘉茉的告白吗?"

浅粉的花瓣含苞待放,那是来自茉莉花的玫瑰花——这是黎嘉茉偷偷设

252

计的小浪漫，茉莉花代表她，玫瑰花代表"告白"。

花蕊带来芬芳，是黎嘉茉微微发红但强装平静的脸，和其实有些害羞可依旧坦然、一字一顿让他听清的声音。

"我想和你在一起。"

凌晨一点。

因为训练，原起的作息向来规律，很少出现失眠的情况。但今晚，他躺在床上睡不着，几度从枕头下摸出手机，点开和黎嘉茉的微信聊天框。看见他们在一小时前互道的那个"晚安"之后，他又把屏幕熄灭，将手机重新塞回枕头下。

像是被摁下循环播放的按键一般，黎嘉茉的告白在他的脑海中不知疲惫地播放了成百上千次。

哪怕此时平躺在床上，原起唇边的弧度也没下来过。

过去的一年半里，他一直陪在黎嘉茉身边。

他经常利用短暂的假期飞去她支教的学校，顺便兼任几天学校的体育老师；每个新年，他都会去黎嘉茉家暂住两天，和他们一起过年。也因此，他的父母很早就知道黎嘉茉的存在，或者说，知道他在南山尾有一个喜欢的人。

时间让他和黎嘉茉习惯了生活里有彼此的存在。

可原起还没鼓起勇气向前迈出大步。

黎嘉茉在支教的时候，被学生们包围，生活中充盈着的都是快乐与简单的烦恼。当班主任的每一天都要消耗体力，所以晚上回到宿舍后她几乎倒头就睡，呈现出来的精神状态也一天比一天好。

但原起不确定这"一天比一天好"是恢复了几分，这恢复的几块小土地里，是刚好够黎嘉茉自己一个人栖居，还是可以容下一个他？

他知道，对于黎嘉茉而言，开始一段亲密关系是极为慎重的事情。他不怕黎嘉茉向他索取，但他怕黎嘉茉在进入这段关系后，为了让他开心而委屈自己。

所以，原起一直没有贸然开口。

再后来，他进了国家队集训，那几个月里能自由支配的时间更是少之又少，甚至连和黎嘉茉见面都成了遥遥无期的事情，他更是不想在这样的状态下成为一个不负责任的男朋友。

关于他和黎嘉茉到底该在什么时候在一起，原起并不在意。

他想，他们之间只是少了一个身份而已，其他的都已经具备了。所以哪怕有无数个瞬间生出想要光明正大地站在黎嘉茉身边的念头，但原起还是告诉自己，慢慢来，他们有很多时间。

黎嘉茉今天迈的一大步，完全在原起的意料之外。

他……

很开心。

以至于睡不着。

就连心跳都静不下来。

他知道黎嘉茉的手机在晚上十二点后会开启免打扰模式，他的消息应该不会干扰到她的睡眠。

这样反复想了许久之后，原起终于下定决心，在输入框打了字，发送。

7：睡了吗？

在心里数了十个数，黎嘉茉没回。

她应该是睡了。

在黑暗里沉默几秒，原起干脆坐起，翻身下床。

徐昊屿戴着头戴式耳机坐在电脑前打游戏，没听见动静。余光里突然出现一道人影，他浑身一哆嗦，差点从电竞椅上滚下来。

因为宿舍里的另外两个人还在夜场蹦迪，所以徐昊屿放开声音喊了声原起的名字："起起，你大晚上不睡觉做什么呢？"

原起简明扼要地回："睡不着。"

从徐昊屿的视角，只能看见原起站在书桌前，看不清他在做什么。

徐昊屿干脆收回视线："回国这么久，时差还没倒过来呢？"

游戏里的队友已经在耳机里催促了，徐昊屿又收回注意力。

在他看不清的黑暗中，原起正对着那朵平躺在桌面上的玫瑰花搜索保存花的方法，下单了制作标本需要用到的工具。

输完支付密码的那刻，消息通知栏突然弹出一条新消息。

看清名字，原起手比脑子快一步地点开，而后，在黑暗中勾了下嘴角。

原来睡不着的不止他一个人。

jasmine：没有。

jasmine：怎么了？

黎嘉茉明知故问的意味太明显，心脏在黑夜中跳舞，原起无声地笑了下。

7：睡不着。

jasmine：我也有点。

jasmine：但是我明天还有早八。[大哭]

原起从那堆可爱联盟的表情包里挑了一个表示安慰的表情发过去，问：明天一起吃早饭吗？

另一边，看见这句话，黎嘉茉的第一反应是原起明天的第一节课在上午十点。

而他今晚又睡得那么迟，没什么早起的必要。

jasmine：你多睡一会儿吧。

7：我现在睡不着。

7：心一直跳。

黎嘉茉知道，原起只是在细致地描述自己失眠的感受，可盯着这句话，她被手机屏幕照亮的眼睛笑成了月牙。

7：我想陪你上课，可以吗？

黎嘉茉盯着这句话，嘴唇轻轻抿了下，手机屏幕反射的光映出她眼底的笑意。她在输入框里打了个"可以"，但又想到什么，逐字删除。

jasmine：吃早饭吧。

jasmine：我先自己上课。

发出去的时候，黎嘉茉还有点忐忑。

好在她从原起回消息的速度判断出，他应该没有在意。

7：好，那明天见。

jasmine：嗯嗯！

原起打了个"早点睡觉"，手指停顿半秒，又在后面加了个"女朋友"，可还是觉得有点不适应，又删掉，最后改成了"早点睡觉，嘉茉"。

他想从称呼下手，偷偷叫得亲昵一点。

可得到的反馈却超乎他的预料。

jasmine：有点像我小姨叫我。＞＜

原起噎住，又读了一遍自己刚才发的消息，心说有吗？

在他思考应该叫什么才会亲密一些又不至于"像小姨"时，黎嘉茉却也学着他，改了称呼。

jasmine：晚安，起起。zzz

其实徐昊屿那群人这样喊他的时候，原起不太喜欢。和"起神"一样，他不太喜欢其他的称呼。

他最喜欢别人叫自己的名字。

可这两个字从黎嘉茉口中说出，他却觉得从内到外地甜蜜。

他喜欢她这样叫他。

给黎嘉茉回了晚安，熄灭手机那刻，原起盯着聊天界面最上方的备注，在心里无声道：

晚安，小茉莉。

我的女朋友。

第二天清晨，黎嘉茉下楼的时候，远远就看见了原起。

大早上的，身高腿长的他站在女生宿舍楼下，还穿了件偏亮色的短袖，又顶着他那张可以算是通行证的脸，不只是黎嘉茉看见了，许多出门去上课的女生也都在路过时停下来瞄几眼。

导致黎嘉茉走向原起时，最后那几步，每迈一步，心跳就重一分。

可原起完全没她这样的心理负担。

因为一直朝里张望，所以他在黎嘉茉走出宿舍大厅的那刻便看见了她，然后迈步走过来："书包给我吧。"

黎嘉茉想了想，把右肩侧了一些，书包就自然滑落。原起提起她的书包，单肩挎着，没背书包的那边肩膀贴着她的肩。

下一秒，她的手被他牵起。

掌心连着脉搏，带着心脏在清晨的第一缕阳光下跳动。可在这瞬间的紧张后，黎嘉茉的心反而放松了下来。

算了，反正他已经是她的男朋友了，引人注目就引人注目吧。虽然她可能还需要点时间去适应这样过度亲密的距离和被人注视的感觉。

正值早八前的饭点高峰期，两人端着餐盘，跟着等待用餐的队伍缓慢移动。

黎嘉茉找了个偏角落的位置坐下，原起在她对面坐下。两人正说着话，忽地，黎嘉茉的视线在原起的脑袋上停住了。

原起有些不解地看她。

"起起，其实我有个问题想问你很久了。"黎嘉茉一副吞吞吐吐的模样，"你是不是抹发胶了？"

说完，空气静了一秒。

她看见原起的脸红了，他说："很奇怪吗？"

"没！"黎嘉茉赶紧否认，"就是之前不知道，男生也会搞造型。"

原起镇定地说："很多男生都会弄。"

因为皮肤白，脸红就会很明显。黎嘉茉看见，原先只存在于原起脸颊的绯色，迅速蔓延至他的耳后。见状，黎嘉茉偷偷笑了下。

吃过饭后，黎嘉茉下意识地想要背上吃饭时被搁置在一旁的书包，却伸手摸了个空，这才反应过来她的书包在原起那边。

直到走到教学楼楼下，这个书包才重新回到她手上——原起是想把她送到教室门口的，可黎嘉茉觉得那样太惹人注意了，便像拒绝原起陪她上课一样拒绝了。

和原起道别后，黎嘉茉和早八大军一起上楼。

她找了个前排的座位坐好，几秒后，有人用手戳了戳她的脊背。

黎嘉茉转过头，看见是于思抻着脖子，一脸坏笑。看她的模样，黎嘉茉心里便生出一种不妙的预感。

还没等于思说话呢，她的耳根就像自燃物一般，在空气里烧起来。

于思的下一句话更是让这团火从耳根烧到了脸颊。
"嘉茉学姐，你和原起真的只是同学吗？"

第一节课的课间，黎嘉茉看到原起十几分钟前发过来的消息，说等下来接她。
"你不是有早十吗？"
——打到一半，黎嘉茉就反应过来，又逐字删除。
jasmine：好好上课。
原起秒回。
7：:(
7：要是现在是下学期就好了。
jasmine：为什么？
这句消息发出去的同时，短暂的课间结束，上课铃重新响起，讲台上的老师再次举起了麦克风，准备继续讲课。
黎嘉茉的好学生反射弧对上课铃有应激反应，她如膝跳反射般地快速收起了手机。
可几秒后，她还是没忍住，往讲台上的老师那儿瞄了眼，趁着老师没看她这边，将手伸进桌肚，猫着腰低下头。
坐在教室前排，还敢在专业课上偷偷看手机，对黎嘉茉来说是第一次。
也因此，她有些紧张，做贼心虚地觉得老师已经注意到她的小动作，正眯着眼观察她的一举一动。
可偏偏她又忍不住，想看看原起会怎么回复。
黎嘉茉不敢把手机拿到桌面上，亮着的手机屏幕在黑漆漆的桌肚里格外夺目。
因为准备奥运会比赛，原起大三下期的大部分课程都是没有修的，要留到大四下期修。
这就说明下个学期，他会有很多课和黎嘉茉碰在一起。
所以，他期待下学期的原因不过一句话——
7：就可以和你一起上课了。

两个人下午都有课，虽然原起蠢蠢欲动，但黎嘉茉坚决不让他翘课来陪她，原起只能作罢。
好不容易挨到了晚上，两人一起吃了晚饭，在校园里逛了圈，原起思忖着谈恋爱不能影响黎嘉茉的学习的话，他可以和黎嘉茉一起去上自习。
却听见黎嘉茉说，她八点半要和于思一起打卡。
原起微顿，问："打什么卡？"

257

"体育打卡啊。"黎嘉茉说。

澄安大学格外注重体育锻炼，除了体育课要一直上到大三，还给每位学生布置了每学期48次的体育打卡指标——需要去操场跑步。

说出口，黎嘉茉才反应过来，她的嘴巴无声地张成"O"形，似后知后觉，反问原起："你是不是这个打卡也不用？"

原起之前和她说过。

因为是运动员特招，每天的日常训练就是极高的运动指标了，所以高水平运动员不需要上体育课。

闻言，原起思忖一番，点点头："好像是的。"

身边都是和他一样的运动员，因此，原起从没听说过"体育打卡"这件事。但此时，这个显然不是讨论的重点，他把话题重新绕了回来："那你们什么时候结束？"

黎嘉茉想了想："要跑两千米，大概半个小时吧。"

沉默片刻。

两只手紧紧牵着，十指相扣。脉搏在无声中跳动，原起眸光微暗，最后，视线下沉，看着黎嘉茉，开口道："我帮你跑。"

黎嘉茉愣了愣，下意识地说："我和于思约好了……"从搬到这个新宿舍的第二个月开始，黎嘉茉就成了于思的跑步打卡搭子。

"我帮你们一起跑。"

原起把她的话截断。

黎嘉茉："那我问下她。"

她给于思发了消息。

对面立即回了三个感叹号。

于思：Of course（当然）！

于思：何德何能让体育新星帮我体育打卡！

黎嘉茉刚想回个"好的"，就看见对面眼明手快地撤回了上面两条消息，重新假装腼腆冷静地发了一条消息。

于思：With pleasure（十分乐意）！

后面跟了个戴墨镜的黄豆小人。

两个人先走到了操场，等于思。

操场上人流密集，两人找了个远离跑道的角落。这里不似操场中心那般热闹，适合两个人独处。

黎嘉茉轻轻摇了下被原起紧紧握住的手："你的手好烫。"

黎嘉茉常年手脚冰凉，每每和原起牵手，她最直接的感受便是冰块遇上了火焰，像要把她的手融化。

感受到手被摇晃的微弱力度，原起的目光自然下垂，看清后，不甚在意地轻笑了声："刚好。"

"嗯？"

她的手被原起攥得更紧了些。

"你的手很冰。"

长年持枪打枪，让原起的掌心生了层薄茧，几次脱皮又新生之后，已经成了他手掌的一部分，贴着黎嘉茉的手，有一种粗糙但有些意外的宽厚感。

黎嘉茉穿着短袖，裸露的肌肤感受着夏末最后的高温，可原起掌心的温度似乎比夏天的风还要炙热，源源不断地向她输送着热度。

"我有点体寒，"黎嘉茉说，"我打算这周末去看医生的时候顺便配点中药。"

闻言，原起淡淡点头："好，我和你一起。"

说话时，他的指腹无意识地摩挲过黎嘉茉的虎口。

像是羽毛挠过，黎嘉茉一个激灵，痒得差点叫出了声。

而这样一个细小的动作都被原起注意到。他垂首看她，有些做错事般地尴尬："很痒吗？"

"其实还好。"

黎嘉茉想了想，补了句："最开始有点。"

"那再试一次。"原起说。

等黎嘉茉反应过来后，他再次用指腹轻蹭了下黎嘉茉的虎口："这次呢？"

因为有了准备，所以不再有那样猝不及防的痒意，黎嘉茉摇摇头："这次不痒了。"

话音刚落，就听见原起一本正经地道："那我下次通知你。"

黎嘉茉微顿，忽地笑了，她也屈起手指，去挠原起的掌心："不用这么严肃。"

原起漆黑的眸闪了下。

他柔声道："我和你开玩笑。"

他真没什么开玩笑的天赋。

黎嘉茉在心里默默道——

哪有人开玩笑，既不惹人笑，又要在话后冷冰冰地补一句"我在开玩笑"。

原起已经不是第一次开这种生硬又冷到北极圈的"玩笑"了。

但黎嘉茉从没和他道明过真相。

一来是不想挫伤原起"开玩笑"的信心；二来，她一直觉得原起开玩笑这件事本身的搞笑程度要远远高于他开的玩笑。

手机屏幕亮了亮，是于思说她到操场了，问他们在哪儿。

黎嘉茉往跑道的光亮里走了走，走的过程中，下意识地把手从原起的手里拿了出来。

原起凝视着那于不动声色中脱离的手。

一触即收。

他跟在黎嘉茉身后，也看见了一道单独站在跑道上东张西望的身影。

黎嘉茉拍了拍于思的肩膀。

于思猛地回过头，兴奋地喊了声"嘉茉"，而后，伸长脑袋往黎嘉茉身后张望，冲原起挥挥手臂："起神你好，我是于思，嘉茉学姐的室友。我们那天在活动上见过。"

"你好。"

听见原起平和的声音，于思有些受宠若惊地安静一秒，而后收回脑袋，压低声音问黎嘉茉："嘉茉，我是直接把手机给神吗？"

于思直接把对原起的称呼简化到一个字了，黎嘉茉有些哭笑不得。

她走向原起，学着古装剧里太监给皇上呈奏折的模样，把两部手机交给原起："你看看两部手机会不会不好拿？"

原起却很轻易地一手握住了两部手机："不会。"他又确认了一遍，"两千米？"

看见黎嘉茉点头，原起就出发了。

黎嘉茉的视线下意识地追着他的身影跑了出去。等原起跑到人群中间时，有了对比，那肩宽腿长的身材就更突出了，仿佛鹤立鸡群一般。

哪怕他已经跑到跑道尽头，在黎嘉茉的视野中变成了一个小黑点，她还是能在熙攘的人群中精确定位原起的坐标。

于思也在看，"啧啧"两声："运动员就是运动员，跑步姿势都和别人不一样。"

肘关节是标准的直角，整个身体倾斜的弧度稳定又美观，同时具备力量感。

于思几步挪到黎嘉茉身边，先是和她简单沟通了几句关于创业大赛的事情。

说完后，黎嘉茉看于思有些支吾的模样，柔和地笑了下："怎么了吗？"

于思踌躇了一会儿，最终，诚实地开口："嘉茉学姐，我先提前声明，接下来这件事的起因，不是因为我有什么窥私欲，而是因为我太聪明了！"

黎嘉茉："……你说吧，没关系的。"

于思接下来说的话，她其实隐隐能猜到——

于思已经发现了原起的微博小号，知道了原起的微博小号只专门转发一个画师的微博；又恰好发现了他们的恋爱关系，此外，她还知道黎嘉茉也在画画。

正如她所言,敏感一点的人都能猜出黎嘉茉就是那个画师。

其实,黎嘉茉不希望自己的微博被三次元的人发现,是不想让太多人知道她生过病。

可此时,听到于思承认她知道了自己的微博,黎嘉茉才发现,自己心里居然并没有设想中的尴尬与想逃离——

她似乎没那么避讳这件事了。

曾经连在宿舍里吃药都要偷偷摸摸进行的她,如今站在一个知道自己得了抑郁症的同学面前,心中无可避免地生出些许光着身子站在太阳底下的羞赧,可这种情绪更像是日光下的露珠,短暂留痕,转瞬即逝。

可能是因为,她知道真正爱她的人,并不会因此而远离或是怜悯她。

在他们心中,她永远只是黎嘉茉,无关乎其他任何附加条件,也不会因为什么而改变。

如果因为知道她生了病,就用异样的眼光看她,那只能说明这些人不是真的爱她。

没有必要为这些人难过,只要真实地拥抱爱着自己的人就可以了。

这是一年多的心理咨询里,黎嘉茉的收获。

譬如此刻,于思在说完话后,举起四根手指向她发誓:"我绝对不会说出去的!"

说着,她还曝出了自己的微博账号:"我其实也在偷偷摸摸做 Vlog 博主,没有人知道,也是个秘密。这是保证金,保证我不会把你的微博号说出去——当然,你也不要把我的微博号说出去。"

其实于思这样"以秘密换秘密"的方式在她看来有些许幼稚,但这些真诚的幼稚,正是友情里暴露出来的最美好的模样。

于是黎嘉茉笑了笑,像于思一样扬起声音,认真地回答:"好,那我们都不说出去。"

原起回来的时候,黎嘉茉和于思都有些震惊——明明感觉他才出去没多久。

于思忙不迭接过手机,连声道谢,一看屏幕上显示的配速,口中的"谢谢"变成了"天哪":"这辈子没打过这么快的卡!"

两千米的路程,原起只跑了六分五十几秒。

于思乐了,兴冲冲地点了提交,却弹出一个界面——

"配速过快,无效。"

最后两个字鲜红地映在她和黎嘉茉的眼眸里。

原起有些不自在地咳了声:"我不知道这样也会无效。"

"没事,我们也不知道!"于思说。

毕竟从来只有配速过慢的情况，没有经历过配速过快的情况。

于思乐呵呵地截了图，发了条朋友圈炫耀：乐了，配速过快。

她又加了原起的微信，然后想到什么，调出自己的微博界面，给黎嘉茉证明自己的微博号，然后自觉离开，不当电灯泡。

于思一走，原起又和黎嘉茉贴在了一起。

刚跑过步，他的发梢还有微小的汗珠。手臂上原本也是有些汗的，不过都已经随风蒸发了。

运动让他本就灼热的体温更加逼人，黎嘉茉感觉就像是被一个大火炉围着。

听见原起些许加重的呼吸声，黎嘉茉从口袋里掏出面巾纸，去帮他擦汗："你跑这么快干吗，累不累？"

"想和你多待一会儿。不累。"

黎嘉茉心一软："傻傻的。"这么说着，她还是认认真真地帮原起擦了汗。

因为周边没有垃圾桶，所以她打算把擦过汗的纸巾往口袋里塞，却被原起拦住。

"放我这儿吧。"他说，"不然把你的口袋弄脏了。"

接过黎嘉茉手里的纸巾，他又问起于思离开前给黎嘉茉看的微博："你们在说什么？"

黎嘉茉抬眼看他："说你偷偷关注我的微博。"

说罢，她观察着原起的反应。

却不是她想的那般辩解，原起一脸坦然与淡定。

"不是偷偷，"他说，"只是你没发现。"

见原起这镇定自若的神色，黎嘉茉生出了逗他的心思："你没有告诉我，就是偷偷。"

"你每一条微博我都转发了。"原起很认真地解释，最后，举出了最有利于他的证据，"我用的还是你给我画的那个头像。"

言下之意就是他不是偷偷关注的，只是黎嘉茉没有发现而已。

黎嘉茉说不出话了："好吧，那我错怪你了。"

原起还是那副什么都要认真回应的模样："没关系。"

黎嘉茉不自觉地伸出手环住了他的腰。

原起的腰部有点敏感，他下意识地想后退，却怕惊动黎嘉茉，硬生生忍住了。感受着一颗脑袋贴在自己的胸膛前，眼里的笑意都要溢出来了，原起却还是对黎嘉茉说："都是汗。"

"没关系。"

两秒后，黎嘉茉换了说法："没有。"

"那可能蒸发掉了。"

不用这么认真解释的呀,黎嘉茉心说。

她想笑,嘴角微微勾起,贴着原起的衣服,又说了一遍那三个字:"傻傻的。"

下一秒,原起的声音从头顶落下:"你聪明就可以了。"

他伸出手回抱黎嘉茉,有力的手臂把她往自己的身体里揉进了一分。

"嘉……黎嘉茉。"

"嗯?"

"下次见到人的时候,"他的声音有些闷闷的,"可以不松开我的手吗?"

闻言,黎嘉茉愣住。

她在脑海里回想,才发现自己见到于思的那刻,确实松开了原起的手。

是一个出于回避意识的下意识动作。

黎嘉茉心虚了两秒,她蹭着原起的衣服,点点头,是回应,也是保证,又说:"你想叫嘉茉就叫吧。"

现实中听见这个叫法,和在网络上看见这个称呼,还是有点不一样的。

比如,黎嘉茉再也说不出"有点像我小姨叫我"这样的话了。

毕竟原起的声音,低沉清劲,无时无刻不在提醒着她,这是她的男朋友。

可原起不再叫了,只是说:"那你也叫下我。"

黎嘉茉愣了愣,随后反应过来。

那个"起起"就在她口中,却说不出。

被原起这么一要求,这个不带什么肉麻色彩的称呼,也变得烫嘴起来。

脸微微发热,可黎嘉茉最后还是小声说出了口:"77。"

是"77",不是"起起"。

是他在她这儿的专属称呼,和别人都不一样。

九月末。

夜风送来最后的夏意与年轻的爱意。

并不是春天才是万物生长的季节。

只要爱的人在身边。

明明未到考试周,可是,因为准备创业大赛的事情,黎嘉茉几个星期连轴转。

副院长在对比过他们的企划书之后,同意担任他们的指导老师,但他的高要求也让黎嘉茉他们着实忙碌了一阵。连着几个周末,黎嘉茉都是和于思他们一起讨论、写稿、改稿,虽然组内氛围和谐,没有人拖DDL,更没有人催DDL,但是身在团队中,总会比单干时要更有责任意识。

因此，黎嘉茉说的"周末"去看医生和配点中药，一直拖着。直到企划书的最终版提交，她才腾出一个空闲的周末去看病——

和一般看病不同，心理疾病的治疗通常需要患者找一个合适的心理医生，然后固定下来。当初原起给她找的医生成骏是槐安市的医生，近两年下来，最了解黎嘉茉的情况，所以，黎嘉茉没有选择在澄安市看病。

她和原起买了周六清晨的机票。

周四晚上，黎嘉茉去菜鸟驿站拿信。

前天收到之前支教学校的段主任给她发的消息，说学生们自发给她写了信，已经一起寄过来了。

黎嘉茉抱着拿信的心态来，却收获了一个大箱子——一个班的同学每人一封，也有几十封，所以统一用快递寄过来了。

这时候，男朋友的作用就体现出来了。

黎嘉茉打算回宿舍再拆这个大包裹。从拿到包裹开始，原起就没让她出过力气。两个人就要往外走，忽地听见快递站的工作人员道："你叫黎嘉茉？"

被叫住，黎嘉茉顿了顿，然后点点头。

工作人员拿着收件人信息单，和黎嘉茉核对了一下："这里还有一封你的信，放了快一年了。"

说着，工作人员让黎嘉茉等等，蹲到角落里给她找信。

角落里放的是一些许久都无人问津的信件。

闻言，黎嘉茉微愣，下意识地朝站在她身边的原起望去，却和原起对上了视线。

见原起也一副不明所以的模样，排除嫌疑。

可除了他，黎嘉茉压根想不出，在自己休学的那段时间里，会有谁往澄安大学给她寄信。

等了一会儿，工作人员终于从积压了许久的那堆信中抽出两封黄色的牛皮纸信封。

他随意抖了两下上面的灰尘，然后将信件交给黎嘉茉，顺便提醒："以后有信就早点拿，拖着拖着就忘了，再过几天这堆没人要的信都要被处理掉了。"

黎嘉茉一面道谢，一面接过那两封信，看到信封上的字时，动作僵住。

信封上，一笔一画地写着"黎嘉茉姐姐收／李开怀寄"。

收养张开怀的那户人家姓李，或许是觉得他的名字好，所以只改了姓，没改名。

张开怀当然不知道黎嘉茉休学的事情，因此，只能往澄安大学寄信。

黎嘉茉赶紧看了眼邮戳上的时间——一封是一年前、一封是九个月前。

心跳骤停一瞬，黎嘉茉脱口而出："完了。"

苦等了一年，没收到回信的张开怀会是怎样的感受，黎嘉茉不敢想。

听见黎嘉茉的声音，原起的目光也朝信封望去。从上往下看，很轻易地就瞄见了信封上的名字，再结合黎嘉茉的神情，他瞬间猜到了所有的来龙去脉。

他也不难猜到，黎嘉茉现在的心情。

"你先不要着急，"原起安慰道，"至少你现在知道了，就可以弥补了。"

黎嘉茉知道。

她只是觉得很不好意思。

她赶紧拆开信，同时，原起的声音又在她耳边落下："笑笑说不定在信里写了联系方式，你可以重新联系他，和他解释一下。这比寄信要快。"

张开怀的两封信，加起来有整整七页纸，事无巨细地交代了自己到新家庭之后的改变，和黎嘉茉分享他的新生活以及无数个快乐的瞬间。

虽然许久未见，但是黎嘉茉轻易就发现了张开怀字迹的改变，多了一分书法的遒劲有力。

果然，再往下看，在第一封信的中间部分，张开怀就提到，他的父母送他去练书法了。

黎嘉茉先读了第一封，又看第二封。

没想到，真的如原起所料，在第二封信的结尾，张开怀就兴冲冲地告诉她，他父母给他买了部手机——

"嘉茉姐姐，你的上封回信好像被快递人员弄丢了，我没有收到。"

看着这句话，黎嘉茉又心虚了下，又有些动容。

和成人不一样，小孩子总是会把事情往好的方面想。

他们不会去想，对面不回信是不是因为不想理他，而是会用尽小脑袋的全部智慧，为对面找合理的借口，总之就是不会怪到对方身上。

"不过我和你说，我的爸爸妈妈给我买了部手机，我的电话号码是××××××××××××，以后给我打电话，信就不会弄丢了！"

黎嘉茉当即掏出手机，把那个号码存了下来，现场给张开怀编辑了一条短信，解释自己不回信不是因为不想回，而是因为意外原因没收到信。

她不想和张开怀解释自己得了抑郁症。

如今的黎嘉茉已经不觉得得抑郁症是可耻的事情。

但她还是希望，自己在张开怀心中，永远是那个无所不能的嘉茉姐姐。

张开怀还在信末写了句，让她帮忙和原起问好。

黎嘉茉向原起转达时，原起还有些意外，他没想到，张开怀小朋友写信时居然还能记得他。

但原起现在手上拿着箱子。

他给黎嘉茉递了个眼神,刚欲张口,就听见黎嘉茉了然地说:"我和他说了,你也很想他。"

回到宿舍,黎嘉茉拆了从支教的学校寄过来的包裹,才发现那个包裹里不仅有信,还有一罐纸星星。

罐子上贴着便利贴,童真稚嫩的字体一笔一画地书写着孩子们的心迹:"黎老师,这是我们对您的祝福。我们很想您!"

后面跟了个巨大的爱心。

看着这行字,热流淌过心中,黎嘉茉打开那罐纸星星,取出一颗拆开。折星星的小纸条上,密密麻麻地写着学生对她的思念与祝福。

她又顺着纸痕,把这颗拆开的纸星星重新折好放了回去,视如珍宝般小心翼翼地重新盖上盖子,把它们和那个已两岁高龄的肯德基玩具放在一起,摆在她书桌的一格。

那里原先只是书桌普通的一格,却因为她有意把这些物件都放在一块儿,便成了她最珍视的角落,用来盛放最珍贵的礼物与祝福。

曾经的黎嘉茉不太会创造这样的仪式感,可如今她觉得生活是需要纪念的。

哪怕微弱如光芒,可支撑着一个普通人在这困顿世间继续前行的,往往就是这些平凡又闪耀的瞬间。

平时,黎嘉茉不会翻动这个角落。

可无论是在支教学校,还是到了这个新宿舍,她都会原封不动地把这个角落还原。

同时,手机屏幕亮了起来。

显示是新联系人"开怀"的来电。

一接起,张开怀小朋友响亮到要破出屏幕的声音惊得黎嘉茉不得不把手机拿远些:"嘉茉姐姐,我就知道你肯定是有事才不回消息的!"

他的声音褪去了些许稚嫩,却仍像是长不大的小朋友一般直白地抒发情绪:"我好想你!"

周五傍晚,难得两个人都有空,原起和黎嘉茉进行了他们恋爱后第一项最为正常的情侣活动——看电影。

在此之前,两人的活动范围都还限于校内。

他们看的并不是院线电影,而是隔壁市某所大学的学生影协牵头组织的观影活动,主题是"爱在"。早中晚三场,分别播放了"爱在"系列的三部电影。

因为这个主题设计,到场的多是和他们一样的情侣。

黎嘉茉和原起看的是第二场,《爱在日落黄昏时》。

走出影院的那刻,还真的是日落黄昏时。

观众对这三部电影褒贬不一,有人视之为人生影片,有人却觉得这样由男女主角日常对话构成的两人转电影烦琐而啰唆。

黎嘉茉两类人都不是。她平时更喜欢看治愈类的影片,但是,她并不觉得一部电影追随着男女主角的脚步,陪他们逛遍城市街头,将他们的对话娓娓道来,是流水账。

她一直都认为,散着步闲聊,是最能判断爱意存在与否的时刻。

在大街上漫无目地走着,嘴里说着不着边际的话。

但是没关系,和爱的人轧马路,就是幸福的每分每刻。

譬如此刻。

因为原起刚从奥运会回来没多久,网络媒体对人的影响还在,所以出校园前,原起戴了顶棒球帽,以防被人认出,惹来不必要的麻烦。

橙黄色的夕阳颤巍巍地贴在天上,下一秒就要跌入黑夜。这条贯穿城市首尾的大街上,只有她能看清他的面孔。

在昨晚的睡前微信聊天环节,黎嘉茉已经和原起分享了学生送给她的纸星星。但此刻,她又忍不住说,她是真的没有想到,自己已经离开那所学校快一年了,可是学生们还记着她。

"原起。"

虽然在称呼的问题上纠结了很久,但大部分时间里,两个人在现实生活中,都还是互相叫对方的名字。

至于线上的称呼,曾经也是和线下同步的。但上周二的晚上,原起不知道是怎么了,像是试探,又像是憋了许久,在微信上叫了黎嘉茉另一个称呼。

当时的黎嘉茉躺在床上和他发消息,猝不及防看见那个"宝宝",打字的手指顿住。

几秒后,她不自觉地攥紧了盖在身上的被子。

哪怕床帘内是她一个人的空间,但她还是不敢太放肆地笑,咧着嘴,盯着那个称呼,有些害羞,又有些甜蜜。

自己没谈恋爱的时候,看见别人叫对象这种称呼,黎嘉茉觉得怪肉麻的。

可当自己也成了谈恋爱的一员后,黎嘉茉立即懂了,为什么恋爱里的人都好似对肉麻免疫。

察觉到黎嘉茉的默许,后来,原起的每句晚安后面都要带上"宝宝"。

最初几次看见这个称呼的时候,黎嘉茉很羞于回应,都假装没看见。但几次之后,她已经可以从善如流地对着那个"晚安宝宝"回复"晚安77"了。

另外，她也发现了，原起也就是在网上腻歪一点，在线下，还是那个闷闷的、说不出什么肉麻话的原起。

比如，此时听见黎嘉茉叫自己，他就只会用"嗯"来回应。

像土地一样，沉稳又踏实。

"昨天拆开快递看到纸星星的那刻，我真的觉得我……"

泪水打断了黎嘉茉的话。

才张口呢，温热的眼泪却不受控地涌了出来，在眼眶里流转。

听出黎嘉茉话里的哭腔，原起的脚步顿住。

棒球帽的帽檐挡住光线，落成阴影，盖在他的眼睫上，挡住他大部分视线。在原起的眼睛里，有且仅有一个黎嘉茉。

映在他眼眸里的黎嘉茉下意识地抬起右手去擦眼泪，却忘了那只手被他牵着，带着原起的左手一起举起。

无奈，原起只能松开自己的手指。

黎嘉茉细碎的抽泣声摩挲过原起的耳畔，他俯身看清她轻轻颤动的睫毛，上面沾着湿润的泪珠，原起心中泛酸泛胀也泛软。

他伸出手，替黎嘉茉擦掉眼泪，半晌，无声地笑了下，语气有些无奈："黎嘉茉，你的泪腺有点发达。"

黎嘉茉边哭边抽气，混着换气声，断断续续地说完刚才戛然而止的话："因为我觉得我特别幸福。"

这也能哭。

有点拿她没办法。

原起无奈，把自己的女朋友拥进怀里，低下头，将自己的脸颊紧紧贴着黎嘉茉的头发。

他柔声地安抚她："以后会更幸福的。"

看电影的商场就在澄安大学附近，所以原起没开车。等他们从商场慢吞吞地走回学校的时候，黎嘉茉脸颊上的眼泪已经蒸发干了。

毕竟是幸福的眼泪，所以泪水流尽后，心情是轻松的。

从学校大门回宿舍的路上，会经过一座拱桥。

晚上八点，拱桥底部的桥灯早已亮起，由下而上的打光将人脸照得面目可憎。

一扭头，看见原起那张帅气的脸被照得有些阴恻恻的，黎嘉茉没忍住，笑出了声。

原起侧目回望黎嘉茉，没说话。

他当然知道黎嘉茉在笑什么。

毕竟从他的视角来看，黎嘉茉也好不到哪里去。

两个人在对方的视角里，都跟鬼片的主人公似的。

只是他肯定不能笑黎嘉茉，嘲笑对象是女朋友的特权，不是男朋友的。

两人并肩走了一会儿。

"77，你看我。"

原起乖乖回头——

就看见黎嘉茉不知道什么时候打开了手机手电筒，垫在下巴上，往脸上照，明亮的白光将死亡打光的缺点无限放大，黎嘉茉标致的五官都被照得沟沟壑壑的。

比起被桥灯照着，她此时的脸更像是恐怖画面了。

尤其是黎嘉茉还故意做了个阴森森笑着的表情。

只是，她强睁着不敢闭眼的眼睛都要被手电筒的光照出眼泪了，面前的原起仍旧是一副无动于衷、气定神闲的模样。

原起从小就不怕鬼。

他胆子很大，或者说是对待事物的感知能力很弱，没什么东西能让他觉得害怕。

所以，乍一看黎嘉茉这张脸，一般人都会吓一跳。

可原起浑然不觉得恐怖，只觉得有些搞笑以及很可爱。

没有收获预想的反应，黎嘉茉装鬼的表情僵在脸上。半晌，她幽幽地放下手机，语气不自觉带上了嗔怪的意味："你都不配合我一点。"

"怎么配合？"

闻言，黎嘉茉逗原起的兴致又上来了。

"你就——"说着，黎嘉茉做了个受惊的表情，"这样。"

果然，原起看着她，沉默了一会儿，满脸写着为难。

可是，黎嘉茉投向他的目光中，期盼的情感又深了几分。

几秒后，原起还是如黎嘉茉所愿，皱起脸，不情不愿地做了个被吓到的表情。

听见黎嘉茉即刻传来的笑声后，原起有些别扭地别过脸。

可是，他也没忍住，随着黎嘉茉的笑声，很淡地勾了下嘴角。

要下桥的时候，有两个人迎面从台阶上走来，黎嘉茉便下意识地退后一步，给他人空出走路的空间。

然后就变成原起站在台阶下，而黎嘉茉还站在桥上，眼前就是原起沉默的背影。

看着那站在下一层台阶上仍然比自己高的头顶，黎嘉茉下意识地踮踮脚，然后发现自己踮起脚还是没有原起高。

那两个路人已经顺利通过，原起想重新和黎嘉茉并排走，一回头，就看见黎嘉茉踮着脚、身子往前方倾斜。

原起:"嗯?"

黎嘉茉:"77,我发现你是真的很高。"

说着,黎嘉茉想起自己在网上看见的一些话,说高个的人和矮个的人看到的世界是不一样的,顿时有些好奇,便问出了口。

原起想了下,实诚道:"我不知道你们看见的是什么样的。"

他话中没有任何炫耀的意味,可这就是最气人的地方。

黎嘉茉沉默。

她正沉默着,忽地看见原起转过身。

他站在下一级台阶上,背对她,俯下身,整个背就展现在她眼前。

他语气平静地道:"你可以自己对比一下。"

看着那宽厚的背,黎嘉茉有一瞬间的心动,但还是有些纠结。

毕竟她这么大个人了,距离被人背的年纪已经过去了快二十年。

于是黎嘉茉踌躇着,手扶着原起的背,试探地问:"那我上来了?"

"好。"

说着,原起的身子又低了些。

黎嘉茉看着面前弯下的背脊,心中的蠢蠢欲动破土而出:"我真上来了哦。"

原起的态度始终如一:"嗯。"

但尽管已经打算在原起的背上体会一下高海拔的感觉,黎嘉茉还是有些不好意思将整个身子覆上去,只先轻轻跨上一只脚——

哪想到,原起原先平摊在身后的手心猛然收力,借着她跨出腿的动作将她整个人向上托举起来。

高度骤然上升,黎嘉茉重心不稳,下意识就抱住了原起的胳膊,整个身子严丝合缝地贴着原起宽厚的脊背。

"吓死我了。"黎嘉茉缓过劲来,后知后觉地说。

说罢,她用胳膊肘打了下原起的背,表示怪罪。

背着自己那人闷笑了一声:"我不会把你摔下去的。"

黎嘉茉回嘴:"万一摔下去了呢?"

"没有万一。"

原起说。

他声音响起的同时,黎嘉茉感受到护在她腰椎后的那双手收紧了些,是原起在提醒她,他一直在护着她。

这个动作之后,原起又补了句,语速平缓,给人以信服的感觉:"相信你男朋友。"

黎嘉茉不吭声了。

她靠在原起的背上,在他看不见的地方暗笑了一下。

背了一会儿后，原起问黎嘉茉："有不一样吗？"

但因为她整个人已经在原起的背上了，黎嘉茉也不再假装矜持了，她的手从原起的腰间抽离，搭在他的肩上。

黎嘉茉挺直上半身，趴在人形梯子上，环顾四周。

不得不说，一米八八看到的世界和一米六六看到的世界还是有挺大差别的。

黎嘉茉曾经不相信，觉得就差了二十几厘米，能有多大不同。可直到自己到了这个高度，才发现，虽然面前的风景是一样的，但看风景的角度不同，收获的体验也就不同了。

她描述着自己内心真实的感受："感觉有点新奇。"

原起轻笑，没说其他话。

说是感受一下一米八八的视野，可感受完了后，原起也没把黎嘉茉放下来。

他就这样背着黎嘉茉走了一段路。

隔着薄薄的两层衣料，黎嘉茉可以感受到原起身体的热度。

人会对热源有本能的靠近意识，黎嘉茉下意识地往原起的背上贴紧了些。趴在他的背上，她似乎还能感受到原起呼吸与心跳的频率。

她侧着头，耳朵贴着原起的背，不用自己看路走路，安逸得仿佛下一秒就要睡过去。她听着原起一起一伏的呼吸声，声音被贴近的温度烘软："会不会有点重？"

此话一出，就见原先一直目视前方的原起偏过脸看她。

他像是听见什么笑话一样："都是骨头。"

一点肉都没有。

原起这样想着，又对黎嘉茉说："你要按时吃饭。"

黎嘉茉辩解："我每顿都按时吃。"

"那就多吃一点，现在的你太瘦了。"顿了顿，原起的运动员脑子自然而然地想到了某个数据，问，"你的BMI（身体质量指数）是多少？"

"16.7。"

闻言，原起的眉无声地蹙起。

BMI的最低正常值是18.5，黎嘉茉显然营养不良。

原起不再说话了。

黎嘉茉以为原起放弃了这个话题。

殊不知，他已经在心里默默决定之后每顿饭都要和她一起吃，就差把食谱固定下来了。

黎嘉茉就这样在原起的背上赖了很长一段时间。

直至走进生活区，路灯的光线混着越发逼近的人声洒下，黎嘉茉不好意思起来，挣扎着从原起身上下来了。

两人站在即将进入生活区的边界。

这里是接下来的路段里最冷清的地方了。

黎嘉茉心想着，下定决心叫了原起的名字："你低下头。"

原起不明所以，但乖乖照做。

直至脖颈上传来一股冰凉，他垂眸，有道银色的光芒闪过。

原起用手指拿起项链上那个"7"的挂坠。

在路灯下反射着光。

"这个我很早就买了，但是一直没找到时机送。"黎嘉茉解释道。

这就是她在给亓宸妈妈挑生日礼物那天，特意买给原起的礼物。

它和那个肯德基的小玩具一样，一直被放在黎嘉茉的书柜一角。

说话时，黎嘉茉抬眼看他，眼眸被路灯照得明亮。影影绰绰的光线似在她眼里闪动的星河，美不胜收。

原起喉结微动。

不远处是隐隐约约的人声，夜风柔和而舒适，带来原起的声音，在黎嘉茉耳边轻轻落下。

"黎嘉茉，我可以亲你吗？"

黎嘉茉怔住。

她对上原起幽深又克制的眼睛，里面写满了隐秘的渴求。

灼热的温度从心间烧到耳根，越发剧烈跳动的心似要跃出胸膛。

风吹过她的发。

黎嘉茉红着脸，点了下头。

下一秒，原起宽厚的手掌抚上她的下颌，缓缓上移，滚烫的手心贴住她的脸颊。

粗糙的指腹来回摩挲着黎嘉茉的脸庞，她的心也似被翻来覆去地揉捏，两道渐沉的呼吸交织在了一起，混着分不清是谁的心跳声。

原起温热的呼吸打在她的眉间，黎嘉茉下意识地闭上了眼。

原本温和抚着她脸庞的手倏地用力了些，将她的脸捧起。

他的吻终于落了下来，带着他滚烫的气息。

最开始，只是两片唇瓣试探性地贴合，感受着对方的柔软。

可后来，有人先越了界。原起的身子越来越低，原本扶在黎嘉茉腰间的右手也缓缓向上移，两只手将她的脸桎梏住，唇上柔和的动作渐渐加深，轻咬着黎嘉茉的下唇，去吮吸她下唇的软肉。

黎嘉茉踮着脚，下意识地往原起身上倾斜。

在逐渐炽热、沉重的呼吸声中，黎嘉茉终于松开了牙关。她也试着去轻咬原起的唇瓣。

感受到怀里人笨拙的回应，原起吮吸的动作加重，染上了些许从不属于他的失控潮涌，轻捧着黎嘉茉面颊的手在不知不觉中向后移，虎口落在她的耳垂上，力度里多了几分蛮横。

轻咬着、索取着，呼吸声、心跳声。

遥远的天幕上，有两颗明亮的星星在闪烁。

黎嘉茉的身子止不住地发软，整个人终于没了力气，往原起身上倾斜。

原起的牙齿细细磨过黎嘉茉的下唇，似不知餍足地吸吮与夺取。

喧嚣的夜风终于归于平静。

黎嘉茉的脑袋昏昏沉沉，缺氧。她靠在原起怀里，对上他那双染了深色的眼眸，嗓音不自觉放软："你累不累？"

"嗯？"

原起音线沙哑。

"你要一直俯身。"

半晌，落下一道轻笑声。

"没有你一直踮着脚累。"

周六清晨，两个人约好七点在黎嘉茉的宿舍楼下碰头。

不似工作日，周末这个点，女生宿舍楼下冷清安宁，整栋大楼还未完全苏醒。看见自己的女朋友，原起迎面上前，一手接过黎嘉茉的行李箱，另一只手则自然地揽过她的腰，惯性般低下头，想亲黎嘉茉。

但因为黎嘉茉还有些早起的迷糊状态，没抬头配合，那吻最后只轻轻地落在了黎嘉茉的额头上。

看见她手上还拿着一封信，原起问："是寄给学校的？"

黎嘉茉点点头，她最近两天写了给支教学校的回信，打算今天经过菜鸟驿站的时候顺便寄出去。

如是想着，黎嘉茉睨原起一眼："我昨天突然想起来，你之前是不是说过给我写了封信？"

闻言，原起轻"嗯"了声。

他一直记得。

"你什么时候给我？"

静了几秒。

原起淡笑："以后吧。"

是一个不明确的回答。

他又意味不明地补充了一句："会有机会的。"

闻言，黎嘉茉看他一眼，故意唱反调："77，你该不会是在骗我吧？"

"我不会骗你……"

"你以前还骗我你是打网球的呢。"

原起:"就那一次。"

顿了顿,他解释道:"想找个合适的机会给你。"

黎嘉茉钩着原起的胳膊问:"什么是合适的机会?"

原起俯下身,下巴蹭着黎嘉茉的耳朵,她痒得直往后躲。

嘴角不着痕迹地笑了下,原起的声音柔和:"就是特别的日子。"

飞机落地槐安市机场,两人赶往医院。

坐出租车前去医院的路上,原起从背着的包里掏出两个小面包,递给黎嘉茉。

刚下飞机,黎嘉茉本来不觉得饿,可是一看到小面包,顿时就觉得胃里确实有些空。

她撕开包装,一边吃面包,一边想着原起的包里怎么会有小零食,但是也懒得多想了。

"好久不见啊,嘉茉。"

医生和黎嘉茉面对面,两人先互相打了个招呼。

最初,面对心理医生的提问,黎嘉茉会隐隐觉得难堪——谁都不希望把自己最脆弱的一面暴露给陌生人。

可如今,快两年的心理咨询下来,黎嘉茉面对医生时已经可以做到以平常心应对了。

心理医生照例让黎嘉茉描述自己这段时间的感受以及作息等生活情况。

黎嘉茉想了想,尽量详细地描述:"最近都挺好的。从我支教回来后,除了刚回学校的那段时间……可能是因为有点不适应吧,注意力很难集中,这个时候就会产生挫败感。

"……就是觉得自己远离正常生活许久了。所以晚上和早上还是容易难过,会觉得自己和这个世界脱节了,被抛弃了。"

最后几句话,黎嘉茉说得缓慢。

她这才发现,这些感受对于她已经是颇为遥远的事情了。

怕被误解,她在话的末尾强调道:"只是难过,没有想过死的事情。"

心理医生温和一笑:"我知道。"

他没有和黎嘉茉说,曾经的她说到类似这样的话时,眼泪就先一步流下来了。

可如今,黎嘉茉叙述时的语气很平静。

"面对这样的感受,我试图用以前的老方法就是拼命学习来弥补,但是,当我这个焦虑情绪又产生的时候，我有意识去控制了。我曾经希望自己一周就能回归大学状态，但我最后给了自己一个月的时间。"

那一个月里，黎嘉苿先列出了自己认为回归大学生活最重要的两件事：学习与社交。

然后把一个月细分，清晰地列出这一个月她应该为学习和社交做出哪些努力。

如此一来，黎嘉苿突然发现，一天二十四小时，八小时睡觉、八小时生活、八小时学习，其实所有的事情都来得及。

而这样的设想也还有点虚浮。后面的日子里，她每天都写计划。

随着每日计划一次又一次完成，她的焦虑也逐渐被抚平。

"过了那段时间，大学生活就好像又慢慢步入正轨了。因为睡得和起得都比较早，我也没有以前那么容易累了。

"而且……"才说了两个字，黎嘉苿就发现，自己此时最想表达的是一句"而且最近一直有人陪着"。

准备创业大赛的时候，和于思以及队友们待在一起，有时候讨论到很晚，大家还会去北街的烧烤店吃顿烧烤，提前庆祝还未到来的胜利。

不和队友们待在一起的时间，她的身边总是有原起。

有些时候，原起要训练，可只要一想到他训练完就会来找她，黎嘉苿便也不会觉得孤单，只知道要抓紧把手头的学习任务搞完，才能空出时间和原起轧马路。

晚上回宿舍的时候，常常会和小姨与黎嘉念打电话。她还加了张开怀的微信，张开怀偶尔会发来几道题目，让黎嘉苿帮忙解答。

她的生活就这样在并不喧哗的热闹中进行着。

她不再像之前那样，用大把大把的时间去悲伤，只留一丁点的时间去拥抱与感受。

她不再像之前那般焦虑不安、疲惫不堪，她也不再一面想逃离人群一面又渴望怀抱。

她选择坦诚地面对自己对于情感的需求。

选择从以前让自己无法喘息的人际关系中给自己寻找生活的出口，构建让自己安心的人际舒适区。

"我像您交代的那样，每天都会记录让自己感到幸福的三件小事。最开始很难找到，但现在……"说到这里，黎嘉苿笑了下，"觉得三件有点不够写。"

话音落下，一张纸和一支笔被推到她面前。

心理医生双手交叠撑在下巴上："那我们现在来写另外一个。嘉苿，你在这张纸上写下五个你最大的优点。"

这一幕似曾相识。

黎嘉茉想起那次，坐在她家狭小的客厅里，原起在写她优点的那张纸上写了长长的一段话，却在描述自己的优点时只写下简单的一行。

黎嘉茉望着摊开在自己面前的白纸，弯了下嘴角，说："原起之前也让我写过。"

闻言，心理医生有些意外地挑眉。他听出了黎嘉茉的言外之意，略风趣地举起双手做投降状："我发誓，我没让原起搞这些，都是他自己的主意。"

当时，原起让黎嘉茉写小字条，她只写了两个优点就草草结束。

可不知道是不是受了原起那张写了她优点的小字条影响，这次下笔时，黎嘉茉感觉轻松了许多。

她思考着，慎重地提笔，写下自己觉得自己拥有且最为珍贵的品质——

善良，具备同理心，学习能力强，有责任心。

最后，她一笔一画地认真写出那两个字——坚韧。

李慧琴去世的那天。

黎嘉茉对自己说，她熬得过那天，她就熬得过所有。

可如今，黎嘉茉明白了。

是因为她熬得过所有，所以她也熬得过那天。

她犹记得，在第三次接受心理咨询的时候，心理医生和她说，和她一样，大多数抑郁症患者会觉得自己与这个世界的联系几乎为零。

因此，他们觉得一切都无所谓，包括死亡。

"那既然如此，为什么不把现实世界当作一场游戏呢？

"你不要把自己当成这个游戏的玩家，而是成为这个世界的NPC（非玩家角色）。你所经历的一切，不过是这个游戏的一环，在这个世界发生的一切，快乐也好，痛苦也罢，都不会与你有任何关系。你只当自己是这个世界的观察者，冷眼旁观这个烂透了的世界，不需要对这个世界的任何苦难共情。

"如果这样的麻木可以让你不那么痛苦，那么你就一直当着这个世界的NPC；可如果在你当NPC的时候，有几个瞬间让你觉得人间这个游戏还是有点意思的，你不想当NPC了，你想当玩家了，你想去创造自己的生活，那么恭喜你，NPC变成玩家最大的好处就是提前摸清了这个游戏的规则。你承受并且熬过了常人无法体验的痛苦，那么你也能达到常人所不能企及的高度。

"罗曼·罗兰说，世界上只有一种真正的英雄主义，就是认清了生活的真相后还依然热爱它。可嘉苿，其实我觉得，对这个世界，不一定要热爱，活着的意义从来不在于热爱，而是在于活着的每一个瞬间。"

几个月前，小姨辞掉了之前的工作，找了几个朋友合伙开了家奶茶店，最近在忙装修的事情，预计三周后开业。

"再过两个星期我就要期中考试了，"饭桌上，黎嘉念扒着饭说，"考完肯定会开家长会。姐姐，要是小姨到时候很忙，你能不能回来帮我开家长会？"

三周。

黎嘉苿在心里算了下时间。

如果他们的企划书可以拿省一等奖，那三周后，她应该刚好在决赛现场，冲刺国奖。

"到时候让原起哥哥来帮你开。"说着，黎嘉苿用胳膊肘碰了下原起的肩。

原起侧目看她，就见黎嘉苿低着头回避视线，有几根碎发恰好落在她偷笑的嘴角。他无声地笑了下，转向黎嘉念："嗯，我最近比较空闲。"

黎嘉念故意撇起嘴，一副伤心的模样："好吧，那看来这次我只能好好考了。"

闻言，桌上的两个成年人都忍俊不禁。

黎嘉苿笑出了声，原起则顾及着黎嘉念，无声地笑，但那笑意早已浮上眼底。

如黎嘉苿所料，他们的创业大赛项目成功入围国赛，需要到现场答辩。也如黎嘉念所料，她期中考试之后，老师让开家长会。

于是那天，黎嘉苿和原起在机场告别，一个往邻市飞，提前一天去比赛现场；一个往槐安市飞，去给黎嘉念开家长会。

原起还是第一次以家长的身份参加家长会，意外地有些紧张。

走进教室后，他就拘谨地坐在黎嘉念的座位上，不敢乱动。在一屋子的中年男女中，他的存在似有些格格不入。狭小的座位空间甚至放不下他的腿，无奈，原起只能带着凳子往后移了一格，长腿撑在桌脚上。

课桌上放着黎嘉念的成绩单，他拿起一看，最后赫然印着黎嘉念的年级排名——"4/664"。

那一瞬间，原起突然明白了为什么好学生的父母那么爱开家长会。

他把这个成绩条拍下来，发给黎嘉苿。

忽地，他感受到一片阴影覆下，有道灼热的目光死死盯着他，让人难以忽视。

一个中年男人盯着他转过来的脸仔细看了两眼，确认完毕后，那双厚重眼袋上的眼睛立即放出光彩："你是原起吧！"

原起点了点头，心里想着，这应该是黎嘉念同学的爸爸，那他是不是应该和这位家长打个招呼。

可那个中年男人显然不在意这些，咧着嘴角，语气都喜气洋洋的："哎哟，居然能在这里碰见你！"

他的声音有些大，把周围一圈人的视线都吸引了过来。

原起的身子僵了一瞬，感觉在赛场上被那么多观众注视着都没现在紧张。

但他依旧强装着面色不改。

成为教室的视觉中心，中年男人这才放低音量，脸涨得通红："我两年前就开始追你的比赛了！你世锦赛的时候我就猜到，你绝对能在奥运会上大放异彩的——年少有为啊，年少有为！"

面对陌生人，尤其是这种岁数比自己大还容易激动的陌生人，那么真诚激动地称是他的粉丝，原起不知该如何回应。

他心里无限感激，可在深思熟虑后，也只略低下了头表示敬意，平淡地道出两个字："谢谢。"

不过，了解他的人都知道，他不会说漂亮话，心中有几分，嘴上就说几分。

因此，那个中年男人丝毫不觉得原起的态度敷衍，因为在原起的眼里，能看出他对粉丝的感恩。

再说了，运动员对粉丝最好的回馈是更好的赛绩。而这个回馈，原起已经给到。

如此寒暄一番后，那男人才想起这个见面的场合，后知后觉地疑惑："你怎么也在这儿？"

说罢，他又立即自己想通了："亲戚家的小孩在这里读书是吧？"

原起"嗯"了声："我妹妹。"

男人了然地点点头，瞄见桌上的那张小字条，下意识就低头去看，在看清上面的数字后，惊呼一声："哦哟，全年级第四！"

他把自己儿子的成绩条递给原起，也不管他看没看，又自顾自地笑起来："你说巧不巧，我家那小子也是第四。

"——全年级倒数第四！"

参加完家长会，原起回小姨家和黎嘉念汇报情况："你的老师一直在表扬你。"

黎嘉念毫不客气："那是应该的，毕竟我们班第二就是年级第七十二名了。"

原起失笑。

小姨的奶茶店正式开业了,忙得脚不沾地,晚饭也没回来吃。原起干脆带着黎嘉念出去吃,顺便打包了一份给小姨送去。

从奶茶店回来的路上,黎嘉念突然问原起:"原起哥哥,你今年过年还来我家吗?"

"小姨说,要是你来的话,她就多腌一只猪蹄。"

原起沉声回:"来的。"

又静了几秒,黎嘉念的声音细细的:"原起哥哥。"

"嗯。"

"你要一直对我姐姐好。"

静了一会儿,原起笑了下,说:"我会的。"

第二天清晨,晨光熹微的时候,原起就赶到市区,乘坐从槐安飞往黎嘉茉决赛城市的飞机。

从南山尾开始算起,至少得花八个小时才能到决赛的会场,但所幸给原起赶上了。

他进会场大门时,主持人刚好宣布比赛开始。

微信聊天界面上,是黎嘉茉刚发过来的消息,告诉他,他们是第七组。

原起找了个中间的位置坐下。因为场内有媒体,所以他特意扣了顶帽子。

现场总共九支队伍,每组有十五分钟的展示时间和五分钟的答辩时间,整个赛程比较漫长,显得等待的时间也焦灼起来。

进入会场前,原起想着,自己也是金融专业的,好歹能听懂一些吧。

可在听了第一组说的第一句话后,他就放弃了——

听不懂英文。

他靠在座位上,有些无聊地玩起手机,却也觉得没什么好玩的,重新点开微博,打算再看一遍黎嘉茉画的小漫画。

登上许久未登的微博,他发现黎嘉茉回关他了。

点进漫画家黎嘉茉的微博主页,最近的一条是她和粉丝们分享好消息——医生说我可以不用吃药啦!^^

他学着黎嘉茉的粉丝,给她评论了两个抱着爱心的微博小表情。

同时,台上的主持人报幕,说接下来答辩的是第七组。

捕捉到那个一直关注着的数字,原起立即坐正,先按灭手机,又点开,调出相机给黎嘉茉录视频。

他们组展示的人员是黎嘉茉和于思。

演讲稿已经背得滚瓜烂熟,黎嘉茉练了三年,就连休学期间都没有中断英语口语练习,在这时展现了显著的进步。

279

她为这样的时刻,已经准备很久了。

原起将镜头拉近,整个手机屏幕里,都是黎嘉茉。

是他的女朋友。

是他少年穷途日的意外相遇与半世救赎,也是他风华正茂时与金牌并列的终生骄傲。

但在这一切之前,她首先是黎嘉茉,是独一无二、闪闪发光的小茉莉。

"The above is our group's sharing of our work. Thank you for listening.(以上是我们小组的分享。感谢你们的聆听。)"

语毕,黎嘉茉和于思鞠躬,另外几名队友也走上台,共同准备答辩。

几个问题后,四分钟过去。

最后,一位中国评委看着选手资料,举起话筒,视线落到黎嘉茉身上:"我注意到你们的队长——黎嘉茉同学也参加了上届比赛。上届比赛我也担任了评委,依稀记得黎嘉茉你是没有到场的。"

"是的,老师。"

而那老师没问原因,只是问黎嘉茉:"时隔一年,真正站上了比赛场地,你是什么感受呢?"

整个会场鸦雀无声。

原起的视线穿过一排排座位,抵达黎嘉茉的身上。

透过话筒,传遍会场每一个角落的是她一字一顿、缓慢又坚定的声音。

"我为曾经的队友、现在的队友以及我自己感到自豪。"

她曾经缺席的比赛、错过的荣耀。

都靠着自己,重新经历了一遍。

都成为她生命里货真价实的乐章。

当晚,黎嘉茉他们和辅导老师一起参加了庆功宴,庆祝斩获了唯一的金奖。

庆功宴后,其他人是统一返程的机票,但黎嘉茉提前说过她单独回去,便和大家在饭店道别。

出了饭店,原起果然已经在门外等她了。他靠在一辆黑车前,穿着烟灰色的套头卫衣,脚上一双同色系的限量版球鞋,年轻帅气。

他胸前还挂着她送给他的那条项链。

恍惚间,黎嘉茉似乎回到了她自以为和原起"初遇"的那天,他就是这样一副潮男酷哥的模样。

酷哥原起自然不知道黎嘉茉在想什么,只是在看见自己的女朋友那刻就下意识地将她抱住,然后从她的头发一路吻到嘴角。

车子缓缓启动,黎嘉茉没问原起要去哪儿。

穿过光影繁华的街道，穿过难见尽头的隧道，穿过纵横交错的立交桥，最终在江边停了下来。

一下车，江风吹了过来，带着初秋的凉意。通往江岸的小路旁，有一条半人高的坡道，坡道的内侧是路，从右侧跳下去，就是江边。

或许是因为今晚心潮澎湃，一顿饭吃得黎嘉茉饭饱人晕，她鬼使神差地爬上了那条坡道。

没想到黎嘉茉身手这么灵敏，原起赶紧伸手扶住她。

在坡道上站定，黎嘉茉小心翼翼地伸直胳膊，感受着从四面八方吹来的江风，发丝随风飘摇，纷纷乱乱的。

不远处是跨江大桥，亮起桥灯，像是横跨水面的霓虹。江水涛声渲染了遥远的车鸣，黎嘉茉的声音混在风声中："上面吹风好舒服啊！"

原起轻笑，想让黎嘉茉小心点，最后还是没说话。

黎嘉茉站在坡道上，那条坡道有半米多高，因此她终于高出了原起一截。黎嘉茉沿着笔直的坡道小心翼翼地往前走，原起就站在平地上，牵着她的手，放慢脚步，陪她缓慢向前。

曾经有很多个这样的瞬间，他从来不会打断黎嘉茉的突发奇想，哪怕有些突如其来的想法会像此刻般不理智。

原起只会纵容她，又无声地保护她。

忽地，有声音从远方的天际传来，黎嘉茉下意识地看过去。

被城市灯火映照得朦胧的暮色里，突然炸开了浓墨重彩的一笔。满目的烟花绽放，每一簇烟火的痕迹，都在漆黑的夜幕留痕。

黎嘉茉看得有些愣了，直到原起让她下来看，她才扶着原起的肩膀跳了下来。

她被原起抱在胸前，贴着他有力的心跳，与原起共同远眺遥远夜空中的视觉盛宴。

直到无数白色的烟火一起腾空，烟雾升腾，在无边无际的黑色苍穹中炸出一朵白云，云的周边是细碎闪烁的光芒。待那白雾散尽，留下的却是缤纷的色彩，像无数片羽毛，拂过星斗，又被滚烫的恒星灼伤，羽翼飘落，一串英文清晰地铺开。

看清天空中那排字时，原先只是想欣赏这份热闹与美丽的黎嘉茉愣住。

夜间铅云中，他以烟火为笔，写下了给她的情书——

  For my jasmine（献给我的茉莉）。

后面，跟着一朵茉莉花，是以黎嘉茉微信头像上的那朵茉莉花为基础设计成的烟花。

烟花落下的瞬间，原起含笑的声音也在黎嘉茉的耳畔落下："黎嘉茉，告白这件事，还是让我来吧。"

毕竟我喜欢了你这么多年，梦里无数次演习过。

对上黎嘉茉的视线，看着她的目光从惊喜再到闪烁，有泪水在黎嘉茉眼中流转。原起把落在黎嘉茉眼前的碎发别到她的耳后，柔声说："我知道你对待什么都很慎重，所以，虽然我很想说那三个字，但是我还是留到你想要的时候说。"

泪水已经完全模糊了黎嘉茉的视线，那场已落幕的烟花却还在她心里燃烧着。她听见原起一字一顿、缓慢而郑重地道："黎嘉茉，我喜欢你。"

"非常、非常，喜欢。"

"我想和你永远在一起。"

黎嘉茉的眼角通红，柔软的小手盖在了原起抚摸在她面颊上的大手上，一边哭一边笑，泣不成声，话语哽咽："我也非常、非常喜欢你。"

她被他抱起，重新坐回坡道的栏杆上。

炙热的吻携着滚烫的气息，铺天盖地地落了下来。原起捧着她的脸庞，轻咬她的唇瓣。黎嘉茉不自觉地伸手环住原起的脖子。

他的气息加重，唇上的力度渐深，像是要将她的每一寸呼吸都夺走。

呼吸交缠间，是密不透风的吻，是恋人耳鬓厮磨的低语。

"我们不会再分开了。"

"嗯，我们不会再分开了。"

明明自己的睫毛上还沾着泪，可在触及那份湿意时，黎嘉茉还是向前俯身，替原起吻去他眼角的泪痕。

看着近在咫尺的脸庞，恍惚间，她想起很多年前的那天。

玛雅人预言 2012 年是世界末日，但没有成真。

当时的黎嘉茉想，那天才是她的末日。

枯木凋零的南山上，夜色降临，她抱着那只伶仃的公仔，站在陡峭的悬崖边，决定将生命埋葬在那一天。

而这时候，有人一路跋涉，出现在她的身边。

"他在末日尽头，给我放了一簇烟花。"

- 正文完 -

网络番外 ·

（一）亓宸番外：《当时的月亮》

2023 年中秋，母亲发来中秋祝福的时候，美国时间是上午七点。

亓宸没有回复。

高考后选了计算机专业而非管理类，再到如今留在"康村"读五年的 Ph.D（哲学博士），他的每一步都和母亲对他的预期背道而驰，他们母子的关系几乎不曾得到缓和，便又坠入下一个冰点。

没有回复母亲中秋的祝福，不代表这个节日在留学生团体中隐形了——相反，他们会找到各种各样的理由聚在一起。

和他一样是在澄安大学念本科的学长组了局，在留美工作四年的前辈家里"举头望明月，低头思故乡"。

在场有位女生，喜欢王菲，连上蓝牙耳机，放的是王菲的《当时的月亮》。

亓宸不太喜欢听王菲的歌，他喜欢火星哥，喜欢 The Weekend，喜欢一切节奏感强且有力量的歌曲。

可记忆里，有人喜欢听那样缱绻的嗓音。

"Matt，发什么呆呢？"有人注意到亓宸在出神，喊了他的名字。

亓宸回过神，扯了下嘴角："没。"

有个女生不知何时坐到了他的身边，手托着下巴，戴着美瞳的漂亮眼睛直勾勾地盯着他："你明年回国吗？"

"嗯。"

他顺便不着痕迹地拉开了自己和女生的距离。

> 看，当时的月亮，
> 曾经代表谁的心，结果都一样。
> 看，当时的月亮，
> 一夜之间化作今天的阳光。

空气里静静淌着舒缓的旋律，挑空的客厅四面都是玻璃，可以看清高悬于夜空的那轮圆月。

全世界看见的都是这样的月亮，不只是他一个人仰望着这样的月光。

说是过节，可最后也只是攒了局，喝酒、玩桌游。所有的留学生派对最后都会是千篇一律的走向，亓宸找了借口从烧烤的人群中退回客厅里，窝在沙发上，点开朋友圈。

怎么说呢，像是命运一样——其实出国后，他使用微信的频率就没那么高了，或者说他本就不太用微信。就连曾经发朋友圈，都是仅一个人可见。

而今天，他点开朋友圈，最新的一条就是那个茉莉花头像发的。

jasmine：月饼节快乐！^^

配图应该是她自己捏的月饼。

因为有点丑。

看着那个捏得不圆不扁的月饼，亓宸不自觉地笑了下，但那笑容又在瞬间凝结散去。

因为他想到，那个月饼应该是黎嘉茉和原起一起捏的。

女生不小心把蓝牙播放模式设置成了单曲循环，出去一趟又进来，亓宸还是听见了歌曲的结尾。

> 谁能告诉我，哪一种信仰，
> 能够让人念念不忘。
> 当时如果没有什么，
> 当时如果拥有什么，又会怎样。

1.

亓宸一直都知道，父母资助了不止一个小孩读书。

但这与他无关，作为亓家唯一的大少爷，他不需要知道每一笔钱的用途，也不需要知道家里到底有多少财产，只要知道这些钱最后都是他的。

但他没想到，有一天，他会需要配合父母，去探望这些被资助学生中的其中一个。

那么多需要资助的家庭中，为什么偏偏选中黎嘉茉家，当时的亓宸不明白，但长大后的他就清楚了——

只是因为另外几户人家都太偏了，是在真正的山上，连大巴都开不进去那种。

而黎嘉茉家在南山尾，虽说也是山区，但好歹几年前修了路，轿车可以开进去。

可虽然当时不知背后的原因，亓宸还是在看到随行的一大堆摄像装备时，对父母的作秀行为表达了不齿。

十五岁的少年眉毛一横，故作老成地看向父母："有必要吗？"

换来的是亓父平淡却极具压迫感的"你把嘴闭上"和亓母略尴尬却不

失礼貌的笑:"小宸,你不要乱说话。"

车开进县城后,在一个窄巷路口停了下来。

一下车,亓宸就崩溃了——

谁能告诉他,为什么县城的大街上会有活的鸡?

十五岁的亓宸,天不怕地不怕。

最怕的,就是带羽毛的尖嘴动物。

当时,他顾不上形象,跳到了一个离自己最近的记者身上,被吓得"哇哇"大叫。

这是他人生的黑历史,也导致他对南山尾这个地方的初印象为-100分。

2.

因此当他走进黎嘉茉家那间不及他家书房大的小套房时,还带着几分怒气。

本就狭小的空间,被那么多同行的记者和摄影装备一堆,更显得无处落脚。亓宸上下打量这破旧的房间,突然就对上了一双明亮澄净的眼睛。

可还没等他细看,那双眼睛便转了方向。

"嘉茉,快去和亓叔叔亓阿姨说句'谢谢'。"

黎嘉茉的父亲在摄像机前面带微笑地招呼着黎嘉茉,一时间,所有的镜头都对准了她。

想到接下来就是无聊又漫长的作秀环节,亓宸顿觉厌烦,趁着没有大人注意,溜进了另一间没锁的房间。

一进门,他便看见贴了一大片墙面的奖状。

亓宸随意扫了几眼,发现上面都印着同一个名字:黎嘉茉。

不过都是三好学生、优秀班干部这类校级的奖项,早已获得国内外奖项无数的亓宸不明白这些有什么好贴出来的,很快便收回视线。

屋内窗帘紧拉,几步之外就是一张床。

但别人的床不能轻易睡这个道理不用讲他都明白。而且,不知道是不是心理作用,他总觉得这个房间有一股潮湿的腐木气味,让他觉得这里不干净。

但连着坐了好几个小时的汽车才到了这儿,亓宸早就累了。

他靠着床边坐了下来,告诉自己,眯一会儿。

可再被人摇醒的时候,他才发现,天已经黑了——或者说,屋子已经黑了。

一片漆黑中,看见近在咫尺的一张脸匿在暗夜里,只剩一双眼睛,似猫的瞳孔在黑暗中发光,亓宸吓了一跳,发出一声惊呼。

"……我不是坏人,我是黎嘉茉!"

黎嘉茉一边解释，一边打开房间的灯。

黑暗被灯光驱散，他这才看清面前的女生。

白皙的脸，未长开的五官，有些局促地和他面对面。

看清面前的人，亓宸才算镇定下来。可旋即，想到自己刚才那丢脸的反应，他又平静不了了。

他站起身，刚要往外走，然后发现客厅也没开灯，空空如也，死气沉沉。大片的月光从打开的窗户中落进来，原来真的是晚上了。

亓宸问："我妈我爸呢？"

"他们都出去找你了。"

亓宸："嗯？"

就没有一个人想到进房间来找一找吗？

就这样被抛下，而且一想到等下要和父母解释自己居然在陌生的房间的地板上睡着了这件事，亓宸心中窝火，但看着面前这个并不认识的人，知道自己不应该乱发脾气。

当时的黎嘉茉自然不知道他心中已经默默憋火，还积极地解决问题："我去楼下的小卖部借电话……"

话说到一半，她就看见面前这个个子比她高出一截的男生从兜里掏出了一部手机，而且还是触屏的。

在当时，拥有一部智能手机，是很稀奇的事情。

等待那群人返回来接他的过程中，两个人坐在客厅里，眼观鼻鼻观心。亓宸干脆拿出自己的手机开始玩切水果。

突然，一封信被递到自己眼前。

"我刚刚一直没看到你，以为你不来了。"

他有些意外，又有些不解，下意识蹙眉，抬头，可所有的情绪在看清那双沉如露水的眼睛时顷刻散尽。

亓宸从来不知道，原来一个人的眼神，可以真挚到这个地步。

"谢谢你们资助我上学，我一定会好好读书的。"

3.

再次见到黎嘉茉，是第二年暑假。

那个暑假，因为工作，亓父频繁外出，一个月里在家的天数不超过两天。有一次，亓宸无意间拆开了侦探社寄给母亲的信件，才知道母亲找了人偷偷跟踪父亲——

结婚后，亓母为了家庭放弃了自己的事业。她本就乐得安心做富太太，做只需要美貌不需要动脑的菟丝花。可当岁月流逝、容颜逝去，过往的青春年华化为虚妄，曾经自信可以靠美貌与手段拴住男人一辈子的亓母也不由得恐慌、疑神疑鬼。

这种疑神疑鬼也蔓延到了亓宸身上。

在此之前几乎不关心他学业的亓母开始事无巨细地问起他的生活起居。

本就是最讨厌大人唠叨的年纪，又提前知道了这突如其来的母爱背后的真相，亓宸对这些询问只感到厌恶。

他回避母亲的一切问题，在那个年纪会用最不耐烦的语气指向最亲近的人。饭桌上，亓母又一次笨拙地找话题聊天，最后又把话题绕回到"你爸这几天有给你打过电话吗"。

亓宸下意识地皱眉："你不能直接去问他吗？"

在此之后，亓母终于不再问他这些事。

亓宸以为这一切就到此为止，直到他发现扫地的阿姨偷偷翻他的书包。

那天晚上，这个家吵得天翻地覆。

亓宸收拾好自己的东西，在母亲的哭喊声中离开了这个家——

却发现自己无处可去。

十五六岁的年纪，想出去住，却没有身份证。

最后，亓宸只能去了亓家名下的一家酒店。前台的人不认识他，仔仔细细地核对了他的身份，最后叫了大堂经理来确认。

也因此，他离家出走这件事被父亲知晓。

消失了半个月的丈夫再次出现在家里，作为妻子，亓母竟然觉得这是恩赐。可还没等她欢天喜地地上前关心丈夫最近工作怎么样，便看见丈夫一脸严肃地走上楼，推开儿子的房门。

"前天晚上怎么回事？"

看见母亲那张惶恐的脸，真相就堵在亓宸的喉咙里，说不出。

最后，他只假装叛逆道："无聊，想出去住。"

换来的是父亲的一巴掌和母亲的惊呼。

"下次别再做这种给我丢脸的事。"

甩下这句话，亓父又冷着脸离开了这个家。

4.

也因此，黎嘉茉出现在和他同一节的名师课上时，亓宸的第一反应是这是母亲的安排，又想在他身边塞一个人，监视他的所有。

所以，在黎嘉茉看见他并热情地和他打招呼时，他选择忽视。

"亓宸，这个新来的乡下妹你认识啊？"

说不认识显然是谎言，因为不管被他冷落多少次，黎嘉茉都会在下一次依旧满脸热情地和他招呼。

于是亓宸没掩饰，说她是他家资助的学生。

那个年纪,各种各样的玛丽苏小说在学生间流行,霸道少爷爱上我的故事存在于每一个学生的想象中。

那个同学没想到自己还能见到活的"少爷×资助对象"的组合,"哇"了一声:"她老这么热情地对你,是不是喜欢你啊?"

亓宸冷笑一声:"这么会想你去拍电视好了。"

他知道,黎嘉茉对他热情,只是因为他家资助了她。

半年前,女生的那句话和那封信依旧历历在目。

亓宸不明白,为什么一点钱就能让她这样感激,甚至不介意在摄像机前一五一十地交代自己家里的窘境,这最隐秘的伤痕。

慢慢地,亓宸发现自己不明白的事情有很多。

比如他不明白,黎嘉茉为什么能在他一次又一次冷脸后依旧友好如初地和他打招呼;他不明白,面对那讲题讲得又臭又长的中年物理老师,黎嘉茉怎么这么愿意每节课都坐教室第一排。

暑假补课结束的那个晚上,班上的同学约好出去吃饭。

当然没叫上黎嘉茉,毕竟他们这群人里没有一个人把她视作这个班级的一分子。

而一个班上,就一个同学不在,聊天的内容便绕不开这个同学。

有女生小声嘀咕,说黎嘉茉脚上那双鞋是阿迪达斯的仿货,连字母都拼错了。

不知为何,"山寨货"这三个字在亓宸耳里格外刺耳。

他觉得,黎嘉茉可能都不知道有个牌子叫阿迪达斯,更不会知道自己脚上的鞋子的款式,居然还有真品仿品一说。

他从小任性,在性格塑造时期里接受的教育是"没有人敢和他对着干",所以亓宸从不在意别人的想法,只知道自己当时的心情不爽,便抬腿踹了下桌板,饭桌上的人立刻闭嘴。

他用眼神冷冷扫过每一个人:"有意思吗?是 adidas 还是 abidas,穿对了就牛,是吧?"

没人敢说话。

菜还没开始上,他就离开了。

同学常常让他觉得无趣又聒噪,很多时候,他喜欢一个人待着。

打开家门,他却意外撞上了刚从厨房里帮忙洗完碗出来的黎嘉茉。

两人视线对上,黎嘉茉如之前的每次那样,朝他挥了挥手:"嗨。"

顿了两秒,亓宸冷淡地回了个"嗯"。

黎嘉茉愣了。

这是亓宸第一次回应她。

而当黎嘉茉还沉浸在"亓宸居然也和她打招呼了"这件事中,就听见亓宸依旧恹恹的声音:"晚饭还有吗?"

黎嘉茉愣了愣,说:"阿姨已经收完了……你没吃晚饭吗?"

最后一句话没有得到回答。

亓宸没说话,径直上楼去。

当时的外卖产业没那么发达,他轻车熟路地打了管家的电话,让管家开车去他最喜欢的店,给他打包一份晚饭。

几分钟后,门被"咚咚"敲响。

这么快?

亓宸有些诧异,趿拉着拖鞋去开门。

站在门外的却不是管家,而是黎嘉茉。

她端着一碗热气腾腾的面,上面盖着一个金黄的煎蛋。

"你要是饿了,可以先吃这个。"说话时,黎嘉茉眉眼弯弯,像月牙。

她误解了亓宸的停顿,补了句:"我自己煎的,应该还挺好吃的。"

5.

某天,亓宸偷偷在父母派秘书给黎嘉茉寄去的礼物里塞了一双 adidas 的贝壳鞋,终于在第二年暑假,等到了穿着这双鞋来上课的黎嘉茉。

今年的黎嘉茉照旧会笑着和他打招呼。

不同的是,亓宸开始回应她。

亓母把自己换下来的手机送给了黎嘉茉,拿到手机的那天,黎嘉茉向亓宸要他的 QQ 号。

输入自己的号码后,亓宸问黎嘉茉:"你有微信吗?"

黎嘉茉摇头。

黎嘉茉的微信号,是他帮忙注册的。

他是她的第一个微信好友。

那个茉莉花头像,是他看着她画的。

某天,黎嘉茉发来微信。

jasmine: 亓宸,老师今天讲的力的运动我有点没懂,明天没有物理课,老师应该不会来,我明天可以先问你吗?

其实亓宸并不喜欢给人讲题,他觉得浪费时间。

但莫名地,他能想象到黎嘉茉给他发消息时小心翼翼的模样。

于是他回了"可以"。

jasmine: 非常感谢!!

第二天下午放学,黎嘉茉拿着物理书走到了他的座位旁,亓宸一直解答到了太阳落山。

收起书本,黎嘉茉才注意到墙上的钟表,顿时有些不好意思:"我没想到会这么久,耽误你吃饭了,不好意思……"

"没事。"

亓宸随口道,他不在意这些,起身,问:"你和我一起出去吃吗?"

黎嘉茉显然不敢相信自己听到的。

亓宸也不知道自己当时是怎么耐着性子解释的,如果换一个人,他应该是在对方听不懂后就转身走人了。

"这个点,食堂应该就一些剩菜剩饭了。"

"不过我只有饭卡……"

"我请你。"

黎嘉茉原想说,那下顿我还回来,又想到,她饭卡里的钱也是亓家帮忙充的。

他们一起往校外走。

因为是暑假补课,老师们默许大家出校吃饭,所以保安也没阻拦。

亓宸走路很快,走出校门后,他才意识到黎嘉茉没跟上来,转身一看,她竟然落后自己一段距离。

可不知道为什么,他并没有说"能不能走快点",而是停下来,等她。之后的路程,他也刻意放慢了脚步。

两人去了校门口的一家面馆。亓宸点了碗肉丝面,黎嘉茉点了碗青菜鸡蛋面。听到她点的面,亓宸莫名也想把自己点的换了,但又想不通为什么,于是没说。

那天的面像是加了盐巴,特咸,亓宸吃了一口便放下筷子。

可黎嘉茉像是尝不出味道般地继续吃。

注意到对面打量的视线,黎嘉茉疑惑地抬头。

亓宸皱着眉问:"你不觉得咸吗?"

黎嘉茉点点头。

咸。

咸得她都要齁嗓子了。

"但这是你请我的。"

亓宸知道,黎嘉茉的意思是,别人请吃的东西,不吃完不好。

可他纵容着自己误解。

回去的路上,他请黎嘉茉喝奶茶。

黎嘉茉点了份加奶盖的,他一直记得。可是后来,他再没有机会请她喝奶茶。

回去的路上,有一只麻雀停在路中间,亓宸远远看见,不敢往前走。

身后的黎嘉茉却突然往前跑去,冲着那只麻雀跺了下脚,把麻雀赶走后,朝他招招手:"可以走啦!"

亓宸愣住。

他不知道黎嘉茉是怎么知道他怕鸟的。

后来，他找了机会问，黎嘉茉说，她观察发现的。

"我第一次来这边上课的时候，跟着你们一起去吃饭，我就发现了，如果前面有鸟，你就会往旁边走。不然，你一直走在中间。"

可暑假那天亓宸却没问出口。因为站在校门口的值日老师看着远处的两道人影，朝他们大喊："再不快点，晚自习要迟到了！"

6.

后来的很多事情，都像是顺其自然，也像是命运捉弄人。

发现黎嘉茉和母亲汇报自己的行为时，亓宸的第一反应，并不是愤怒。

那时的他，过分偏激地想，原来黎嘉茉接近他，是步步为营，是伪装，目的是成功待在他身边，做他母亲的监视器。

所以他口不择言，试图用世上最恶毒的话，来宣泄自己的愤怒。

亓宸觉得，自己不应该原谅黎嘉茉。

所以他总是用最恶劣的态度来对待黎嘉茉。

他并不是真的想那样对她。

他只是觉得，自己应该那样对她——因为她欺骗了他，她辜负了他。

其实，在酒吧和原起打架那晚，并不是亓宸第一次看到原起和黎嘉茉在一起。

更早的时候，在北街，他看见原起和黎嘉茉在玩石头剪刀布。

他不知道他们是怎么认识的，也不知道那时石头剪刀布的结果是什么。

他只记得，那是他第一次看见黎嘉茉那样的笑容，那种毫无防备的、发自内心的笑。

亓宸不知道该怎么描述自己看见黎嘉茉那份笑容时的感觉，就像是心空了一下。

一种无力的恐慌涌上他的心头。

他从来没有想过，自己对黎嘉茉是什么感觉，只是心中默认，只要他家对黎嘉茉的资助关系还在，他和黎嘉茉就会一直有关联。

可也只是有关联而已。

命运拂了一身还满。

你的指尖，落下了一粒沙，这也是关联。

似乎就是在那天，一切都不一样了。

所以后面的一切更加失控，他也没想到自己人生的第一次表白，会是在那样糟糕的环境下。

他记得自己在康奈尔大学上过一节通识课。白胡子的教授让这群来自不同国家、不同肤色的学生拿出纸笔，写下自己现在最希望拥有的一样事物。

亓宸想了想，写下：Time Machine（时光机）。

他想过很多次，他的人生有什么遗憾。

太多了，数不过来。

可那么多的遗憾，最后往回倒，时光的磁带都会停留在同一刻——他彻底失去黎嘉茉的那一刻。

可什么叫彻底失去？

又可能，他其实从来没有拥有过。

他找不到答案。

所以，他想拥有一台 Time Machine。

回到哪个夜晚都好。

可以是他第一次去她家，明明就一墙之隔却被所有人丢下，只有她找到了他的那个夜晚。

也可以是一起吃了很咸的面，差点赶不上晚自习，从校门口一路飞奔，她跟不上，他停下来等她的那个夜晚。看着她背后的月亮爬上山坡，黎嘉茉身披月光跑来，两个人终于在上课铃响起的那秒抵达教室。

或者是高中的某个假期，黎嘉茉住在他家的晚上，见证了他父母的争吵。父亲的车灯在庭院亮起，一去不返。亓宸靠在床头，没有开灯。他想不出结论，为什么不再相爱的两个人还要继续一起生活，这个世界荒诞得让他发笑。

这样深深的夜里，忽然从隔壁房间传来两声轻叩墙面的声响，是她小心翼翼的安慰。

只要有她就好。

只要一切都没被画下句号就好。

耳边的歌仍在唱"当时如果拥有什么，又会怎样"。

最后，亓宸给黎嘉茉的那条朋友圈点了赞。

窗外，圆月明亮。

如果一切能重来。

如果当时拥有这月亮，又会怎样。

网络番外

（二）黎嘉茉&原起圣诞节番外：《圣诞节》

2023年的那个暑假，黎嘉茉在澄安市找了份长期实习的工作，从六月底持续到开学后。

在此之前，她已经做过PE（股权投资）和VC（风险投资）的实习，但是高强度的社交需求和随时随地待命的工作并不是她喜欢的生活节奏——已经不止一次，她正和原起待在一起，或者正在做着自己的事情，就被领导一个电话喊去干活。

虽然从时间上来看，每天的工作时长应该和在学校的学习时间差不多。

但是，读书时期，每天花大量的时间学习，是黎嘉茉主动选择的。而她这样选择的目的是为了让未来的自己可以有更多的选择权。

几段实习下来，黎嘉茉觉得她可能还没有弄清楚自己最心仪的工作方向是什么，但是明白了自己不喜欢什么。

她不喜欢行业里无声攀比今天背的包是爱马仕还是香奈儿的氛围，也不愿意为了社交花大把的时间研究妆容、穿搭以及无用的攀谈。

更何况，高强度、高密度的社交会让她喘不过气。

黎嘉茉希望在一个尽量纯粹的环境里工作，没有那么多外来因素干预她的生活。

她喜欢做计划，也喜欢计划被一个一个实现的感觉。因此，她宁愿从早到晚都在进行大量的工作，也不希望一天中的24小时被不断细分成分秒，总有各种各样的工作见缝插针地挤进来，打乱她的计划。

所以，这次长期实习，她将简历投递至了国内某家专注量化投资的私募基金管理机构，打算尝试一下量化方向。

虽然高中学的是文科，但是大学和研究生阶段的几年认真修读了数学和计算机课程，以及长期的英语阅读习惯，让黎嘉茉很顺利地获得了Quant（股市分析员）的实习机会。

因为投资公司坐落在CBD（中央商务区），从学校坐地铁过来要挤，而且有近五十分钟的路程，所以在原起的建议下，工作日的时候，黎嘉茉有时会住在原起父母给他在CBD附近的某小区里买的房子里——

黎嘉茉强调，绝对不是同居。

只是机缘巧合，刚好住在一起了。

这个暑假之后，原起已经拿着硕士学位，先她一年毕业了。虽然还是要进行运动员的日常训练，但是曾经需要用来学习、准备课题的时间空了出来，整个人都悠闲不少。

曾经因为学业问题，两个人总会有约会进度停滞不前的时期。可如今，原起每天打卡送她上班下班，风雨无阻，黎嘉茉将这理解为一种"新兴约会模式"。

22号是黎嘉茉实习的最后一天，下班后，他们组的领导请了整个小组到商圈的一家西餐厅吃饭，算是给黎嘉茉的道别宴。

"Jasmine，以后还有没有意向来这里和我们共事啊？"

黎嘉茉的这位Mentor叫Alan，三十岁，算是年轻有为。饭桌上，他旁敲侧击地问黎嘉茉。

这半年的工作下来，他们组都很喜欢黎嘉茉——踏实、抗压能力强、学习能力也强，还有就是脾气很好。

量化工作里需要进行大量的数据统计与分析，比起同样是敲代码的IT行业，做Quant的还兼具金融行业一定的压榨性——买方客户可能会对一些数据提出各种各样与技术性不沾边的要求，比如要得急。

有时候，工作强度大起来，连他们这群在这个赛道上待了几年的社会人士都会心烦意乱。

可黎嘉茉似乎能在瞬间接受所有的难度与强度。

她以一种温和、包容的态度，在一次又一次的高压下扩大着自己对工作强度的接受阈值。

他们私下讨论过，总觉得这位实习生温和得像是比他们多了十几年的阅历似的，有种历经风霜后看淡生死、春风化雨的平静。

而和这样的人共事，会让你也平静下来。

黎嘉茉笑了下，语气真挚地道："我很喜欢和大家一起工作的氛围，感觉Quant比PE和VC适合我。不过我还有些领域想尝试一下，可能接下来还会找一份行研的实习，看看体验感怎么样。"

其实，对于Alan刚刚提的这个问题，换作一般的长袖善舞的金融人，给出的回答应该是："我当然有意向，就是不知道公司要不要我？"

对比起来，黎嘉茉的回答显得有些许笨拙、不懂人情世故。

但在这样的圈子里，这份真诚反而显得珍贵，所以Alan他们听后，心中对面前这个女生更加赞赏几分，举起酒杯："好，那就希望你千帆过尽后发现还是来当'金融码农'最好，不然我们团队就要失去一个人才了！"

闻言，桌上的人都"哈哈"大笑。

饭桌上，大家默契地不谈工作，话题渐渐聊到了MBTI（迈尔斯布里格斯类型指标）。问到黎嘉茉时，才知道因为题目太多了，她一直没做过这个测试。

坐在她身边的带教姐姐硬是拉着她登上测试官网，做完了题目，黎嘉茉被确诊为INFJ（提倡者型人格）。

"哎呀，那你的官配是ENFP（竞选者型人格）和ENTP（辩论者型人格）呀！"

刚刚，带教已经给她科普过什么是"E"什么是"I"了。

听见这句话，黎嘉茉想了下，原起怎么也不是E人吧。

想到这里，她暗笑，把自己的MBTI截图发给原起："我是I人！"

原起回得很快：什么是I？

jasmine：就是靠自己独处来获得能量的人。:D

一顿饭结束，几位前辈都给黎嘉茉送了礼物，黎嘉茉也拿出自己早就准备好的礼物回礼。

走到餐厅门前，Alan看黎嘉茉一眼："Jasmine，你住哪里？我送你回去吧，怪冷的。"

还没等黎嘉茉回答，带教就笑着帮她抢答了："Alan，人家小茉的男朋友每天准点在单位楼下等他，还轮得到你送？你每天都那么早下班，留我们哭兮兮地加班，所以不知道吧！"

"哦，Jasmine有男朋友？"闻言，Alan微一挑眉，转了下手中的车钥匙，"有点好奇什么样的小男生能吸引到我们Jasmine呢？"

话音落下，他就看见自己组里这位情绪四平八稳的实习生，第一次流露出类似于害羞的神情。

黎嘉茉下意识地把脸往围巾里埋深了几分，眼睛不自觉地眨了下，然后又强装镇定地睁圆，假装平静，用正常语速回道："普通小男生。"

可她不知道，故意装成正常的语速，会比平时讲话的语速慢许多。

将黎嘉茉这副神情尽收眼底，Alan了然地笑了下，和一旁黎嘉茉的带教交换了个眼神：看小朋友谈恋爱真有意思。

但因为黎嘉茉害羞了，他们便也不再逗她，和她道别后就去车库开车。不过走到一半，Alan又想起自己的电脑落在工位了，折回去拿。

哪想到，又恰好迎上回工位搬东西的黎嘉茉——

以及她的"普通小男生"男朋友。

他隐隐觉得黎嘉茉这男朋友有些眼熟，可暂时想不起来是谁。

猝不及防又和Alan打了个照面，黎嘉茉有些意外："Alan好。"

原起手里抱着黎嘉茉收东西的盒子，听见她的声音，知道眼前的人是她领导，也微颔首，礼貌道："您好。"

Alan 的目光不动声色地在面前这位个子比他高出半个头、长得可以直接拎去出道的男生身上瞄了几眼，顺便用金融人那双见多识广的眼睛敏锐地算出他全身上下的衣服加起来可以在这寸土寸金的地方买一平方米地了。

Alan 不知道，面前的这个男生，哪里和"普通"搭边了。

黎嘉茉发现了 Alan 在打量原起，身体都有些紧绷了。Alan 看着黎嘉茉，故意拖着音，明知故问："小茉，这是你同学啊？"

停了几秒，黎嘉茉咧了下嘴："我男朋友。"

"你们在一起多久了？"

"四年了。"

Alan 点到为止地问了下，随后社交性地拍了拍原起的肩膀："帅哥，等着吃你和小茉的喜酒哈。"

说完，就要拔腿走向办公室。

他只是客套一问，却没想到，听到一个："好。"

Alan 脚步停下，回过头，刚好看见黎嘉茉皱着眉，对自己的男朋友挤眉弄眼。

虽说是皱着眉，可显然不是生气的模样，而是害羞。

而她的男朋友则是一副觉得自己什么都没做错的神情。

察觉到 Alan 的视线，黎嘉茉又立刻站直。

Alan 朝她摆摆手，表示他们可以直接走了。

他算是明白这两个小朋友怎么能凑一对了。

两个人都有点萌。

周五，又值下班高峰期，路上堵了一会儿。

等红灯的间隙，黎嘉茉又低着头，在手机上翻了一会儿关于 INFJ 的梗图，看到几张过分贴切的图时，"扑哧"笑出了声。

察觉到原起投来的视线，黎嘉茉把手机递到他眼前给他看那张梗图："我今天测了 MBTI，我是 INFJ，我感觉有些还挺准的。你要不也测一个？"

原起早就听说过 MBTI，但他觉得这些不过是类似于星座的巴纳姆效应，他对往自己身上贴标签这事没兴趣，所以懒得测。

不过黎嘉茉这么说了，他便也配合着说了好。

接下来的路程，黎嘉茉念一道题，原起回答一道——

有时候，甚至不需要原起回答，黎嘉茉就帮他选了。

比如，您通常会为备份计划制定备份计划。

黎嘉茉帮原起选了同意，一边选一边说："你肯定是个 J 人。"

原起："什么是 J 人？"

"就是喜欢做规划的人——我也是 J 人。"

听到后面半句话,原起就乐意当 J 人了。

他点点头:"那我们都是 J 人。"

做到最后一页,黎嘉茉预判:"我觉得你应该是 INTJ。"

说完,她点了提交,页面上果然蹦出 INTJ 的小紫人图像。

"我说对了吧。"黎嘉茉把结果往原起面前一晃,得意扬扬道。

自己的 MBTI 被黎嘉茉猜对了,原起觉得很满足。又是一个红绿灯路口,他用左手搭着方向盘,右手伸出,去牵黎嘉茉的手,指腹轻轻摩挲过黎嘉茉的手背:"嗯,你比较了解我。"

说着,他又想起黎嘉茉刚刚提到的她自己的 MBTI,道:"那我们只差一个字母。"

黎嘉茉"嗯"了声,蓦地想到了自己带教的说法,下意识地分享给原起:"不过我带教说 INFJ 的官配是 ENTP——"

"这些都不准,"原起淡声道,"我觉得 INFJ 和 INTJ 比较配。"

感受到自己的手心被捏了捏,黎嘉茉笑:"你分得清那几个字母是什么意思吗?"

默了几秒。

原起分不清,只想起黎嘉茉在微信上告诉他,I 人是就是靠自己独处来获得能量的人。

"那我感觉我应该是 E 人。"

黎嘉茉:"嗯?"

她觉得有点好笑,感觉只要是认识原起的人,都不难说出他是典型大 I 人。正想着,又听见原起一字一顿道:"我需要和你待在一起才能获取能量。"

嘴角不自觉翘起,但黎嘉茉硬生生把这道弧度压下去:"这不算。喜欢社交的才是 E 人。"

原起思忖一下,他确实也不太喜欢社交,那算不上 E 人。可是他也不喜欢独处,他只想和黎嘉茉待在一起,这似乎和她说的 I 人属性有点不符合。

所以喜欢谈恋爱算什么字母的人?

回到家已经是晚上七点半了。家中有暖气,两人进门的第一个动作就是脱羽绒服。

后天是平安夜,又恰逢黎嘉茉结束实习,两个人早就打算出去玩了,只是还没个计划。

黎嘉茉从原起帮忙从工位收拾回来的东西里掏出纸笔,跑到客厅。

原起正坐在沙发上调体育频道,黎嘉茉没客气,动作熟练地侧躺到他的腿上，头枕着原起的大腿，手高高抬起，把纸笔在他面前晃了晃，像是敲鼓般用笔打着纸面："J人来做约会计划了！你有想去的地方吗？"

原起低头看她，手不自觉地摸黎嘉茉落在他大腿上的头发："你去哪儿我就去哪儿。"

早已习惯了原起这样的触碰，黎嘉茉神色不变，只继续看着自己手里空白的计划本，有些苦恼："但是我也不知道去哪儿玩。"

看着黎嘉茉纠结的模样，原起想了想，说："我听徐昊屿他们说有条街被装扮成了圣诞主题，可以去那里看下。"

"嗯，也可以吧。"

黎嘉茉知道那条街，最近老在社交平台上刷到，于是便提笔在纸上写下这项日程。

24号那天，他们来到了徐昊屿说的那条商业街，果然有许多圣诞节装饰，每一家店的门口都摆着硕大的圣诞树。

天气似乎和他们一起睡了懒觉，大中午才开始工作。在他们抵达商业街的那刻，天空飘起了雪。

平安夜的中午，街上的人却已经很多了。他们混入人群中，做一对庸俗的小情侣。

"77！"

黎嘉茉喊原起的名字。

她摘了手套，在他转过身的瞬间，故意攀上他的背，用自己冷冰冰的手去贴原起的颈窝——

黎嘉茉有些体寒，喝了中药后，夏天的手已经不再那么冰，只是每到冬天，又会恢复到那样冰冷的温度。

果然，人形火炉原起被猝不及防冻了下。

恶作剧得逞，黎嘉茉看着原起的表情，一边笑嘻嘻地和他道歉，一边想收回手。

可那双手被原起反扣住。

被他温暖的大手裹住，带进了他的口袋。

原起说，她的手总是那么冰，他把自己的温度分给她。

红的绿的圣诞节装扮中，挂着小小的彩灯，哪怕是在白天，也已经开始发光。某家店的屋檐下粘了个圣诞老人玩偶，正低着头看这对恋人。

天空飘着雪，细雪盖满地面，落满肩颈。

女生笑着说，他们现在被雪淋着，像是老太太老爷爷哦。

男生轻笑着说"嗯"。

他们从街头走到街尾，手牵着手，也算是一起走到了白头。

网络番外

（三）黎嘉茉&原起番外：《亲密爱人》

1.

在研三那年，黎嘉茉在某家券商公司行业研究部尝试了人生第四次工作方向的摸索，最终发现比起传统金融，Quant 的工作方向是比较适合她的——对社交能量需求不高，比较有规律，通常情况下不需要加班。

加上休学的时间，在金融这个专业读了八年的书，也算是在毕业前摸索出了自己稍微感兴趣的方向。黎嘉茉对这个结局比较满足了。

可能未来也会考虑换一个赛道，但在这漫长的岁月里，黎嘉茉已经明白，人生的一切都来得及，只要拥有重头来过的勇气。

她成长的道路上，缺少"引路灯"身份的人，也因此，走了不少弯路，甚至一度走进死胡同。但其实，撞南墙也是一种人生体验，会比别人的教导来得更为印象深刻。

研二那年，她的抑郁症已经基本治愈。时至今日，她仍旧可以具象地描述出生病时窒息又绝望的痛苦，可已渐渐无法感受到那份情感了——她记得那份痛苦，可那份痛苦再也不会重现了。

这让黎嘉茉意识到，她的病可能是真的好了。再也无法与之前的痛苦共情，并不代表忘记，而是意味着向前走。

毕业典礼那天，黎嘉茉上台领了"优秀毕业生"的奖状，是校长亲自颁发的学位证书。

而对于这个学位证书，原起有一点意见——因为在他研究生毕业、黎嘉茉升入研三的那个学期，澄安大学的校长换了。

所以他的硕士学位证书和黎嘉茉的硕士学位证书，右下角的校长盖章，不是同一个章。

不过没关系，这个证不一样，未来会有证是一样的。

会有那么一张证件照，同时出现他们的脸。

2.

恋爱了那么久，黎嘉茉和所有热恋中的女生一样，幻想过与男朋友的婚礼。她不止一次地偷偷想过，原起会在什么时候和她求婚。

毕竟两个人已经一起规划过很多关于"以后"的事情了。

比如黎嘉茉因为实习借住在原起家的那几天，通常都是两人一起去小区楼下的早餐店吃早餐。但有一天，因为种种原因，黎嘉茉起迟了，没吃早饭，最后是她先去工位上班打卡，原起帮她在单位大楼下买了早餐，送了上来。那天之后，原起就去研究了下厨艺。

虽然在那之后，黎嘉茉没有起迟过，但是原起的厨艺在悄无声息中稳步增长。

黎嘉茉记得很清楚，那是某个周五的早晨，原起把自己蒸的奶黄包和磨的豆浆递给刚起床的她。她才咬了一口，忽地听见坐在身侧的人说："以后结婚了，我们家的饭都可以我来烧。"

黎嘉茉被这句话噎了下，不知道原起冷不丁说这话是什么意思。

"……其实我做饭挺好吃的。"她只能四两拨千斤地道。她想，第二天是周末，两个人约好出去钓鱼，原起不会要在鱼塘边和她求婚吧？但所幸没有。

后来，原起的某个国际赛事，黎嘉茉去现场看了。在赛前，她遇到了时迅和原起的其他队友。黎嘉茉和除了时迅之外的运动员们并不认识，但因为原起的朋友圈背景是黎嘉茉，所以他们一眼就认出了她。

大家笑嘻嘻地起哄两个人什么时候领证，原起把她揽过去，留下句："马上。"

只是这个"马上"并没有那么"马上"，久到黎嘉茉已经将对此的好奇抛之脑后。

她入职第一年的年假，和原起去了长白山滑雪。黎嘉茉之前没滑过雪，她连普通的轮滑都没玩过。换上了滑雪服，原起手把手教她怎么滑。黎嘉茉脑子听懂了，但是望着那似乎看不到尽头的雪地，仍旧站在山顶不敢动。

第一次在黎嘉茉脸上看见这样的表情，原起觉得新奇，有些想笑，但怕挫伤黎嘉茉的信心。他站在她的身后，轻拥住她："摔了也没事的，雪很厚。"

可黎嘉茉还是不敢。

之后，黎嘉茉就看见原起踩在单板上，顺着山坡的弧度往下——起身和滑雪的动作都很帅气，以至于原起滑到一半摔倒时，黎嘉茉有种意料之外的害怕，心一惊，撑着滑雪杖就往下了。

脚下的速度越来越快，刮过身侧的风也越来越烈，黎嘉茉心慌，但还是在手忙脚乱中找到了方向感，控制着滑雪杖，在原起旁边的空地停下。

"77，你没事吧？"

她有些慌乱，可回应她的，却是原起带笑的语调："滑下来了，宝宝。"

黎嘉茉微愣，看着原起的表情，才意识到他是故意摔的。

但她算是敢滑了。黎嘉苿又试着滑了两趟，基本上可以掌握平衡了，她就和原起一起滑。滑累了，两个人就随意找一块地方躺下。

洁白无瑕的广袤天地里，这一小片区域，似乎只有他们两人。雪山那么大，风声那么烈，他们依偎在一起，只能听见爱人的心跳。

直到原起的手机铃声响起，他接起又挂断，把手递给黎嘉苿："起来吧宝宝，再滑一趟回去了。"黎嘉苿便以为刚刚那通电话是一起来玩的朋友打来的，乖乖拉住原起的手，借着他的力站起，就要去拿自己的滑雪杖。

可握住她的手没有放开。

"黎嘉苿。"夹在风声里的，是原起的声音。

自从开始叫各种各样的昵称之后，他很少连名带姓地叫她了。黎嘉苿素来敏感，怎么会意识不到这微小的变化。

几乎是在瞬间，她就反应过来什么，一颗心在胸腔里剧烈地跳动起来，和风声争冠。

但她仍旧要伪装毫无察觉，"嗯？"了声。所幸音节够短，不然她声音里的颤抖就藏不住了。

同时，两人的头顶飞过一架直升机。直升机"嗡嗡"作响，但黎嘉苿的注意力都在眼前的原起身上，直到从天而降一束鲜花，她才抬头看了眼，便看见坐在副驾的正是一起来滑雪的朋友。

那是一束粉色的玫瑰，花束中间，插了一个爱神丘比特的小摆件。正如满目银白中出现一抹淡粉般，接下来的流程已经过于明显了。

下一秒，她便看见原起在她面前单膝跪下。

他不知道什么时候摘了滑雪手套，打开了手中的戒指盒，7.21克拉的钻戒在光照下熠熠生辉。这是海拔远超地平线的雪山之巅，是离天空最近的地方。

他高于整个世界，只低于她一人。

"黎嘉苿，你愿意嫁给我吗？"

3.

原起想办两个婚礼，但是黎嘉苿觉得大操大办有些麻烦，于是改成了一场，地点定在南山尾。原起没说原因，但是黎嘉苿知道，是为了方便她家的亲戚来参加。

顺便告诉妈妈，她现在很幸福。

婚礼的全过程，除了试婚纱，黎嘉苿没有参与多少——原起、原起的妈妈、隋妙语，还有黎嘉苿的小姨，再加一个刚进入大学的黎嘉念，五个人谋划了大半年，根本没有她的用武之地。

接亲那天，隋妙语虽是男方的亲戚，却先新郎一步来到了黎嘉苿家。

"嘉茉,待会儿我们把门锁好,不让原起进来!"一进门,隋妙语便倒戈,满脑子想的都是怎么欺负原起。

黎嘉茉笑着说好。

直到敲门声响起,从一门之隔外,传来她最熟悉的声音,语气里有显而易见的紧张:"有人吗?"

黎嘉茉就突然想反悔了,她不想跟着隋妙语她们一起,欺负她 77 了。

但这个想法肯定不能说出口,黎嘉茉只能看着隋妙语她们折腾接亲团,在心里默默祈祷"快点快点"。

隋妙语站在一旁,不能出声,憋笑憋得快要断气了:"第一次见新郎接亲敲门第一句问'有人吗'?"说着,她朝着合上的大门喊了声,"没人没人!"

同时,一声清脆的"支付宝到账 13140 元"的声音在房间内响起,室内的大家都纷纷看向声源处——

是黎嘉茉放在桌面上的手机。

这是她们设置的第一关,在门上贴了黎嘉茉的收款二维码。

"交了保护费了,请求开门,有人 30 个小时没见,想老婆想得快憋死了!"门外,是时迅不正经的声音。

隋妙语不买账:"要新郎自己亲口说!"

"说什么?"

"说想老婆想得快憋死了!"

语毕,屋内的亲友团都开始窃笑起来。黎嘉茉坐在床上,一颗心"怦怦"直跳,也不自觉地笑。

几秒后,新郎的声音从门外传来:"可以开门吗?"

原起的声音不低,可以清晰地落到每个人的耳朵里。

"想我老婆了。"

隋妙语笑得心里发胀,突然想替黎嘉茉流泪了。毕竟从小一起长大,她太清楚在众人面前说出这样直白的思念与爱意这个行为,对原起来说有多不容易。

眼眶湿润,但隋妙语嘴上还在笑。她走到门前,手放在门把手上:"算他过关啦……"

却被原起的话打断,原来,他还没说完。

他缓慢又郑重地,又说了两个字。

"很想。"

4.

婚礼一天下来,几乎从早站到晚,回到家,两个人做的第一件事就是瘫到沙发上。休息了几分钟，黎嘉茉起身准备去倒水，突然被人从身后扯住手臂。

她一下就被原起带进了怀里。

原起平时不喝酒，但今天在婚礼上，不可避免地喝了几杯酒。此时，原起脸色倒是正常，只是那眼神——黎嘉茉断定，原起醉了。

把黎嘉茉抱进怀里，原起用下巴蹭黎嘉茉的头发，先是贴着她的耳朵喊"宝宝"，声音很低，热气拂过黎嘉茉的耳郭，让她身子发软。

原起喊一句"宝宝"，黎嘉茉就"嗯"一声，直到附在她耳边的那颗脑袋缓缓抬起，原起的下半张脸完全埋在黎嘉茉的头发里，抱住她的手也收紧，似喃喃："老婆。"

说完这两个字，他自己笑了声，像是做了什么美梦般，又蹭着她的头发，重复了一遍："老婆。"

因为性格原因，黎嘉茉不太会表达爱。这几年，被原起源源不断的爱灌溉着，她也学会了笨拙地回应他。但听到这两个字，她一颗心泛滥，竟又觉得不好意思起来，像是回到刚谈恋爱那会儿，依偎在原起的胸前，红着脸"嗯"了声。

她声音很轻，但是原起听到了。

他的嘴角今天一天就没放下来过，此刻更是扬起。明明把黎嘉茉抱在怀里，还低下头往她身上钻。

被原起抱在怀里，抬起头也看不清原起的五官，但黎嘉茉还是伸出手。而她一抬手，原起就不乱动了，乖乖凑过来给她摸。

不过因为姿势受限，黎嘉茉只能摸到原起的嘴角。她抚着那翘起的弧度，柔声问："累不累？"

"不累。"

原起牵住她的手，把她的手放在自己的唇边，亲了下她的手指。

原起："很开心。"

筹备婚礼那段时间，原起下载了很多个没用过的软件，搜索婚礼相关。某天，大数据给他推送了一条——"娶到心爱的人，就像是打了一场胜仗。"

直至今日，这一切真实发生，原起觉得，这都不足以描绘他今天的感受。看着黎嘉茉被她的叔父牵着走向他的瞬间，原起忽然觉得，他的出生与成长，他来这世间一趟，似乎就是为了这个瞬间的到来。

如今，他心爱的人，被他娶回了家，此刻正窝在他的怀里，温柔地抚过他的脸庞。

他还醉着，一颗心也像是落到了酒精里，软得稀巴烂，有些情绪已成暗涌，再也藏不住。他低下头，在黎嘉茉耳边细语："想亲你一口。"

他才说完，她唇瓣上就传来柔软的触感。

一触即离。

他看着自己的新娘笑着,虽羞涩,却为了他勇敢地表达爱:"我也想亲亲你。"

他再也忍不住,俯身去亲黎嘉茱,身子一翻,把黎嘉茱压在了身下。

他的鼻息落到黎嘉茱的身上,亲过她的每一寸,梦呓般,但每个字都清晰:"黎嘉茱,我爱你。"

"我知道,我也爱你。"

黎嘉茱环住原起的脖颈,回应他。

用语言,也用肢体。

原起似闻到食物气味的野兽,有些急切地咬着她的唇,直到撬开牙关,交缠在一起。在她的喘息中,他的唇和手渐渐向下,直到热气混着酒气喷洒在黎嘉茱的颈窝,黎嘉茱痒得笑了下。

但紧接着,某处被不轻不重地咬了下。黎嘉茱身子发软,环住原起胳膊的手开始乱动,声音发颤:"……先去洗澡。"

原起嘴上的动作没停,声音很低,沙哑着"嗯"了声:"你和我一起洗。"

平时的原起从来不会说这种带有暗示色彩的话。在床上,他不算克制,但在语言的表达上,却总是含蓄而内敛。有想法时,通常会直接用动作表示出来,而不会像现在这样,说一些带着旖旎色彩的词汇。

黎嘉茱没想到原起喝醉了居然会这样,被这句话搞得脸通红,下意识道:"……不行。"

脖颈上的力度重了些。原起从她的颈窝里抬起头,眼底已经染上了情动的色彩,声音已经哑到不行:"一起洗。"

说完,他不再等黎嘉茱回话,把她抱起,一面亲,一面走到了浴室。

黎嘉茱能感受到,今晚的他要比平时更急切,也更放肆,埋在她颈下部位,甚至还未到浴室,就开始了探索。

那晚的原起特别缠人。黎嘉茱决定,家里绝对不能再出现酒这个东西。

5.

可渐渐地,黎嘉茱就发现了,不是那晚的原起特别缠人,而是结婚之后的原起,似乎要比单纯谈恋爱的时候更缠人了。

比如睡觉的时候,他都要紧紧抱着黎嘉茱。有时早上是黎嘉茱先起,她总是要戳戳原起,把原起弄醒,自己才能从他坚固如磐石的怀抱中起来。而原起,作为常年早起的运动员,也从来不会赖床。他的起床速度很快,通常黎嘉茱还在梳头的时候,原起就已经洗漱完毕。

如果时间来得及,他会先去厨房帮黎嘉茱煎两片面包;如果时间来不及,就会在等黎嘉茱一起去车库的时候帮她点好送到她单位的早饭。而只要下午没有加训,他都会去黎嘉茉的单位楼下接她。

黎嘉茉和他说过一次,坐地铁回去也很快,就比开车慢二十几分钟,而且有时候碰上下班高峰期堵车,地铁甚至比自驾快。但原起说,开车就能两个人待在一起。

因为黎嘉茉的事业还处于起步阶段,所以两个人暂时还没有要孩子的计划。只是,在看到小区里的其他小朋友有很漂亮的衣服或者很拉风的玩具时,两个人总会偷偷观察那是什么牌子,然后记录下来。

不过,黎嘉茉不知道,原起把未来孩子该上什么幼儿园都计划好了。

每次接送黎嘉茉的时候,他们都会路过一个国际化幼儿园。原起想,到时候他每天开车接送黎嘉茉,顺便还可以把他们的小孩接回来。

一家三口,光是想着,原起都觉得幸福。

生活就像是普通的成语一样,是由基础的汉字构成的,每个人都知道该怎么书写。

也正因为太过平常,平时很少有人会去思考这个成语的含义与希冀。

直到爱的人出现,每一个字都变得生动起来。

6.
其实在结婚的第二天,黎嘉茉起床后,就在枕头下摸到了那封信。但是他们两人都默契地没有谈那封信。

就像爱意,不一定要说出口,但存在着,并能感受到。

致黎嘉茉:
　　展信安。

因为是起床时发现的,所以读信的时候,黎嘉茉靠在床上。打开的卧室门口,不时晃过原起的身影,他在偷偷观察她有没有发现那封信。黎嘉茉突然起了使坏的心思,跑下床,关上了门,阻隔了某人观察的视线。

然后她转移阵地,跑到与卧室相连的书房里,展开这封信。虽然原起的语文成绩不好,但是因为小时候练过字,他的字观赏性还是很强的。

致黎嘉茉:
　　展信安。
　　其实我并不是一个爱写信的人,我也不爱写小作文。上次给你发小作文,发送前忐忑了很久,怕你讨厌这样的长篇大论。但最后还是发了,因为一想到你,我总觉得有很多话想说,也觉得有必要说给你听。现在是凌晨三点,你应该睡着了。但一想到睡醒就要离开，我就不太想睡，似乎只要不睡，就不会有睡醒的过程，天也就不会亮，我也就不用离开了。可是，我想了很久，又觉得天还是得亮，因为黎嘉茉正在熬一个漫长的夜，她的天需要亮，而且应该要亮了。所以我觉得还是应该闭上眼睡觉，然后在天亮后离开。只是刚好下午买了纸笔，我觉得写点什么再睡吧。可是写什么呢？我也不知道。我语文其实不是特别好（其实是我的文化课都不太好，你应该知道）。所以，我就想到什么说什么吧，这封信可能有些乱，字可能也不太整齐，因为我没敢开灯，就坐在客厅里，借着月光，打着手机的手电筒写信，看不太清。

那天晚上，你问我，我喜欢你什么？我告诉你，我很早就认识你了，比你想的要早很多很多。其实是想告诉你两件事：第一，我喜欢你很久了，久到我再也追溯不到自己喜欢上你的瞬间。我知道，你可能会觉得小时候的喜欢是很浅薄的，但是你不知道，是你让"喜欢"这个词，在我心中有了具体的形状。我不知道究竟什么叫作喜欢，但知道我喜欢你，在我这里，"喜欢"这种情感等于你。而当时的你和我年纪都很小，所以这份喜欢，是会因为你的到来而快乐，会因为你的离开而伤心，但没有想过占有。所以那几年里，我没有去找过你，我只是在等你。而在大学重新见到你之后，我一边觉得这是宿命，一边还是像原来一样，只会原地等待。所以我也没贸然找你，和你说我们曾经相识。

直到那辆自行车让我们有了接触，我对你的了解逐渐加深，你的形象在我心里越来越具体——我说了，我不懂什么是喜欢，我是靠自己对你的情感来定义喜欢。所以，在"黎嘉茉"三个字在我心里逐渐清晰的过程中，我也慢慢明白了，喜欢不仅仅是会因为你的到来而快乐、会因为你的离开而伤心，还是想要触碰你、拥抱你、亲吻你、占有你。很多个你靠近我的瞬间，我的心都跳得很快，需要拼命克制，才能忍住把你抱在怀里的冲动。"我喜欢你"这个命题，我或许应该说出"因为你美丽、聪明、善良，所以我喜欢你"这样的标准答案。可我不想写标准答案，我只想写我的心里话。因为你是你，所以我喜欢你。喜欢这件事本来是苍白的，是你的存在让我的喜欢有了支点与生命，让我的爱变得丰满。就比如，以我的语文水平，应该是写不出刚刚那句话的，只是一想到你，我突然就有了这样的想法。绕太远了，上面是"第一"，下面就是"第二"了。我告诉你我很早就认识你了这件事的第二个原因，那就是你让我相信了命运，兜兜转转终于找到你，兜兜转转身边还是你——这样的命运。所以，这封信，我要留在命运让我交给你的时候交给你。

　　那个时候，我会是这个世界上第二爱你的人。第一名，是你自己。

　　也不知道那个时候会在什么时候到来，但是在落笔写下署名的时候，月亮很漂亮。就当在月亮里，我给你写了情书。

原起

7.
我永远爱你，也永远希望，你比我更爱你自己。
这是我所能想到，关于"我爱你"，最好的诠释。

出版番外

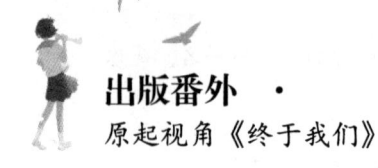

原起视角《终于我们》

在黎嘉茉和原起正式在一起之前,射击队里的所有人都以为他们在一起了。

毕竟原起手机壳后面的那张拍立得合照太招摇。

暗色的背景,身后是挂着小彩灯的旋转木马。照片上,男生和女生靠在一起,两个人都笑得有些生涩,不算太亲密的姿势,就连最直接的肢体接触都没有。说实话,单从照片来看,并不会让人觉得他们是情侣。

可是,这可是原起——

射击队的十张合照里,十张都是抿直唇线、从来没什么表情的原起,居然在这张合照里露出了那样青涩到有些局促的笑。

而且,仔细看,不难发现,拍照的时候原起下意识地低下身子,肩膀朝女生的方向偏了些,显然是一个出于本能的靠近动作。

每次训练的时候,原起把手机放在一旁,就会有人偷偷瞄他的手机壳,解读这张照片。日久天长,射击队乃至其他项目的运动员,都默认了这是原起和他女朋友的合照。

其实也有好奇心重的人私下询问过,可原起从来都是沉默,更显得真相扑朔迷离。直到出国比赛前一天,时迅这个出头鸟,代表各位八卦的运动员,问原起:"你比赛时,你女朋友来吗?"

这句问话,时迅用了点语言艺术。

在静默几秒后,他听见原起很淡的声音:"她外婆生病了。"

来不来不是重点啊!只是原起这句话,俨然把话中的那个"女朋友"承认下来了。就此,传闻中原起的女朋友,终于被确认是女朋友了——虽然还不知道是谁。

原起怎么会听不出他们旁敲侧击的话,他只是懒得否认,也不想否认。

他想,黎嘉茉迟早都是他女朋友。

黎嘉茉刚休学的那段时间,原起一旦有空,就会去她支教的学校陪她,还会帮忙带黎嘉茉班上的学生上体育课。日久天长,班上有些小孩看出了端倪,会起哄,嘴里嚷嚷着"嘉茉姐姐和原起哥哥在谈恋爱",这时候,黎嘉茉会脸涨得通红，让小朋友们安静，不要讲和课堂无关的事。然后她回过头来，看清他唇边隐秘的弧度，立刻伸出拳头，看起来很用力但其实一点都不痛地捶他的腰："你笑什么！"
　　笑她和小朋友说的"不要讲和课堂无关的事"，而不是"不要乱说"。
　　喜欢是多神奇的情感，能让在感情方面如此迟钝的他，捉住这样的小细节，尝到只有一人知道的甜蜜。
　　但心里想的这些肯定不能说给黎嘉茉听，每每如此，原起会敛起笑容，假装严肃地配合着黎嘉茉，让小朋友们安静。
　　那一年新年，他从训练基地飞到南山尾。怕黎嘉茉过来接他，特意报迟了自己到的时间。结果，走到黎嘉茉家的时候，黎嘉茉恰好爬在梯子上贴对联。那梯子被她的小姨扶着，其实很稳，但落在原起的眼里，总觉得黎嘉茉下一秒就要掉下来。
　　原起赶紧上前，取代了黎嘉茉小姨的位置，帮黎嘉茉扶梯子："黎嘉茉，我来贴。"
　　听到他声音的黎嘉茉有些意外地回过头，几秒后，嘴里嘟囔着"不是说下午到吗"，然后就爬下了楼梯，把手中的对联递给了他。
　　原起个子高，贴起来毫不费力，三下五除二就完成了任务。只是，贴完对联后，他看着门框两侧红通通的对联纸，忽地笑了起来。
　　刚刚，黎嘉茉把对联递给他的时候，没有再说"麻烦你了"之类的客套话。她很自然、很放心、很熟稔地把手中的东西交给了他。
　　"原起，"门突然被打开，在看清原起神情的那刻，黎嘉茉的小姨不自觉也笑出了声，脱口而出，"你站在门口傻笑什么呢？"
　　原起瞬间收了嘴角，唇瓣张了张，却说不出话，最终一言不发。
　　因为认识了原起，小姨也特意点开过几次体育频道，每次在电视机上看见原起，他都是一副冷漠的神情，很酷很高冷。而如今，看见这位高大帅气的运动员站在自己面前，满脸通红的局促模样，黎嘉茉的小姨生怕他尴尬，赶紧咳了两声，转移话题："进来吃饭了。"

　　入住奥运村的那晚，原起坐在房间，一边思考着现在国内是什么时候，一边给黎嘉茉发消息：吃饭了吗？
　　很快，那个茉莉花头像就蹦了出来。
　　小茉莉：小姨刚来，现在去吃。
　　——并不是黎嘉茉改了微信名，而是他偷偷给黎嘉茉改了备注。
　　两人有一搭没一搭地聊了几句。
　　小茉莉：你那边几点了？是不是该睡觉了？明天可要比赛。
　　7：你知道我明天要比赛？

309

小茉莉：我上网搜了呀。

她在医院照顾外婆，都还能空出心思搜他的赛程安排，原起的眉眼舒展开，打字。

7：看回放就行，不要看直播。

他比赛的时候，国内时间是半夜，他更希望黎嘉茉好好休息。

可黎嘉茉并没有听话。因为就在比赛结束后，他点开微信，无数个红点、无数条祝贺的消息里，最先映入眼帘的，永远是置顶的那个茉莉花头像。消息发送时间，刚好是他赛程结束的时间。

小茉莉：恭喜原起同学成为奥运冠军！^^

他的目光似不知餍足地在这一行字上来回扫了一遍又一遍。

在输入框里打了"看见那条茉莉花手链了吗"，又删除。隔了几秒后，他又打了句"那你看颁奖典礼了吗"，还是删除。

隔着手机，隔着大洋，他突然不知道该对黎嘉茉说什么。

拿了金牌，下了领奖台，了却了夺冠这个心愿，他脑子里只剩下了一个声音。

好想在她的身边。

教练突然出现在原起身后，满脸笑容地拍了下他的肩膀："原起，当冠军愣住了啊，一直在后台待着做什么呢？"

"休息一下。"他淡声回，终是把手机放回了口袋。

算了，很多话，都想留到她耳边说。

有件事情，原起一直没告诉黎嘉茉。

婚礼前一天晚上，他失眠了，睁着眼睛到了凌晨两点，脑子里翻来覆去翻涌的，都是关于她的回忆。

接亲时，黎嘉茉房间的门被隋妙语紧紧闭着。隔着那道门，他却能轻易想象到黎嘉茉穿着婚纱坐在里面的模样。

今天，她是他的新娘。

思及此，他的心跳不自觉加快。他太紧张了，以至于下意识敲了门，竟然呆呆地问："有人吗？"

原起向来习惯抑制自己的情绪，因此，旁人可能听不出，但原起自己很清楚，说这句话时，他的声音都是颤的。直到隋妙语在里面憋着笑意嚷了句"没人没人！"，伴郎时迅终于看不过去，指了指门："哥们儿，视力好，关键时刻也是要派上用场的。"

原起这才发现原来门上贴了张收款码，顿了半秒，掏出手机扫码转钱。

原起不喝酒，但那天无可避免地喝了许多。因为酒醉，那晚的记忆支离破碎,他甚至有些记不清自己是怎么回到新房的。只记得那晚,在沙发、在浴缸、在床上……开始前的第一个动作永远是他贴住黎嘉茉的头发亲吻,结束后的第一个动作永远是垂下目光看窝在他怀里的黎嘉茉。

每一个想到他们终于结婚了的时刻,原起的心里,都会流过一股暖流。

他们的婚礼歌单里,有那首 *You're Beautiful*。当然,就像是那晚在 KTV 特意没有唱最后两句一样,播放时,他也特意让人剪掉了最后两句——

> But it's time to face the truth(却是该面对现实的时候了)
> I will never be with you(我永远无法陪着你)

这不是他们的结局,当然要删除。

还有一首歌,他之前没听过,却在看见歌名的那刻便决定,要把它加进来。

叫《终于我们》。

歌词这样唱:

> 终于你我正式称呼对方
> 故事也注定要如歌回荡
> 迎来更多天光
> 何时爱到天荒
> 伴你走路会更康庄
> 继续有爱绽放
> …………

将黎嘉茉从浴室抱出来的时候,路过卧室的柜子,原起的视线在上面逗留了几秒。

那个柜子上,摆了很多东西,有他们的婚纱照、黎嘉茉学生时代获得的奖杯、原起比赛赢得的奖牌、儿童节套餐玩具,还有黎嘉茉当初从南山给他带的那个流沙相框,以及黎嘉茉和他"表白"那天,送给他的那两朵花——已经被原起做成了标本,也陈列在上面。

看着已经累得躺在自己怀里酣睡的黎嘉茉,他的心中忽地生出不真实的幸福感。

他终于把她拥入怀中。

原起俯身,在他的新娘的额头上落下一个吻,抱紧了这来之不易的幸福。

终于你我正式称呼对方。
终于我们看见天光,爱到天荒。

婚后第四年,他们的女儿黎祝恩小朋友出生了,小名叫小元——因为某天,黎嘉苿突然发现原起的名字谐音"元气"。

黎祝恩小朋友的嘴巴和鼻子长得像黎嘉苿,眼睛却遗传了她爸。不得不说,眼睛是一个人长相的灵魂所在,这位小朋友的眼睛和原起一像,就连性格都有点像。

是的,黎祝恩小朋友是个酷酷的小女孩,不太爱说话。甚至,和其他小朋友爱看绘本、爱听睡前故事不一样,黎祝恩小朋友的爱好也很特别,她喜欢听大人给她念诗,从古到今,由中至外。

原起本来以为,给小朋友念诗是件再简单不过的事情,直到他发现自己的女儿拒绝听《咏鹅》。

晚上,女儿睡着后,劳累的爸爸妈妈躺在床上。原起把黎嘉苿抱在怀里:"我今天带小元去书店买书,她抓了本黑塞的书。"

黎嘉苿听乐了,眼里染了笑:"她听得懂吗?"

原起也笑,淡淡地摇了下头:"她好像就是听个字。"

谁能知道,在给黎祝恩念诗之前,原起都差点以为自己女儿是神童了。结果,他晚上念完黑塞的诗后,看着一脸着迷的小元同学,随口问了几句,才发现黎祝恩小朋友根本一问三不知,连每句话是什么意思都不知道,她只是单纯地喜欢听别人给她念诗而已。

不过。

"不过那些诗写得挺好的。"

黎嘉苿下意识地揶揄:"了不起,你都会赏析诗歌了。"

原起沉默。

自己老公的脾性,黎嘉苿再了解不过。她赶紧伸出手,捏了捏原起的嘴角,笑着说:"夸你呢。"

原起依旧不说话。

黎嘉苿撑着上身,伸出手揽住原起的脖子。原起配合地低下脑袋,唇上落下柔软的触感。在黎嘉苿的吻要离开的时候,他轻轻咬了下她的下唇。

这就算是哄好了。

黎嘉苿重新躺回原起的怀里,贴着他坚实的后背与鼓动的心跳,顺着他刚才的话问:"什么诗呀?"

那本书被放在黎祝恩小朋友的床头,书签夹在其中,停在了这首诗上。

明天会变成什么?
会变成一束鲜花,
一颗流星,一个愿望;
会变成一个誓言,一句祝福。
明天会变成你余下生命的第一天。

——赫尔曼·黑塞

黎嘉茉。
余下生命的每一天,我们都在一起。

- 全文完 -

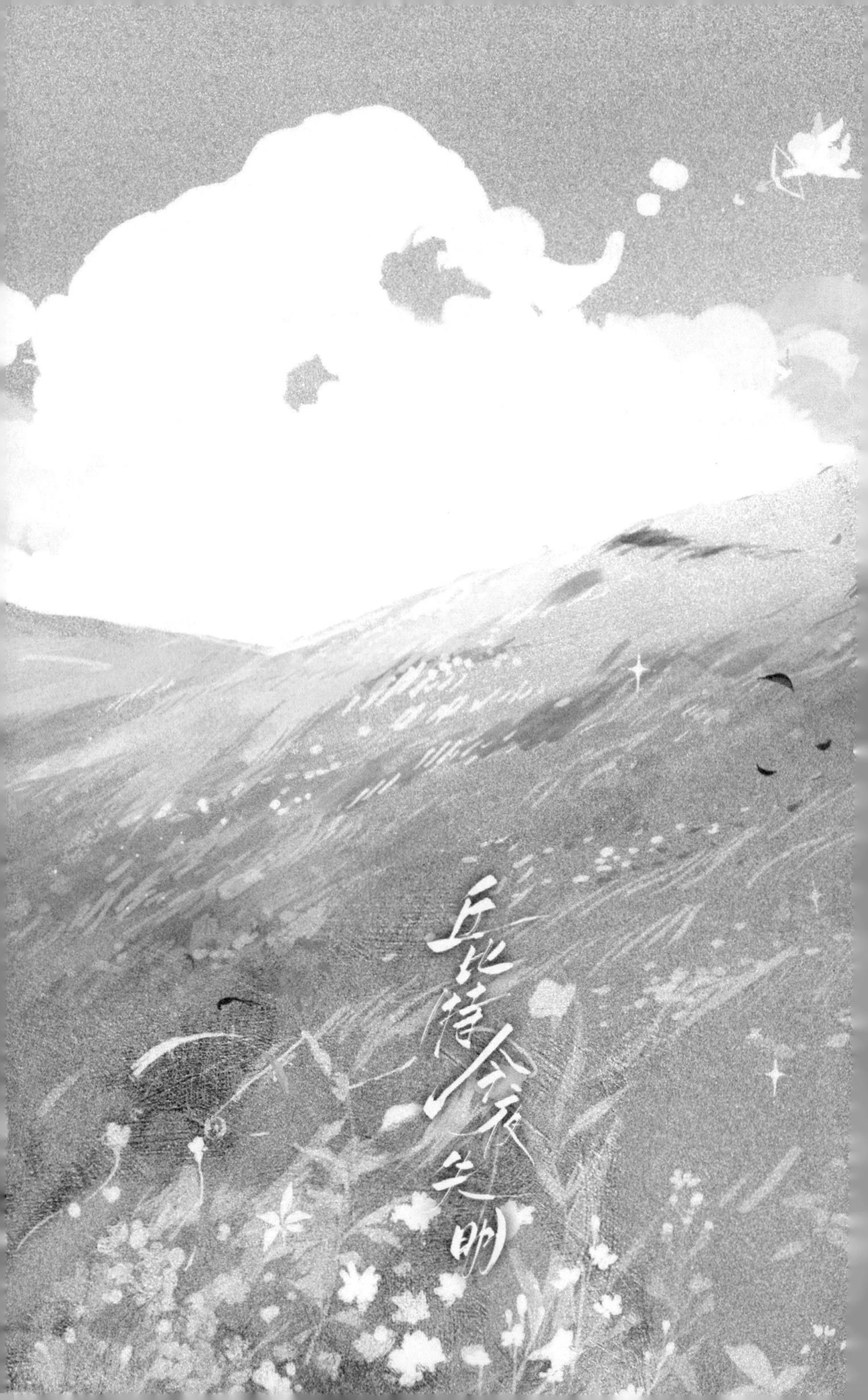
丘比特今夜失明